조정래 장편소설

# 정글만리

**❸**

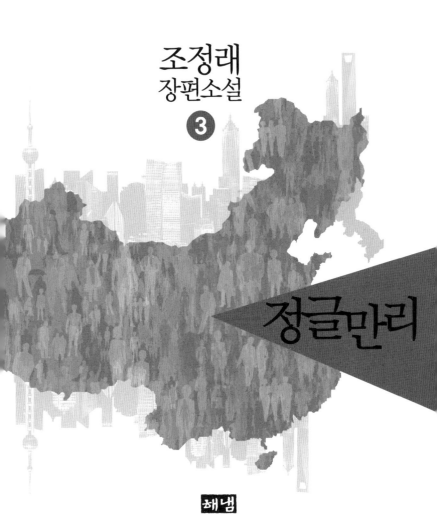

조정래
장편소설

**3**

정글만리

해냄

조정래 장편소설

# 정글만리 ❸

| 차례 |

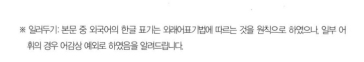

# 일란성 쌍생아

"1년 내에 1억 개는 장담할 수 있소."

리완싱이 검지손가락을 똑바로 세우며 기운찬 목소리로 말했다.

"1억······?" 자크 카방이 미간을 찡그리며 되묻고는, "당신 지금 통역 제대로 하고 있는 거요?" 통역에게 눈총을 쏘았다.

"무슨 말씀이신가요? 분명히 '1억'이라고 말씀하셨습니다."

통역이 불쾌하다는 기색을 감추지 않았다.

"좋아요, 다시 확인해 주시오." 자크 카방은 통역에게 습관적인 손짓을 하고는, "1년 내에 1억 개가 팔릴 수 있다고요?" 그는 리완싱을 응시하며 물었다.

"그렇소. 내 말대로만 하면 1억 개는 틀림없이 팔려요."

리완싱은 술잔을 들고 몸을 뒤로 젖히며 자신만만했다.

"5년도 아니고 1년에 1억 개라니, 그게 말이 돼요? 1억 개가 얼마나 어마어마한 숫잔데."

자크 카방이 아예 말이 안 되는 소리라는 듯 고개를 절레절레 저었다.

"이봐요. 1억 개는 기본이고, 조금만 더 재수가 좋으면 2~3억 개까지도 팔릴 수가 있다 그거요."

리완싱은 점점 더 상대방이 믿을 수 없는 소리를 자신감 넘치게 하고 있었다.

"지금 술 취했소? 사람이 믿을 수 있는 소리를 하시오. 2~3천만 개라도 믿을 수가 없는데 2~3억 개라니……."

자크 카방은 숫자가 불어나서 호감을 보이는 것이 아니라 오히려 불신감을 드러내고 있었다.

"카방, 그동안 내가 당신한테 헛소리한 적 있소?"

리완싱이 눈꼬리를 세우며 자크 카방을 노려보듯 했다.

"아니오……."

자크 카방이 문득 긴장했다.

"그럼, 내가 사업적으로 실수한 적이 있소?"

"아니오……."

"그럼 어떻게 해야 되겠소? 내 말을 믿어야 되겠소, 안 믿어야 되겠소?"

"예에, 믿기는 믿어야 되는데 워낙 엄청난 숫자라서 그게……."

자크 카방은 여전히 '믿는다'고 시원하게 대답하지 못하고 난처한 표정으로 고개를 저었다.

"이런 답답할 일이 있나. 그럼 도대체 어떻게 말해야 믿겠다는 거요? 2~3억이 그렇게도 가늠이 안 되는 숫잔 거요?"

"자아 사장님, 들어보십시오. 우리 프랑스 인구가 얼만지 아십니까? 5천여만 명입니다. 소비자로서 그 숫자도 끔찍하게 많은 숫자인데, 상품 한 가지가 2~3억 개가 팔릴 수 있다니, 그게 상상이나 되는 숫자입니까? 내 심정 모르시겠어요?"

자크 카방은 가슴까지 두들기는 제스처를 쓰며 답답해했다.

"허, 프랑스 인구가 겨우 5천만밖에 안 되오? 그런데 어떻게……." 리완싱은 '……강대국으로 뻐기지요?' 하는 말을 꿀꺽 삼켜버리고는, "알겠소, 그말 듣고 보니 내 말이 잘 안 믿어질 수도 있겠소. 자아 그럼, 지금부터 내가 하는 말 잘 들으시오. 이건 프랑스에는 없는 거고 우리 중국에만 있는 건데, 혹시 '수상'이란 말 들어본 적 있소? 이봐, '수상'을 딱 알아듣기 쉽게 설명해 줘." 그는 통역에게 따로 지시했다.

"……그러니까 '수상'이란 사람이 태어난 해를 열두 동물들의 이름으로 일컫는 말이오. 그러니까……." 잔뜩 신경이 쓰인 통역이 코밑을 쓱 문지르며 설명을 하려고 하자, "아, 알아요, 알아요. 용, 개, 닭, 소, 돼지⋯⋯, 그렇게, 그렇게 부르는 것 말이지요?" 자크 카방은 활짝 밝아진 얼굴로, 그들 식으로 왼손 새끼손가락부터 하나씩 꼽아가며 말했다.

"하, 그놈 제법이네. 중국 오래 드나들었다고 '수상'을 다 알고, 십이지를 들먹이며 용부터 꼽지를 않나⋯⋯." 리완싱은 혼잣말을 중얼거리고는, "그러니까 중국사람들 14억은 제각기 그 열두 가지 해를 타고 태어난 것이니까, 그렇다면 한 지지(地支)에 태어난 사람은 평균 몇 명이 되겠소?" '어디, 너 이것 맞히나 보자' 하는 식으로 그는 자크 카방의 푸른 눈을 빤히 들여다보는 듯했다.

"그러니까 그게⋯⋯, 14억 나누기 12를 하면⋯⋯, 1억 2천⋯⋯, 아니, 아니고⋯⋯, 1억 천⋯⋯, 에, 에⋯⋯."

바짝 긴장한 자크 카방은 다급하게 눈을 껌벅이며 암산을 하다가는 도저히 안 되겠다는 듯 볼펜과 수첩을 꺼냈다.

"야, 이 인간 이거, 그까짓 것도 암산으로 못하는 거야?"

리완싱이 통역에게 벌컥 소리쳤다.

"아닙니다. 1억 천 단위까지는 계산했는데 그 다음을 정확하게 계산하려고⋯⋯."

통역이 당황스럽게 대답했다.

"아 됐어, 됐어. 대충 1억이라고 치면 돼. 나머지는 잘라버려."

리완성은 중국인다운 배포로 한 해에 1천 7백여만 명을 시원하게 잘라내 버렸다.

"그럼 이거 하나 더 물읍시다."

리완성은 기분 좋은 기색으로 술을 한 모금 마셨다.

통역의 얼굴이 순간적으로 일그러졌다. '아이고 사장님, 자꾸 이런 식의 대화를 하는 건 서양사람들에게 큰 결례라구요. 사람을 테스트하는 것도 아니고…….' 그는 이런 말을 씹어 넘기고 있었다.

"중국에서 춘절이 되면 그해에 태어난 사람들의 액운을 막고 만복이 쏟아져 들어오도록 빨간 내의를 선사하는 풍습을 알고 있소?"

"예, 알고 있습니다."

"아, 좋아요. 그럼 한 가지 더 물읍시다."

'아이고 사장님, 왜 이러십니까. 이러다간 상담이고 뭐고, 자크 카방이 아예, 거래관계를 끊어버릴 수도 있다니까요.' 통역은 속으로 징징 울면서 그 통역하기 고약한 말을 겨우겨우 옮겨놓았다.

"그럼 그 빨간 내의가 한 해에 몇 벌이나 팔릴 것 같습니까?"

통역은 그때서야 사장이 왜 그런 식으로 말을 이끌어왔는지 알아차렸다.

"아, 알았어요. 사장님은 왜 한 상품이 2~3억 개나 팔릴 수 있는지 근거를 보여주기 위해서 지금까지 말을 해왔던 거지요? 그렇다면 답이 분명하지요. 한 해에 1억 벌!"

자크 카방이 기운차게 말하고는 술잔을 들었다.

"아하, 정답이오, 정답! 그 정도 눈치면 내 파트너로서 자격이 있소."

리완싱은 큰 목청을 뽑아대며 자크 카방을 향해 엄지손가락을 세워 보였다.

"정확하게 맞혔습니다. 당신 같이 판단 빠른 사람이 내 파트너인 것이 너무 기쁩니다."

통역은 이렇게 통역을 했다. '파트너로서 자격'이라는 말이 자크 카방의 비위를 심히 거스를 수 있었기 때문이다.

"그런데 말이지요……."

자크 카방은 의문이 가득한 얼굴로 고개를 갸웃갸웃하고 있었다.

"뭐가 의문나는 게 있소? 뭐든 망설이지 말고 물어보시오."

리완싱이 자기 의도대로 상대를 몰이한 것에 만족하며 여유롭게 술잔을 들었다. 그가 술을 한 모금 넘기고 안주로 손을 뻗치려 하자 그때까지 얌전하게 앉아 있던 아가씨가 재빨리 안주를 집어다가 그의 입에 넣어주었다.

"그러니까 말이지요, 빨간 내의가 1억 벌 팔리는 것하고, 그것이 2~3억 개 팔릴 수 있는 것하고, 같은 문제가 아니잖습니까? 상품의 종류가 다른걸요."

자크 카방이 그 답을 꼭 캐내야 되겠다는 듯 리완싱을 응시했다.

"아하, 아직도 감을 못 잡으시는구만. 자아, 그럼 이거 하나 물읍시다."

리완싱은 새로운 공략을 위해 자리를 고쳐 앉았고, '아이고 사장님, 제발 그런 말버릇 하지 말라니까요.' 통역은 또 몸이 달고 있었다.

"자아 카방, 중국여자들이 말이오, 제일 듣고 싶어 하는 말이 뭐겠소?"

자크 카방이 픽 웃더니, "그야 예쁘다, 아름답다, 미인이다, 그런 거죠. 추녀까지도." 그는 '추녀까지도' 하면서 입이 비틀리는 웃음을 물었다.

"틀렸소!"

리완싱이 싸늘하게 내쏘았다.

"뭐라구요?"

자크 카방이 깜짝 놀랐다.

"틀렸단 말이오."

리완싱이 그렇게 쉬운 걸 물었을 것 같아 하는 기세로 다시 내질렀다.

"뭐가 틀려요. 그건 세계 공통이오. 저 알래스카에서부터 아프리카까지."

자크 카방도 리완싱의 기세에 맞서 목소리가 팽팽했다.

"카방, 당신은 중국에 오랫동안 드나들면서 중국을 다 안다고 생각하는지 모르지만, 당신은 그동안 헛살았소."

"헛살다니, 그게 무슨 소리요?"

자크 카방이 언짢은 기색을 숨기지 않았다.

"똑똑히 들으시오. 중국여자들이 제일 듣고 싶어 하는 말은 '돈 많이 버세요' '부자 되세요' '부자 될 상이에요' 이런 말이오. 그다음 두 번째가 '예쁘다' '아름답다' '매력적이다' 뭐 그런 거요. 중국에서는 세계 공통이 안 통한다 그거요."

"아니, 그럴 리가……."

자크 카방은 믿을 수 없다는 듯 자기 옆의 여자를, 리완싱 옆의 여자를 두리번거렸다.

"믿지 못하겠거든 당장 옆 친구한테 물어보시오."

리완싱이 턱짓으로 자크 카방 옆에 앉은 여자를 가리켰다.

"자아, '돈 많이 버세요' '당신은 예쁘십니다' 이 둘 중에 당신은 어떤 말을 더 듣고 싶소?"

자크 카방은 자기 옆의 여자에게 사뭇 진지한 태도로 물었다.

"돈이지요, 돈!"

예쁘장한 젊은 여자는 자동응답기처럼 즉각 돈을 외쳤다.

"당신은?"

자크 카방은 도저히 믿을 수 없다는 듯 리완성 옆의 여자에게 또 물었다.

"당연히 돈이지요."

그 아가씨도 1초도 지체하지 않고 대답했다.

"어떻소? 왜 그게 2~3억 개가 팔린다고 하는지 이제 이해가 되오?"

'이 답답한 친구야' 하는 눈빛으로 리완성은 자크 카방을 또 빤히 쳐다보았다.

"아, 아, 중국사람들이 돈을 무척 좋아하는 줄은 알았지만 여자들까지도 그 정도인지는 몰랐어요."

자크 카방은 당혹스러운 표정으로 고개를 설레설레 내젓고 있었다.

"자아 카방, 그럼 이제 2~3억 개가 팔릴 수 있다는 게 이해가 됐소?"

"아니오. 10년에 2~3억 개가 팔린다 해도 믿기 어려운데 1년에 2~3억 개라니, 그걸 어떻게 믿으라는 거요?"

자크 카방은 더 세게 고개를 저었다.

"이거 보시오 카방, 자꾸 프랑스 생각만 하지 말고 14억 인구 중국을 생각하란 말이오. 14억 중에서 부자 되기를 갈망하는 사람이 몇이나 될 것 같소?"

"그야 전부 다겠지요. 이 세상에 돈 싫어하는 사람 없고, 그것이야말로 세계 공통이니까요."

자크 카방은 초등학생이 쉬운 산수 문제 맞히듯 대꾸했다.

"바로 그거요. 애들 1억쯤 빼놓고, 나머지 13억은, 죽기 직전의 노인네들까지도 돈이야 하면 환장들을 해요. 그런 사람들이 모두 갖기를 원하고, 그런 사람들에게 최고 선물이 되는 게 그 물건이란 말이오. 그런데도 이해가 안 되오?"

"예에……, 그렇게 생각하면 그렇기도 한데……."

자크 카방은 신중한 사업가답게 흔쾌한 동의를 하지 않았다.

"자아, 그럼 이것 한 가지만 물읍시다. 1년에 2~3억 개, 다 집어치우고, 1년에 2~3천만 개면 사업을 하겠소, 안 하겠소?"

"해야지요, 당연히 해야지요."

자크 카방의 목소리에 금세 탄력이 붙었다.

"1년에 2~3천만 개로 하고, 그게 다 안 팔리면 나머지는 내가 다 현찰로 사들이겠소."

"아니, 뭐라구요? 그, 그게 사실이오?"

자크 카방은 너무 놀라 말을 더듬었다.

"국제변호사 불러 계약서 쓰면 될 거 아니오."

"그런데……, 그렇게 자신 있는 사업을 왜 우리하고……."

자크 카방이 신중함을 다시 드러냈다.

"그걸 모르겠소? 당신네 상표 때문이잖소. 세계적으로 명품이라고 소문난……. 똑같은 물건에다 당신네 상표 붙여 당신네 전문매장에서 파는 것하고, 다른 상표 붙여 일반 상점에서 파는 것하고 어떻게 다른지 잘 알지요? 당신네 상표가 붙은 게 열 배가 비싸도 사람들은 모두 그걸 갖기를 바라잖소. 그 간사한 인간의 마음을 이길 수 있는 것이 뭐가 있소. 그러니 동업을 할 수밖에."

리완싱이 입술을 비틀며 쩝쩝 입맛을 다셨다.

"그런데……, 사장님은 어떻게 이런 좋은 아이디어를 생각해 냈습니까?"

자크 카방은 비로소 마음 끌리는 기색을 드러내며 술잔을 들었다.

"예, 그걸 솔직히 말하자면 나 혼자서 생각해 낸 게 아니에요. 얼마 전에 한국 기업의 주재원들이 업무에 관계된 이런저런 사람들에게 선물하는 걸 우연히 알게 됐어요. 그 사람들은 큰돈 쓰는 게 아니었는데, 받는 사람들이 아주 기분 좋아하고 흡족해하는 거예요. 효과 100퍼센트인 거지요. 그게 뭔가 하면 까르띠에 빨간 지갑에다 100위안짜리를 넣어주는 겁니다. 돈지갑을 선물하는 건 부자 되라는 뜻인데, 거기다가 돈까지 한 장 넣어주면 그게 부적 역할을 해 틀림없이 부자가 된다는 게 한국 풍습이라고 합니다. 그 설명까지 하면서 선물을 주니 기분 좋지 않을 사람이 어디 있겠어요. 그리고 더 기막힌 건 까르띠에 상표에다가, 빨간 색깔을 선택한 거예요. 까르띠에는 루이비통, 구찌와 함께 명품 표가 확 잘 나서 중국사람들이 제일 좋아하는 명품들이잖아요. 그리고 빨간 색은 우리 중국사람들이 가장 좋아하는 색깔이구요. 이런 것들을 딱 짜 맞춘 한국사람들 아이디어가 기막히지 않아요?"

"예, 그거 아주 기발한 아이디언데요. 헌데……, 상황이 이미 그렇게 돌아가고 있으면 우린 괜히 뒷북치는 거잖아요."

"흠, 그렇게 말할 줄 알았소. 허나 내가 그렇게 바보요? 거기엔 결정적으로 부족한 점이 하나 있소. 그게 뭐냐면, 지갑 색깔이오."

리완싱은 자크 카방의 주의를 끌려는 듯 말을 끊고 술잔을 들었다.

"색깔……?"

자크 카방이 즉각 반응했다.

"이봐, 그거 여기 꺼내놔."

리완싱이 통역에게 턱짓했다.

통역이 가방에서 무슨 물건을 꺼내 탁자 위에 올려놓았다. 손바닥만큼씩 한 두 개의 물건은 유난히 눈에 띄었다. 그 색깔 때문이었다.

"카방, 이 두 가지 색깔 중에 어느 것이 중국사람들이 좋아하는 것이오?" 리완싱이 구두시험관 같은 눈길을 자크 카방에게 보냈고, "그야 이거지요." 자크 카방이 지체 없이 하나를 짚었다.

"맞았소. 그런데, 이분이 누군지 알지요?"

"예에, 마오 주석이지요."

"그럼 이 소책자는 뭔지 알겠소?"

"그건 모르겠는데요."

"당연해요. 우리 중국 젊은이들도 모르는 애들이 수두룩하니까. 그렇지만 문화대혁명은 알지요?"

"예, 얘기 많이 들었어요."

"이 소책자는 그 문화대혁명 시기에 인민들에게 배포된 것이오. 그런데 이 책 표지 전체가 빨간색인 이유를 알겠소? 이 빨간색이 중국공산당의 색깔이고, 인민들이 가장 좋아하는 색깔이기 때문이오."

"이게 바로 오성홍기의 그 색깔이잖아요."

뭔가 아는 체를 하고 싶어 하는 아동처럼 자크 카방이 불쑥 말했다.

"아하, 아주 잘 맞혔소. 내가 마침 물으려던 참이었는데." 리완싱은 자크 카방을 향해 짝짝짝 박수까지 쳐주고는, "이 두 가지 색깔을 비교해 보시오. 아까 우리는 그냥 '까르띠에 빨간색 지갑'이라고 했는데, 이렇게 비교해 놓고 보니 이게 빨간색이오?" 그는 까르띠에 소형 지갑을 손가락질했다.

"아니지요. 이건 정확하게 말하자면 자주색입니다."

"바로 그거요. 지금 우리가 확인하고 있다시피 빨간색과 자주색은 전혀 다른 색깔이오. 그런데 명품 지갑 중에 빨간색 계통이 이것뿐이니까 어쩔 수 없이 그냥 빨간색이라고 해 주는 거요. 카방, 내 말 무슨 말인지 알겠소?"

리완싱은 또 구두시험관의 눈초리로 상대방에게 대답을 요구하고 있었다.

"예, 알았어요. 이 색깔로 지갑을 만들어 우리 상표를 붙이면 1년에 2~3억 개가 팔린다 그거지요?"

"바로 바로 그거요. 내 생각이 어떻소?"

돈을 쫓는 사업가 리완싱의 눈이 반들반들 빛나고 있었다.

"예, 2~3억 개는 몰라도 2~3천만 개는 가능할 것 같은데요."

자크 카방이 군침까지 삼키며 고개를 크게 끄덕였다.

"그러나 색깔을 이걸로 한다고 해서 다 끝난 게 아니오. 또 남은 문제가 있소."

새 이야기가 시작된다는 신호라도 하듯 리완싱이 술잔을 홀짝 다 비웠다. 아가씨가 민첩하면서도 얌전한 몸놀림으로 술을 따랐다. 그런데 유행 따라 앞이 깊게 파인 옷을 입어서 아가씨의 굴곡 깊은 가슴골이 다 드러나 보였다. 아가씨 맞은 편에 앉은 통역이 그것을 훔쳐보다가 얼른 고개를 돌렸다. 통역은 세 사람 중에 나이가 가장 젊은데도 술잔도 없고, 아가씨도 없었다. 그는 오로지 통역일 뿐이었다.

"재작년부턴가 본격화되고 있는 '상품 현지화'라는 것 잘 알지요?"

"예, 알고 있습니다."

"자동차나 가전제품 같은 데만 현지화가 필요한 게 아니오. 중국사람들의 마음을 사로잡고, 경쟁상품을 물리치려면 지갑도 현지화해야 된다 그거요. 프랑스 명품회사에서 중국사람들만을 위해서 특별히 명품 지갑을 만들어냈다! 이보다 더 중국사람들의 자존심을 세워주는 게 어디 있겠소? 체면 차리기 좋아하고, 위신 세우기 좋아하는 중국사람들에게 그보다 더 좋은 선물은 없을 거요."

"아, 그렇습니다. 현지화! 그건 최고의 아이디어입니다. 그걸 잘하면 10억 개도 팔 수 있겠는데요."

자크 카방이 손바닥을 맞때리며 환성을 지르듯 목소리가 출렁거렸다. 마침내 그의 사업가적 감각에 전기가 통한 것이었다.

"그러면 오늘은 이만 얘기를 끝낼까요."

리완싱은 뚱하니 말하며 앞에 놓인 빨간 표지의 소책자를 집어 들었다.

"아니 사장님, 무슨 말입니까. 얘기는 이제 시작인데요."

자크 카방은 당황해서 엉덩이를 들썩했다.

"거 참, 우리 주석님 미남이시라니까……."

리완싱은 팔을 쭉 뻗어 소책자를 높이 들고는, 가느스름하게 뜬 눈으로 소책자의 표지 중앙에 투명비닐로 액자처럼 열처리한 속에 든 마오쩌둥의 컬러사진을 바라보며 능청을 떨고 있었다. 그 사진 아래에는 '毛主席語錄(모주석어록)', 다섯 글자가 금박 금형으로 선명하게 찍혀 있었다.

"사장님, 내가 당장 본사에 연락하도록 하겠습니다."

이윤 추구에 목숨을 거는 장사꾼 기질이 자크 카방을 몰아대고 있었다.

"아니, 아니, 그렇게 서두른다고 될 일이 아니오. 그냥 색깔만 오성홍기색으로 한다고 완료된 게 아니고 진짜 중요한 게 남아 있소."

"예, 그게 뭡니까?"

"중국사람들이 환장하게 좋아하는 것, 그 지갑을 사지 않고는 못 견디게 하는 묘수가 있소. 그게 합해져야만 딴 상품들은 아예 경쟁 상대가 될 수 없도록 압도해 버리게 되오. 그러면 10억 개를 넘어, 20억 개, 30억 개도 팔아먹을 수 있소."

"예에……? 20억, 30억, 그건 또 무슨 말입니까?"

자크 카방은 어리둥절해서 리완싱과 통역을 번갈아 쳐다보았다.

"이런, 참 까르띠에 지갑이 한 가지뿐이오? 긴 것, 짧은 것, 한 번 접는 것, 두 번 접는 것, 남성용, 여성용. 우리가 넥타이나 허리띠를 하나씩만 가지고 쓰지 않잖아요?"

"아 예, 알았습니다. 그럼 어서 그 묘수를 말씀해 보십시오."

"아니오. 그건 아직 말할 단계가 아니오. 당신네들, 지적재산권 좋아하지요? 나도 그 권한을 보호받으려고 그 묘수에 상표등록을 해뒀소. 그러니까 나와 일할 의사가 있으면 당신이 본사에 연락해 현 단계까지를 알리시오. 그리고 본사에서 일하기로 결정하고 계약 단계에 이르면 정식으로 변호사 입회하에 내 지적재산권을 공개하겠소."

리완싱은 어느 때 없이 냉정했고, 전과 전혀 다르게 지적인 냄새까지 풍기고 있었다.

"예에, 지적재산권……."

자크 카방은 할 말을 잃고 있었다. 이제껏 싼 인건비 이용해서 치부하는 하청업자였던 자가 갑자기 지적재산권 운운하는 존재로 돌변한 사실이 믿어지지가 않을 정도였다. 그러나 그의 말은 허황된 것이 아니었고, 망망대해인 내수시장에서 고기를 떼로 잡을 수 있다면 그를 지적재산권자로 받드는 것은 지극히 당연한 일이었다. 그 묘수라는 게 무엇인지……, 자크 카방은 전혀 땅띔도 할 수가 없었다. 중국사람은 아는데, 프랑스사람은 모르는 것. 프랑스사람은 아는데, 중국사람은 모르는 것. 각 민족마다, 각 국가마다 심층 저 깊이 뿌리발을 하고 있는 그 무엇. 그것을 인식하고, 못하고의 차이는 서로에게 숙명적인 것이었다. 중국을 오래 드나들면서 중국을 많이 아는 것 같았지만 그런 묘수를 찾아낼 수 없으니 결국 중국을 아무것도 모르는 것이나 마찬가지였다.

상품의 현지화, 그건 거대한 내수시장을 가진 중국의 힘이 빚어내게 한 새로운 마케팅 전술이었다. 다시 말하면, 거대 소비자들의 비위 맞추기에 그것은 이제 피할 수 없는 길이었다. 20~30억 마리를 포획할 수 있는 고기떼……. 그런 황금어장이 어디 있겠는가. 아무리 광맥 좋은 금광이라도 이 황금어장의 이윤을 당할 수 있을 것인가…….

"나, 오래 못 기다려요. 당신네 회사가 생각이 없다면 딴 회사를 접촉해야 하니까."

리완싱은 상담에서 헤게모니를 쥔 자의 상투적 잔인함을 그대로 드러내고 있었다.

"예, 알겠습니다. 최대한 신속하게 처리하도록 하겠습니다. 며칠만 여유를 주십시오."

자크 카방은 전과 달리 군인들이 제식훈련에서 절도 있는 동작을 취하듯이 명료하게 '을'의 입장을 취했다. 그것이 상담 성사의 제1조건이었다.

"그럼, 오늘 얘기는 여기서 끝내고, 오늘 밤 그 아가씨와 재미 많이 보시오."

리완싱이 아가씨를 향해 손짓하며 몸을 일으켰다. 리완싱과 눈길이 마주치자 자크 카방 옆의 아가씨는 자크 카방의 팔을 붙들며 환하게 웃음을 피워냈다. '염려 마세요, 사장님. 제가 잘 모실 테니까요' 하는 것처럼. 남자의 팔을 먼저 감는 거며, 그 밝은 웃음이며, 그건 술 취해 난잡하게 구는 남자들에게 질린 술집여자들에게서는 찾을 수 없는 태도였다. 그 아가씨는 옆의 남자에게 색다른 호감을 보이고 있었다.

"예, 사장님이 놀랄 만큼 빨리 결론 내도록 하겠습니다."

자크 카방이 리완싱에게 악수를 청하며 힘차게 말했다.

"알겠소. 돈 앞에서 우리 중국사람들 만만디 아닌 걸 알지요?" 리완싱이 달리는 말에 더 채찍질을 가하는 기수처럼 말했고, "예, 프랑스사람도 돈 앞에서는 배고픈 맹수가 됩니다." 자크 카방이 서양인 특유의 화려한 웃음을 피워내며 응수했다.

리완싱은 술집 앞에서 아까 옆에 앉았던 아가씨를 떼어놓고 자가용에 몸을 싣고 떠나갔다. 자크 카방은 그를 향해 동양식의 절을 했다. 그런 그의 옆으로 아까의 아가씨가 다가와 스스럼없이 팔짱을 끼었다.

"치이, 넌 좋겠다."

리완싱 옆에 앉았던 아가씨가 입을 삐쭉했다.

"흠, 이 사람 멋지지?"

아가씨가 팔짱을 더 꼭 끼며 곁눈질로 자크 카방을 가리켰다.

"치이, 이 사람만? 서양사람들은 다 멋지지."

그때 자크 카방이 통역에게 말했다.

"이 아가씨한테 말해요. 난 지금부터 일해야 하니까 호텔에 함께 갈 수 없다고."

그러면서 그는 자신의 팔을 감고 있는 아가씨의 팔을 떼어 냈다.

"아니, 이 밤에요?" 통역이 물었고, "저쪽은 지금 낮이오." 자크 카방이 통명스럽게 말했다.

통역은 머쓱해져 아가씨에게로 고개를 돌렸다.

"흐응, 싫은데……."

통역의 말을 들은 아가씨는 울상이 되며 어깨까지 흔들었다.

"이 사람들 한 번 NO 하면 그것으로 끝이잖아요. 아쉽지만 담에 또 만나요." 통역이 말했고, "흐응, 괜히 좋다 말았네. 담에 언제……." 아가씨가 더 울상이 되어 자크 카방을 바라보았다.

그런데 자크 카방은 아가씨의 그런 눈치를 아는지 모르는지 돌아서서 걷기 시작했다.

"내일 아침에는 몇 시에 올까요?"

호텔 앞에서 차를 세우며 통역이 물었다.

"내가 연락하겠소."

자크 카방은 무뚝뚝하게 대꾸하고 차에서 내렸다. 그는 줄곧 그 일 처리만을 생각하고 있었다.

호텔 방에 들어와 윗도리를 벗어 던진 그는 전화를 걸기 시작했다.

"중국의 자크 카방 이사요. 빨리 사장님 좀 바꿔요."

"지금 안 계시는데요."

"어디 멀리 가신 건 아니지요? 출장 같은……."

"아닙니다."

"긴급 상황이 생겨 나 곧 파리로 떠난다고 보고해 주시오."

"혹시 무슨 일인지 전해드릴 수 있을까요?"

"좋은 일, 아주 좋은 일이라고만 말씀드려요."

"네, 그렇게 보고하고, 기다리겠습니다."

여비서가 '기다리겠습니다'를 상냥하다 못해 섹시함이 풍기는 소리로 감아 돌렸다. 장님도 돈은 알아보더라고 '좋은 일, 아주 좋은 일'이라는 말이 풍기는 돈냄새가 그녀를 그렇게 달뜨게 한 모양이었다. 자크 카방은 핸드폰이 마치 그녀의 얼굴이라도 되는 양 물끄러미 바라보다가 헛웃음을 흘렸다.

자크 카방은 서둘러 항공사에 전화를 걸었다.

"아 여보세요, 내일 아침 8시 30분 베이징행, 퍼스트클래스로 부탁합니다."

그는 뻔한 실랑이를 하기 싫어서 아예 비싼 1등석을 주문했다. 광저우에서 베이징은 분명 국내선인데도 2등석인 비즈니스클래스가 없이 바로 1등석이었다. 이게 중국의 상술이었다.

"잠깐만 기다려 주세요. 체크하겠습니다."

자크 카방은 시가에 불을 붙였다.

"여보세요, 자리 가능합니다."

"예, 예약해 주시고, 베이징에서 환승해 파리를 가려고 합니다. 그건 비즈니스클래스로 체크해 주시오."

"네, 잠깐만 기다려 주세요. 체크하겠습니다."

메마른 꽃잎 같은 그 인공적인 목소리 뒤에 감추어진 상업적인 웃음소리를 자크 카방은 듣고 있었다. 절반 이상 비어서 다니는 1등석을 팔아먹을 수 있는 절호의 기회, '체크'란 십중팔구 괜히 하는 빈말이기 쉬웠다.

"여보세요, 비즈니스클래스는 매진, 만석입니다."

"그럼 퍼스트클래스로!"

자크 카방은 쓰게 웃었다.

"네, 잠깐 기다려주세요. 체크하겠습니다."

자크 카방은 넥타이를 풀며 사장을 생각했다. 자신이 탈수 있는 건 비즈니스클래스까지였다. 사장은 자기 외에 간부들이 퍼스트클래스 타는 것을 몹시 싫어했다. 돈도 돈이고, 자기와 맞먹으려 한다고 생각하기도 했다. 그러니까 퍼스트클래스를 탈 때는 그 미운털이 고운털로 바뀔 만큼 확실 분명한 건이 아니고서는 엄두를 낼 수가 없었다.

"아 여보세요, 퍼스트클래스는 가능합니다."

"아 예, 예약해 주시오."

비행기 좌석을 확보한 자크 카방은 와이셔츠를 벗으며 긴 숨을 내쉬었다. 내일 아침 8시 30분이면, 공항 나가는 시간, 발권 수속 등을 거쳐야 하니까 4시에는 기상해야 했다.

자크 카방은 바로 프런트 데스크에 인터폰을 걸었다.

"내일 아침 4시에 모닝콜 부탁합니다. 그리고 4시 30분에 택시 좀 대기시켜 주세요. 공항 갑니다."

업무를 다 마친 그는 의자에 주저앉으며 시계를 보았다. 11시가 조금 넘어 있었다. 그 아가씨를 떼쳐내기 정말 잘했다는 생각이 들었다. 그 아가씨가 풍기는 섹시함에 말려들어 우물쭈물 데려왔더라면 어쩔 뻔했는가. 새벽 4시에 일어나야 하는데, 서양인들에게 무조건 친절하고 안기려고 덤비는 여자들은 중국 천지에 넘쳤다. 그러나 이번 일은 시간을 다투어 잡아야 하는 대어 중의 대어, 고래였다.

자크 카방은 서둘러 손발을 씻고 잠자리에 들었다. 그는 G2다운 중국의 변화를 다시금 실감하고 있었다. 자정이 다 된 한밤중에도 급박한 항공권 예약이 해결되는 중국. 20여 년 전에는 상상할 수 없는 일이었다. 그즈음만 해도 사회주의식 근무 습관이 그대로 남아 있어서 퇴근시간이 지나면 거의 모든 업무가 마비상태에 빠졌다. 거기다가 서비스라는 개념 자체가 없어서 자본주의 사회에 길들여진 사람들에게는 그 불편하기가 지옥이 따로 없었다. 그런데 초고속 경제발전을 따라 중국은 급격하게 국제적 위상을 갖추는 변화를 계속하고 있었다. 24시간 근무 체제를 갖춘 항공사의 서비스도 그 좋은 예였다. 중국은 치밀하고 세련된 서비스가 곧 경제 동력이고 글로벌 시대에 국가의 품위를 높이는 길이라는 사실을 확실히 인식한 것이었다. 그렇게 발 빠르게 변모해 가는 모습을 지켜보는 것도 중국의 매력 중의 하나였다.

자크 카방은 자꾸 20~30억 개가 맴돌고, 사장에게 어떻게 말하는 것이 바로 결행하게 할 수 있을 것인가를 생각하느라고 쉽게 잠들지 못했다.

자크 카방은 베이징에서 환승해 비행기 안으로 들어가 픽 웃었다. 비즈니스클래스는 열 자리도 더 비어 있었다. 으레 그러리라 생각했던 일이었다. 그건 속임수도 사기도 거짓말도 아니었다. 그건 자본주의 사회의 당연한 상술이었다. 자본주의는 이윤 추구를 법으로 보장하며, 자유경쟁을 촉진시키고, 가격 자유화를 인정하는 제도였다. 형편이 급한 자에게 값비싼 상품을 팔고, 소비자는 돈을 많이 내고도 문제를 해결하게 되었으니 그건 서로 좋은 상거래였다.

'야아, 비싼 돈 냈으니 본전 뽑자.'

비행기가 고도를 안정시키자마자 자크 카방은 의자를 완전히 빼고 눕혀 팔다리를 있는껏 내뻗었다. 그런데 그 순간 떠오르는 것이 있었다. 3등석 이코노미클래스였다. 그동안 1등석을 몇 번 탈 때마다 꼭 3등석이 떠오르고는 했다.

1등석과 3등석의 차이. 그건 한마디로 천당과 지옥의 차이였다. 돈의 힘이 어떤 것인지를 가장 잘 보여주는 현장이었다. 그리고 자본주의란 얼마나 솔직하면서도 잔혹한 것인지를 확인시켜 주는 교육장이었다. 비행기만큼 돈으로 인간의 등급을 확실하게 갈라버리는 데가 또 있을까. 물론 자본주의 사회에서 돈으로 등급을 가르는 데는 많고 많다. 여객선도, 기차도, 호텔도, 공연장도 돈 따라 층수와 위치와 넓이가 달라진다. 그러나 그런 것들은 비행기의 상황과는 많이 다르다.

보잉 747이라 한들 80미터가 못 되는 반원통형 공간이 넓으면 얼마나 넓을 것인가. 그 비좁은 공간을 세 칸으로 나누고 1등석, 2등석, 3등석을 정했다. 그 1등석은 두 다리를 쭉 뻗고 누워서 가고, 3등석은 촘촘히 박힌 의자에 쪼그리고 앉아서 가야 한다. 공연장의 1등석과 3등석은 위치만 다를 뿐 즐기는 재미는 똑같다. 그리고 시간도 두 시간 정도로 짧다. 그러나 비행기의 1등석과 3등석은 똑같이 즐길 수 있는 재미가 없다. 그리고 시간도 길어지면 10시간이 넘는다. 또한 누워서 가는 편안함과 쪼그리고 앉아서 가는 불편함의 차이만 있는 것이 아니다. 양쪽이 다 만석이라 해도 공간의 차이만큼 공기의 신선도도 다른데, 3등석은 언제나 사람들이 넘쳐나고 1등석은 언제나 빈자리가 많다. 그러나 어디 그뿐인가. 음식의 차이가 또 있다. 음식의 차이야말로 극명하고 처절하다. 1등석에서는 새하얀 식탁보 깔고, 냅킨 두르고, 무릎 꿇듯이 하는 스튜어디스의 서비스를 받아가며 예쁜 접시들에 담겨 나오는 가지가지 음식을 이런저런 포도주 곁들여가며 느긋하게 즐길 수 있는 것이다. 그러나 3등석에서는 '마구 던지듯 하는' 음식 쟁반을 받아 서로 팔꿈치가 부딪치는 자리에 웅크리고 앉아 후딱후딱 먹어치워야 한다. 곧 쟁반 수거가 시작되니까.

돈으로 모든 게 판가름 나는 자본주의는 솔직하다. 그러나야하다. 그리고 잔혹하다. '분하고 억울해하지 마. 누가 돈 안 벌랬어. 벌어, 맘껏 벌어.' 이게 자본주의가 하는 말이다. 그래서 자신은 떼돈을 벌기 위해서 3등석보다 다섯 배에 이르는 1등석을 타고 파리로 날아가고 있는 것이다. 자크 카방은 손가락 끝으로 스튜어디스를 불렀다.

"와인."

이제부터 5시간 동안 1등석 승객으로서의 권리를 맘껏 누리는 것이었다.

"여기서 고르시겠습니까."

스튜어디스가 메뉴판을 펼쳤다.

"파리 날씨는 어떻소?"

영어로 말한 스튜어디스에게 자크 카방은 불어로 물었다. 그건 순전히 '나는 양키가 아니라 프랑스사람이야' 하는 뜻을 품고 있었다.

"아, 죄송합니다."

스튜어디스가 멈칫 놀랐다가 금세 불어를 썼다. 그녀는 얼굴이 붉어지며 환한 웃음과 함께 공손한 동양식의 절을 나부시 했다. 그건 스튜어디스용의 상투적 예의가 아니었다. '프랑스사람'에게 보이는 '중국여자다운 호감'이었다. 중국사람들은 전체적으로는 미국을 좋아하고, 두 번째가 프랑스라고 각종 여론조사는 공통적으로 보여주고 있었다. 그런데 여자들은 프랑스를 첫손가락에 꼽았다. 분명한 이유가 있었다. 명품 때문이었다. 미국이 제아무리 세계 최강이라고 뻐겨도 세계 명품시장은 프랑스가 지배하고 있었고, 미국은 일본과 함께 그 시장의 착한 고객으로 수십 년 동안 1, 2위를 차지해온 것을 중국여성들은 센스 빠르게도 알아차린 것이었다. 그리고 G2의 등극과 함께 중국은 일본을 걷어차고 명품시장 고객 2위에 올랐다. 그런데 또 한 가지 사건이 바야흐로 도래하려고 하고 있었다. IMF는 중국이 미국을 물리치고 2016년에 G1이 되리라고 예측하고 있다. 그것에 대해 세계의 입 달린 경제단체들은 침이 마르고 혀가 늘어지도록 왈가왈부가 요란하다. 그런데 그 전에 일어날 사건이 하나 있다. 중국이 미국을 밟고 마침내 세계 명품시장의 1위 트로피를 안게 될 거라는 사실이다. 그 예견에 대해서는 아무도 입을 벌리지 않고 그저 조용하다. 지금 스튜어디스가 보인 색다른 호감도 거기에 맥이 닿아 있었다.

"괜찮소. 우리도 동양인, 특히 중국, 일본, 한국사람들은 전혀 구별할 수가 없어요. 당신은 파리를 좋아합니까?"

자크 카방은 그녀와 눈을 맞추며 눈인사로 답했다.

"네에, 파리는 사계절 어느 때나 아름답고 멋진, 백 번 가도 후회하지 않을 세계 최고의 도시입니다."

스튜어디스는 마치 준비라도 한 것처럼 유창한 불어를 구사했다.

"아하, 당신 불어 참 잘하는군요." 자크 카방은 칭찬하는 제스처까지 쓰며 잠깐 망설이다가, "이거 실례가 될지 모르겠지만, 너무 놀라서 묻지 않을 수가 없소. 그 말 미리 준비하고 다니는 거요?" 하며 콧등을 찡그리며 웃었다.

"아, 아닙니다. 평소에 제가 느끼고 생각해 온 거고, 회사의 감상문 쓰기에서 그렇게 쓴 일이 있습니다."

그녀가 정색을 하고 말했다.

"아, 그렇소? 당신의 말은 내가 들은 말 중에서 파리에 대한 최고의 예찬이오. 불어는 오래 했어요?"

"대학 때부터 해서 10년쯤 됩니다."

"불어를 참 잘합니다. 아주 품위 있게."

"아닙니다, 감사합니다."

스튜어디스는 달아오르는 얼굴을 살짝 옆으로 돌리며 입을 가리고 미소 지었다.

그 수줍음 타는 모습이 동양의 신비스러운 꽃, 연꽃이 막 피어나려고 하는 그런 모습의 아름다움이었다. 그건 서양여자한테서는 발견할 수 없는 동양여자들 특유의 아름다움이었다. 그리고 영어와 불어를 동시에 구사하는 스튜어디스는 글로벌화된 중국의 모습이었다.

자크 카방은 와인을 핥듯이 찔끔찔끔 마시면서 사장을 단숨에 설득시킬 수 있는 말을 정리하는 데 정신을 모았다. 경영자들이 가장 좋아하는 것은 새로운 돈벌이였다. 그러나 그 설명이 길어지는 것은 딱 싫어했다. 그들이 원하는 것은 간단명료한 핵심, 확실 분명한 결론, 절대불변의 성공이었다. 그들의 탁월함은 곤충의 더듬이보다 더 예리한 촉수를 가지고 있다는 점이었다. 핵심적인 얘기를 4~5분만 해도 그들은 새 돈벌이의 가능 여부를 예리하게 간파해 냈다.

사장은 아시아가 유럽을 압도하는 새 시장으로 무섭게 솟아오르고 있다는 것은 이미 절절하게 잘 알고 있었다. 그중에서도 중국, 일본, 한국의 존재는 그의 머릿속을 넓게 차지하고 있었다. 물론 다른 명품회사 사장들도 마찬가지일 것이다.

중국, 일본, 한국, 그 세 나라는 얼굴만 구별할 수 없도록 비슷한 게 아니었다. 닮은 게 너무나 많아 마치 일란성 쌍생아가 아닐까 싶을 정도였다. 그중에서도 유난한 공통점이 백인 선호였다. 물론 백인 좋아하는 거야 세계적인 현상이지만, 그 세 나라는 이해가 안 될 정도로 특히 유별났다.

백인에 대한 지나친 호감 때문에 당황했던 것은 일본에 처음 파견되었을 때였다. "여긴 우리 백인들의 천국이야. 백인 중에서도 미국인과 우리 프랑스인은 특히 우대해 주고 우러러보지. 팁을 많이 주는 것도 아닌데 술집여자들까지 서로 우리 옆에 앉으려고 다투거든. 특히 자네 조심해. 젊으니까 여대생들이 마구 추파를 던지며 덤벼들 테니까." 첫날 지사장이 한 말이었다. 그 믿기지 않던 말은 곧 사실로 드러났다.

마치 허리에 자동 스프링 장치가 되어 있는 것처럼 시도 때도 없이 굽실굽실 절을 잘하는 일본사람들이 친절한 거야 세계적으로 유명한 거지만 특히 백인에 대한 친절은 무조건적인 상태를 넘어 거의 노예적이었다. 백인의 입장에서는 그보다 더 좋을 일이 없지만, 그들이 너무 그러니까 감사함이 차츰 사라지면서 우월감이 강해지고, 더 나아가 자만심이 커지는가 하면, 그들에 대한 경멸감마저 생겨나는 것이었다.

그런 일본인들의 백인 선호는 명백한 이유가 있었다. 일본은 100여 년 전에 모든 과학기술을 유럽에서 배워가 새로운 근대국가를 건설했던 것이다. 2차세계대전을 일으킨 것도 그 과학의 힘을 과신한 때문이었다. 그들은 그때 백인의 우월함에 기죽었고, 그건 그대로 그들의 열등감으로 굳어졌다. 거기다가 그들은 2차대전에서 백인들에게 패배했다. 그 열등감은 더욱 커짐과 동시에 백인우월주의에 더욱 압도당하게 되었다. 전쟁 패배와 함께 그들은 백인의 지배를 받으며, 백인의 도움을 받아 잿더미가 된 나라를 새로 살려냈다. 그리고 다시 백인들의 최신 과학기술들을 본떠 눈부신 경제발전을 이룩해 삽시간에 선진국 대열에 끼어들게 되었다.

그들이 경제력 강한 선진국이 되었음을 과시한 것 중의 하나가 세계 여행 나서기였고, 세계적 명품 사들이기였다. 그 명품바람이 얼마나 드셌으면 프랑스, 이태리 명품사들이 줄줄이 직판장을 내는 것에 이어 지사까지 차렸을 것인가. 그 덕에 일본 근무를 시작하고 보니 일본사람들의 서양 흉내 내기는 마치 서커스단에서 원숭이들이 사람 흉내 내는 걸 구경하는 것처럼 재미있고 우스웠다.

그 흉내 내기는 도처에 숱하게 널려 있었지만 특히 인상적으로 눈길을 끄는 것이 있었다. 그것은 한 장의 사진이었다. 2차대전에서 '무조건 항복'을 한 일본은 미국의 함정 미주리함상에서 항복문서에 조인을 해야 했다. 그런데 거기에 참석한 일본 대표의 옷차림이 유난스러웠다. 그 사람은 평범한 양복을 입은 것이 아니라 서양의 예복이라는 것을 입고 있었다. 그런데 어찌나 철저하게 격식에 맞추려고 애를 썼는지 그는 양복저고리 뒤꼬리가 째져 길게 늘어진 연미복에다가, 위가 높이 솟은 고깔중절모자까지 쓰고 있었다. 그런데 그런 차림은 서양에서도 거의 사라진 100여 년 전의 정장이었다. 서양 사람들 앞에 항복 조인을 하러 나온 동양사람이, 더구나 서양사람들은 모두 군인 복장인데 동양사람 혼자만 서양의 옛날 복장 차림을 하고 있으니 눈길이 안 끌리려야 안 끌릴 수가 없었다. 군인들 앞에 선 그 사람의 어색한 차림이라니, 100년 전의 서양 유령이 나타난 기분이었다.

어떻게 한 나라의 대표로 나선 사람이 그런 어설프기 짝이 없고 촌스럽기 그지없는 흉내를 낼 수 있는 것인지 도무지 이해할 수가 없었다. 그런데 차츰 시간이 지나면서 그 의문이 풀려나갔다.

전쟁을 일으키고, 결국은 패배해 나라를 망가뜨린 진짜 책임자가 '천황'인데도 이상하게 일본사람들은 여전히 그를 하늘처럼 떠받들었다. 그 '천황'이 가끔 있는 공식행사에 모습을 드러낼 때면 어김없이 윗도리 꼬리가 길게 늘어지고, 나치의 죄수복 같은 세로줄무늬 바지로 된 연미복을 차려입었다. 그리고 그 부인은 서양에서 이미 몇십 년 전에 유행이 지나버려 지금은 흑백영화에서나 볼 수 있는 그 촌티 나는 꽃모자를 매번 바꿔 쓰고 나왔다.

그뿐이 아니었다. 총리가 바뀌고 새로 구성된 내각이 국민 앞에 첫모습을 선보이는 공식행사에서는 그들은 마치 '천황'에게 충성이라도 맹세하듯이 꼭 '천황' 것과 똑같은 연미복을 입고 나섰다. 일본사람들은 대부분 키가 작고 왜소하지 않은가. 그런 그들이 체형에 어울리지 않는 꼬리 긴 연미복을 입으니 그 모양이 어떤가. 키는 더 작아 보이고, 몸집은 더 왜소해 보이는 그 낯 뜨거운 몰골을 뭐라고 해야 할 것인가.

국가의 최고 수뇌부에서 서양 흉내 내기에 그렇게 열중이니 국민들은 어찌 될 것인가. 황인종 스스로 열등감에 사로잡혀 '서양중심주의' '백인제일주의'에 함몰되는 '오리엔탈리즘'을 일본은 앞장서서 조장해 대고 있었다. 서양으로서는 그보다 더 고맙고 착한 '문화 노예'가 있을 수 없었다.

그들은 서양책 읽기, 서양옷 멋부리기, 서양음식 먹기, 서양집 짓기, 서양노래 부르기 같은 것에만 열을 올리는 것이 아니었다. 60년대 중반에서 70년대 중반 즈음까지는 희한한 텔레비전 쇼가 펼쳐졌다. 일본남자들이 서양여자들과 결혼하는 것이 가장 성공한 인생인 것처럼 그런 쌍들을 일부러 텔레비전에 불러내 붕붕 비행기를 태웠다. 그리고 국민들은 부러움과 함께 마침내 일본사람들이 서양사람들과 동급이 된 것 같은 착각과 만족감 속에서 시청률을 자꾸만 올렸다.

그런데 일본에 오래 있다 보니 더 황당하게 웃기는 얘기를 듣게 되었다. 일본의 어느 영문학자는, 패전으로 일본이 미군의 지배하에 들어가자 '이 기회에 일본은 미국의 한 주로 편입되어야 한다'고 주장하고 나섰다. 그 말을 무릎 치며 반길 데는 어디인가. 미국은 그 학자 말대로 하고 싶어 속으로 군침을 질질 흘리고 있더라도 차마 표를 내지 못하는 입장이었다. 영국과 프랑스는 모르는 척해준다 하더라도, 같은 승전국으로 한반도를 절반씩 분할점령하고 있는 소련이 금세 이빨을 드러내며 으르렁거릴 것이 뻔했던 것이다. 그런데 일본이 솔선해서 미국의 한 주가 되겠다고 품에 안겨오면 그보다 더 좋은 금상첨화가 어디 있으랴. 어찌 옛날에 하와이가 안겨온 것에 비할 것인가. 하와이로는 태평양의 반밖에 못 차지했지만, 일본이 안겨오면 태평양을 완벽하게 차지하게 되는 것이 아닌가. 그렇게 되면 소련은 물론이고 중국까지도 한눈 아래서 통제할 수 있게 된다. 거대한 영토를 가진 소련과 중국을 꼼짝 못하게 감시하면 어떻게 되는가. 미국은 전 세계를 지배하는 천년왕국이 되는 것이었다.

미국은 마침내 그 착한 자발적 노예를 초청했다. 그리고 일개 학자를 상하원 합동연설대에까지 세워주었다. 국가 원수급의 파격적 대우에 그 친미 학자는 얼마나 황홀했을까. 그는 모든 실력 총동원하여 영어로 열렬하게 연설을 하기 시작했다. 그런데 그가 연설을 끝내자 어떤 의원이 말했다. "일본말도 영어와 비슷한 데가 많네." 그 말을 전해 듣고 일본으로 돌아온 학자님께서는 죽을 때까지 영어를 단 한마디도 하지 않았다고 한다.

그도 그럴 것이 영어를 잘하게 되었다는 오늘날에도 텔레비전에 야구 중계를 하면서 일본 아나운서는 홈런을 '호무란, 호무란!' 외쳐댄다. 그리고 일반인들은 택시를 꼭 '타쿠시'라고 발음한다. 일본은 세계에서 으뜸으로 서양을 좋아하면서, 서양의 대표적인 언어인 영어를 발음하는 데는 '백치 금메달' 감이다.

그런데 미국의 한 주가 되고 싶어 한 일본의 서양화 갈망은 조금도 퇴색하지 않고 여전히 뜨겁다는 사실이 몇 년 전에 입증되었다. 도쿄에서 유럽과 일본을 주제로 한 학술회의가 열렸다. 그때 일본 '학자'들은 일본이 EU(유럽 연합)에 가입해야 한다는 제안을 진지하게 거론한 것이었다. EU가 무슨 뜻인지 EU가 어리둥절할 사태였다. 1999년의 일이었다.

오래전부터 서양에서 일본을 '동양 속의 서양'이라고 한 것은 괜히 나온 말이 아니었다. 일본사람들이 서양을 선호하다 못해 흠모하고, 흠모하다 못해 스스로를 서양인이라고 착각하는 만큼 같은 동양인은 경멸하고 천시했다. 그러니 중국과 한국에 대해 저지른 잘못을 사죄할 리가 없었다. 그런데 중국사람들과 한국사람들은 그 사실을 모르고 딱하게도 자꾸 사죄하라고 분해하고 있었다. 일본사람들의 그런 정신착란 증세는 없어지지 않을 것이고, 사죄도 영원히 하지 않을 것이다.

그들의 그런 정신 착란 증세의 덕을 가장 많이 본 것이 우리 프랑스였다. 일본은 미국을 뒤따라 프랑스를 가장 많이 여행하고, 프랑스 명품을 가장 많이 구매하는 나라로 수십 년간 세계 1, 2위 자리를 고수해 왔던 것이다. 일본사람들의 그런 불변의 충성도가 고맙고 착하지 않을 수 없었다. 그런데 어느 날 느닷없이 그 자리가 뒤집히고 말았다. 대형 화산이 폭발하듯 별 가망 없어 보이던 중국이 G2로 치솟아 올랐던 것이다.

그럼, 일본에게 나라를 빼앗겨 식민지로 짓밟히는 굴욕을 당하고, 그 여파로 민족과 국토가 절반으로 갈린 한국은 어떠할까. 한국도 서양과 백인에 대한 선호는 일본에 뒤지면 안된다는 듯 열렬하다. 그들도 일본과 똑같이 모든 것을 서양식으로 바꾸려고 노력했다. 특히 옷과 집은 그들의 것을 완전하게 버렸다. 평소에 그들의 고유한 옷을 입고 다니는 사람은 눈을 씻고 찾아도, 눈을 부릅뜨고 찾아도 찾을 수가 없는 지경이다.

최근에 대학생들의 좌담이 신문에 실렸다. 한국 대학생들의 인종차별에 대한 것이었다. "한국 학생들은 부담스러울 만큼 친절하다. 서로 도와주려고 하기 때문에 과제 걱정을 전혀 안 해도 된다." 미국 학생의 말이었다. "나는 한국 생활이 행복하다. 학생들뿐 아니라 한국사람들은 누구나 친절하고 호감을 보이기 때문이다." 프랑스 학생이었다. "한국사람들은 좀 난처하다. 그들은 영어권 국가 사람들과 백인을 너무 차별적으로 좋아한다." 캐나다 여학생의 말이었다. "한국에 유학 온 게 회의스럽다. 서양사람과 중국사람을 이렇게 차별할 줄은 몰랐다. 교수들까지 그런다." 중국 학생이었다. "미국보다 오히려 차별이 더 심하다. 나는 외톨이다." 흑인 학생의 말이었다.

무슨 말이 더 필요한가. 그런데 한국에는 일본과 중국을 압도하고 있는 기술이 한 가지 있다. 성형수술이다. 일본, 한국, 중국사람들의 한 가지 공통점은 서양사람들을 좋아하다 못해 서양사람처럼 생기고 싶은 갈망을 갖게 되었다는 것이다. 그 꿈을 실현시켜 준 것이 성형수술이었다. 눈과 코를 찢고 째서 서양사람의 모양을 만들어낸다. 그 열망이 얼마나 크면 한국사람들은 인구 비례로 따져 성형수술 세계 1위를 차지했을까. 그리고 중국사람들과 일본사람들도 서양식으로 눈을 크게 하고, 코를 높게 하려고 기술 좋은 한국으로 밀려든다. 그게 새로 생긴 말 '의료관광'이다.

그리고 도저히 상상이 안 되는 사태가 벌어지는 나라가 한국이다. 영어를 미국사람들처럼 잘하고 싶은 욕망으로 그 조그맣고, 1인당 GDP도 2만 달러에 겨우 턱걸이하고 있는 나라에서 사교육비를 매해 20조 원 이상 쏟아붓는다고 그들의 매스컴이 보도하고 있다. 그거야 자식 교육에 광적인 한국 부모들의 사적 욕구니까 어쩔 수 없는 일이라 치자. 그런데 황당한 일은 영어 교육 강화를 위해 나라에서 역사 시간을 일주일에 1시간으로 줄여버린 것이다. 그들이 간절하게 이루어지기를 바라고 있는 세계의 선진국들은 일주일에 역사 시간이 3~4시간이고, 역사 시간을 줄이는 일은 일본에서도 중국에서도 저지르지 않았다. 한국 정부의 그 용감무쌍한 결단력이 세계 1위, 금메달 감이 아닐 수 없다. '과거를 기억하지 못하는 사람들은 그 과거를 되풀이한다.' 조지 산타야나의 이 유명한 말을 한국 정부만 모르는 것일까. 한국은 일본의 식민지로 짓밟힌 굴욕의 시대를 살았으니 역사 시간을 몇 시간으로 해야 할까. 프랑스 입장에서 볼 때는, 정부가 그런 몰상식한 짓을 저지르는 데도 역사학계나 지식인들이 침묵 속에 그대로 따라간다는 것이 참 야릇하고 풀기 어려운 수수께끼다. 한국도 프랑스에게는 중국, 일본 다음이 될 정도로 고마운 나라다. 그들도 파리 여행에 열광할 뿐만 아니라 명품 구매 또한 인구 비례로 따지면 세계 1위라고 그들의 텔레비전이 보도하고 있다. 그런 고마운 나라가 역사 교육을 계속 부실하게 해서 또 과거의 비극을 되풀이하는 슬픈 나라가 될까 봐 심히 걱정스럽다. 외국인인 내 충고를 들어줄 리도 없고.

중국사람들의 백인 선호는 어느 정도일까. 긴 말 필요 없이, 세상살이를 풍자하고 해학적으로 묘사한 민간인들의 시 '순커우류(順口溜)' 한 수를 보면 된다.

일류미녀는 바다를 건너가고, 이류미녀는 외국 기업가의 얼나이가 되고, 삼류미녀는 직접 사업을 한다. 사류미녀는 선전과 주하이로 가고, 오류미녀는 가라오케 호스티스가 되고, 육류미녀는 광저우와 상하이로 간다.

'바다를 건너간다'는 것은 백인과 국제결혼을 해서 서양으로 떠난다는 뜻이 아닌가. 중국여자들이, 심지어 몸을 파는 술집여자들까지 백인에게 무작정 호감을 드러내며 덤비는 것은 다 그런 까닭 때문이다.

그러나 어디 여자들만 그러는가. 남자들도 외국기업에 취직하는 것을 최고로 친다. 중국 회사들보다 월급이 많기 때문만이 아니다. 외국 회사에 3~4년 근무하면 중국 회사에서 서너 배의 봉급으로 스카우트해 가는 것이다. 미국 유학을 가려고 기를 쓰고, 전국 체인을 가진 영어학원이 10대 부자 속에 드는 것은 미국 유학을 다녀왔다 하면 인생 탄탄대로가 열리기 때문이었다. 이런 현상은 일본, 한국, 중국이 한 기계로 찍어낸 인형들처럼 똑같다.

그리고 중국에서도 중국 고유의 옷은 말할 것도 없고, 혁명의 상징인 '인민복'마저 깨끗하게 청소를 해버린 듯 찾아볼 수가 없다. 인민복은 톈안먼 광장의 마오쩌둥 초상화에서나 겨우 구경할 수 있다. 경쟁적으로 자전거를 버리고 자동차로 갈아타듯이 중국사람들은 청바지를 위시해서 모든 입성을 서양 것으로 바꿔버렸다. 그들이 고수하고 있는 것은 단 하나, 음식이었다. 종류가 셀 수 없을 정도로 다양하고, 음식에 따라 맛도 오묘하게 달라지는 자기네 음식이 서양 것에 비해 월등하다는 것을 중국사람들은 눈치 빠르게 알아차린 것이었다.

중국사람들이 개혁개방과 함께 첫 번째로 좋아한 서양 것이 청바지였다. 남녀 젊은이들이 청바지라면 그야말로 환장을 하고 덤벼들었다. 그래서 청바지 서너 벌만 가지고 가 시장에서 팔면 중국 여행비가 빠진다는 소문이 파다했다. 그리고 두 번째가 도시마다 초고층 빌딩 짓기였다. 초고층 빌딩은 중국이 경제발전을 성공적으로 이룩해낸 상징이고 자랑이었으며, 중국 대도시들도 서양 선진국 대도시들과 똑같다는 중국인 특유의 과시욕을 채워주는 데 안성맞춤이었던 것이다. 그들은 철근을 박은 시멘트 콘크리트 덩어리를 몇 백 미터씩 쌓아 올리기 위해서 몇백 년씩 된 아름다운 건축물들을 아무런 미련 없이 마구잡이로 때려 부서버렸다. 제발 그런 후회할 짓을 하지 말라고 하면 관리들은 하나같이, "그런 먼지 잔뜩 낀 것 아무 가치도 없다. 인민들은 새 고층 빌딩들을 훨씬 더 좋아한다"며 아무 말도 들으려 하지 않았다. 미국같이 역사가 짧은 나라에서는 문화재로 애지중지 떠받들 만한 것들이었다. 자신 있게 말하지만, 심한 매연과 가짜 음식만 사라진다면 중국은 프랑스를 밀어젖히고 단숨에 세계 최대의 관광 대국의 자리를 차지하게 될 것이다. 그런데 그 소중한 자산들을 그렇게 닥치는 대로 파괴해 그 좋은 길을 스스로 포기하고 있으니 프랑스인으로서 그저 무한히 감사할 따름이다. 명품을 갈수록 많이 사주는 것과 더불어, 중국사람들은 순진무구하게도 공해를 일으키며 생산하는 물건들만이 돈 되는 산업이라고 생각하고 있다. 관광이야말로 알짜로 돈 되는 '굴뚝 없는 산업'이라는 그 평범한 사실을 깨달을 날이 언제일까.

중국에서도 명품 사냥과 함께 일어난 바람이 백인 닮은 얼굴을 만들어내는 성형바람이다. 그래서 눈도 코도 비슷비슷한 모조미인, 인조미인, 인공미인, 짝퉁미인들이 날이면 날마다 늘어나고 있는 것이다. 살을 찢고 째는 아픔을 무릅쓰고, 아까운 돈을 아낌없이 써가면서 왜 그렇게도 백인을 닮고 싶어 하는지 알 수가 없다. 그 무조건적인 백인 추종을 백인들은 전혀 고마워하지 않고 오히려 멸시하고 조소한다는 것을 그들은 모른다.

그리고 중국사람들도 백인을 좋아하는 것과는 정반대로 흑인에 대한 차별은 극심하다. 그 정도가 얼마나 심한지 인권운동가인 류샤오보가 보여준 적이 있었다. 미국 국무장관 콘돌리자 라이스가 중국을 방문했을 때 네티즌들이 포털 사이트에 올린 글들이었다. '정말 추한 모습' '세상에서 가장 추한 모습' '인간이 어떻게 라이스 같은 여자를 낳았는지 정말 이해할 수 없다' '검은 귀신' '검은 돼지' '마녀' '인간 쓰레기' '검은 암캐를 국무부 장관으로 앉히다니 미국인들의 IQ는 정말 떨어진다' '침팬지' '악어' '썩은 고기' '쥐똥' '개도 먹기 힘들 것.'

그들이 가장 좋아하는 나라의 장관을 향해 이 정도이니 일반 흑인들은 어떻게 대할 것인가. 외국사람들이 넘쳐나는 중국에서 흑인 보기가 쉽지 않은 것은 괜한 일이 아니었던 것이다.

눈을 떠보니 스튜어디스가 깨우고 있었다. 어느 대목에서 잠이 들었던 것인지 잘 알 수가 없었다. 1등석의 귀족식을 포도주 곁들여 배불리 먹고 나서 느긋하게 잠들어버린 모양이었다. 자크 카방은 화장실을 다녀와 커피를 시켰다. 커피맛을 깊이 음미하며 머리를 정리했다. 사장에게 5분 이내로 보고 할 말들이 백지 위에 검은 글씨로 찍혀져 나가듯 착착 정리되고 있었다.

파리는 여전히 아름답고, 정다웠고, 프랑스인의 자긍심이 뿌듯하게 솟도록 자랑스러웠다. 자크 카방은 새 기운이 솟아올랐다.

"……가만 있어봐. 카방, 분명히 20~30억 개라고 했소?"

사장의 날 선 눈초리가 자크 카방을 겨누었다.

"예, 분명 20~30억 갭니다."

자크 카방은 사장의 눈초리를 되받아치며 군대에서 점호를 받듯이 한 마디씩 똑똑하게 발음했다. 사장은 지금 새 사업에 대한 타당성을 점검하고자 하고 있었다.

"……자넨, ……몇 프로의 가능성인가?"

"100퍼센트의 확신입니다."

"자네의 목숨을 걸었다는 거야?"

"그렇습니다."

"으음……, 나도 믿음이 가긴 하네만, 그런데 그 사람이 상표등록을 해놨다는 건 뭘까?"

"예, 저도 그걸 줄기차게 생각해 봤지만 전혀 짐작되는 게 없습니다. 중국사람들의 깊은 내심을 알 수 없는 프랑스사람의 한계입니다."

"그럼……, 그 사람을 끼워줄 수밖에 없는데, 일시불을 원하는 거요, 아니면 이익 분배를 원하는 거요?"

"그런 구체적인 건 전혀 언급되지 않았습니다. 오늘은 아이템만 가지고⋯⋯."

"알았소. 그 사람을 데려오시오."

"예에⋯⋯?"

"파리로 데려와."

그 다음의 구체적인 말은 사장의 눈에 담겨 있었다. 자크 카방은 그 말을 빨리 읽어냈다.

"예, 알겠습니다. 바로 떠나겠습니다."

"그러시오. 중국이 이렇게 엄청난 기세로 큰 고객이 될 줄은 몰랐소. 카방 당신이 중국 덕에 우리 회사는 제2의 전성기가 아니라 최고 절정기를 맞게 되고, 명품 회사들의 폭발적 매출 증가로 우리 프랑스의 경제가 계속적으로 안정된 호황을 누릴 거라고 했을 때, 난 솔직히 반신반의했었소. 그런데 당신의 판단이 맞아가고 있소. 일본 손님은 10명 중에 2명이 물건을 사고, 한국 손님은 10명 중에 5명이 물건을 사고, 중국 손님은 10명 중에 9명은 물건을 산다고 했는데, 그 말은 빗나갔소."

"아니, 어떻게⋯⋯."

"놀랄 것 없소. 좋은 쪽으로 빗나간 거니까. 10명 중에 15가지도 사고, 20가지도 사니까 말이오."

"아 예, 알았습니다. 싹쓸이 말씀이군요. 아하하하……."

자크 카방은 그 말뜻을 알아듣고 웃음을 터뜨리지 않을 수 없었다.

"아하하하……."

사장도 통쾌하게 웃어댔다.

# 그대, 나의 속사랑

송재형은 웃통을 벗어젖힌 채 컴퓨터 자판을 두들기고 있었다. 베이징의 더위가 그 기세를 올리기 시작하고 있었다. 베이징은 추위도 혹독했지만 더위도 독했다. 북쪽의 사막화가 해마다 가까워지면서 기후변화도 심해지고 있다고 했다. 거기다가 해결될 기미라고는 없는 짙은 매연도 제 역할을 톡톡히 해내고 있었던 것이다.

똑, 똑, 똑!

조심성 전혀 없는 노크 소리가 울렸다.

"예에!"

송재형은 짜증스럽게 내쏘았다. 논문이 자꾸 꼬여 열이 받치는 데다가 노크 소리까지 기분을 상하게 했던 것이다.

"야, 너 이 염천에 뭐하는 거냐?"

노크 소리보다 더 조심성 없이 목청 드높이며 들어선 것은 이남근이었다.

"넌 줄 알았다."

송재형이 의자를 돌리며 이남근을 흘겨보았다.

"너 점쟁이냐? 노크 소리로 누군 줄 알게."

이남근이 침대에 걸터앉으며 콧방귀를 뀌었다.

"당연하지. 소리에도 제각각 표정이 있는 것 몰라?"

"뭐야? 소리에도 표정이 있어? 얘 가끔 엉뚱한 소리 해서 사람 헷갈리게 하고, 지 혼자 특별히 난 척하고 그런다니까. 얌마, 차라리 방귀에 표정이 있다고 해라."

이남근이 코웃음을 치며 담뱃갑을 꺼냈다.

"새끼, 무식하기는. 방귀에도 분명히 표정이 있잖아. 노크 소리가 사람마다 다르듯 방귀 소리도 분명히 사람마다 다르니까. 느네 아버지가 맘 놓고 뀌는 방귀 소리와 니가 조심해서 뀌는 방귀 소리가 똑같냐?"

"싱거운 놈, 더운데 별소리 다 하네. 그럼 넌 느네 애인 노크 소리도 알아들어?"

"그야 당연하지. 얌전하고 잔잔한 소리……."

지금 그 소리가 울려오기라도 하는 듯 송재형은 눈을 사르르 감았다.

"분위기 잡고 있네. 그래, 지금 뭐 하냐?"

이남근이 담배에 불을 붙였다.

"야, 방 안에서 담배 좀 피우지 말아라. 비흡연자의 건강보호권 몰라?" 송재형이 얼굴을 잔뜩 찌푸렸고, "아이구, 잘난 척 드럽게 하네. 그래, 담배연기 안 마시고 천년만년 살아봐라." 이남근은 송재형을 향해 담배연기를 훅 내뿜었다.

"왜 내가 너같이 교양 없는 놈하고 친군지 모르겠다. 넌 졸업논문 안 써?"

송재형이 담배연기를 피하며 손을 휘저었다.

"그런 걸 뭐 직접 쓰느라고 이 더운데 낑낑대고 그러냐. 적당적당히 해결하면 되는 거지."

이남근이 엄지와 검지로 동그라미를 그려 보이며 짓궂게 웃었다.

"그런 게 통해? 걸리면 어쩌려고?"

송재형이 깜짝 놀랐다.

"야, 대학이 다 똑같냐? 염려 묶어두셔."

"그래도 대학인데, 심사에서 걸리면 졸업 못 하잖아."

"참, 모범생은 걱정도 많으셔요. 걸릴 리도 없지만, 걸려도 그만이야. 너처럼 교수님 하실 거룩한 꿈을 품으신 분들이야 양심적으로 공부하시고, 졸업장도 꼬박꼬박 챙기시고 해야 되겠지만 나처럼 취직할 일 없는 사람은 그런 거 다 필요 없는 물건이거든."

이남근은 담배를 빡빡 빨며 장난스럽게 웃었다.

"무슨 소리야? 꼭 보여야 할 데가 있잖아. 부모님!"

"허, 일류대 학생으로 공부 잘하면 뭘해. 세상 물정을 저리 모르니 바보지. 까짓 것 해결하는 데야 100위안도 안 들잖아."

이남근은 한심스럽다는 표정으로 송재형을 향해 검지손가락을 까딱까딱했다.

"야, 이 도둑놈아, 속일 사람이 따로 있지."

"그건 속이는 게 아니라 위로해 드리려고 내가 크게 마음 쓴 거지. 난 아버지 것 물려받아 평생 장사 해먹고 살 건데 졸업장이 없으면 어때. 4년 동안 대학물 착실히 먹었으면 그걸로 세상 경험 충분히 한 거지. 안 그래?"

"속 참 편해서 좋다. 그런 배짱이라서 중국말도 열심히 안 하고 그랬구나?"

"글쎄, 공부는 너 같은 범생이들이나 하는 거라구. 공부하는 게 재미있다는 너 같은 놈이 사람이냐? 여기 유학생 중에 너 같은 놈은 얼마 안 되고, 나 같은 놈들이 수두룩하니까 너무 마음 아파하지 말아라. 인생 한평생 살고 보면 시시껄렁하긴 니나 나나 다 마찬가진 거야."

"한심한 놈, 철학자 다 된 것처럼 말은 청산유수네."

"왜, 아니냐? 과외 한다 뭐한다, 유학 간다 어쩐다, 그래서 일류 기업에 들어가면 무슨 수가 생기냐? 남들보다 월급 좀 더 받고 살다가 20년쯤 지나면 쓰레기 취급당해 퇴직이잖아. 그런 꼴들이 나보다 나을 게 뭐지? 적당적당히 수완 부려가며 장사 잘하고 살면 내가 훨씬 더 부자로 살 수 있다구. 거룩하신 학자님, 무슨 말씀인지 알아들으셔? 그리고 죽고 나면 누구든지 아무 흔적도 안 남기는 매일반이고. 너도 괜히 낑낑거리며 진땀 빼지 말아라."

"그래, 니가 그렇게 생각하면 니 인생이니까 니가 맞아. 근데 난 너처럼 물려받을 사업이 없어. 그러니까 낑낑대야지."

송재형은 쩝쩝 입맛을 다시고는, "헌데 왜 왔어?" 하며 벗어두었던 티셔츠를 집어 들었다.

"응, 같이 좀 가자."

"왜, 또 작은아버지가 걸리셨니?"

송재형이 티셔츠를 꿰입었다.

"아니, 용돈 좀 벌게 자주 때 들어가야 하는데 요샌 잠잠하다니까."

"아이구 이 미친놈!"

송재형이 헛주먹질을 했다.

"가자, 좋은 일이니까."

"무슨 일인지 알아야 가지. 나 애먹고 있는 것 안 보이냐?"

"얌마, 내가 언제 널 허튼 일, 손해 날 일에 끌어들인 적 있니? 너보다 공부는 못하지만 발 넓고, 실속 차리고 하는 데는 내가 한 수 위잖아?"

이남근이 송재형의 어깨를 슬쩍 쳤다.

"암, 어련하시겠어요. 당연히 열 수 위시지요."

송재형이 머리까지 깊게 숙였다.

"그러니까 고마운 마음으로 따라나서기만 하면 돼. 괜찮은 자리가 기다리고 있으니까. 가자."

이남근이 몸을 일으켰다.

"요런 도깨비 같은 놈. 밑도 끝도 없이……."

송재형은 중얼거리며 바지를 집어 들었다. 안 풀리는 논문 붙들고 끙끙거리는 것보다는 잠시 머리를 식히는 것도 나쁘지 않다 싶었던 것이다.

앞서 나서는 이남근의 뒷모습을 보며 송재형은 피식 웃었다. 이남근이 정리하고 있는 인생관을 그의 부모가 들으면 어떨지 모르지만, 그의 말도 그 나름의 의미는 갖추고 있었다. 모든 사람의 인생은 제각기 자기 선택이기 때문이었다. 대학 졸업도 얼마든지 그의 식으로 할 수 있었다. 중국에는 대학이 1천 개도 넘어 단연 세계 1위였다. 개혁개방을 시작하면서 고급 인력을 키워내야 할 필요 때문에 대학을 수없이 세운 탓이었다. 그러니 대학의 수준도 천층만층일 수밖에 없었다.

그리고 그 많은 대학에서 매해 쏟아져 나온 졸업생들이 그대로 청년실업을 야기시키는 사회적 두통거리가 되고 있었다. 투자 과잉이 부른 필연적인 공급 과잉이었다. 한국이 그렇듯 그들 학사님들이 가고자 하는 일자리는 월급 많고 편한 고급 일자리였다. 그러나 그런 자리들은 이미 다 차 있고, 새로 만들어지는 자리는 속도가 더디었다. 그건 쉽게 풀리기 어렵게 얽힌 실타래였다.

이남근이 간 곳은 학교 앞 스타벅스였다. 거기에는 한결같이 젊은이들이 바글바글 끓고 있었다. 그건 부자 나라 미국이 초침 돌아가는 그 순간순간마다 더욱 부자가 되고 있는 것을 보여주는 현장이었다. 중국의 돈이 돈벌이를 별로 하지 못하는 젊은이들을 통해 줄기차게 태평양을 건너가고 있는 거였다.

"앉어, 여기." 이남근은 송재형에게 두 여자가 앉아 있는 맞은편 의자를 손짓하고는, "야, 느네들 인사드려라. 느네 선생님 되실 송재형 오빠시다." 그는 여자들에게 일렀다.

"첨 뵙겠습니다. 한미라입니다."

"안녕하세요. 김민지입니다."

두 여자는 앉은 채 고개만 까딱까딱 하며 키 큰 송재형을 빤히 올려다보았다. 그러고는 재빨리 눈길을 돌려 서로를 쳐다보며 놀랍다는 기색을 주고받았다. 그녀들은 키가 크고 눈길이 끌리는 송재형의 생김에 주춤했던 것이다.

"무슨 소리야? 내가 선생님이라니?" 송재형은 여자들에게 답례할 생각은 하지 않고 이남근에게 따지듯 했고, "우선 좀 앉아라. 나쁜 일 아니고 서로 좋은 일이니까." 이남근이 송재형의 팔을 잡아끌었다.

"다른 게 아니고 애네들은 내 친구 동생들인데, 금년에 대학 문턱 넘어온 햇병아리들이야. 근데 너도 알다시피 햇병아리 때 젤 문제가 중국말 아니냐. 애네들도 그것 때문에 애를 먹고 있는데, 이번 여름방학에 집에 안 가고 여기서 중국말을 집중적으로 공부할 작정이래. 근데 너도 대학원 공부 때문에 집에 안 간다고 했잖아. 그러니까 애네들한테 중국말 좀 가르쳐주는 아르바이트를 하라는 거야. 보수는 톡톡하게 드릴 테니까."

이남근이 아주 점잖게 설명했다.

"아니, 전문 학원이 수도 없이 많은데 무슨 개인 교습이야? 더구나 중국사람도 아니고 같은 한국사람한테. 한국 학생들이 중국말 안 느는 게 자꾸 한국 학생들끼리만 어울리니까 그런 거잖아. 말이 늘려면 죽으나 사나 중국사람들 속에서 부대껴야지. 그리고 난 시간 없어."

송재형은 냉정하게 잘랐다.

"네에, 그건 잘 알아요. 근데 학원에서는 사람도 많고, 진도가 빠르고, 대충대충 해서 따라갈 수가 없어요. 저희들을 좀 봐주세요."

한미라가 두 손을 가슴 앞에 모아 잡으며 사정했다.

"네, 저희들은 위기예요. 이번 여름방학에 뭔가 해결책을 찾지 못하면 대학이고 뭐고 접어야 하게 생겼어요. 뭘 제대로 알아들어야 공부가 되죠. 좀 도와주세요."

김민지가 근심스러운 얼굴로 울상을 지었다.

"저희들 이번 방학 어물어물 잘못 보냈다간 남근이 오빠같은 신세가 될 거거든요. 그럼 큰일이잖아요." 한미라가 말했고, "너, 너, 이따위로 배신 때려도 되는 거냐! 이 더위에 애써 도와줬더니 기껏 한다는 소리가." 이남근이 주먹을 치켜들며 눈을 부릅떴다.

"오빠, 괜히 겁주지 마. 말이야 맞는 말이지 뭐. 오빠야 장기 관광객이었지 어디 학생이었어? 우린 그런 꼴 되고 싶지 않다구. 우리 꿈을 이뤄야지."

김민지가 이남근에게 눈을 흘겨댔다.

"어, 어, 이건 더 세게 배신 때리네. 뭐? 장기 관광객? 그래, 나 그놈에 한자만 보면 머리에 쥐가 나 애저녁에 중국말 때려쳤다. 그래도 부자로 살 자신만 있으면 됐지 뭐가 문제야. 그래, 중국말 잘하고 싶어 환장하는 잘난 니네들 꿈이 도대체 뭔데?"

이남근이 비위 상한다는 듯 거세게 콧방귀를 뀌었다. 그의 버릇이었다.

"우리나라 대기업 현지 채용!" 한미라가 야무지게 말했고, "그래서 전문직 여성으로서의 자아실현!" 김민지가 박자 맞추어 맞장구를 쳤다.

"놀구 있네. 요새 대학 나왔다는 여자들이 걸핏하면 떠들어 대는 그놈에 전문직 여성으로서의 자아실현. 웃기지 좀 말어라. 한 달에 200~300, 많아야 300~400 받는 월급쟁이로 빌빌대다가 나이 들면 가차 없이 잘리고 마는 거지, 무슨 놈에 자아실현. 말만 그저 번드르르하게……, 아이구 속 메스꺼워."

이남근은 토하는 시늉을 했다.

"오빠, 잘 나가다가 왜 그래? 오빠가 그렇게 부정적으로 나가면 송 선생님이 우릴 가르쳐주시겠어?"

김민지가 앙칼스럽다 싶게 말하며 잔뜩 눈을 흘겼다.

"알았어, 그러니까 내 말은 그냥 얌전히 공부할 것이지 괜히 허풍 치고 헛폼 잡고 하면서 잘난 척해 대지 말라 그거지. 껏도 아닌 것들이 나대는 꼴 정말 역겹고 비위 상하니까. 제길……."

이남근이 또 콧방귀를 뀌었다.

"오빠 알고 보면 순 남성우월주의자야. 겉으로는 아주 개방적인 척, 남녀평등인 척 하면서 속엔 저런 케케묵은 못된 생각을 품고 있어. 겉 다르고 속 다른 전형적인 한국남자야." 한미라가 혀를 찼고, "한국남자들 다 그렇지 뭐. 자기네들은 별 것도 아니면서 잘난 척은. 사법고시 합격자도, 여자가 더 많아졌고, 검사 수도 여자가 더 많아졌고, 육사 1등이 여자인 세상에서 남자들이 잘난 척할 게 뭐가 있어." 김민지가 더 세게 밀어붙였다.

"아이고, 니네들 참 잘나셨어요. 지금 여기가 여권신장 세미나장입니까? 그럼 우린 더 볼일 없으니까 니네끼리 잘해보시라구요. 야, 우린 어디 가서 시원한 맥주나 한잔하자."

이남근이 송재형을 툭 치며 몸을 일으켰다.

"아니, 아니, 오빠 잘못했어요. 다 취소예요, 취소. 말을 하자면 그렇다 그거지요."

한미라가 허둥거리며 앉으라는 손짓을 했다.

"오빠, 괜히 겁주고 그러지 말아요. 송 선생님은 이미 우릴 제자로 삼을 마음을 먹으신 것 같은데."

김민지가 태연하기 그지없이 말했다.

"허, 얘 사람 잡는 배짱 드디어 나왔네. 그래, 딴소리 그만하고 빨리 결판 보자." 이남근이 주저앉으며, "맡아줄 거지? 그치?" 그는 송재형의 허벅지를 쳤다.

"글쎄, 너도 알다시피 내가 전공을 바꿨기 때문에 남들보다 실력이 모자라잖아. 그러니까 대학원을 가려면 공부를 훨씬 더 열심히 하는 방법밖에 없어. 지금 그 시간도 모자라는 형편이야. 도저히 불가능해."

송재형은 이남근에게 말을 하면서 눈은 두 여자를 번갈아 쳐다보았다. 그 눈빛이 단호한 거절을 담고 있었다.

"야야, 그렇게 정나미 떨어지게 거절하지 말아라. 공부 좀 잘해보겠다는 후배 동포들 좀 도와주면 어디 덧나냐. 큰소리 친 내 체면도 있지."

이남근이 또 송재형의 허벅지를 쳤다.

"글쎄, 니 입장도 알겠는데 내 처지를 좀 생각해 다오. 난 지금 1분 1초를 낭비할 수 없는 벼랑 끝에 선 신세라구. 더 말 하지 마."

송재형은 남은 커피를 마저 마시고 일어날 기색을 보였다.

"그래, 그래, 니 입장 다 아는데, 공부란 게 줄창 판다고 효 과 나는 것도 아니잖냐. 얘네들도 하루 종일 가르쳐달라는 것도 아니고. 하루에 두서너 시간씩이니 그렇게 매정하게 자 르지 말고 좀 두고 생각해 봐라. 얘네들도 꽃인데, 기분 전환 도 하구 돈도 벌구, 좀 좋으냐." 이남근이 주변 좋게 너스레를 떨고는, "자아, 그럼 분위기를 바꾸기 위해서 내가 근사한 말 씀을 할 테니까 잘들 들어. 그러니까 말야, 우주선 기술이 엄 청 좋아져서 일반인들도 우주여행을 할 수 있는 시대가 됐어. 근데 값이 엄청나게 비쌌어. 그래서 어떤 부자의 아내가 남편 한테 졸랐어. '여보, 여보, 나 우주여행 좀 보내줘. 내 평생소원이야, 평생소원.' 그러자 남편이 아주 냉정하게 잘라버렸어. '안 돼!' 그러자 아내가 화가 나서 따지고 대들었어. '뭐, 나를 위해준다고? 다 입에 발린 소리지. 돈이 그리도 아까워? 구두쇠, 세상에 둘도 없는 구두쇠.' 그러자 남편이 버럭 소리 질렀어. '그게 아니야. 편도가 아니라서 안 돼!' 어떠냐?"

"뭐, 편도?" 한미라가 어리둥절했고, 뚱하니 앉아 있던 송재형이 그만 웃음을 터뜨렸고, "어머나, 어머나!" 김민지가 친구의 어깨를 두들기며 엉덩방아를 찧어댔고, "세상에! 뭐 그런 남편이 다 있어." 한미라가 뒤늦게 알아차리고 친구와 함께 웃어댔다.

"흐흠, 이 관객들이 돈도 안 내면서 예의도 없군. 노래를 잘한 가수한테 차리는 예의가 뭐야. 앵콜이잖아. 그럼 신 나게 웃은 너희들은 어떻게 해야 되겠어?"

이남근이 자못 근엄한 얼굴로 좌중을 훑었다.

"앵콜이오, 앵콜!"

김민지가 작은 소리로 손바닥을 맞때렸고, 한미라도 웃음 가득한 얼굴로 조심스런 박수를 쳤다.

"에헴, 그럼 관객의 열렬한 요청에 따라 한 가지 더 하지 않을 수 없구먼. 어떤 남자가 숨이 넘어가면서 아내한테 유언을 했어. '여보, 내가 죽거든 당신은 저 건너편 김 사장하고 재혼해.' 그러자 아내가 깜짝 놀라서 말했어. '아니 여보, 그게 무슨 소리예요. 그 인간은 당신을 망친 원순데, 원수를 갚으라고 해야지 재혼을 하라니, 그게 말이 돼요?' 그러자 남편은 '아니야, 그게 가장 확실하게 원수 갚는 방법이거든' 하고는 깔끄닥 숨이 넘어갔어."

두 여자는 "어머나, 어머나"를 연발하며 웃어댔고, 송재형은 "싱거운 놈, 그런 우스갯소리는 잘도 외운다" 하며 아까보다 더 흔쾌하게 웃었다.

"한 번 더 앵콜해도 돼요?" 한미라가 물었고, "앵콜은 관객의 자유지 허락받고 하는 앵콜도 있나?" 이남근이 대꾸했고, "오빠 밑천 떨어졌을까 봐 그렇죠." 김민지가 끼어들었고, "앵콜 두 번 못 받아들이는 가수도 가순가? 나 밤 새울 수 있다는 거나 알아둬." 이남근이 매지도 않은 넥타이를 고쳐 매는 시늉을 하며 거드름을 피웠다.

"그럼 빨랑 하세요. 앵콜!"

두 여자가 가볍게 박수를 쳤다.

"어험, 우린 어디까지나 지성인이니까 그냥 웃고 말아서는 안 되고, 이번엔 좀 교훈적인 것으로 하지. 어느 날 하느님께서 넓은 벌판에다가 5만 원짜리 돈다발로 1조 원을 쌓으셨어. 그 크기가 커다란 동산만 했지. 그리고 세 사람을 골라냈어. 사업가, 가난뱅이, 성직자. 하느님은 그들에게 말씀하셨지. '지금부터 너희들은 아무 도구도 사용하지 말고 맨손으로 각기 깃발이 꽂혀 있는 500미터 지점까지 저 돈을 옮겨라. 24시간 동안 옮긴 돈은 너희들이 다 가져도 좋다.' 하느님의 말이 떨어지자마자 세 사람은 돈동산으로 달려갔지. 24시간이 지난 다음 누가 돈을 제일 많이 갖게 되었을까요?"

이남근이 세 사람을 둘러보았다.

"가난뱅이!"

김민지였다.

"땡! 틀렸습니다."

"사업가!"

한미라였다.

"땡! 틀렸습니다."

송재형은 눈길을 떨군 채 묵묵히 앉아 있었다. 잠깐 침묵이 흘렀다.

"뭐야, 성직자야?" 이남근이 대답을 재촉했고, "아닙니다. 세 사람 다 죽었습니다." 송재형의 묵직한 대꾸였다.

"딩동댕딩동……. 맞혔습니다!"

"아니, 왜요?" 한미라가 어리둥절해 있었고, 김민지는 눈만 깜빡깜빡하고 있었다.

"이래서 오뉴월 빛 하루가 다르다고 하는 거야. 대학 졸업반과 신입생의 차이는 이런 거라구. 그러니까 말야, 그 세 인간이 돈을 서로 많이 가질 욕심에 잠시도 쉬지 않고, 물도 한

모금 안 마시고, 돈다발 옮기는 것에 온통 미쳐버린 거지. 허둥
지둥, 허겁지겁 돈다발을 싸안고 환장을 하다가 지칠 대로 지쳐
어느 순간 꼴딱 숨이 넘어가버린 거야. 돈에 치여 죽은 거지."

두 여자는 허망한 표정으로 멍하니 앉아 있었다.

"그다음부터 '돈에 원수 갚고 죽는 놈 없다'는 말이 생겨났
다 그런 말씀이더라."

이남근이 연극적인 목소리를 내며 이야기를 마무리 지었다.

"잘 쉬었다. 나 그만 가볼게."

송재형이 일어났다.

"아주 멋진 남자네."

송재형의 뒷모습을 지켜보며 김민지가 중얼거렸다.

"왜 마음 땡겨? 괜히 헛물켜지 마. 이미 임자 있는 몸이셔.
그것도 중국 남쪽 미녀답게 아주 잘생긴 미인이야. 얼굴뿐만
아니라 몸까지 늘씬한 팔등신이라구. 그러니 괜히 김칫국 마
시지 마셔."

이남근이 이죽거렸다.

"별꼴, 저런 남자가 왜 하필 중국여자야. 애국심이 없었
나……."

한미라가 혼잣소리를 했다.

"뭐 거창하게 애국심씩이나. '사랑에는 국경도 없다' 그걸 실
천하신 것 아니냐. 이미 떠나간 기차다. 그만 관심 끄고 밥이

나 먹으러 가자."

이남근이 일어날 채비를 했다.

"아니, 골키퍼 있다고 골 안 들어가나."

김민지가 받아친 말이었다.

송재형은 다시 컴퓨터를 마주하고 앉았지만 네모난 컴퓨터의 얼굴은 여전히 무표정하게 딱딱했다. 영화를 보거나 게임을 할 때는 활짝 웃는 얼굴이던 것이 리포트를 쓰거나 논문을 쓸 때면 으레 근엄하거나 표정 없이 철판처럼 변했다. 언제나 그 얼굴 대하기는 겁났다. 글을 쓴다는 것이, 남다르게 쓴다는 것이 얼마나 지난한 일인가를 갈수록 절실하게 느끼고 있었다. 그러면서 교수님들의 존재가 새롭게 인식되고는 했다. 남다른 것을 끝없이 써내는 불가사의한 존재들, 그들이 교수였다. '남다르다'는 것은 '새롭고' '색다르다'는 것으로, 나무에서 새싹이 돋아나듯, 새 꽃이 피어나듯 새 생각들이 계속해서 샘솟는다는 것이 한없이 부럽고도, 두려운 일이었다.

그런 마음은 리포트를 자주 써내게 되면서 학생들은 누구나 갖게 되었다. 그건 교수님들에 대한 재인식이기도 했다. 학자가 된다는 것, 그건 끝없이 새롭게 글을 써내야 하는 것이었고, 그 길 또한 험하고 힘겹기가 막막하기 그지없어 보였다. 역사학자의 길을 간다는 것은 역사탐방의 호기심과 즐거움과는 거리가 너무나 멀었다.

그 남다른 새로움을 글로 엮어내야 하는 것이 논문인데 컴퓨터의 얼굴은 웃어주지 않고 계속 무뚝뚝하고 딱딱하기만 했다.

"재형 씨가 중국어가 부족해서 그러는 게 아냐. 나도 쓸 때마다 진땀 나고 두렵고, 내 능력을 회의하고 그래. 교수님들도 다 그렇대잖아."

리옌링이 뽀뽀를 해주며 하는 말이었다. 그런 말은 시원한 음료수를 마신 것처럼 위로가 되고는 했다. 마음은 참 간사스러운 것이었다.

핸드폰이 울렸다. 리옌링이었다. 컴퓨터가 환하게 웃는 것 같은 느낌으로 송재형은 얼른 전화를 받았다.

"싫증 났어?"

리옌링의 직사포였다.

"무슨 소리야?"

"변심했냐구?"

"엉? 뭐라구?"

"그게 한국식이야?"

"지금 잠꼬대해?"

"싫증 나고 변심했으면 중국식으로 딱 밝히고 딴짓해."

"지금 무슨 헛소리하는 거야?"

"헛소리? 남자가 뭐 그리 치사하게 시치미 떼고 그래."

"시치미 떼? 뭘?"

"지금 시치미 떼고 있잖아. 내 두 눈으로 똑똑히 봤는데."

"보긴 뭘 봤다고 그래? 답답하게."

"스타벅스에서 미팅했잖아. 그렇게 신 나게 웃어대면서 말야."

"아아, 그거. 오해하지 마. 별거 아니야."

"오해? 알았어, 오늘로 우리 끝이야. 절교!"

"옌링, 무슨 소리야! 옌링!"

저쪽 전화는 죽어 있었다.

송재형은 당황스럽게 전화를 걸었다.

전원이 꺼져 있다는 플라스틱 음성이 흘러나왔다.

송재형은 허둥지둥 옷을 꿰입고 문을 박차고 나갔다.

"옌링, 문 열어! 나야, 내 얘기부터 들어봐!"

송재형은 숨을 헐떡이며 리옌링의 오피스텔 문을 마구 두들겼다.

"……."

안에서는 아무 기척이 없었다.

"옌링, 문 열라니까! 아무것도 아닌 일이니까 내 말 들어봐."

그는 더 크게 소리치며 문도 더욱 거세게 두들겼다.

여전히 아무 반응이 없었다.

송재형은 '혹시 없나?' 생각했다. 그러나 곧 고개를 저었다. 특별한 일이 있지 않으면 꼭 집에 있을 시간이었다. 리옌링은

누구보다 공부 욕구가 강했다. 틈만 나면 책을 펼치는 것이
체질화되어 있었다.

"옌링, 문 열어! 이대로 끝내면 크게 후회할 거야."

그는 목이 아프도록 소리치고, 주먹이 얼얼하도록 문을 두
들겼다.

"절대 후회 안 해. 난동 부리면 공안 부를 거야."

마침내 리옌링의 목소리가 카랑하게 울려 나왔다.

"이봐, 옌링도 내 친구 이남근 알지? 그 중국말 못하는 친
구. 그 사람이 자기 친구 여동생들한테 중국말 좀 가르쳐주라
고, 아르바이트 하라고 해서 만난 것뿐이라구."

송재형은 애꿎은 철문에다 대고 다급하게 해명해 댔다.

"거짓말 말어. 그런 용건으로 만난 사람들이 그렇게 신바람
나게 웃어대고 그래? 모두 미팅이 좋아서 숨이 넘어갔잖아."

'아이고, 하필 그때 본 모양이구나!' 송재형은 아차 싶었다.
모두 웃어댈 때 보았다면 리옌링이 미팅이라고 얼마든지 오
해할 수 있었다.

"옌링, 그게 바로 오해야. 내가 아르바이트 못한다고 딱 거
절하니까 분위기가 어색해졌어. 그러니까 이남근이 그놈이
우스운 얘길 한 거야. 그 얘기 해주면 옌링도 안 웃을 수 없
어. 어서 문 열고 그 얘기 들어봐."

"안 우스우면 어쩔 건데."

"그때 절교해."

"안 우습기만 해봐라."

그리고 문이 열렸다.

"옌링, 왜 그래."

송재형은 리옌링을 와락 끌어안았다.

"싫어. 얘기부터 해."

그녀가 싸늘하게 말하며 송재형을 떠밀었다. 처음 느끼는 그 완강한 거부에 송재형은 포옹을 풀 수밖에 없었다. 평소와 전혀 다른 그녀였다.

"정말 아르바이트 안 하기로 했어?"

리옌링은 송재형을 노려보듯 응시했다.

송재형은 그 눈에서 불화살들이 날아오는 것을 느끼고 있었다. 그 매섭고 독한 눈길을 피해서는 안 된다고 생각했다. 그는 그녀의 눈을 맞쏘아보았다.

"당연하지. 내가 논문 쓸 시간도 모자라잖아."

"확인해도 돼? 친구한테."

"좋아, 지금 당장 전화 걸어줄게."

송재형이 핸드폰을 꺼냈다.

"됐어. 그럼 저기 앉아서 그 우스운 얘기 해봐. 정말 우스운가."

송재형은 그녀가 앉히는 대로 의자에 앉았다. 그녀는 침대

72

에 걸터앉았다.

송재형은 엉덩이를 뒤로 바짝 붙이고 앉음새를 단단히 했다. 첫 번째 얘기를 되짚어 생각했다. 이야기 줄거리는 환히 떠올랐지만 이남근처럼 재미있게 할 수 있을 것인지 은근히 겁이 났다.

"그게 그러니까……."

송재형은 이남근을 생각해 가며 얘기를 열심히 해나갔다.

"……그게 아니야. 편도가 아니라서 안 돼!"

리옌링이 고개를 돌리며 얼른 입을 가렸다.

"돈 안 받을 테니까 맘 놓고 웃어."

송재형은 일부러 큰 소리로 말하고는 소리 나지 않게 안도의 숨을 길게 내쉬었다.

"두 번째 얘기……."

리옌링이 웃자 송재형은 자신이 생겼다. 어디 가서 써먹을 수 있도록 복습하는 기분으로 두 번째 이야기를 시작했다.

"……그게 가장 확실하게 원수 갚는 방법이거든."

"어머나!"

리옌링은 마침내 소리 내며 웃어댔다. 평소의 다정한 그녀의 모습으로 돌아와 있었다.

세 번째 얘기는 어쩔까 생각했다. 재미로 보면 리옌링을 웃기기 어려웠다. 그러나 얘기 내용은 얼마나 심오한가. 이남근이 그저 헤픈 우스갯소리나 하는 사람이 아니라는 무게를 느끼게 할 수 있고, 그 자리가 그냥 경박한 웃음이나 날린 자리가 아니었다는 것도 보일 수 있겠다 싶었다.

"세 번째 얘기……."

송재형은 이제 자신감이 차서 얘기를 해나갔다. 리엔링도 웃음 띤 얼굴로 얘기에 맞춰 고개를 보일 듯 말 듯 까딱거리고 있었다.

"……누가 돈을 제일 많이 갖게 되었을까요?"

송재형은 리엔링을 향해 팔을 쭉 뻗었다.

"가난뱅이!"

리엔링이 얼결에 대답했다.

"틀렸습니다."

"어머, 그럼 사업간가?"

"틀렸습니다."

"어머나, 그럼 성직자?"

"틀렸습니다. 세 사람 다 죽었습니다. 돈을 옮기다 옮기다 지쳐 돈에 치여서."

"어쩜……. 그래……, 그게……, 그게 정답이네."

리엔링은 생각 깊은 얼굴로 느리게 고개를 끄덕이고 있었다.

"어때, 이젠 내 말 믿겠어?"

"미안해, 오해해서."

리옌링이 멋쩍게 웃었다.

"괜찮아. 그렇게 생각할 수도 있었어."

"난 재형 씨가 딴 여자들하고 그러는 거 싫어. 딴 여자들 쳐다보는 것도 싫다구."

"안 쳐다봐. 나한테 여자는 딱 하나, 옌링뿐이야."

"정말?"

"정말!"

"맹세?"

"맹세!"

이 말과 함께 송재형은 리옌링을 끌어안았다.

"이 기회에 하나 확인할 게 있어."

리옌링은 아까와 다를 것 없는 거부감으로 송재형을 밀어냈다.

"이제 졸업이 얼마 안 남았는데, 우리 결혼 언제 할 거야?"

리옌링이 송재형을 똑바로 쳐다보았다.

"결혼……?"

송재형은 당황했다.

"왜, 결혼할 맘은 없는 거야?"

"아니지, 공부가 너무 많이 남아 있잖아. 대학원, 박사과정, 학위……."

"결혼한다고 공부 못해? 미국 통계로 보면 학생부부의 성취도가 훨씬 높아."

"나도 그거 아는데……, 그치만 우리 부모가 생활비……."

"그건 걱정 안 해도 돼. 내가 다 해결할 수 있어. 그럼 어떡할 거야?"

송재형은 확 다가드는 어머니 얼굴을 보았다. 시기도 문제였고, 중국여자인 것도 문제였다. 멀리 두고 있었던 문제가 갑자기 앞으로 닥쳐오자 그는 숨이 가빴다. 리옌링의 기세 앞에서 '좀 생각해 보겠다'는 건 전혀 답일 수 없었다. 그렇다고 리옌링을 놓칠 수는 없었다. 나한테 여자는 딱 하나, 옌링뿐이라고 했던 말은 진심이었다. 자신은 리옌링이 진정 좋았고, 그어떤 여자하고도 비교가 되지 않았고, 어서 결혼해서 꼭 하나로 붙어 있고 싶었다. 그렇다면 또 그 방법을 쓸 수밖에 없었다. 전공을 바꿀 때처럼. '자식 이기는 부모 없다!'

"좋아, 결혼해!"

송재형은 굳센 선언을 하듯 어기차게 외치며 리옌링을 끌어안았다.

"재형 씨, 사랑해."

리옌링이 송재형을 마주 끌어안았다.

"사랑해, 옌링."

송재형이 그녀의 입술을 더듬었다. 그러면서 그녀의 바지를 밀어 내렸다. 그녀도 송재형의 혁대를 풀었다. 입술을 밀착시킨 그들은 숨결이 뜨거워지는 만큼 빠르게 서로의 옷을 벗겨 나갔다.


"여기 점검했어요?"

왕링링의 예리한 눈초리가 재빨리 방 안을 훑었다.

"예, 아침에 점검 완료시키고, 하루 종일 철저하게 경비를 세웠습니다. 접근한 사람 전혀 없었으니 걱정하지 마십시오."

골드 그룹 계열사인 홍콩의 증권회사 사장 토머스가 깍듯한 예의를 갖추며 대답했다.

"대만도 안심을 못하는데 홍콩은 더 말할 게 없어요. 홍콩은 중국 공안의 안방이라고 생각하면 돼요."

왕링링은 쿠퍼와 토머스를 한 눈길로 싸잡아 보았다.

"예, 명심하고 있습니다."

토머스가 대답했고, 쿠퍼는 눈대답을 했다.

"이번 일은, ……알지요? 우리 셋밖엔……."

왕링링은 왜 군이 이런 독립가옥에 와 있는지를 강조하듯이 다시 쿠퍼와 토머스에게 차례로 매서운 눈길을 보냈다.

"예, 철통 보안을 하겠습니다."

쿠퍼가 그녀의 눈길에 밀리듯 공손하게 대답했다.

"예, 그건 철칙입니다. 우리 외에 또 있다면 저분뿐이어야 합니다."

토머스는 하늘을 올려다보며 왕링링이 흡족해할 수 있는 응답을 했다.

"예, 바로 그거예요. 그럼……, 언제부터가 좋겠어요?"

"빠를수록 좋습니다. 연말까지는 시간이 길게 남은 게 아닙니다."

쿠퍼가 대답하며 토머스를 쳐다보았다.

"예, 쿠퍼 사장 말이 맞습니다. 워낙 규모가 커서 당장 시작해도 밤낮없이 숨 가쁘게 처리해 나가야 합니다. 이런 일은 시간이 길면 보안 관리가 문제, 시간이 짧으면 처리 과정의 실수가 문제가 됩니다. 당장 시작하는 게 적기입니다."

"좋아요. 그럼 내일부터 시작이에요!"

왕링링이 단호한 어조로 말하며 주먹 쥔 손가락 등으로 탁자를 한 번 쳤다. 미 의회에서 무슨 의안을 통과시키고 의사봉을 한 번 치는 것처럼.

세 사람 사이에 잠시 침묵이 흘렀다.

"토머스, 준비한 것 가져오세요."

왕링링은 탁자를 내려다본 채 중얼거리듯 말했다.

"예."

토머스는 와인잔 세 개와 술병을 가져왔다.

토머스가 술병을 땄다. 잔마다 붉은 와인을 따랐다. 그러는 동안 방 안에는 침묵만 깊어지고 있었다.

"자아……."

왕링링을 따라 두 남자는 술잔을 들었다.

왕링링이 잔을 내밀자 두 남자도 잔을 내밀었다.

쨍그랑…….

유연한 곡선미가 아름다운 세 개의 커다란 와인잔이 부딪치는 소리가 해맑고 곱게 울려 퍼졌다.

"일심 단결이에요. 두 분께는 최고의 선물을 준비하겠어요."

"예, 완벽하게 처리하겠습니다."

쿠퍼가 머리를 약간 숙여 보였다.

"예, 아무 염려 마십시오."

토머스도 머리를 약간 숙여 결의를 표했다.

세 사람은 동시에 와인잔을 기울였다. 『삼국지』의 도원결의처럼 그들의 '홍콩결의'가 이루어지는 순간이었다.

"쿠퍼는 바로 공항으로 떠나세요. 나는 내일 아침 일찍 떠날 테니까, 점심을 같이 해요."

왕링링이 핸드백을 챙겼다.

"예, 그럼 내일 뵙겠습니다."

쿠퍼가 자리에서 일어났다.

세 사람은 각각 시차를 두고 독립가옥을 떠났다.

호텔로 돌아온 왕링링은 어느 때 없이 진한 피곤을 느꼈다. 일의 중대함에 비례하는 피곤이었다.

그녀는 의자에 몸을 부리며 두 손으로 얼굴을 감쌌다. 양아버지 얼굴이 선하게 떠올랐다. 임종을 앞둔 모습이었다.

'아빠, 아빠 말씀대로 일을 시작했어요. 차근차근 준비해온 거니까 다 잘될 거예요. 그렇지만 아빠가 도와주셔야 해요. 언제나 저의 힘은 아빠뿐이니까요.'

그녀는 양아버지 왕이싼을 향해 간절하게 기도했다. 마음이 좀 가벼워지는 느낌이었다.

"부자 되는 비결은 딱 하나다. 돈을 안 쓰는 것이다."

"이익이 확실하면 만금을 쓰기를 주저하지 말아야 하고, 이익이 없으면 한 푼도 써서는 안 된다."

"대통령은 임기가 있지만 부자에게는 임기가 없다."

"돈 먹고 안 봐주는 자는 하나도 없다."

"황제도 대통령도 부자를 부러워하고 시샘한다."

양아버지가 생전에 남겨준 말들이었다. 그녀는 그 말들을 곱씹고 곱씹으며 사업의 길잡이로 삼아왔던 것이다.

왕링링은 천천히 옷을 벗고 샤워장으로 들어갔다. 물을 뜨겁고 거세게 틀었다. 그 물줄기에 전신을 맡겼다. 피로를 빨리 씻어내기 위한 응급조처였다. 그녀는 물줄기 속에서 자신도 모르게 노래를 흥얼거리기 시작했다. 슬픈 음조로 하소연하듯 하는 호소력 강한 〈샌프란시스코〉였다. 그 노래는 언제나 고향 샌프란시스코를 눈앞에 환히 펼쳐주었다. 그 정든 풍경들 속에는 어김없이 한 여인의 모습도 끼여 있었다. 슬프고 가 없은 어머니였다. 양아버지마저 돌아가셔버려 어머니는 더 외 로워지기까지 했다. 슬프고 가엾다 못해 어머니는 불쌍해지 기까지 했다. 그녀는 반복해서 노래를 부르며 눈물을 물줄기 에 씻어 보내고 있었다. 어머니만 생각하면 하염없이 흐르는 눈물이었다.

"넌 엄마처럼 되면 안 돼. 그러니까 열심히 공부해야 해."

대리석 비석에 깊이 파인 글씨처럼 자신의 뇌리에 깊이 아 로새겨진 어머니의 말이었다. 어머니는 자신이 초등학교에 들 어가기 전인 어린 나이 때부터 대학에 들어가기 전까지 그 말을 얼마나 많이 했던가. 일삼아 세었더라면 아마 수천수만 번을 넘었을 것이다. 양아버지가 책을 사다 줄 때마다 어머니 는 책을 펼치며 그 말을 하곤 했었다. 책 읽는 게 재미있기도 했지만, 어머니의 그 눈물 어린 듯한 말 때문에 더 열심히 읽 었을 것이다. 그때 이미 어머니와 자신이 어떤 처지에 있는 것 인지 환히 알았기 때문이었다.

노래를 몇 번이나 되풀이해서 불렀던 것인가. 더 떠올릴 샌 프란시스코가 없어서 노래를 멈추고 수도꼭지를 잠갔다. 큰 타월로 몸을 감고 샤워장을 나오자 몸이 한결 개운해진 것을 느꼈다. 뜨거운 물 샤워는 확실히 전신 마사지 효과를 나타 내주고는 했다.

왕링링은 천천히 화장을 했다. 아무도 만날 약속이 없는
밤이었지만 방에 들어앉아 늙은이처럼 텔레비전에 시간을 저
당 잡히고 싶지는 않았다.

스카이라운지의 스페셜 바는 언제나처럼 잔잔하고 우아한
분위기였다. 아무리 고급 호텔이라 해도 중국에서는 느낄 수
없는 분위기였다. 그게 홍콩과 중국의 차이였다.

왕링링은 넓은 유리창에 가득 찬 홍콩의 황혼녘을 바라보
았다. 두 도시의 사이에 낀 좁은 바다에 저녁놀이 사위어지며
어스름이 내리고 있었다. 좁은 바다에 작은 배들은 쉴 없이
오가고, 좁은 섬에 일구어진 도시에는 빈틈이라고는 없이 고
층건물들이 빽빽하게 숲을 이루고 있었다. 중국의 대도시들이
서로 다투듯이 숨 가쁘게 고층건물들을 지어대는 것을 보면
서 '왜들 이러나' 하는 답답함이 홍콩의 고층건물들을 보면서
는 '인간은 역시 현명해' 하는 생각으로 바뀌고는 했다. 작은
섬 홍콩을 세계적인 도시로, 홍콩을 홍콩답게 만든 것은 그
고층건물들이었다. 무수한 고층건물들은 사람들을 불러들였
고, 층층이 들어찬 사람들은 돈을 불러들였고, 세계 각국에서
모여든 돈들은 작은 섬 홍콩을 세계적인 도시로 부상시켰다.

바다가 있어 홍콩의 고층건물들은 그래도 아름다운 풍경
으로 살아나고 있었다. 아직 어두워지지도 않았는데 고층건
물들은 각양각색의 불빛으로 전신을 장식하기 시작했다. 밤

에만 야한 화장을 하는 여자들처럼. 그런데 불빛들은 단순히 그 유명한 '홍콩의 야경'을 위해 밝혀지는 것이 아니었다. 그건 돈 놓고 싸우는 자본주의의 치열한 경쟁장이었다. 현란한 불빛으로 치장한 그 건물들은 세계적인 기업들의 광고판이었던 것이다. 홍콩에 잠시라도 머물다 가는 수많은 여행객들은 어김없이 그 야경을 구경하며 감탄하는 동안 부지불식간에 세계적인 상표들마저 아름답고 멋지게 느끼게 되어 있었다.

왕링링은 이 작으면서 명성 드높은 도시 홍콩을 볼 때마다 꼭 두 가지가 떠올랐다. 영국과 덩샤오핑이었다. 영국은 돌려주기 싫어했고, 덩샤오핑은 오래 묵은 서류를 디밀었다. 영국이 아편전쟁에 승리해 홍콩을 100년 동안 조차했을 때 영국은 홍콩이 영원히 자기네들 땅이라고 생각했을 것이다. 100년은 얼마나 기나긴 세월이며, 당대 사람들이 다 죽어버린 긴 세월 뒤에는 지난 일은 흔히 흐지부지되는 게 인간사이기도 하니까. 영국의 그런 내심을 드러낸 것이 100년이 다 차도 돌려주기 싫어한 점이었다. 그러나 키 작은 중국의 새 지도자 덩샤오핑은 서로 기분 상할 말 한마디 하지 않고 그저 서류만 손가락질했다. 그런데 키 크고 몸집 거한 영국 정치인들 눈에는 키 작은 덩샤오핑이 영 만만하게, 난쟁이 노란둥이로만 보였을 수도 있다. 그러나 덩샤오핑은 키만 작았을 뿐 머리통까지 작은 게 아니었다. 그리고 그의 별명이 무엇인가. 쓰러지고 쓰러져도 발딱발딱 일어나는 오뚝이 아니던가. 모질게 닥친 여러 차례의 정치 파란 속에서도 끝끝내 살아남아 거대한 중국의 대권을 거머잡은 그 오뚝이의 맵고 질긴 기질을 미리 알았더라면 영국 정치인들은 돌려주고 싶지 않다는 속내를 아예 드러내지 않았을 것이다. 결국 오뚝이의 뚝심을 이기지 못하고 영국은 홍콩에서 물러갔다.

왕링링은 그 다음의 세월을 또 신기하게 생각했다. 중국 정부는 홍콩을 되돌려 받으면서 이른바 일국양제(一國兩制), 즉 홍콩을 중국 영토로 하되 경제체제는 그 전 그대로 자본주의를 지속시킨다는 것을 온 세상에 천명했다. 그러나 홍콩의 중국인 부자들은 그 말을 믿지 않고 돈을 싸 짊어지고 외국으로 줄행랑을 치기 시작했다. 캐나다 밴쿠버에 갑자기 중국인촌이 생겨난 것도 그때였다. 그런 그들의 행동은 사회주의 중국이 건설되면서 부자들이 가차 없이 당했던 역사 체험에서 비롯된 것이었다.

그런데 중국 정부는 그 약속을 어김없이 잘 지켰다. 그뿐만 아니라 중국 공산당은 부자들까지 당원으로 입당시켜 주는 획기적인 조처를 취했다. 그건 그야말로 '중국식 사회주의'가 아니라 '중국식 자본주의'의 탄생을 의미했다. 그런 대변화가 일어나자 줄행랑을 쳤던 홍콩의 부자들이 슬슬 돌아오기 시작했다. 그뿐만 아니라 전 세계가 경악할 만큼 비약적인 중국의 경제발전에 따라 홍콩도 전과 전혀 다른 활력 속에서 새로운 번성의 꽃이 만발하게 되었다. 홍콩은 뉴욕과 어깨를 나란히 할 수 있도록 세계의 돈시장으로 금융가가 뜨겁게 달아오르게 된 것이다.

왕링링은 점점 휘황해지고 있는 홍콩의 야경을 바라보면서 문득 그가 떠올랐다.

'뒤늦게 이번 일을 알게 되면 그는 뭐라고 할까…….'

시안의 현장에 한 번 다녀온 후로 가끔 이 생각이 스쳐가고는 했었다.

"이런 공해지대에 더 올 것 없어요. 내가 다 알아서 할 테니까."

굳이 공항까지 배웅을 나온 앤디 박이 악수를 하며 말했다.

"미안해요, 너무 공사를 독촉해서."

자신의 이 말을 앤디 박은 어떻게 받아들였을까.

"괜찮아요. 일은 상황에 따라 하는 거니까요."

앤디 박은 검게 그을린 얼굴로 천진스럽도록 순한 웃음을 피워냈다.

그렇게 앤디 박과 헤어졌다. 다른 때와 다르게 공사 독촉을 위해 얼굴이 그을리도록 자신이 직접 나서서 현장 지휘를 해야 하는 것에 대해 앤디 박은 아무런 불평도 의심도 하지 않았다. 자신의 마음 생김 그대로 아무도 의심하지 않는 사람, 그것이 앤디 박이었다. 자신의 테크닉으로 1퍼센트 더 받게 된 리베이트까지 굳이 회사에 내놓는 사람, 그것이 앤디 박이었다. 그런 그에게 이번 일을 비밀로 해야 하는 것이 비행기를 타고 오는 내내 마음을 괴롭혔다. 물론 업무가 철저하게 분담, 독립되어 있기 때문에 그룹 내의 일을 사장들끼리도 서로 모르는 경우가 허다했다. 이번 일도 그렇게 생각하면 건축 총괄사장인 그가 모르는 건 자연스러운 일이었다. 그런데도 그가 신경 쓰이는 건 어인 일일까…….

왕링링은 자신의 마음 한구석에 숨어 있는 자신의 마음을 가엾은 마음으로 바라보고 있었다. 그건 이번 일로 혹시나 앤디 박을 잃게 되면 어쩌나 하는 두려움이었다. 다른 사장들에게는 느끼지 못하는 마음이었다. 스물을 헤아리는 사장들은 다 같은 또래였고, 남자들이었다. 그런데 앤디 박만 다른 색깔로 마음 한구석에 담겨 있었다.

"사람을 능력만으로 고르지 말아라. 능력 반, 사람 됨됨이 반이어야 한다. 술을 마셔 보고, 노름을 해보고, 등산을 해보고, 여행을 해봐라. 이기적인 자, 언행이 안 맞는 자, 마음이 가벼운 자, 인내심이 약한 자, 불평이 많은 자, 협동이 안 되는 자, 뒷말을 하는 자, 약속을 잘 안 지키는 자, 다 골라내라."

양아버지의 가르침이었다.

그렇게 뽑힌 사람들이 사장단을 이루고 있었다. 그런데 그들 중에 앤디 박이 언제부턴가 남자의 향기를 풍기고 있었다.

아니, 그가 풍기는 것이 아니라 자신이 맡고 있을 뿐이었다.

왕링링은 손짓으로 종업원을 불렀다.

"이것. 잔은 두 개."

그녀는 메뉴판에서 제일 비싼 와인을 시켰다.

시음을 하고, 종업원이 자신의 잔에 와인을 따르기를 기다렸다.

"거긴 놔둬. 내가 할 테니까."

그녀는 가볍게 손짓했다.

'앤디 박, 미안해요. 날 이해하게 될 거예요. 당신은 마음이 곱고 생각 깊은 예술가니까.'

그녀는 앤디 박의 잔에 와인을 따랐다.

어머니 탓이었을까. 자신은 백인 남자들에게서 이성을 느낄 수가 없었다. 어머니와 자신을 버린 금발의 백인 남자. 얼굴을 모르는 그 남자에 대한 감정은 마음속에서 파내지지 않았다. 외모가 멋지고 머리 좋은 남자들을 숱하게 만났지만 그들은 그저 동료일 뿐이었다. 백인 학생들 중에서 다른 감정을 나타내는 경우도 더러 있었지만 그럴 때마다 닥쳐온 것은 두려움이었다. 자신도 꼭 어머니처럼 당할 것 같은…….

자신의 얼굴을 적잖은 사람들이 매력적이라고 했다. 그 말을 전혀 믿지 않았다. 그 말은 진실이 아니었다. 백인도 아니고 황인종도 아닌 생김, 그것이 자신의 얼굴이었다. 그 얼굴은 매력적인 게 아니라 '특이'할 뿐이었다. 그런 야릇한 생김은 온갖 인종들이 뒤죽박죽되어 이루어진 미국이니까 그런대로 묻혀 살아갈 수 있는 것이었다. 자신의 얼굴도 그렇지만 머리카락은 여지없이 새까만 색이었다. 그런 머리카락은 백인 남자들에게 틀림없이 버림받는다……. 그 생각을 어느 정신과 의사가 파낼 수 있을까.

미국 시민인 앤디 박이 한국에 있는 한국여자와 갑자기 결혼했을 때 자신의 마음 한구석이 와르르 무너지는 것을 처음 느꼈다. 그 무너진 자리가 제 모습을 찾지 못하고 이제껏 앤디 박의 자리로 그대로 남아 있었다.

"당신은 사랑해도 좋을 만큼 멋진 남자예요."

자신은 업무 중에 앤디 박의 공이나 능력을 칭찬하는 기회에 이런 말을 했다. 그리고 행여 앤디 박에게 자신의 속마음을 들킬까 봐 딴말을 덧붙이지 않았던가.

"당신을 믿고 존경해요."

사랑하는 사람은 믿기는 하지만 존경하지는 않는다. 그 '존경'이라는 말로 속마음을 감춘 자신은 가엾은 것인가, 똑똑한 것인가.

'앤디 박, 어서 마셔요. 나 이거 다 마시고 취해 자고 싶어요.'

그녀는 연거푸 잔을 비워댔다.

"실례합니다. 여기 앉아도 될까요?"

키 큰 백인 남자가 웃고 서 있었다.

"왜요?"

"혼자 외로워 보여서……."

그가 역겨운 남자 냄새를 확 풍겼다.

"왜, 내가 고급 콜걸쯤으로 보여요?"

"아니, 그게 아니고……."

"침실이 몇 층이죠?"

"예, 9층……."

"흥, 거긴 일반실이잖아요. 거기보단 45층 내 스위트룸이 더 좋겠죠? 여기 나가면 바로 문 앞에서 기다리고 있는 내 보디가드들이 아주 친절하게 안내할 거예요. 먼저 가서 기다리세요. 내가 연락해 줄 테니."

그녀는 핸드폰을 꺼내 들었다.

"아, 아. 아닙니다, 아닙니다."

남자는 질겁을 하며 허둥지둥 내빼기 시작했다.

그녀는 사내의 어지러운 뒷모습을 물끄러미 바라보며 중얼거렸다.

"앤디 박이면 몰라도……."

# 천하를 얻는 법

하경만 사장은 출근하자마자 그 일부터 챙겼다. 총무과 여직원이 민첩하게 준비된 것을 가지고 나섰다. 익숙해진 일이라 말이 필요 없이 톱니바퀴 맞물려 돌아가듯 빈틈없이 움직였다.

차로 공장을 떠난 하 사장은 가까이에 있는 동네로 들어섰다. 중국식 주택들이 옹기종기 다정하게 모여 있는 전형적인 중국 마을이었다. 그 마을의 나이가 기나긴 중국의 역사와 더불어 세월을 보냈으리라는 건 짐작하기 어렵지 않았다.

차에서 내린 여직원은 빨간 보자기를 들고 하 사장을 앞서 어느 집으로 들어갔다.

"실례합니다. 광바오(光寶) 회사에서 왔습니다."

여사원이 얌전하게 낮춘 목소리로 인기척을 냈다.

"아, 광바오 사장님 오셨어요? 어서 오세요, 어서 들어오세요."

금세 여자 노인이 나오며 깊은 주름이 다 펴지도록 활짝 웃었다.

"안녕하세요, 할머니."

하 사장이 반갑게 웃으며 인사했다.

"아하, 하 사장님은 그동안에 더 미남이 되셨어요. 어서 들어와요."

여자 노인이 하 사장의 손을 잡아끌었다.

"예, 감사합니다. 늘 염려해 주시는 덕분에 사업도 잘되고, 제 마음이 편하니까 미남 될 일밖에 없다니까요."

하 사장이 유창한 중국말로 농담을 했다.

"염려는 무슨, 우리가 해주는 일이 뭐가 있어야 말이지. 다하 사장이 남자답게 일을 빈틈없이 잘해나가니까 회사가 날로 번창하는 거지요."

여자 노인이 장하다는 듯 하 사장의 손등을 두들기며 현관으로 들어갔다.

"어서 와요, 하 사장. 또 잊지 않고 아침 일찍 이렇게 오셨구먼."

남자 노인도 여자 노인 못지않게 반가움과 기쁨 넘치는 웃음을 풍성한 모란꽃 송이로 피워냈다.

"어르신, 생신을 축하드립니다."

하 사장도 노인에 버금가는 함박웃음을 지으며 화답했다.

"요새도 주문은 많지요?"

남자 노인이 앉으라고 손짓하며 물었다.

"예, 어르신들이 마음 써주시는 덕분에 여전히 잘되고 있습니다."

"다행이오, 참 다행이오. 한국사람들 공장 문 닫는 일이 계속되고 있는데. 다 하 사장이 널리 덕을 베풀고 살기 때문에 하늘이 돌보시는 거요."

남자 노인의 덕담이 흐드러졌다.

"아닙니다, 제가 한 게 뭐가 있어야지요. 다 어르신들께서 살펴주시는 은덕이지요. 어서 생신 축하 절 받으시지요."

하 사장이 큰절할 자세를 취했다.

"아, 절은 뭐. 그냥 앉으시지……."

말은 그렇게 하면서도 남자 노인은 소파를 피해 거실 바닥에 정좌를 했다. 10년 넘도록 그래 오는 것이었다.

하 사장은 노인 앞에 공손하게 큰절을 올렸다. 언제나처럼 돌아가신 아버님의 생신을 축하한다 생각하며, "동네 어른들부터 공경할 줄 알아야 한다. 예의 차리는 데 돈 들지 않고, 예의 차려서 손해 보는 일 없다. 인지상정, 그게 세상 어디서

나 통하는 사람 사는 도리다." 중국으로 사업하러 떠난다고 했을 때 아버지가 하신 말씀이었다. 그 가르침은 칭기즈칸의 화살보다 더 정확하게 적중했다. 그런데 몇 년 고생해서 사업을 안정시키고 아버지께 효도하려고 했더니 아버지는 기다리기 지치셨다는 듯 떠나시고 말았다. 성공한 것을 꼭 보여드리고 싶었는데, 기력 쇠해지신 아버지를 업고 만리장성을 오르려고 했는데, 아버지는 기다려주지 않으셨다. 아버지의 산소에서 얼마나 통곡을 했던가. 자신의 사업 자금을 대주기 위해서 아버지는 농토를 팔았고, 집까지 팔지 않았던가. 그 죄의식은 통곡으로 씻어지지 않았다. 그다음부터 동네 어른들께 큰절을 올릴 때면 아버님께 올린다는 마음으로 했다. 그럴 때면 어른들을 공경하라는 아버지의 말씀이 더욱 생생하게 떠올랐다.

"만수무강하시고, 천복 누리십시오."

절을 하고 일어선 하 사장은 두 손을 모으고 서서 축하의 말을 올렸다.

"고맙소, 참으로 고맙소. 벌써 10년이 넘도록……. 하 사장이 내 자식보다 낫소. 하 사장도 불길 일어나듯 사업 더욱 번창하시오."

눈물 글썽이도록 감격한 노인의 목소리가 떨리고 있었다. 큰절 한 자리는 그렇게 사람의 마음을 흔드는 힘을 가지고 있었다.

"예, 감사합니다." 하 사장이 자리 잡자 여직원이 들고 있던 빨간 보자기를 내밀었고, "어르신, 이거 조그만 선물입니다." 그는 노인 앞으로 선물을 옮겨놓았다.

"아이고, 또 이런 걸 뭐……."

"그리고 이건 얼마 안 되는데 용돈으로 쓰십시오."

하 사장은 양복 안주머니에서 빨간 봉투를 꺼내 노인 앞에 내밀었다. 그런데 그 빨간 봉투는 특이했다. 까만 붓글씨로 두 자가 적혀 있었는데, 아래 글자가 뒤집어져 있었다. 그 뒤집어진 글자는 '福' 자였고, 그 위의 글자는 '壽' 자였다. '오래오래 사시면서 복 많이 많이 받으시라'는 뜻이었다. 복 자가 거꾸로 되어 있는 것은 '거꾸로'라는 뜻의 도(倒) 자와 '온다'는 뜻의 도(到) 자가 발음이 같아서 복 자를 거꾸로 쓰면 '하늘에서 복이 쏟아져 내린다'고 믿는 중국의 오랜 풍습이었다.

"내가 어서 죽어야 하는데……, 해마다 하 사장 귀찮게 하고, 이렇게 폐를 끼치니 원……."

노인은 빨간 봉투 훙바오를 더욱 감격스럽게 내려다보며 세계 3대 거짓말 중의 하나를 하고 있었다. 그 봉투에 든 돈이 얼마일까. 경사스러운 날의 축하금이니 누구나 아는 것이었다.

"하 사장, 차 들어요. 하 사장 사업이 불길 일듯이 더 잘되어 우리랑 오래오래 살았으면 좋겠수."

여자 노인이 정이 철철 넘치는 눈길로 찻잔을 들어 하 사
장에게 건넸다.

"예, 고맙습니다, 고맙습니다."

하 사장은 찻잔을 받으며 '고맙습니다'에 맞추어 머리를 거
듭 조아렸다. 그건 과장된 제스처가 아니었다. 그의 진심의 표
현이었다. 동네 노인들의 그런 마음 마음이 모아져 자신의 사
업을 일으키고 보호해 준 큰 힘이 되었던 것이다. 보름에 걸
친 춘절 휴업 때 한국사람들이 운영하는 공장들이 도난을
당하는 등 이런저런 피해를 입었다. 그런데 자신은 그런 일
을 한 번도 당한 적이 없었다. 노인네들이 조를 짜서 자신의
공장을 지켜준 덕이었다. 그뿐만이 아니었다. 그분들은 동네
에서 공원 아가씨들을 보게 될 때마다 일 열심히 하라고 등
을 두들겨주고는 했다. 그것이, "그 회사 거기 왜 그래" 하거나
"그 회사 사장 참 이상하네" 하는 말들에 비해 얼마나 큰 도
움이고, 얼마나 큰 응원인가.

"하 사장, 바쁜데 어서 가보시오. 일 하셔야지, 일."

남자 노인이 먼저 몸을 일으키며 팔을 저었다.

"예에, 그럼……."

회사로 돌아와 하 사장은 습관적으로 시계를 보았다. 30분
정도가 흘러가 있었다. 그는 평소에 입지 않던 양복 윗도리를

벗어 옷걸이에 걸었다. 그리고 넥타이를 푼 다음 작업에 편한 점퍼를 걸쳤다.

이런 일을 딴 사장들은 '쓸데없는 짓' '귀찮은 일' '버릇 나쁘게 하는 일' '오히려 무시당하는 짓' 등 자기네 기분 내키는 대로 별의별 소리를 다 해댔다. 그러나 그는 그저 귀머거리 시늉만 했다. 그리고 두 번째로 하고 나선 것이 공장 앞 도로와 마을 청소였다. 공장 앞 도로는 직원들을 다섯 명씩 조를 짜서 출근하자마자 매일 30분씩 실시했다. 그러니 다른 공장들 앞과 얼마나 다를 것인가. 그는 출장을 가지 않는 한 하루도 청소에 빠지지 않았다. 사원들을 시키려고 나선 것이 아니라 말 한마디 하지 않고 청소만 했다. 마을 청소는 일주일에 한 번씩 전 사원이 나섰다. "우리는 항상 앉아서 작업을 하니까 운동이 부족하다. 일이라 생각하지 말고 운동이라고 생각하자. 세상만사는 마음먹기에 달렸다." 사원들은 이 말을 잘 따라주었다. 조별로 라디오를 하나씩 메고 노래를 틀게 했다. 동네에서는 마을 청소를 대환영했다. 딴 도시로 돈벌이를 나간 젊은이들이 많아서 마을을 전체적으로 청소할 손이 모자라는 형편이었다.

그 일은 다른 사장들의 비난거리, 흥거리가 되었다. 그들은 면전에서는 말을 못하고 뒤에서 입질이었다. 이런저런 말들을 일절 못 들은 척했다. 생각하는 것이 다른 사람들과는 말을 섞지 않는 게 상책이었다. 보는 방향이 다른 사람들과 같은 길을 갈 수 없는 일이었다. 청소는 마을에서 끝나지 않았다. 한 달에 한 번은 해변으로 확대했다. 칭다오는 맥주의 도시이기 이전에 해변의 도시였다. 그 아름다운 바닷가를 청결하게 하는 것이 칭다오를 칭다오답게 살리는 길이었다. 휴지와 담배꽁초로 더럽혀진 바닷가를 말끔하게 청소했다. 그건 뒤에서 입질하는 사람들에 대한 응답이기도 했다. 바닷가 청소는 청소로 끝나지 않았다. 청소가 끝나면 백사장에서 간소한 사원 운동회를 열었다. 배구, 줄다리기, 달리기, 멀리뛰기 같은 것을 했다. 물론 간식과 음료를 마련했다. 그리고 상품 없는 운동회란 김빠진 맥주고, 새우젓 없는 돼지 수육이라 상품도 깔끔하게 장만했다. 상품은 따로 돈 들일 것 없이 회사에서 생산한 가장 비싼 최신 액세서리였다. 그 상품은 모두에게 최고 인기였다. 당장 멋을 낼 수 있으니 90퍼센트 이상을 차지하는 여직원들은 박수갈채로 환영이었고, 남자직원들도 얼마든지 선물로 쓸 수 있으니 입이 헤벌어졌다.

그 해변 청소는 뜻밖의 효과를 가져왔다. 한 번으로 끝난 게 아니고 몇 개월을 계속하자 시에서 감사장을 주겠다고 나선 것이다. 그런 것을 바라고 한 일은 아니었지만 표창을 하겠다는 데 마다할 까닭이 없었다. 감사장을 받게 된 것은 시청이 곧 회사 '광바오'의 꽌시가 되는 것이나 마찬가지였다. 시장과 친교가 맺어졌고, 환경담당 국장과 술친구가 되는 계기를 만들어주었다. 그러나 '광바오'의 생산품은 전량이 수출되고 있어서 그들을 꽌시로 활용할 일이 거의 없었다. 그렇지만 중국과 같이 '공산당 1당 독재'를 자랑스럽게 내걸고 있는 나라, 행정력이 곧 통치력이 되고 있는 나라에서 시청과 직통하는 선을 갖고 있다는 것은 이만저만 큰 '빽'이 아니었다.

감사장을 받고 나자 엉뚱한 일이 벌어지기 시작했다. 돈을 벌면 없던 친척도 생기더라고 뒤에서 입질해 대던 사장들이 언제 그런 짓 했느냐는 듯 웃음을 도배질하고 찾아들었다. 꽌시가 꼭 필요한 사업을 하는 사람들이었다.

그다음에 시작한 일이 주변 마을의 학생들에게 장학금을 준 것이었다. 5명에서 시작해서 사세가 신장됨에 따라 해마다 조금씩 늘려나갔다. 10년을 넘기면서 50명이 되었는데, 그 수는 더 불어나지 못하고 거기서 몇 년째 고정되어 있었다. 미국발 금융위기의 여파로 일어난 전 세계적 불황의 쓰나미는 액세서리 시장까지 강타한 것이었다. 제조업 생산 없이도 세계 시장에서 돈만 굴려 떼돈을 벌 수 있다고 큰소리친 신자유주의의 환상은 미국을 위기에 몰아넣으며 몰락했다. 제조업 없는 자본주의는 존재할 수 없고, 그러므로 자본주의는 모든 제조업의 자식이라는 것은 기본상식이고, 기초상식이었다. 그런데 그 엄중한 사실을 무시한 신자유주의자들의 어리석고 경박한 교만은 제조업 중에서도 가장 원시적인 노동을 해야 하는 액세서리 업종까지 망치려고 들었다. 그 불황의 타격으로 장학생을 더 늘릴 수가 없었다. 그저 줄이지 않고 현상 유지를 하는 것이나마 다행으로 여겨야 했다. 칭다오에 진출해 있는 많은 한국 중소기업들이 줄도산을 하고, 야반도주를 하는 사태가 빈번해진 것도 그 불황의 여파와, 중국의 정책 변화, 두 가지가 겹쳐진 때문이었다.

장학금을 지급하는 것은 가난한 학생들을 돕는다는 보람만 있는 것이 아니었다. 우수한 그들을 한국과 가까워지게 하는 효과까지 생겼다. 그건 전혀 생각하지 않았던 부수효과이고 덤이었다.

그리고 노인네들을 공경하는 것도 뜻밖의 부수효과를 나타냈다. 사장이 하는 그 일을 직원들 전체가 좋아하는 것이었다. 대부분 고향을 떠나온 여직원들은 노인들을 대접하는 것을 마치 자기네 부모가 대접받는 것처럼 여겼던 것이다. 동네 노인들이 음으로 양으로 울타리가 되어주는 것도 고맙고, 직원들 모두가 좋아하는 것도 신명 나는 일이라 새 일을 벌였다. 봄가을로 마을 노인들을 다 모신 경로잔치를 베풀었다. 남녀 노인들은 술 거나하게 취해 맘껏 노래하고 춤추며 즐겼다. 그분들의 흥겨움에 직원들도 신바람이 나 시중을 들고, 장기 자랑으로 위로공연을 하며 함께 행복을 나누었다.

"광바오는 우리 동네 보물이다."

"하 사장하고 천년만년 같이 살고 싶다."

노인네들이 여기저기 퍼뜨리고 다니는 말이었다.

어느 날 시청에서 연락이 왔다.

"하 사장님께 명예시민증을 드리고자 합니다."

찬물도 상이라면 좋더라고, 그런 걸 바라고 한 건 아니지만, 자신이 한 일을 인정받으니 그것이야말로 참으로 큰 보람이었다. 임금 인상 시위로 조업이 중단되고, 야반도주해서 욕을 먹는 한국사람들이 많은 상황에서 그런 인정을 받은 것이었다.

"사장님, 곧 미국 쪽 주문 출고됩니다."

총무과 직원이 알려왔다.

"알았소, 갑시다."

하 사장은 바로 일어나 빠른 걸음으로 밖으로 나갔다.

뚜껑 덮인 화물차가 공장 왼쪽 끝에 꽁무니를 대고 멈춰 있었다. 그 꽁무니 뒤에 2층으로 연결된 미끄럼대가 설치되어 있었다.

"자아, 관포반! 출고오 개시!"

하 사장은 오른팔을 번쩍 치켜올리며 우렁차게 외쳤다. '관포반'이란 관리포장반이었다.

그 외침이 울리기 무섭게 커다란 상자가 쭈르르 미끄럼대를 타고 내려왔다. 하 사장이 상자를 붙들었다. 그리고 상자를 이쪽저쪽으로 약간씩 들며 빠르게 살피고는, 상자를 번쩍 들어 차로 옮겼다. 차에서는 한 남자가 상자를 받았다. 그런 하 사장의 동작은 빈틈없는 운동선수들의 민첩함처럼 무척 빠르고 숙달되어 있었다. 그럴 수밖에 없는 것이 지난 10년 동안 사장실에 빈둥거리고 앉아서 제품 출고를 직접 하지 않은 일은 한 번도 없었던 것이다. 그 하찮아 보이는 일을 손수 하는 데는 세 가지 목적이 있었다. 첫째 바다를 건너 먼 길을 가야 하는 상품의 포장이 제대로 되었는지 직접 확인하는 것이었다. 둘째 사원들 모두가 온 정성을 다해 만든 제품이 새 주인을 만나러 떠나가는 것을 배웅하는 뿌듯한 성취감을 맛볼 수 있었다. 셋째 사장이 몸 사리지 않고 하급노동자의 일을 함으로써 전 사원들에게 그들이 하는 일이 전문적인 기술직이라는 긍지감을 일깨워주는 동시에 게으름 피우지 않고 열심히 일하게 하는 자극이 되었다.

하 사장은 사원들에게 일을 열심히 하라고 말한 적이 한 번도 없었다. 운동회 때 그들과 어울려 열심히 시합을 하는 것처럼 무슨 일이고 가리지 않고 함께 했다. 제품 출고만이 아니라 재료 입고 때도 짐을 같이 날랐다. 연말의 오더가 폭주해 밤샘작업을 하게 되면 언제나 함께 일하면서 같이 밤을 새웠다. 이 작업반, 저 작업반을 돌면서 목걸이고 브로치고 함께 만들었다. 사장이 제법 솜씨를 부려가며 그런 것을 만드는 것을 보며 여직원들은 너무 즐거워했고, 사장이 자기네와 함께 밤을 새우는 것에 대해 고마워하기까지 했다. 그러니 다른 회사들처럼 밤샘작업 때문에 불만이 생기는 일이 있을 리 없었다.

상자들이 차를 거의 다 채우면서 작업이 끝났다. 하 사장은 허리가 뻐근하면서 가슴은 뿌듯했다. 그 작은 브로치와 목걸이 상자들이 차곡차곡 쌓여 큰 화물차를 가득 채운 것이다. 저것은 좀 야한 말로 하면 다 돈덩어리였다.

하 사장은 화물차의 뚜껑 옆구리를 탕탕 치며 드높게 소리쳤다.

"출바알—!"

'잘 가거라. 가서 새 주인 잘 만나고…….'

정문을 나가는 화물차를 바라보며 하 사장은 변함없이 이런 속말로 자신의 제품들을 배웅했다. 그럴 때마다 겨우 3만 불을 가지고 중국땅 칭다오에 첫발을 딛었던 기억이 선명하게 다가오고는 했다. 아무리 소기업이라 한들 3만 불, 3,600만 원으로 시작한다는 것은 돌멩이 던져 독수리 잡으려는 격이었고, 식칼 들고 호랑이에게 덤비는 격이었다. 그 푼돈 말고 있는 것이라고는 미국에서 액세서리 제조 회사에 근무한 경력과, 한국에서 액세서리 회사를 차렸다가 성공하지 못한 쓰라린 경험이 전부였다. 싼 인건비……, 제2의 기회……, 그걸 기대하고 찾아온 것이 중국땅이었다. 그 막막했던 세월은 언제나 눈물로 다가서고는 했다. 그런데 10년 세월은 마치 마술을 부리듯, 자신도 믿을 수 없을 정도로, 남들이 들으면 시샘이 지나쳐 저주로 변해버릴 만큼 큰 성공을 가져다주었다. 중국은 과연 기회의 땅이었고, 중국이 준 선물은 크고 컸다. '사람의 마음을 얻으면 천하를 얻는다[得人心者 得天下]'는 중국 속담이 있다. 그건 마치 자신을 두고 하는 말 같기만 했다. 아내와 단둘이만 아는 일인데, 지금 자신은 처음의 자본금이 1천 배로 불어난 부자가 되어 있었다. 그만하면 '得天下' 했다고 할 수 있지 않은가.

그러나 지금까지 중국이 준 선물은 아무것도 아니었다. 확신하건대, 앞으로 줄 선물이 훨씬 더 컸다. 누구나 다 아는 것이지만 중국은 '세계의 공장'에서 '세계의 시장'으로 대전환을 하고 있었고, 내수시장의 활성화에 발맞추어 중국여성 7억 중에 5억이 바야흐로 자본주의적 소비에 익숙해짐과 동시에 멋 부리기에 불이 붙고 있었다. 충동구매의 98퍼센트를 여성들이 하고, 충동구매의 90퍼센트가 명품 옷과 핸드백, 화장품, 액세서리라고 여론조사 통계들은 말해 주고 있었다. 지금까지 외면해 왔던 그 내수시장을 겨냥하면 앞으로 20~30년 동안 중국이 줄 선물이 얼마나 클 것인지, 그보다 더 가슴 설레는 일은 없었다.

"사장님, 정동식 사장님네 회사에서 사장님 뵈려고 어떤 사람이 왔습니다."

"무슨 일이오?"

하 사장은 서류를 바삐 넘기며 건성으로 물었다.

"아주 급한 일이 생겼다고 합니다."

"급한 일?"

"네, 정 사장님이 공안에 잡혀갔다고 합니다."

"공안?"

하 사장이 깜짝 놀라며 고개를 치켜들었다.

"자세한 건 모르겠습니다." 여직원이 무르춤해졌고, "빨리 들어오라고 하시오." 하 사장이 서류를 덮고 의자에서 일어났다.

"무슨 일이오?"

남자가 들어서자 하 사장이 먼저 물었다.

"예, 저희 사장님이 어제 공안에 잡혀가셨습니다."

"아, 그건 알고, 왜냔 말이오."

하 사장의 찡그려지는 얼굴에서도 다그치는 듯한 어조에서도 짜증이 드러났다.

"예, 대만에서 대만 독립을 지지하고 주장한 것이 문제가 됐다고 합니다."

"대만에서 그런 말을 했단 말이오?"

하 사장은 가슴이 와르르 무너지는 충격을 받고 있었다.

"예, 거기 출장을 가셨었습니다."

"하아, 이거 큰일 났군⋯⋯."

하 사장은 낭패감에 빠지며 중얼거렸다. 그건 이만저만 큰 사고가 아니었던 것이다.

"저희 사장님이, 하 사장님께서 면회를 좀 와주시기 바라고 계십니다."

"어쩌다 그런 실수를 하게 됐는지 말 좀 해보시오."

"아, 아닙니다. 저는 아무것도 모릅니다."

손을 모아 잡고 선 그 남자는 계속 떨고 있었다. 그도 자기네 사장이 저지른 죄가 얼마나 큰 것인지 알고 있는 듯했다.

"알았소. 내가 면회 갈 테니 그만 가보시오."

"아닙니다. 제가 모시고 가도록 하겠습니다."

"그렇게 줄곧 떨고 있는 사람이 모는 차 어디 불안해서 탈 수 있겠소? 내 차 있으니 걱정 말고 가시오. 좀 진정하고."

하 사장은 딱해하며 혀를 찼다.

"예, 죄송합니다." 그 남자는 뒷머리를 긁으며 어색스럽게 웃고는, "그럼 잘 부탁드립니다." 허리를 깊이 굽히고는 허둥거리듯 밖으로 나갔다.

하 사장은 그때서야 소파에 앉았다. 지금 마음을 거짓 없이 말하면 면회를 가고 싶지 않았다. 아니, 그 사건에 끼어들고 싶지 않았다. 그런 큰 사건에 잘못 끼어들었다가는 괜히 오해받기 쉽고, 엉뚱한 피해를 입을 수도 있었다.

중국에서 입에 올려서는 안 되는 3대 금기사항이 있었다. 그중에서 대만 독립에 관한 문제는 첫 번째로 꼽힐 정도로 비중 큰 중대사였다. 마오쩌둥에 대해 험담하는 것은 이미 세상을 떠나버린 사람의 개인 문제이니 나라에 당장 무슨 피해를 끼치는 일이 아니었다. 그리고 당에 대한 비난을 하는 것도, 막강한 당을 향해 개인이 불만을 터뜨리는 것은 코끼리를 향해 개미 한 마리가 활갯짓을 하는 것이니 문제 삼지 않으면 문제가 안 되는 문제였다. 그러나 대만의 독립을 지지하거나, 대만의 독립을 주장하는 것은 국가에 직접 피해를 입히고, 국가 대변란을 획책하는 음모이고 모반일 수 있었다. 그러니 정부에서 가장 큰 문제로 취급하지 않을 수 없는 문제였다.

정동식 사장은 대만이니까 맘 놓고 그런 말을 했을 수 있었다. 그러나 그건 펄펄 끓는 물에 손을 넣으며 데지 않기를 바라고, 시너를 온몸에 뿌리고 성냥을 그어대며 불이 붙지 않기를 바라는 것과 같은 어리석음이었다. 중국 공안은 대륙 안에서만 모르는 것이 없는 게 아니었다. 홍콩과 마카오가 그렇듯 대만 또한 공안에게는 안방 살피기요, 손바닥 들여다보기와 똑같다는 것을 정동식 사장은 깜빡했던 것이다. 중국에서 가장 어리석은 사람이 두 가지가 있다고 했다. 공안에 나만은 걸리지 않을 거라고 생각하는 자, 그리고 얼나이가 자기를 사랑한다고 믿는 자. 그런데 정동식 사장은 대만은 안전하다고 믿고 대만 독립을 지지해 댄 세 번째 어리석은 자가 된 것이었다.

하 사장은 공안 쪽을 아무리 더듬어보았지만 그런 고약한 문제를 놓고 도움을 청할 만한 윗선이 잡히지 않았다. 중국에서 오래 사업을 했지만 전량을 수출하고 중국 관리 쪽과 꽌시를 맺을 필요가 없이 살아온 자의 약점이었다.

그는 머리를 짜내다가 시청을 생각해 냈다. 그동안 인간적인 친분을 나누어온 국장을 찾아갈 수밖에 없었다. 그런 큰 사건으로 끌려간 사람을 면회 가면서 액세서리 회사 사장의 명함으로는 통할 것 같지가 않았던 것이다. 어느 사회라고 별다를까마는 중국은 유난히 연줄과 '빽'이 최신형 스마트폰처럼 만사형통으로 잘 통하는 세상이었다.

"그래서 어쩌시게요?"

국장이 심각한 표정으로 물었다.

"예, 우선 면회부터 하고, 어떻게 된 사태인지 들어보고, 그가 왜 만나자고 한 것인지 알고 나서 그 담에 뭘……."

하 사장은 이렇게 막연한 소리밖에 할 말이 없었다.

"그것 참, 사업을 하면 그저 열심히 돈이나 벌 것이지 괜히 정치사건을 일으키고 그러는지 모르겠군요. 그런 발언은, 개개인의 소관 업무와 관계없이 적발해야 하는 것이 우리 관리들의 기본의무입니다. 그러니 그건 참 난감한 문제입니다."

국장은 굳이 '정치사건'이라고 못을 박으며 냉정하게 선을 긋고 나섰다.

"예, 잘 알고 있습니다. 국장님 입장 난처하게 될 염려가 있는 부탁은 절대 하지 않겠습니다. 저도 사건의 심각성을 잘 알고 있습니다. 다만 첫 면회이고, 사태 파악도 좀 해야 하고 하니 특별면회나 좀 할 수 있도록 도와주셨으면 합니다."

하 사장은 깊이 머리를 조아렸다.

"특별면회라……." 국장은 한참을 앉아 있더니, "예, 이건 순전히 하 사장님께서 우리 인민들에게 잘해주신 것에 대한 보답으로 도와드리는 겁니다. 우린 우리 중국의 국가 이익을 침해하는 그런 분자들을 젤 싫어합니다. 왜 남의 나라 내정에 대해서 왈가왈부 말이 많은 겁니까. 그 사람과 무슨 사이인지 모르나 하 사장님께서도 이 일에 너무 깊이 간여하지 마세요. 괜히 오해 살 수도 있습니다."

"예, 알겠습니다."

하 사장은 마음이 움찔 움츠러드는 것을 느꼈다. '오해 살 수도 있다'는 다른 말은 '사업에 피해를 입을 수도 있다'는 것이기 때문이었다.

"특별면회가 될 수 있도록 조처를 해놓겠습니다. 한 두어 시간 있다가 면회를 가십시오."

"예, 감사합니다, 국장님."

시청에서 나와 하 사장은 망연히 하늘을 올려다보았다. 아무것도 잘못한 것 없이 너무 긴장했다는 것을 뒤늦게 깨달았다. 무슨 부탁을 한다는 것은 참 거북하고 옹색스럽고 기 꺾이는 일이었다. 더구나 '국가 이익을 침해하는' '정치사건'이라고 하는 바람에 바짝 겁이 나 더 긴장하게 된 것이 분명했다. 만약 공안에서도 그렇게 규정한다면 정 사장은 어떻게 될 것인가……. 그 생각을 하자 너무 난감하고 암담해 한숨밖에 나오지 않았다.

정 사장은 중국의 싼 인건비에 이끌려 칭다오로 진출했다가 몇 년 못 가 중국사람들이 기술을 익혀 동업자들로 나서는 바람에 사업을 접어야 했던 전형적인 실패자의 한 사람이었다. 그가 한 사업은 휴대용 가스레인지 생산이었다. 그 간편한 조리 기구는 12~13년 전의 중국사람들에게 '참 묘하게 생긴 희한한 기계'로 폭발적 인기를 끌었다. 중국만이 아니라 문화 수준이 좀 떨어지는 동남아 국가들에서도 그 조그만 가스레인지는 인공조미료와 함께 '황금알을 낳는 거위'이거나 '달러 박스'로 우대를 받는 시대였다. 그러니 정 사장의 사업은 어떻겠는가. 날마다 야근을 해도 재고가 쌓일 틈이 없을 정도로 신바람 나는 호황이었다. 한국의 5분의 1 정도밖에 안되는 싼 인건비, 만들기 바쁘게 팔려나가는 물건, 천하의 돈이 다 정 사장 품으로 쓸려 들어간다고 소문이 파다했다. 어깨에 잔뜩 힘이 들어간 정 사장은 새 공장을 2배 이상 늘려 지었다. 중국땅에 진출한 한국의 수많은 사장들은 하나같이 정 사장을 부러운 눈으로 바라보았다.

그러나 그 황홀한 호황은 몇 년을 가지 못했다. 한국사람 못지않게 영리하고 손재주 좋은 중국사람들은 그 단순기술을 금세 습득해 버렸다. 그리고 여기저기 공장을 차리고 나섰다. 또한 가스레인지는 면장갑이나 가스라이터처럼 1회용 상품이 아니었고, 그렇다고 신발이나 봉제품, 의류 같은 것들처럼 수명이 짧은 것도 아니었다. 가스만 갈아 끼우면 몇 년이고 쓸 수 있는 순환주기가 긴 상품이었다.

정 사장은 그런 이중의 덫에 걸려 불황의 늪으로 빠져들기 시작했다. 불황의 파도에 휩쓸리는 사업체란 침몰하기 시작하는 배와 같다. 그 어떤 힘으로도 침몰하는 배를 구해낼 도리는 없는 법이다. 어깨가 쳐져 내린 정 사장은 회사를 살려내려고 허둥지둥, 허겁지겁 정신이 하나도 없었다. 그러나 무슨 뾰족한 수가 있을 리 없었다.

"죽일 놈들, 의리 없는 놈들, 제 놈들이 어떻게 그럴 수가 있어. 내 덕에 밥 먹고 산 놈들이 어떻게 내 등에 칼을 꽂고 덤벼 그래. 이게 더러운 중국놈들 곤조통이라구."

정 사장은 술이 취했거나 안 취했거나 이런 말을 하고 또 했다.

공장장이고 영업담당이고 다 새 공장을 차리고 나섰기 때문이었다. 정 사장으로서는 당연히 분해서 복장 터져 죽을 일이었으나, 법으로는 아무런 하자가 없는 자유경쟁이었다.

그러나 정 사장의 분통 터지는 하소연에 별달리 귀 기울여 주지 않는 건 세상인심이 야박해서가 아니었다. 정 사장처럼 당하고 있는 한국의 사장들이 한둘이 아니었기 때문이다.

대표적인 단순기술인 면장갑, 나무젓가락, 이쑤시개, 가스라이터 공장들은 모두가 새로 등장하는 중국의 동무업자들 때문에 똑같은 위기에 몰려 있었던 것이다.

그러나 이런 사태는 중국에서만 일어나는 특별한 배신행위가 아니었다. 이미 30~40년 전에 우리가 일본의 각종 상품들을 보세가공하면서 신속하게 기술 습득을 해서 일본에 역공을 취하고, 동남아 시장에 저가공세를 하며 일본과 경쟁하기 시작했던 바로 그 방법이었다. 그 방법의 원조이며 시범국이 바로 한국이었던 것이다.

그건 비양심적인 기술 도용이 아니었고, 몰염치한 배은망덕도 아니었다. 고기압이 저기압 쪽으로 흐르는 자연의 순리처럼 부자나라의 앞선 기술이 가난한 나라로 흘러가는 것 또

한 지극히 자연스러운 현상이었다. 가난한 나라에 가서 싼 인건비를 이용해 더 많은 돈을 쉽게 벌려고 기술을 노출한 이상 가난한 나라의 배고픈 사람들이 그 기술을 획득하려고 눈을 부릅뜨는 것은 너무나 당연한 생존 본능이었다. 그런 사태를 각오하지 않고, 대비하지 않았다면 그건 전적으로 당한 쪽의 책임일 뿐이었다. 그런 기술은 국제적 특허 보호를 받을 수 없는 만인공유의 보편적 기술이기 때문이었다.

그러나 우리나라의 중소기업들이 당하는 그런 피해는 일본 대기업이 당하고 있는 피해에 비하면 그다지 큰 것이 아닐 수도 있었다. 그런 식의 기술 모방으로 엄청난 손해를 보고 있는 것이 일본 자동차 회사 혼다였다. 혼다의 오토바이는 자전거의 나라 중국에서 선풍적인 인기를 끌었다. 수십 년 동안 힘들게 자전거 타기에 지치고 신물이 나고, 그렇다고 자동차를 살 형편이 못 되는 중국사람들에게 오토바이는 싸고 편하고 빠른 최고의 교통수단이었던 것이다.

중국에서는 오토바이 기술 모방에 팔을 걷어붙이고 나섰다. 중국의 두뇌와 솜씨들을 동원해서 샅샅이 분해하고, 조립하고, 다시 엎어보고 뒤집어보고, 온갖 짓을 다하는데 그게 안 만들어질 리가 없었다. 조악했지만 마침내 그들은 오토바이를 만들어냈고, 어찌 됐거나 오토바이는 그 특유의 소리를 내며 굴러갔다. 그리고 그 속도는 단연 자전거를 압도했다. 그건 일단 대성공이었다. 그들은 의기양양하게 시판을 시작했다. 볼품없는 모조 오토바이를 내놓으면서 그들은 왜 의기양양했던 것일까. 일제에 비해 가격이 비교가 안 될 정도로 쌌던 것이다. 그 저가공세는 배고픈 사람들 앞에 내놓은 값싸면서도 맛 좋은 빵이나 마찬가지였다. 사람들은 자전거를 집어던지고 싼 오토바이로 와아 몰려들었다. 없어서 못 팔 지경으로 즐거운 비명을 지르며 그 회사는 눈을 크게 떴다. 일본이 독점하고 있는 동남아 시장으로 눈을 돌린 것이다.

필리핀, 인도네시아, 베트남, 타이 등 모두가 적도의 무더위에 허덕이면서 자동차 살 형편은 못 되고, 힘들이지 않고 시원하게 달릴 수 있는 오토바이를 선호하고 있었다. 그러나 일제는 너무나 비쌌다. 그 시장을 향하여 중국은 저가공세를 펼쳤다. 그 작전은 최고의 성공작이 되었다. 일본은 중국산 짝퉁 오토바이가 자기네 독점시장을 파괴해 상상할 수 없는 손해를 보면서도 속수무책, 비칠비칠 뒷걸음질을 칠 수밖에 없었다. 그 박리다매 전술로 동남아 시장을 장악하며 중국의 거대한 부자 하나가 탄생한 현대판 신화가 모든 중국사람들의 롤모델이 되고 있었다.

모든 분야에서 선진 기술 습득을 경제발전의 핵심 동력으로 삼고 있는 중국에서 우리나라 중소기업들의 기술을 재빨리 익혀 독립하고 나서는 사람들은 중국 입장에서는 애국국민이고 표창감일 수도 있었다. 지난날 우리나라가 그랬듯이.

정 사장은 메아리 없는 분노만 터뜨리고 있을 수만은 없었다. 물건만 잘 팔리지 않는 것이 아니라 공장 가동도 탈이 생겼다. 공원들이 무더기로 회사를 떠나고 있었다. 새로 생긴 중국업자들이 회유해 가는 것이었다. 정 사장은 이중고, 삼중고에 처해 회사는 존폐 위기로 치닫고 있었다.

"하 사장, 이거 어떻게 하면 좋겠소. 어물어물하다가 좀 벌어둔 것까지 다 까먹고 알거지 되게 생겼는데."

그즈음에 정 사장은 부쩍 자신을 자주 찾아왔다. 대학 동문이라는 이유 때문이었다. 중국에 와서 어쩌다가 그 사실을 알게 되었는데, 그것이나마 가깝게 지내게 된 끈이 되었다.

정 사장의 고민은 심각한 것이었다. 공장 문을 닫자고 해도 자기 마음대로 할 수가 없는 형편이었다. 폐업을 하려면 첫째로 해결해야 하는 것이 직원들의 임금이었다. 그리고 미수금은 떼이는 반면 지불처는 빚쟁이로 변해 몰려들게 되어 있었다. 그러나 더 큰 문제가 세 번째로 남아 있었다. 중국 정부에 정식으로 청산절차를 밟아야 하는 것이었다.

중국 정부는 중국에 투자하는 외국의 크고 작은 모든 기업들에게 파격적인 혜택을 주었다. 공장 부지를 거의 공짜나 다름없는 싼값에 장기간 빌려주었고, 거기다가 면세까지 해주었다. 그러나 그것은 '10년 이상' 생산활동을 할 때라는 조건을 명시하고 있었다. 그러니까 10년이 못 되어 중국땅을 떠나게 되면 그 혜택은 무효가 되고, 그동안의 부지 임대료와 세금을 중국 정부의 계산법에 따라 다 물어내야 하는 것이 '정식 청산절차'였다.

그런데 정 사장이 중국에 머문 기간은 6년 정도였다. 그가 '정식 청산절차'를 거치면 그의 말마따나 알거지 신세가 될 수밖에 없었다. 이런 막다른 골목에 몰린 사람들이 살아날 수 있는 길은 딱 하나밖에 없었다. 야반도주!

"어쩌겠어요. 처자식 거느리고 알거지가 될 수는 없잖아요. 눈 딱 감고 뜨세요. 그간에 중국에 좋은 일도 꽤나 많이 했으니까요."

자신은 정 사장이 원하는 말을 해주었다. 그가 자신을 찾아와 그런 하소연을 한 것은 그 말을 듣기 위해서였기 때문이다.

'정치가는 야심이 있어야 하고, 상인은 양심이 없어야 한다.'

마치 속담처럼 중국인들의 입에 자주 오르는 말이었다. 사업 하면서 부도 안 낼 수 없듯이 야반도주도 병가상사일 수밖에 없는 일이었다.

"내가 지금 세상에서 젤 부러운 사람이 하 사장입니다. 왜 그런고 하니, 하 사장님 업종은 기술을 훔쳐먹을 수가 없잖아요. 디자인이 쉴 새 없이 계속 바뀌어버리니까."

정 사장의 말이 아니었어도 자신은 벌써부터 그 사실을 천만다행하게 생각하고 있었던 것이다. 가스레인지는 한 모델이 고정되어 있지만, 액세서리는 칠면조가 무색하게 새로운 모양으로 쉴 새 없이 디자인이 바뀌는 업종이었던 것이다.

정 사장은 어느 날 밤 자취를 감추었다. 그가 헌옷을 벗어던지듯 남겨놓고 간 공장 시설은 '정식 청산절차'를 받지 못한 시에서 접수했다. 일은 그것으로 끝났다. 중국에서는 그런 사람들을 일일이 잡아달라고 한국에 의뢰하지 않았다. 한국에서 순순히 수사해 줄 리 없었고, 국가 관계에서 보면 그런 일들은 지극히 사소한 일이기도 했다. 그리고 중국 동쪽 연안의 도시들에는 야반도주한 업체들보다는 기계를 열심히 돌리고 있는 공장들이 몇십 배 더 많았던 것이다.

그리고 한때 그 정확한 수를 파악할 수 없을 정도로 1만 개 이상 중국땅에 진출했던 한국의 중소기업들이 중국 정부에 세웠던 공은 따로 있었다. 그것은 다름이 아니라, 수십 년 동안 시간 때우기만 하며 게으름을 피우는 사회주의 노동에 길들여진 사람들에게 월급 주어가며 강도 높은 자본주의 노동법을 체험시켜 그들의 의식과 체질을 바꾸어놓았던 것이다. 그리고 그들을 개혁개방의 경제발전을 주도하는 핵심 세력인 제조업 전문기술자로 양성시켜 준 것이었다. 중국 정부에서 직접 그 많은 사람들을 그렇게 숙련된 기술자로 변화시키려고 했다면 얼마나 많은 비용이 들었을 것인가.

죽은 사람과 떠난 사람은 잊혀지게 마련이듯이 정 사장의 일도 까맣게 잊고 지냈다. 그런데 한 3년이 지나 정 사장은 슬그머니 다시 나타났다. 한국에서 하는 일마다 안 풀려 어쩔 수 없었다고 했다. 그는 유아용품 판매상으로 변해 있었다. 우유병·젖꼭지·턱받이·유아복·베개 등이 주 품목이었고, 주문이 있으면 우유와 이유식도 취급했다.

그 업종을 선택한 것은, 한국의 유아용품들은 질이 좋고, 무해하며, 디자인들이 세련되고 멋지다는 중국사람들의 신뢰 때문이었다. 자식이 하나밖에 없는 중국 엄마들의 아이 사랑은 유별났다. 그런데 가짜 우유 파동이 일어나 아이들 수십 명이 죽고 몇천 명이 병이 걸리는 사태가 발생했다. 그뿐만 아니라 각종 유아용품들도 중금속 오염의 위험에 노출되어 있었다. 그러니 정 사장이 그 점에 착안한 것은 꽤나 정확한 사업적 판단이었다. 젖먹이 아이들도 줄잡아 2~3천만은 될 테니 시장도 아주 튼튼한 편이었다.

정 사장의 사업은 곧잘 되어갔다. 'Made in Korea'의 공신력은 그만큼 컸던 것이다. 그런데 그는 대만까지 시장을 넓혔다. 그의 꿈은 일개 '판매상'이 아니라 동남아 일대를 무대로 삼는 '무역상'이 되고자 했다.

그런데 뜻밖에도 대만에서 그런 사태가 벌어진 것이었다.

"어디 아프세요?"

하 사장은 첫마디를 이렇게 묻지 않을 수 없었다. 그만큼 정동식 사장의 몰골은 상해 있었다.

"아니요. 다행히 아픈 데는 없어요. 헌데 하 사장, 이걸 어떻게 해야 되는 거요?"

얼마나 겁먹고 있는지 정 사장의 바짝 마른 입술이 부들부들 떨렸다.

"글쎄요……, 소식 받고 줄곧 생각해 보긴 했는데……, 마음이 다급해서 그런지 어쩐지 좋은 생각이 퍼뜩 떠오르질 않는군요."

하 사장은 상대방을 실망시킬까 봐 어물거리듯 조심스럽게 말했다.

"그러니까……, 결국 이걸 쓰는 게 상책 아니겠어요?"

정 사장은 도청을 의식하는 듯 손가락으로 동그라미를 그려 보였다.

"예, 그것도 한 방법으로 준비를 하긴 해야 되겠지요."

"여긴 특히 잘 통하는 데니까……. 내 집사람한테 빨리 연락해서 그걸 되는대로 모아서 가져오라고 수고 좀 해주시겠어요?"

"예, 그러죠."

"그리고 말입니다, 대사관, 아니 영사관에 연락해서 도움을 청하면 어떨까요?"

"예, 그것도 한 방법일 수는 있지요."

"그것도 좀 부탁드립니다."

"예, 알겠습니다."

"그리고, 무슨 좋은 수가 있을지 하 사장님께서도 좀 생각해 봐주세요."

"물론이죠. 그런데 이게 어떻게 된 일입니까?"

하 사장은 겨우 이 말을 꺼냈다.

"글쎄, 아무리 생각해도 이건 귀신이 곡할 노릇입니다. 내 거래처 두 사람에게 한턱내려고 술집엘 갔었죠. 아가씨들 끼고 기분 좋게 술을 마셨는데, 술이 취하자 얘기가 정치 쪽으로 흘렀어요. 그러다가 그 문제가 나온 거지요. 두 사람이 열 받쳐 떠들어대다가 나한테 어떻게 생각하느냐고 묻잖아요. 대만인 데다가, 술은 취하고, 그 사람들 듣기 좋은 말을 하는 게 좋겠다 싶어, 나도 그렇게 생각한다고 했지요. 그 사람들은 기분 좋아서 '라오펑유'를 외쳐댔고, 나도 기분이 들떠서 마구 떠들어댔죠. 술 마시고 그런 것뿐인데 글쎄……, 공항에 들어오면서 그만 체포되고 말았어요. 이게 도무지 어떻게 된 일인지 알 수가 없어요. 이건 틀림없이 그 계집애들 속에 뭐가 있었던 거겠지요?"

정 사장이 의문 가득 찬 얼굴로 고개를 갸웃갸웃했다.

"예……, 그랬을 것 같군요."

하 사장도 고개를 주억거렸다. 그러나 두 남자 중에 누군가 의심스러운 사람이 있을 수도 있다는 말은 하지 않았다. 괜한 추측일 뿐이었고, 장치가 어디 있는지 보이지 않을 뿐이지 틀림없이 도청되고 있을 것이기 때문이었다.

"조사는 몇 번이나 받았어요?"

"아직 한 번도……, 조사를 안 하니 더 미치겠어요."

"조사 받을 때 방금 했던 말을 그대로 하세요. 술에 취해서……, 그들 기분을 맞춰주려고……, 장사가 좀 잘되게 할 욕심으로……. 아시겠죠?"

"예, 알겠습니다."

"그리고……, 무조건 잘못했다고 비세요. 비는 데는 무쇠도 녹는다는 말이 있잖아요."

"예, 지문이 다 닳아 없어지도록 빌어야지요. 내가 잘한 게 쥐뿔도 없으니까요."

더 할 말이 없어서 하 사장은 면회를 끝냈다. 회사로 돌아오며 아무리 생각해 봐도 이 일을 의논할 만한 사람이 떠오르지 않았다.

사장실에 들어서자마자 정 사장이 가르쳐준 번호로 전화를 걸었다.

정 사장 부인은 처음에는 무슨 소리인지 잘 알아듣지를 못했다. 평소에 중국과 대만 관계에 대해 별 관심이 없었던 것 같았다. 자신의 아내와는 많이 다른 것에 좀 놀랐다.

"그럼 얼마나 많이 가져가야 하나요?"

"예, 정 사장님 말씀으로는, 되는대로 모아서 가져오라고 했습니다."

"네에……, 그럼 징역살이를 하게 되나요?"

"지금으로선 아무것도 모릅니다. 일단 빨리 오세요."

하 사장은 전화를 끊고 보이차부터 한 잔 마셨다. 마치 보이차의 효험처럼 전대광 부장이 퍼뜩 떠올랐다. 그에게 의논하면 무슨 묘수가 생길 것도 같았다.

"하아, 그 양반이 잠꼬대로도 해서는 안 될 말을 했군요. 중국 종사자들이 대만 경찰들보다 더 많을지도 모르는 곳에 가서."

전대광의 반응은 대뜸 이랬다.

"글쎄 말이에요. 근데 전 부장님, 영사관을 찾아가는 걸 어떻게 생각하십니까."

"도와달라고요?"

저 멀리 상하이에서 코웃음 치는 표정이 보이는 듯한 어조였다.

"정 사장 본인이 원합니다."

"하 사장님께서 저한테 그걸 묻는 걸 보니 하 사장님께서도 별로 내키지 않으신 것 같은데, 그게 정답 아니겠습니까.

언제 그 사람들이 교민들 궂은일에 나서서 도와준 일 있습니까? 좋은 일에나 먼저 나서서 낯내기 좋아하고, 폼 잡기 좋아하는 게 그 사람들이지. 어쨌거나 본인이 원한다니까 하 사장님은 어쩔 수 없이 거룩한 영사관엘 내왕하셔야 되겠군요. 지푸라기라도 잡고 싶어 하는 그 양반 심정은 잘 알겠지만, 그 사람들이 할 말은 뻔하잖아요. '누가 그런 말 하랬더냐', '인력이 모자라 어쩔 수 없다' 어떻습니까?"

"예, 정답이에요. 근데, 무슨 방법이 없을까요?"

"그거 잘못하면 큰일 날 수 있습니다. 중국 정부가 외국인들을 향해 이번 사건을 시범조로 써먹기로 작정하면 실형을 받아도 크게 받을 수 있는 문젭니다. 대만이 독립되면 그게 티베트와 신장위구르로 뻗쳐 결정타가 되고, 티베트와 신장위구르가 독립하게 되면 중국은 영토의 65퍼센트를 상실하게 되는 그 중차대한 문제를, 아무리 대만에 멀리 떨어져 있다고 해도 마구 떠들어대다니. 중국 정부 단호한 건 상상외로 무섭습니다. 마약사범들을 인정사정없이 무조건 사형시켜버리는 것 보십시오. 우리나라 신문에 안 나서 그렇지, 우리나라 사람들도 마약사범으로 계속 죽어가는 것 우리도 눈치로 대충 알고 있잖아요. 그런 식으로 치려 들면, 외국인이니까 극형은 못 내려도 몇십 년은 때릴 수 있다구요. 중국사람들 배짱부리기 시작하면 무섭잖아요."

평소에도 달변인 전 부장의 말은 특이한 사건 탓에 더 빨라져 있었다.

"그러니 이 일을 어쩌면 좋소."

"지금 생각나는 건 두 가지 정돕니다. 괜히 영사관 찾아가서 기운만 더 빼지 마시고, 오늘 특별면회 하신 것처럼 시청의 국장 그분한테 더 바짝 매달리십시오. 하 사장님과는 일반적인 꽌시 사이가 아니라 하 사장님의 지역사회 봉사 관계로 맺어진 특별한 사이니까 특별히 도움을 받을 수 있을 겁니다. 그리고 정 사장 부인이 가지고 온 그것도 국장을 통해서 공안으로 가게 하고요. 그리고 가능하면 국장을 통해서 시장까지 움직이게 하고요. 감사장이나 명예시민증은 시장의 이름으로 표창된 거니까요. 두 번째가 칭다오에 있는 우리 교민들의 서명을 받아 선처를 바라는 탄원서를 제출하는 겁니다. 그건 어쩌면 영사관이 나서는 것보다 훨씬 더 효과가 클 수 있습니다. 왜냐면 칭다오의 한인들은 칭다오 경제의 한 축을 떠받치고 있는 무시 못할 세력이고, 또 수많은 사람들이 그 사건 처리를 주시하고 있다는 사실은 그들에게 큰 압력이 되지 않을 수 없기 때문입니다."

"아, 그거 참 좋은 생각이오. 내가 내일부터 당장 그 일을 시작하겠소."

하 사장은 무언가 좀 숨통이 트이는 기분이었다.

"하 사장님의 마음고생이 심해지고 업무에도 지장이 많겠는데요."

"그래도 어쩌겠어요. 동문이란 인연을 박정하게 외면할 수도 없고."

"예, 어쩔 수 없지요. 타국에서 생판 모르는 사람도 도와야 하는 판이니까요. 필요하면 또 전화 주세요."

하 사장은 전 부장 말대로 영사관 찾아가는 것을 작파했다. 괜히 기대했다가 턱없이 거드름이나 피우고, 사람 얕잡아 보면서 오히려 트집이나 잡으려 하는 일을 당해 기분만 망칠 수 있었던 것이다.

하 사장은 서명부터 받으러 나섰다.

"그 사람 그거 왜 그랬지요? 상대해선 곤란한 사람 같은데……."

"괜히 나까지 곱게 보지 않을 것 같은데……."

"난 이런 데 흥미가 없어서……."

"글쎄요, 남들이 다 한 다음에……."

"그거 무슨 효과 있겠어요."

"공안에 한 번 미운털 박히면……."

"그렇게 용감한 사람은 처벌도 용감하게 받지 않겠어요?"

"나 일이 바빠서……."

하 사장은 그만 절망하고 말았다. 거절 이유도 참 가지각색이었다. 열 명 중에 다섯 명 서명을 받기가 어려웠다. 하 사장은 너무나 당황하고 놀랐다. 모두가 다 딱해하며 선선히 이름 석 자를 쓰리라고 생각했지, 거절당하리란 생각은 하지도 않았던 것이다. 자신이 얼마나 세상인심을 모르고 사는지 새삼스럽게 느껴야 했다.

하 사장은 서명 받기를 포기했다. 사람들이 흔쾌하게 서명을 해도, 사람이 바뀔 때마다 똑같은 말로 사건 경위를 설명하는 데 지칠 지경이었다. 그런데 거절까지 당하게 되자 의욕이 꺾이고 말았다. 그리고 시간 소모에 비해 효과가 너무 적었다. 또한 주변의 안면이 있는 사람들이 그 정도인데, 차츰 안면 없는 사람들을 찾아가면 어찌 될 것인가.

하 사장은 그래도 찜찜해 전 부장에게 전화를 걸었다.

"예에……, 그게 세상인심인 거죠. 말들이야 오만가지 구구각색이지만, 결국은 자기들한테 불똥 튈까 봐 몸을 사리는 것이죠. 인심이란 으레 그런 거니까 너무 속상해하지 마세요. 포기는 잘 생각하신 거예요. 그럼 그 국장님한테 매달릴 수밖에 없겠는데요."

"또 딴 방법은 없을까요?"

"글쎄요, 아직 떠오르는 게 없습니다."

전화를 끊고 하 사장은 난감해졌다. 그 국장이 '대만 독립 지지'라는 발언에 대해 못내 불쾌하게 생각했다. 그건 '국장'이라는 고급관리의 입장에서 너무 당연한 일이었다. 그런 사람에게 잘 봐달라고 부탁한다는 게 너무 뻔뻔하고 낯 뜨거운 일로 여겨졌다. 하 사장은 이런 생각을 하는 자신에게 문득 놀랐다. 자신의 마음 어느 한구석에서도 이 일을 벌써 귀찮아하고 있었던 것이다.

서양의 어느 거물 정치인이 중국을 방문해서 생방송으로 기자회견을 하고 있었다. 중국 경제발전에 대해서 여러 가지 질문들이 이어졌다. 그 사람은 질문마다 아주 긍정적인 답변을 잘 풀어갔다. 중국의 위안화가 기축통화가 빨리 될수록 세계경제에 유리하다는 발언까지 했다. 그건 중국이 제일 바라는 것이고, 저게 '짜고 치는 고스톱'이 아닐까 의심이 갈 정도였다. 그런데 어느 대목에서 대만의 문제가 나왔다. 그 사람은, 국제 질서의 안정과 평화를 위해서 현 상태가 그대로 유지되는 것이 더 낫다는 식의 말을 해나가고 있었다. 그런데 갑자기 텔레비전 화면이 캄캄해졌다. 정전이 아니었다. 생방송을 중단시켜 버린 것이었다.

어떤 국제학술대회가 열렸다. 세계적인 석학들의 주제논문들이 배포되었다. 중국의 경제발전을 축하하는 화기애애한 분위기가 이상야릇한 술렁거림으로 변해가고 있었다. 그 심상치 않은 낌새는 얼마 가지 않아 확인되었다. 어느 논문에 실린 중국 지도에 대만이 빠지고 없었던 것이다. 고의냐, 실수냐, 이걸 어떻게 할 것이냐, 뭐가 그리 문제냐, 이 말 저 말이 오가며 분위기가 술렁술렁 어질어질해지고 있었다. 위에서 신속하게 결정이 내려졌다. 비용 많이 들어간 국제학술대회의 중단이었다.

이 두 가지 사건은 중국 정부가 대만 문제를 얼마나 민감하게 받아들이고 있는가를 보여주는 살아 있는 증거였다. 서명을 기피한 사람들은 이미 그런 사실들을 다 간파하고 있었던 것이다.

"물건을 좀 더 팔아볼 상인의 욕심으로 술 취해 그 사람들 말에 동조했을 뿐입니다. 본인도 잘못을 뉘우치고 백배 사죄하고 있지 않습니까. 만약 실형을 받아 감옥살이를 하게 되면 그 사실이 한국 신문에 전부 보도될 것입니다. 그럼 한국사람들 감정이 어떻게 되겠습니까. 그냥 문제 삼지 않고 추방시켜버리면 처벌은 하면서도 아무 문제 없이 조용할 것 아닙니까. 괜히 문제 삼았다가 더 큰 문제가 되는 것보다는 그게 훨씬 더 낫지 않겠습니까."

하 사장은 밤잠을 설쳐가며 정리하고 연습한 말을 국장을 만날 때마다 강조했다. 그리고 시장을 좀 만나게 해달라고 사정했다.

"당신, 회사 차린 이후 요새 너무 회사일에 건둥건둥인 것 아세요?"

언제나 회사일을 함께 해온 아내의 지적이었다.

자신도 정말 그 일에서 발을 빼고 싶었다. 그러나 정 사장이 실형을 받고 감옥살이를 하게 되면 그것이 자신의 잘못 때문으로 여겨져 더 괴로울 것 같은 생각이 또 한쪽 마음을 무겁게 누르고 있었던 것이다.

"알았소. 조금만 더 기다리시오. 곧 끝날 것 같으니까."

하 사장은 면목 없이 아내를 달랬다.

정동식 사장은 20여 일 만에 추방을 당했다. 영원히 중국 땅을 밟을 수 없는 처벌이었다.

하경만 사장은 정동식 사장을 만날 수 없었다. 공안에서 바로 공항으로 데리고 나가 비행기를 태웠기 때문이다. 하 사장은 뒤늦게 정 사장이 중국땅을 떠났다는 소식을 듣고는 바닷가에 나가 동쪽 하늘을 하염없이 바라보고 있었다. 한국의 해변과 똑같이 새하얀 물꽃을 머리에 인 잔파도가 밀려오고 또 밀려오는 바다 건너가 정 사장이 찾아간 땅이었다.

# 바오파후의 끝없는 꿈

명품 매장 앞에는 사람들이 그야말로 긴 뱀이 꿈틀거리듯 '장사진'을 이루고 있었다. 그리고 그 길이가 어찌나 긴지 흔히 '끝이 안 보인다'고 하는 말이 딱 들어맞았다.

리완싱은 길 건너에서 그 기나긴 줄을 흡족한 얼굴로 바라보며 고개를 까딱까딱하고 있었다. 그는 지금 기분이 좋아서 저절로 고개가 까딱거려지고 있는 것이 아니었다. 고개를 한 번 까딱할 때마다 다섯 명 단위로 대충 수를 헤아려나가고 있었다. 그 수는 100을 넘고……, 200을 넘고……, 300에 이르고 있었다. 그런데 사람들은 꼬리에 꼬리를 이으며 불어나고 있었다.

"화아……, 사람이 이렇게 많다니. 이건 기적이오, 기적! 도 대체 믿을 수가 없소. 내 생애에 이렇게 많은 손님들이 한꺼 번에 몰려드는 건 처음이오."

리완싱 옆에 선 자크 카방이 서양인 특유의 화려한 감정 표현으로 감탄하고 탄복하며 제스처도 춤추듯 요란스러웠다.

"기적? 아니 그럼 내 말을 안 믿었단 말이오?"

리완싱이 고깝게 눈을 치뜨며 자크 카방과 통역을 빠르게 훑었다.

통역은 재빨리 통역하며 "기분 나빠하시니까 빨리 해명하 세요" 하는 말을 덧붙였다.

"아, 아니요, 아니요. 사장님을 안 믿다니요. 사장님을 안 믿었으면 애초에 사업을 시작하지 않았지요. 사장님을 얼마 나 믿고 존경했으면 파리까지 특별 초청을 했겠습니까. 사장 님을 틀림없이 믿었지만 저렇게 사람들이 엄청나게 몰려드니 너무 놀라고 감탄스러워 하는 말일 뿐이지요. 사장님은 정말 탁월한 기획자이시며, 예리한 통찰자이시며, 타의 추종을 불 허하는 뛰어난 사업가이십니다."

자크 카방의 말이 길어지자 통역은 들고 있던 수첩을 펼쳐 메모해 나가기에 정신이 없었다.

'하이고, 누가 눈치 빠른 상사원 아니랠까 봐 말 한번 잘도 둘러 붙이네. 헌데 우리 사장님이 탁월하고, 예리하고, 뛰어난 건 사실이야. 전에도 사업해 나가는 걸 보면 주먹만 센 게 아니라 사업 수완도 꽤나 있다고 생각하긴 했는데, 이번에 하는 걸 보니까 정말 놀라운 데가 있어. 그 돈지갑이 저렇게 히트 칠 줄은 나도 몰랐거든.'

통역은 이런 생각을 하며 사장 눈치를 힐끔거렸다.

통역은 사장을 기분 좋게 하려고 자크 카방의 말을 어느 때 없이 신경 써서 통역해 나갔다.

"어험, 허엄……." 리완싱은 잦바듬한 자세로 헛기침을 하고는, "날 정말 그렇게 생각하시오?" 자크 카방을 빤히 쳐다보았다.

"그럼요. 그전부터도 남다르다고 생각하긴 했지만, 이번에 아주 확실하게 깜짝 놀랐습니다. 자꾸 길어지는 저 행렬을 보십시오."

자크 카방이 풍부한 표정에다 과장된 제스처를 쓰며 길 건너를 가리켰다.

그때 한 남자가 헐레벌떡 다급하게 뛰어왔다.

"사장님, 사람들이 예상 밖으로 저렇게 많이 몰려들어 너무 오래 기다리게 생겼는데, 오픈 시간을 30분 앞당기고, 우리가 동원한 100명은 뺄까요?"

남자가 리완싱 앞에서 숨 가쁘게 말했다.

"뭐가 어쩌고 어째?"

리완성이 천둥 치듯 소리쳤고, 자크 카방이 깜짝 놀라며 주춤 물러섰다.

"아니 저어……, 손님들을 너무 오래 기다리게 해서는……."

"야, 이 멍텅구리야, 중국사람들은 한번 마음 쏠리고, 생각 굳혔다 하면 밤새워 기다려도 꿈쩍도 안 하는 기질이라는 것 몰라? 그리고 명품은 오래 기다리고 기다려서 살수록 더욱 귀하고 값지게 여긴다는 것도 몰라? 병신 같은 놈, 꺼져, 당장 꺼져!"

리완성은 "꺼져, 당장 꺼져"의 박자에 맞추듯 그 남자를 향해 들입다 조인트를 까댔다. 그 동작이 무술 고수인 것처럼 번개 치듯 기민하면서도 정확했다.

"으크크크……."

그 남자는 숨이 컥 막히는 것 같은 비명을 토하며 쓰러질 듯 비틀비틀하며 뒤로 몇 걸음 물러서다가 가까스로 똑바로 섰다.

"죄, 죄송합니다……, 사장님……."

고통을 이겨내느라 잔뜩 일그러진 얼굴로 그 남자는 말을 더듬었다. 그 얼굴에는 사장에 대한 두려움까지 엉켜 있었다.

"당장 꺼지라니까!"

리완성이 또 걷어찰 것 같은 기세로 소리 질렀다.

"예, 예에……."

그 남자는 잔뜩 겁먹은 얼굴로 허둥지둥 왔던 길을 되돌아서 달리기 시작했다.

'히야, 조폭 다루는 주먹 본때가 제대로 나오는구나. 저 사람, 정말 주먹만 센 게 아니라니까. 100명 동원한 것은 또 뭐야. 제갈공명 뺨치는 수완도 발휘할 줄 안다니까. 머리가 아주 팽팽 잘 돌아.'

통역은 멀어져 가는 그 남자를 바라보며 이런 생각을 하고 있었다.

"이게 무슨 일이오?"

잔뜩 놀라서 뒤로 물러서 있던 자크 카방이 비로소 통역에게 물었다.

"사장님, 무슨 일이냐고 묻습니다. 설명해 줄까요?"

"응, 100명 얘긴 빼고!"

"예, 알겠습니다."

통역이 자크 카방에게 상황을 설명해 나갔다.

"아하, 사장님 말씀이 맞습니다. 사장님은 역시 현명하십니다. 그 사람이 걷어차일 소리를 지껄였습니다."

자크 카방이 리완싱을 향해 엄지손가락을 세워 보이며 고개를 끄덕였다.

도심 한가운데 대로상의 인도에 사람들의 행렬은 자꾸만

길어지고 있었다. 길 가던 사람들이 줄 선 사람들에게 뭔가를 물었고, 무슨 말인가를 들은 어떤 사람들은 황급히 줄 뒤로 가서 줄을 잇기도 했다. 개혁개방의 깃발이 가장 먼저 나부끼기 시작한 1급 도시답게 광저우에서는 줄 서는 질서가 바로잡혀 있었다.

"사장님이 신상품 출시 기념 이벤트를 제시했을 때 기발하다는 생각은 했습니다만, 저렇게 반응이 폭발적일 줄은 몰랐습니다. 이 인기를 파리 본사에서 알면 우리 사장님이 얼마나 좋아하실까요. 사장님께 저 멋진 광경을 보여드리지 못해서 참으로 유감스럽습니다. 그 대신 사진을 찍어서 이메일로 전송해 드려야 되겠습니다."

자크 카방이 핸드폰을 꺼냈다.

"자아, 일단 성공을 확인했으니까 천천히 매장으로 갑시다. 문 열 시간이 거의 다 됐으니까."

리완싱이 걸음을 떼어놓으며 자크 카방에게 손짓했다.

"예, 사장님 덕에 내 주가도 오르고, 연봉도 오르게 생겼어요."

자크 카방이 핸드폰을 집어넣으며 싱글벙글이었다.

'중국인만을 위한 특별 명품 돈지갑

부자 되고 행복 받는 행운의 돈지갑

새 상품 출시 기념 행운의 선물 증정'

빨간색 바탕에 이런 황금색 글씨가 쓰인 플래카드가 매장 앞에 걸려 있었다.

"다섯 사람씩만 들여보내는 것 알지?"

매장 유리문을 붙잡고 있는 두 직원을 향해 리완싱이 사장다운 카리스마를 드러냈다.

"예, 잘 알고 있습니다."

두 중국인 직원이 부동자세를 취하듯 하며 대답했다.

리완싱은 프랑스 명품 회사와 동업자 관계라는 자기의 존재감을 그렇게 과시하고 있었다. 신상품 돈지갑에 관한 한 엄연히 계약서에 동업자로 표시되어 있으니 자크 카방은 리완싱의 그런 행동을 그저 지켜볼 수밖에 없었다.

매장은 신문에 광고한 대로 12시 정각에 문을 열었다. 리완싱과 자크 카방은 뒷문으로 들어와 몸을 숨기듯 매장 계산대 뒤에 서 있었다.

남녀 다섯이 뛰듯이 매장으로 들어와 맨 앞에 돌출되게 진열한 새빨간 지갑 쪽으로 직행했다. 그들은 다급하게 지갑을 하나씩 집어 들었다. 지갑은 색깔만 같을 뿐 크기와 모양은 여러 가지였다.

"어머나! 정말 돈이 있어."

한 여자가 돈을 꺼내 흔들며 깡충깡충 뛰었다.

"맞어! 여기도 있어."

남자도 돈을 꺼내며 들뜬 목소리로 소리쳤다.

그들은 좋아 어쩔 줄을 모르며 서로의 돈을 들여다보았다. 돈은 100위안짜리였다. 그 돈은 손을 베일 듯 깔깔한 신권이었다. 새 돈 위에서 마오쩌둥은 훨씬 더 미남으로 보였다. 중국 최고의 고액권에 중국형 미남으로 자리 잡고 있어서 마오쩌둥은 인민들에게 부귀영화를 가져다주는 신으로 떠받들려지는 것인지도 모른다.

"으음……, 으음……."

여자는 돈의 마오쩌둥에게 입맞춤을 할 때마다 신음 비슷한 소리를 내며 세 번, 네 번 입을 맞추었다.

남자는 그런 여자를 사랑스러워 죽겠다는 듯 가느다란 눈으로 바라보고 있었다.

"어머머, 이것 좀 봐, 이것 좀 봐!"

여자가 남자의 팔을 흔들었다.

"뭐……?"

"이거, 이 지갑 이름, 리화(梨花). 이거 참 기가 막히잖아?"

"응, 그러네. 근데 그 위에 그림은 뭐지?"

"응, 이게 바로 리화잖아."

"맞어. 근데 왜 이렇게 많지?"

"가만 있어봐, 이게 모두 몇 송이지?"

"응, 여덟 송이잖아."

"알았어, 알았어. 돈을 뜻하는 8 자야."

"맞어, 맞어. 이 꽃들이 배치된 동그라미 두 개도 옆으로 누운 8 자잖아. 자동차 아우디의 동그라미처럼."

"그렇네, 그래. 자기 눈이 어찌 그리 밝아?"

"이 의미 정말 기막히네. 리화도 돈을 뜻하고, 리화 여덟 송이도 돈을 뜻하고, 그 여덟 송이를 동그라미 둘로 연결시켜 배치한 것도 돈을 뜻하고……."

"응, 이 지갑만 가지면 틀림없이, 틀림없이, 틀림없이 돈이 많이 들어와 틀림없이 부자가 된다는 뜻이잖아."

남자의 말을 자른 여자가 또르르 구슬이 굴러가는 듯 맑고 빠른 목소리로 말을 이어 붙였다.

"그래, 바로 그렇다니까."

"근데 프랑스사람들이 어떻게 우리 중국사람들의 속마음을 이렇게도 정확하게 콕 찍어낼 수 있는 거지?"

"그러니까 중국인만을 위한 명품 현지화라고 그렇게 자신만만하게 선전해 댔지."

"화아, 프랑스사람들이 우리 중국사람들을 이렇게 대단하게 생각해 주는 줄은 몰랐어. 정말 고마워. 자기는 어때?"

"응, 나도 이 정도인 줄은 몰랐어. 이렇게 관심 써주니 고맙고말고."

"아아, 이 색깔, 이 모양, 이 지갑 가지면 정말 부자가 될 것 같애."

여자가 지갑을 볼에 갖다 대며 감탄을 거듭하고 있었다.

"그래, 정말 그럴 것 같은 생각이 들어."

남자도 지갑을 되작거리며 동의했다.

"근데 어쩌지? 큰일 났네."

"뭐가……?"

"나 이거 종류별로 다 갖고 싶은데."

"종류별로 다……?"

남자가 그만 놀라 눈이 커졌다.

"왜, 안 돼?"

여자가 금세 울상을 지었다.

"아니, 아니, 내일이면 몰라도 당장은 하나씩밖에 살 돈이 없으니까 그렇지."

"아유, 큰일 났네. 오늘 안 사면 이 100위안짜리를 못 받는데."

"내일 꼭 더 산다고 예약하면 되잖아."

"피이, 그게 되겠어? 돈 좀 많이 가지고 다니지. 부자 아들이면 뭘 해. 마음이 요렇게 쩨쩨해가지고."

"빨리 물어봐. 예약하면 되나, 안 되나."

여자가 쪼르르 점원에게 달려갔다.

"죄송합니다. 오늘 하루뿐입니다."

여자가 울상인 얼굴에 입까지 삐죽이며 남자에게로 돌아왔다.

"거봐, 안 된대잖아."

얼굴 곱상하게 생긴 여자는 곧 울 것만 같았다.

"됐어. 살 물건 다 포장해 놓고 기다려. 내가 가서 돈 가져올 테니까."

남자가 황급히 매장을 나갔다.

그들 남녀를 지켜보고 있던 리완싱과 자크 카방이 불현듯 서로 마주 보았다.

"아하, 정말 놀랐습니다."

자크 카방이 과장된 몸짓을 하며 감탄했다.

"뭘 말이오?"

리완싱은 시치미를 뚝 땠다.

"리화, 저 상표의 효과에 정말 놀랐습니다. 저 상표가 저렇게도 충동구매를 자극하다니요. 과연 사장님 아이디어가 최곱니다, 최고!"

자크 카방은 그동안 수없이 발음해 온 '리화'를 정확하게 발음하며 또 리완싱 앞에 엄지손가락을 세워 보였다.

"왜, 이제 20~30억 개라는 말이 좀 믿어져요?"

리완싱이 거만스럽게 자크 카방을 옆눈길로 쳐다보았다.

"예에, 이제 그 말이 무슨 말인지 실감이 됩니다."

자크 카방은 서양사람답지 않게 굽실굽실했다. 그는 벌써 리완싱이 발휘하게 될 돈의 위력 앞에 기죽고 있었던 것이다.

지갑 안에 찍혀 있는 상표 '梨花'는 그 두 남녀의 마음만 휘어잡은 것이 아니었다. 일행이 없는 다른 세 사람도 신문 광고대로 지갑 속에 100위안짜리가 있는지 확인하려고 지갑을 여는 순간 새빨간 바탕에 찍힌 황금빛 상표를 안 볼 수가 없었다.

배꽃 여덟 송이가, 줄기로 연결된 동그라미 두 개의 상·하·좌·우에 하나씩 피어 있었고, '梨花'는 동그라미 아래에 한 글자씩 자리 잡고 있었다. 이 세상에 있는 수없이 많은 꽃들치고 아름답지 않은 꽃이 없는데, 꽃 중에서도 부귀와 번영을 상징하는 배꽃들이 새빨간 바탕에 황금빛으로 찍혀 있으니, 그 아름다움은 극치에 이르고 있었다.

고객들은 그 상표를 보는 순간 그 의미를 직감적으로 알아차리며 마음을 사로잡히고 말았다. 그리고 두 번째로 마음을 휘어잡는 것이 깔깔한 100위안짜리였다. 그것은 단순히 돈이 아니었다. '당신은 틀림없이 부자가 된다'는 행운의 부적이었다. 고객들은 꼼짝 못하고 계산대로 갈 수밖에 없었다.

고객들은 3,500위안을 내고 거스름돈 50위안을 받았다. 그것은 다른 명품 회사의 같은 종류 지갑보다 1천 위안 이상 비쌌다. "명품은 비쌀수록 더 좋아 보이고, 더 잘 팔린다." 리완싱이 파리에서 주장한 고가전략이었고, "그 말 맞소. 중국인을 위한 상품이니까 리완싱 사장님의 의견을 전적으로 따르

도록 합시다." 본사 사장이 흔쾌하게 동의했었다. 그러니 신상
품 출시 기념 이벤트로 100위안씩을 뿌리는 건 그야말로 조
족지혈, 푼돈이었다.

리완싱의 상표 개발과 판매 전략은 완벽한 성공이었다. 물
론 상표 개발이 전적으로 그의 혼자 힘으로 이루어진 것은
아니었다. 힌트는 한국 상사원들의 선물로부터 얻은 것이었
고, '梨花'를 끌어들인 것은 베이징대학에 다니는 딸내미의
귀띔이었고, 배꽃 여덟 송이로 돈의 의미를 거듭거듭 살려낸
것은 전문 디자이너의 솜씨였다.

"아빠, 우리 중국 관광객들이 서울에 가면 꼭 빼먹지 않고
들리는 필수 코스가 있어요. 그곳이 어딘지 아세요? 이화여
자대학교예요. 거기 이화가 그려진 벽 앞에서 사진을 찍어야
만 직성이 풀리는 거예요. 아시죠, 무슨 뜻인지."

딸내미가 주말에 다니러 왔다가 해준 말이었다.

부귀와 번영을 상징하는 '梨花'는 '돈이 벌리다' '돈이 불어
나다'라는 뜻의 '利发'와 그 발음이 너무나 흡사해서 중국사
람들은 배꽃을 '돈꽃' '부자되는 꽃'으로 믿어왔던 것이다.

리완싱은 빈손으로 나가는 손님이 하나도 없는 것을 확인
하며 자신은 상하이의 싼치양(三枪)을 이길 수 있다는 자신감
이 생겼다. 싼치양은 순전히 상표 작명을 잘해서 중국 천지를
평정한 대박 중에 대박을 친 상하이의 대표적 상품이었다. 상

표만 보면 '세 자루의 총?' 하며 언뜻 이해가 잘 안 된다. 그런데 그것이 팬티의 이름이라면 '아니, 이게 무슨 소리야?' 하며 더욱 어리둥절해질 수 있다. 그러나 성적 센스가 빠른 사람은 금방 알아차릴 수도 있다. '이 팬티를 입으면 하룻밤에 세 차례씩 쏜다'는 뜻임을 빨리 알아차린 여자들부터 그 팬티를 사기 시작했다. 그리고 발 없는 말은 천 리를 넘어 만 리까지 중국 천지에 퍼져나갔다. 그래서 온 중국여자들이 부랴부랴 남편들에게 그 팬티를 사 입혔으니 대박 중에 대박이 안 될 수 없었다. 상품에는 상표가 얼마나 중요한 역할을 하는가를 잘 보여준 대표적인 사례였다.

리완싱은 자신이 개발한 돈지갑 '리화'가 쌘치양을 압도하게 될 것을 믿었다. 쌘치양은 남자만 입는 것이었지만 돈지갑은 남녀 모두가 갖고 싶어 하는 물건이었다. 중국사람들이 하나같이 갈망하는 부자 되고 싶은 꿈과 함께. 그리고 돈지갑은 팬티에 비해 값이 비교를 할 수가 없을 정도로 어마어마하게 비쌌다. 그만큼 이익도 크니 쌘치양의 성공보다 몇십 배 더 큰돈을 벌 수 있을 것은 너무 자명한 일이었다.

어떤 사람들은 지갑을 포장하지 않고 그대로 들고 나갔다. 그들은 지갑을 이리 보고, 저리 보고, 쓰다듬고 하면서 그지없이 행복한 웃음을 지었다. 그들의 과시욕구를 충족시켜 주는 명품 로고는 지갑 겉면 가운데 크고 선명하게 입체문양으로 찍혀 있었다.

"이러다가 물건 다 떨어지면 어쩌지요?"

자크 카방이 흥겨움을 감추지 못하고 싱글벙글하면서 걱정스러워했다.

"어찌 그리 내 생각하고 똑같소. 갑시다, 돈 더 찾아다가 작업 시키게."

리완싱이 앞서 돌아섰다.

'세상에 요런 기막힌 노다지가 어디 있나. 미국이 최고 고객이라 했지만 미국은 아예 비교가 안 돼. 중국, 이거 도무지 알다가도 모를 일이야. 사회주의 혁명을 했다는 나라가 미신은 어찌 그리 많으며, 1인당 GDP 5천 달러도 안 되는 사람들이 명품은 어찌 그리도 잘 사는고. 그런데 이 사람들 GDP가 1만 달러, 2만 달러가 되면 어떻게 될 것인가? 그때 판매고는 상상할 수가 없을 지경 아닌가! 아아, 우리 프랑스는 중국 덕에 명품만 팔아서도 계속 호황을 누릴 게 틀림없다니까. 앞으로 본격적으로 중국 미신 연구를 해야겠어. 리완싱 요놈만 떼돈을 벌라는 법 있는가. 나도 머리를 쓰면 리완싱처럼 대박 칠 새 상품을 개발해 낼 수 있겠지. 돈에 얽힌 미신이 좋은 게 또 뭐 없나…….'

시샘으로 배가 살살 꼬이는 자크 카방은 이런 생각에 골몰해 있었다. 백인들도 남 잘되는 꼴을 못 보기는 동양인과 다를 게 없었다.

"이렇게 인기가 폭발적이니까 다른 대도시들도 빨리 출시 해야 되겠지요?"

자크 카방이 리완싱의 눈치를 살폈다.

"물론이오. 하지만 너무 서두르지 말고 며칠만 더 참으시오."

리완싱이 느릿하게 고개를 저었다.

"아니 왜요? 무슨 이유가 있습니까?"

"있소."

리완싱의 말은 이뿐이었다. 이유를 말해야 하는데 딴 데를 보고 있는 그는 전혀 더 말을 할 기색이 아니었다.

자크 카방은 그가 거만을 부리고 있음을 직감했다. 전에는 전혀 볼 수 없었던 태도였다. 이번 신상품 개발을 계기로 그의 태도는 한 단계씩 넘길 때마다 거만스럽게 바뀌고 있었다.

"그 이유가 뭐지요?"

역겨운 기분 같아서는 이 말을 결코 하고 싶지 않았지만 자크 카방은 돈의 위력 앞에 순종하는 것이 가장 현명하다는 생각으로 자신을 일깨웠다. 돈지갑의 성공이 커질수록 리완싱의 콧대는 점점 높아질 수밖에 없었다. 그게 자본주의였다.

"오늘의 이 폭발적 인기를 다른 대도시에 선전할 시간이 필요하오."

"아, 선전! 이번처럼 신문에 광고 낼 시간이 필요하다 그거군요.”

자크 카방이 정답을 찾은 기쁨으로 환히 웃었다.

“아니오. 신문 광고비가 어디 한두 푼이오? 그 아까운 돈 안 쓰고도 그보다 훨씬 더 효과를 볼 광고 방법이 있소.”

“아니, 그게 무슨 말씀이신지······.”

자크 카방은 또 어리둥절하고 아리송해졌다.

“아니 카방, 당신 아주 영리한 줄 알았는데, 그 쉬운 방법을 몰라요?”

리완싱은 입가에 쓴웃음까지 물었다.

통역은 그 말을 자크 카방이 기분 나쁘지 않게 옮기려고 애를 먹고 있었다.

“글쎄요······, 신문 광고가 비싸면 텔레비전 광고는 더 비싸니까, 아닌 거고······, 돈 안 들이고 훨씬 더 효과를 볼 수 있는 광고 방법이라······.”

자크 카방은 완연히 당황한 기색을 감추지 못했다.

통역은 그만 ‘인터넷’이라고 답을 가르쳐주고 싶었지만 ‘인터넷’이란 말은 어린애들도 다 알아듣는 말이 아닌가.

“허, 그렇게 생각이 안 돌아가요? 아까 파리에 보낸다고 핸드폰으로 사진 찍었잖소. 그 속에 답이 들어 있소.”

리완싱은 자크 카방을 가지고 노는 것을 즐기는 듯 비실비실 웃기까지 했다.

"핸드폰……? 사진 전송……? 아! 알았어요. 인터넷, 인터넷에 올리는 거죠?" 자크 카방이 손가락을 딱 올려댔고, "맞았소. 우리 중국 인터넷 인구가 얼마인지 알지요?" 리완싱이 피식 웃었고, "예, 매일 불어나고 있겠지만, 대충 네티즌들이 6억쯤이고, 핸드폰 소유자가 대강 9억 명 정도로, 두 가지 다 세계 1위이지요." 자크 카방이 무시당한 걸 회복하려는 듯이 자신 있게 말했다.

"아주 제대로 알고 계시는군. 거기에 오늘 우리 일이 뜨겠소, 안 뜨겠소?"

"예, 알았어요. 네티즌들은 뭐든지 안 올리고는 못 배기니까 새로 산 명품 지갑을 자랑하고 싶어서 너도 나도 다 올려대겠군요. 사장님은 머리가 참 빨리 도십니다."

자크 카방은 고개를 끄덕끄덕했다.

"그리고, 이제 앞으로는 100위안짜리 이벤트는 더 할 필요가 없어요."

"아니, 왜요?"

자크 카방이 깜짝 놀랐다.

"그야 오늘 보지 않았소. 그런 유인책 쓰지 않아도 손님은 얼마든지 오게 돼 있소. 괜히 일만 번잡스럽고, 필요 없는 돈 낭비고, 그렇잖소?"

"글쎄요……, 그게 아무래도……."

자크 카방이 고개를 갸웃갸웃했다.

"왜, 뭐가 문제가 있소?"

"예, 그건 형평의 원칙에 어긋난다고 인터넷을 도배질할 수 있습니다. 중국사람들, 돈 엄청나게 밝히잖아요."

"제까짓 것들, 떠들면 그만이지 왜 필요 없는 돈을 써요. 다 내가 알아서 할 테니까 나한테 맡겨둬요."

리완싱이 완강하게 말했다. 그는 중국인다운 욕심에 사로잡혀 있었다.

"아니요, 그건 절대 안 돼요. 우리 회사의 이미지를 더럽히고 명예를 손상시키는 치명적인 일이에요. 파리 사장님도 절대 원치 않을 일입니다. 내가 파리에 보고해서 지시를 받도록 하겠습니다."

자크 카방은 리완싱보다 훨씬 더 완강했다.

"사장님, 카방의 말대로 하시는 게 좋을 것 같습니다."

통역은 끝에다가 조심스럽게 이 말을 덧붙였다.

"알았소, 알았소. 카방 당신 말대로 합시다. 나는 돈을 좀 아껴보자는 것이었는데, 회사에 더 큰 손해가 된다면 당연히 취소해야지. 좋아요, 100위안씩 다 뿌려요!"

리완싱은 사업가다운 눈치로 얼렁뚱땅 눙치고 넘어갔다.

그때 벌써 '중국인들만을 위해 프랑스 명품 회사가 특별히 제작한 행운의 돈지갑과, 100위안짜리 신권 선물'이 인터넷에 뜨기 시작했다. 리완성이 비밀리에 동원한 100명이 조직적으로 그 일을 주도하기 시작했던 것이다.

다음 날 자크 카방은 직매장이 있는 다른 도시들로 떠났다. 출시 준비를 지휘하고, 판매 상황을 점검하기 위해서였다. 그는 도시를 옮길 때마다 리완성에게 연락했다. 그는 연달아 "대성공!" "대성공!"을 신바람 나게 외쳐댔다. 그때마다 리완성은 자신의 '리화'가 '쌴치양'의 바람보다 더 거세게 일고 있음을 실감하며 들뜨고 있었다. 자신이 소망하는 거부의 꿈이 바로 눈앞에 다가와 있었던 것이다. 자신은 이미 부자로 소문나 있었다. 알짜로 돈 되는 회사만 네다섯 개니 남들이 다 부러워하지 않을 수 없었다. 그러나 자신의 두 가지 목표를 달성하기 위해서는 아직 모자람이 많았다. 자신은 그저 '부자'일 뿐 '거부'는 못 되었다.

그런데 행운의 돈지갑 리화가 정말 자신을 거부로 만들어줄지 모를 일이었다. 그 3,450위안짜리가(약 62만 원) 원가가 들면 얼마나 들었을 것인가. 소가죽에 빨간 물 들이고, 어슷비슷한 디자인으로 재단하고, 상표를 금박으로 찍어, 전동 미싱으로 드르륵 박음질한 것뿐이었다. 인건비고 광고비고 뭐고 다 포함시켜 봐야 제작원가가 정가의 20퍼센트도 안 될 것이다. 그게 명품 로고를 찍지 않고 일반 시장에 나간다면 100위안도 비싼 물건이었다. 명품이란 로고의 마술은 그런 것이었다.

그 마진의 40퍼센트가 자신의 차지였다. 등록상표의 값어치는 그렇게 어마어마한 것이었다. "국제적 저작권 보호란 이렇게 근사한 겁니다. 상품이 잘 팔리기만 하면 사장님은 돈 버실 일밖에 없습니다." 변호사가 한 말이었다. 그렇다. 20~30억 개는 그만두고 10억 개만 팔려도 돈이 얼마인가. 아니, 10억 개도 그만두고 1억 개, 아니 1억 개는 이미 땅 짚고 헤엄치기가 되었으니, 5억 개도 틀림없는 것 아닌가. 그럼 그 돈이 얼마인가……. 리완싱은 대충 암산을 해보려고 했으나 워낙 엄청난 액수라 계산이 되지 않았다.

자크 카방은 일주일 만에 돌아왔다.

"도시마다 인기가 폭발적입니다. 제가 평생 명품 회사에 근무했지만 한 상품이 이렇게 선풍적인 인기를 끈 건 처음입니다. 사장님이 중국인들의 마음속에 둔 갈망을 정확하게 찍어내신 건데, 이번에 매장을 전부 돌아보면서 10억 개는 틀림없이 팔리리라는 확신을 갖게 되었습니다. 10억 개……, 중국 내수시장이 얼마나 어마어마한 망망대해인지 드디어 실감이 됩니다."

자크 카방은 며칠 사이에 그 태도가 더욱 더 겸손하게 변해 있었다.

'햐아……, 이놈이 확실한 돈냄새 앞에서 기가 완전히 팍

죽었구나. 그 콧대 높던 백인놈도 돈 앞에서는 별수 없구만. 백인 하인놈 하나 생긴 기분이잖아. 좋아, 콧대 꺾은 김에 아주 완전히 깔아뭉개주마.'

리완싱은 짓궂은 심사가 동했다.

"카방, 당신네 서양사람들은 손님을 최고로 대접하는 게 집으로 초대하는 거라면서요?"

"예, 그게 최고의 예우지요."

"동양과 서양은 어찌 그리 모든 게 다른지 모르겠소. 우린 최고의 음식점에서 최고로 비싼 요리를 대접하는 게 최고의 예우를 차리는 건데. 좋소, 그럼 나도 서양식으로 당신을 우리 집으로 초대하고 싶소. 어떻소?"

"아 예, 무한 영광입니다."

자크 카방은 동양식으로 머리까지 조아렸다. 동양 여러 나라를 오랫동안 오가며 산 사람의 눈치 빠른 처신이었다.

"그럼 모레 저녁이 어떻소?"

"예, 초대 감사합니다."

자크 카방은 고개를 더 깊이 숙였다.

부자들이 으레 그렇듯 리완싱의 집도 시 외곽에 자리 잡고 있었다. 자크 카방은 리완싱이 보내준 차를 타고 가면서 자꾸 쓴 입맛을 다셨다.

'흥, 이놈이 바로 중국 바오파후(졸부)의 전형이라니까. 제까짓 게 돈 좀 벌었다고 롤스로이스를 타? 참 가관이구나. 중국에서 롤스로이스를 타는 건 다 바오파후라더니 바로 너 같은 인종들이었구나. 너무 비싸고 기름 많이 먹어 비실비실하던 롤스로이스가 중국 덕에 창업 이후 최대 호황을 맞고 있다는 건 과장이 아닌 거야. 우리 프랑스만 살판난 게 아니라 영국도 살판났다니까. 어쨌거나 중국은 여러모로 대단한 나라야.'

자크 카방은 세계적인 최고급차의 대명사인 롤스로이스의 내부를 휘둘러보았다.

"이거 구입한 지 얼마나 됐소?"

자크 카방은 자신도 모르게 묻고 나서 깜짝 놀랐다. 자신 안에 도사린 속물적 호기심의 발동이었다.

"예에……, 이게 그러니까 새로 지은 집에 이사하면서 사셨으니까……, 아마 한 달쯤 된 것 같은데요."

옆자리의 통역이 대답했다.

"집을 새로 지었어요?"

"예, 이제 가보시면 아시겠지만 서양식으로 아주 멋지게 잘 지으셨습니다. 새로 조성된 부촌입니다."

자크 카방은 더 입을 열지 않았다. 도대체 리완싱의 재산은 얼마일까 하는 궁금증이 또 발동했던 것이다. 돈이 얼마나 많으면 90만 달러(약 10억 원)가 넘는 차를 사고, '서양식 집을 아주 멋지게' 지을 수 있을까. 롤스로이스의 세계 성장률은

170퍼센트 정도인데 비해 중국의 성장률은 800퍼센트로 발표되고 있었다. 그 어느 나라하고도 비교가 안 되는 압도적인 세계 1위였다. 중국에 리완싱 같은 부자들이 셀 수 없이 많다는 증거였다.

그런데 리완싱의 사업체들은 어떤 현대성을 갖춘 제조업이 아니었다. 자신과 거래하고 있는 보석 가공과 옥공예, 폭죽 공장, 향 공장, 비닐제조 공장 정도였다. 그나마 좀 번듯한 것이 부동산 임대업이었다. 부동산업을 빼고 나면 모두가 싼 인건비에 의존하고 있는 영 하찮고 시시한, 제조업이라고 하기도 어려운 원시성 제조업이었다. 그런 사업체들을 가지고 어찌 그렇게 부자가 될 수 있는 것인지 도무지 이해가 안 되고, 롤스로이스와 새 집으로 그 궁금증은 곧 터지기 직전의 고무풍선처럼 부풀어 오르고 있었다.

"난 참 궁금한 게 한 가지 있소."

자크 카방은 또 도지는 속물근성을 억제하지 못했다.

"뭐지요?"

"리완싱 사장님 말이오, 그런 공장들 해가지고 어떻게 그런 부자가 될 수 있는지 모르겠단 말이오."

"그야 당연하지요. 프랑스사람이니까 모를 수밖에요."

"그게 무슨 소리요?"

"중국사람들이 폭죽 터뜨리기, 향 피우기를 얼마나 좋아하는지 모르지요?"

"그야 잘 알지요. 그 연기가 공해 원인의 하나가 될 정도로, 광적으로 좋아하잖아요."

"잘 아시네요. 허나 거기까지만이 아니에요. 개혁개방 이후 모든 사람들의 잘 살고 싶은 욕망이 자꾸만 커지면서 폭죽 터뜨리기와 향 피우기도 해마다 증가하고 있어요. 그런데 그 사업은 우리 성(省)의 경우 서너 사람이 독점하고 있거든요. 그러니까 불황이란 게 없이 갈수록 더 잘될 수밖에 없잖아요."

"서너 사람이 독점? 그게 무슨 소리요? 자유경쟁 사회에서."

"여긴 서양식 자본주의 사회가 아니에요. '중국식 사회주의'고, '사회주의 시장경제' 사회지요. 그 정도로 알아두고, 입장 곤란하게 그런 것 자꾸 묻지 마세요."

통역이 미간을 찡그렸다.

"참, 무슨 말인지 이해가 안 돼요. 그런데 비닐 공장은 왜 해요. 그거야말로 영 보잘것없이 시시한 건데."

"당신은 역시 프랑스사람이에요. 중국에 오래 오가면서도 중국에 대해서 모르는 게 너무 많거든요. 중국에서 비닐봉투를 하루에 몇 장쯤 사용할 것 같애요?"

"글쎄에요……, 그게 몇 장이나 될까아……, 1억 장……? 아니지, 2억 장……?"

"뭐예요? 정확하게 하세요."

"좋아요, 2억 장!"

"카방, 당신은 그렇게 중국을 모르고 있어요. 하루에 10억 장입니다."

"10어어억!"

자크 카방의 눈이 휘둥그레지고, 입이 딱 벌어졌다.

"예, 10억 장. 세계 1위 될 만하지요? 근데 여기 광둥성 인구가 1억입니다. 그럼 하루 평균 9천여만 장을 씁니다. 그것을 두세 업체가 독점하고 있습니다. 그럼 그것 하나만 가지고도 부자 안 될 수 있겠어요?"

통역이 무슨 말인지 알겠냐는 눈길로 자크 카방을 지그시 쳐다보았다.

"아하, 그게 그렇군요. 정말이지 중국은 상상이 안 되는 나라요. 외국사람은 중국에 평생 살아도 중국을 이해하지 못할 거요. 모두가 의문투성이니까."

자크 카방은 '의문투성이'에 힘을 넣으며 고개를 설레설레 저었다. 그러면서 그 '독점'한다는 게 무엇인지 또 캐묻고 싶었지만 꾹 눌러 참았다. 무언가 말하기 싫어하는 통역의 기분을 상하게 할 수 있었다. 그건 무척 위험한 일이었다. 만약 자신을 마땅찮아해서 통역이 떠나버린다면……. 그건 지팡이 잃은 장님이고, 악보 잃은 연주자 꼴이 될 수밖에 없었다. 통

154

역이야 많지만 맘에 들기 어려웠고, 아무리 실력이 좋아도 호흡이 맞으려면 몇 개월씩 걸려야 했다.

자크 카방은 리완싱 사장네 대문을 들어서면서 벌써 기가 질리고 있었다. 첫눈에 들어온 것은 드넓은 정원과 두 채의 집이었다. 흡사 무슨 광장처럼 넓은 정원의 가장자리로는 한눈에 값비싸 보이는 나무들이 그 자태를 뽐내고 있었고, 잔디가 깔린 너른 마당 가운데에는 맑은 물 가득 찬 풀장이 무더운 날씨를 식혀주며 주택의 고급스러움을 떠받치고 있었다. 그리고 풀장 뒤로는 두 채의 집을 연결하는 구름다리가 우아한 곡선미를 자랑하고 있었다. 그런데 그 구름다리 난간에는 화사한 꽃들의 치장 사이사이로 촛불이 불꽃춤을 추고 있었다.

그러나 역시 사람의 눈을 압도하는 것은 두 채의 주택이었다. 모양과 크기가 같은 그 쌍둥이 주택은 호화로움의 극치였다. 붉은빛 강한 자주색 대리석으로 치장한 주택의 모습은 성대한 파티장의 중앙에 붉은 망토와 붉은 드레스로 치장하고 서 있는 왕과 왕비 같았다. 서양인 자크 카방의 눈에는 그렇게 보였다. 그리고 그가 또 연상하는 것은 나폴레옹의 붉은 대리석 관이었다. 프랑스사람들이 가장 자랑스러워하는 인물, 프랑스의 역사 자체로 떠받드는 인물, 그 사람이 나폴레옹이었다. 그 영웅을 영원히 추모하기 위해서 그의 관은 땅에 묻지 않고 큰 홀에 받들어 모셔져 있었다. 그리고 그 관을 이태리 최고의 붉은 대리석으로 꾸몄던 것이다. 그런데 리완 싱의 집 두 채가 바로 그 붉은 대리석이었다.

"아니, 식구들이 얼마나 많기에 저리 큰 집이 두 채씩이나 되는 거요?"

붙박인 듯 움직일 줄 모른 채 자크 카방이 물었다.

"아, 저 왼쪽 집은 비었어요. 사람이 안 살아요."

통역이 피식 웃었다.

"아니, 그게 무슨 소리요? 사람이 안 살 건데 왜 저렇게 최고급으로 집을 지어요?"

자크 카방은 놀라고 어리둥절하고, 그 표정이 묘하고 복잡했다.

"카방 당신은 저 호화로운 집 두 채를 보고 리완싱 사장님의 재력에 놀라고 압도됐잖아요? 모든 사람들이 그러기를 바라는 거지요."

"아니, 그 과시욕과 멘쯔 내세우고 싶어서 말이오?"

자크 카방이 과장된 제스처를 썼고, 통역은 고개를 끄덕이며 발길을 떼어놓았다.

"아, 어서 오시오. 기다리고 있었소."

리완싱이 집주인답게 호기를 부리며 자크 카방을 맞이했다.

"초대해 주셔서 감사합니다." 자크 카방은 악수하며 깍듯이 고개까지 숙이는 동양식 예의를 갖추고는, "집이 아주 아름답습니다. 꼭 이태리 예술품 같아요." 그는 '아부해서 손해 보는 일 없다'는 진리를 터득하고 있다는 듯 속과는 전혀 다른 말로 비위를 맞추었다.

"아니, 설명을 안 듣고도 저게 이태리에서도 제일 비싼 최고급 대리석이란 걸 딱 알아봤단 말이오?"

리완싱은 반색을 하면서도 있는껏 거드름을 피우고 있었다.

"예, 우리 프랑스에서도 귀한 것, 중요한 것을 만들 때는 저 붉은 대리석을 씁니다."

자크 카방은 속으로 화들짝 놀라며 곧 쏟아지려고 하는 말을 되삼켰다. 하마터면 '나폴레옹의 관도 저것과 똑같은 대리석으로 만들었습니다' 할 뻔했던 것이다. 산 사람의 집과 죽은 사람의 관을 똑같이 비교하다니……, 그랬더라면 미신 좋아하는 중국사람이 재수 없는 소리 했다고 어찌했을 것인가. 자크 카방은 가슴이 서늘해져 숨 쉬기조차 거북스러웠다.

"이 집 짓고 서양사람 초대는 카방 당신이 처음이오. 서양에서는 손님을 초대하면 집 구경부터 시키는 게 예의라니까, 자아, 서양식으로 내가 안내를 하겠소."

리완싱은 어느 때 없이 벙글거리는 얼굴로 앞장서 나섰다.

내부도 전부 서양식으로 꾸며져 있었다. 가구들도 무늬며 색채들이 혼란스럽고 야한 이태리 것들이었다. 그런데 값은 비싼지 모르지만 가구들끼리 서로 조화가 전혀 이루어지지 않았다. 그렇지만 자크 카방은 방이 바뀔 때마다 "아, 멋있습니다" "아, 아름답습니다" "아, 근사합니다" 다른 말들을 찾아 인사 차리느라고 애를 먹고 있었다.

리완싱은 집 안 안내로 끝나지 않고 정원으로 나섰다.

"저기 저 소나무들을 보시오. 저 쭉쭉 뻗은 다섯 그루가 일본 적송인데, 저것 하나에 56만 위안(약 1억 원)씩이오."

"아아, 그렇습니까. 역시 멋지고 우아하게 생겼습니다. 꼭 날씬한 미녀 같기도 합니다."

"흐하하하……, 과연 카방 당신은 예술의 나라 프랑스사람답소. 보는 눈이 아주 고상해서 맘에 들었소. 중국사람들은 아무리 보여줘도 그런 멋진 감상을 표현할 줄 아는 사람이 하나도 없소. 무식하게시리."

리완싱은 투덜거리며 구름다리 쪽으로 발을 옮겼다. 구름다리 아래 연못에는 팔뚝 크기만 한 비단잉어 수십 마리가 헤엄치고 있었다.

"저것도 일본 비단잉어인데, 한 마리에 500위안(약 9만 원) 짜리요."

"아 예, 아주 근사합니다. 선계(仙界)가 따로 없습니다. 여기가 바로 선계입니다."

자크 카방은 중국사람이 좋아할 아부를 총동원하고 있었다.

"아하하하……, 카방 당신이 유식한 줄을 진작 알았지만, 오늘 보니 정말 안목이 탁월하오. 오늘 더 맘에 들었소. 자아, 들어갑시다. 저녁을 해야지요."

리완싱은 더없이 흡족하게 너털웃음을 웃어젖혔다.

주방과 분리되어 있는 식당에서는 정원이 훤히 내다보였다. 어스름이 내리면서 넓은 정원 여기저기에는 수은등이 밝혀지기 시작했다.

"집이 정말 좋습니다. 이게 전부 얼마나 들었는지요?"

자크 카방은, 자기의 부를 끝없이 과시하고 싶어 하는 사람이 가장 좋아할 말을 물었다.

"아아, 그것 참 억울하게 됐어요. 어떤 친구가 글쎄 나보다 한 발 먼저 5,600만 위안(약 100억 원)을 들여 미국 백악관 모양 그대로 집을 짓지 않았겠어요. 내가 그러고 싶었는데 한발 늦었으니 억울하고 분하지만 어쩌겠어요. 나도 똑같이 5,600만 위안을 들여 싹 이태리식으로 뽑았지요."

"아, 그러셨군요. 그렇지만 그 집보다 이 집이 훨씬 더 좋습니다. 왜냐하면 그 집은 남의 것을 흉내 낸 것일 뿐이지만 이 집은 사장님의 특색이 드러난 유일한 것이기 때문입니다."

자크 카방은 기왕 버린 몸이다 싶어 아부 만발로 나가고 있었다.

"아하하……, 카방, 당신은 정말 보는 눈이 최고요. 프랑스

사람은 어디가 달라도 다르다니까." 리완싱은 다시 넘치도록 만족을 표시하고는, "이봐, 애들 나오라고 해!" 그는 주방 쪽을 향해 소리치며 손뼉을 쳤다.

잠시 후에 계절 따라 짧은 팔의 치파오를 입은 두 여자가 상글상글 웃으며 나타났다.

자크 카방은 당황스러운 눈길로 통역을 쳐다보았다. '아니, 손님 대접한다고 술집 여자들을 집에까지 불러들였나? 그럼 부인은 어쩌고?' 그는 순간적으로 이런 생각을 하고 있었다. 그런데 통역이 재빨리 눈을 끔벅거렸다. 자크 카방은 그 의미를 알아차릴 수가 없었다.

"자아 카방, 이게 내 여섯 번째, 일곱 번째 얼나이들이오. 애들이 다 대학 출신들이고."

리완싱의 말에 따라 두 여자가 나붓나붓 인사했다.

"……그렇다고 데리고 자라는 뜻이 아닙니다. 술 시중만 드는 것이니 술집에서처럼 만져서도 안 됩니다."

통역은 통역 끝에 빠르게 이 말을 덧붙였다.

자크 카방은 궁금해서 죽을 지경이었다. 부인은 어떻게 됐길래 얼나이들이 버젓이 집 안에 들어올 수 있는가. 아니면, 부인이 사는 집은 따로 있고 이건 얼나이들이 사는 집인가. 그렇다고 통역에게 물어볼 수도 없는 일이었다.

얼나이들은 리완싱과 자크 카방 옆에 하나씩 앉았다. 여자들은 예쁜 얼굴만큼 고운 몸짓으로 술을 따랐다.

'얼나이……, 아 이거 얼마나 좋은 것인가. 돈 있고, 권력 있으면 맘껏 거느릴 수 있으니. 양성평등이 세계적 조류가 된 21세기에 축첩을 이렇게 공개적으로 인정하는 사회는 여기뿐일 것이다. 이것 또한 중국만의 특색이고, 수수께끼다. 마오쩌둥이 혁명의 나라를 세우면서 '하늘의 절반은 여자'라고 양성평등을 선언했다는데, 여자들은 어찌하여 대학까지 나오고서도 얼나이 노릇을 서슴지 않을까. 수천 년에 걸쳐서 황제들과 귀족들이 줄줄이 축첩을 했던 그 인습이 골수에 박힌 탓일까. 아무리 알아보려고 해도 알 수 없는 것이 첩첩인 중국……. 어쨌거나 남자들은 얼마나 좋은 세상이냐. 아니다, 돈 있고 권력 있는 놈들에게나 천국이지, 돈 없고 권력 없는 놈들에게는 이보다 더한 지옥이 어디 있겠나. 중국 천지의 예쁜 여자들 절반은 부자나 관리들의 얼나이가 되고, 나머지 절반은 술집으로 간다는 말이 괜히 나온 게 아니지. 그런데 리완싱, 이 친구는 얼나이를 몇이나 거느릴 작정일까…….'

어여쁜 여자가 술을 따르는 그 짧은 시간 동안 자크 카방의 뇌리를 스치고 지나간 생각들이었다.

"사장님께서는 수영을 좋아하시나 봅니다. 풀장이 넓고 아주 좋습니다."

자크 카방의 이 말은 아부가 아니었다. 풀장은 국제경기장과 엇비슷할 정도로 넓었고, 수영복만 있다면 수영을 하고 싶은 유혹을 느끼고 있었다. 수은등 불빛을 받은 찰랑찰랑한 물에 수영 좋아하는 그의 마음은 동하고 있었다. 그리고 날씨도 밤수영 즐기기에 알맞도록 여름이 무성했다.

"아 난 수영을 별로 좋아하지 않고 아까 본 그 큰 욕조에 뜨거운 물 가득 채워놓고 안마 받으면서 하는 온탕을 좋아해요. 근데 그 백악관 지었다는 놈이 풀장을 만들지 않았겠소. 그래서 나는 그것보다 더 크게 만든 거요." 리완싱은 백주잔을 홀짝 비우고는, "이봐, 내가 깜빡 잊고 있었다. 개들 더운데 수영 좀 시키라고 해." 옆의 얼나이에게 일렀다.

통역의 말을 듣고도 자크 카방은 믿을 수가 없었다. 저 풀장에다 개들을 수영시키다니……

그러나 그 믿을 수 없는 일은 곧 현실로 나타났다. 경비원이 송아지만큼 큰 개 두 마리를 끌고 와 목줄을 풀고 뭐라고 외치며 손짓했다. 그러자 개들은 거침없이 물로 첨벙 뛰어들었다. 개들은 이미 익숙해진 일이었다.

개 두 마리는 넓은 풀장을 맘껏 헤엄치며 돌아다녔다. 털 많이 난 짐승이 더위 속에서 허덕이다가 물에 뛰어들었으니 얼마나 시원할 것인가. 자크 카방은 그 광경을 물끄러미 바라보면서, 리완싱이 참으로 자비로우신 주인님이라고 생각하고 있었다.

"카방, 내가 말이오, 이루고 싶은 꿈이 두 가지가 있다고 했잖소?"

독한 백주의 술기운이 불콰하게 돋아 오른 리완싱이 자크 카방에게 눈길을 보냈다.

"예, 그러셨지요."

"그게 뭔지 알겠소?"

"예, 뭔지 듣고 싶습니다."

"이번 우리 일이 정말 10억 개로 불이 붙으면 그 꿈이 다 이루어지게 되는 거요. 그게 뭐냐면, 첫째 당이 인정하는 부자로서 입당해 당원이 되는 거고, 둘째 자가용 비행기를 갖는 거요."

중국공산당은 사기업으로 돈을 번 부자들을 2002년부터 정식으로 입당시켜 주는 파격적 조처를 취했던 것이다.

"예에, 그 꿈은 반드시 이루어질 것입니다. 제품을 두 가지 방향에서 더욱 다양하게 개발해 나가면 지금의 인기가 한층 더 증폭되고, 매상이 몇 배로 커질 것입니다. 첫째는 크기와 모양을 더 여러 가지로 디자인해 내는 것입니다. 둘째는 재료를 다양화하는 겁니다. 지금은 소가죽 한 가지뿐이니까, 송아지가죽, 염소가죽, 악어가죽, 타조가죽 등으로. 특히 악어가죽이나 타조가죽은 VIP들에게 10배 이상 고가로 팔 수 있습니다."

자크 카방이 자신 있게 말했다.

"아하, 그것 참 좋은 생각이오. 돈은 있을수록 더 갖고 싶어지는 거니까 VIP용은 개발했다 하면 엄청나게 팔릴 거요. 나도 높은 관리들에게 선물할 때는 그걸 쓰겠는데. 그런 것 개발에 시간 걸리겠소?"

리완싱이 식탁 앞으로 바짝 다가앉았다.

"아닙니다. 디자인팀에 긴급 지시하면 금방 됩니다. 각종 가죽이야 다 확보되어 있는 거구요."

"좋소, 좋아. 요런 건설적인 얘길 하기 위해 술자리가 필요한 거요. 자아, 간베이!"

리완싱이 기세 좋게 팔을 뻗었다.

"간베이!"

자크 카방도 팔을 뻗어 술잔을 부딪쳤다.

차가 리완싱의 집에서 한참 멀어지자 자크 카방이 말을 꺼냈다.

"난 도저히 이해가 안 되는 게 있소."

"뭐가요?"

술냄새 풍기는 자크 카방에 비해 술기운 전혀 없는 통역이 고개를 돌렸다.

"아무리 과시욕이 심하다고 해도 쓰지도 않을 집을 껍데기만 지어놓다니. 세상 어디에 그런 일이 있겠소."

"아니, 그런 일을 리완싱 사장 혼자만 한 것 같아요?"

"아니 그럼, 누가 또 있단 말이오?"

"있고말고요. 리완싱 사장도 다 남들한테 배운 겁니다."

"도대체 그게 무슨 소리요?"

"카방, 당신이 모르는 건 당연하지요. 당신은 도시로만 다녔지 시골을 돌아다니지 않았으니 모를 수밖에 없어요."

"그건 또 무슨 소리요?"

"들어보세요. 세계 여러 나라에 퍼져 있는 우리 중국 화교들이 엄청나게 많은데, 그중에 60~70퍼센트가 여기 광둥성 출신들이오. 그 사람들이 외국에서 고생고생해서 성공하여 몇십 년 만에 고향을 찾아왔어요. 자신이 금의환향했다는 것을 넓고 넓게, 그리고 오래오래 알릴 수 있는 방법을 궁리하다가 한 사람이 6층 빌딩을 짓기로 했어요. 그 빌딩은 속사포로 금세 지어졌지요. 왜냐하면 내부 시설이라고는 전혀 없이 겉모양만 6층이었으니까. '봐라, 나 이렇게 부자가 됐다' 하는 과시용으로는 그것으로 충분했던 겁니다. 그걸 보고 딴 사람들도 흉내를 내기 시작했어요. 그래서 여기 광둥성 시골에서는 그런 껍데기만 있는 도깨비빌딩들을 더러 볼 수 있는 겁니다. 그러니까 우리 리완싱 사장도 그 흉내를 낸 거라구요."

"아하, 이제 이유를 알겠어요. 그러나 아무리 그렇더라도 중국사람들은 왜 그렇게 과시욕이 심한지, 왜 그렇게 몐쯔를 중히 여기는지 그 이유를 모르겠어요."

"그건 중국사람인 나도 잘 몰라요. 정신분석학자 프로이트가 나선다고 알겠어요? 세상에는 딱히 이유를 알 수 없는 일들이 많고 많잖아요."

"아이구, 중국은 너무 심해요. 어지럼병 걸릴 지경이라구요."

자크 카방이 머리를 싸쥐었다.

다음 날 옥 제품 주문을 위해 자크 카방은 공장으로 나갔다. 그런데 공장 앞에는 한 남자가 피켓을 들고 시위를 하고 있었다.

"아하, 또 저런 사람이 나타났네. 저건 또 뭐라고 씌어 있소?"

자크 카방이 피켓에 눈길을 둔 채 통역에게 물었다.

"어디 봅시다……, 나도 인간이다! 산재 피해 보상하라! 원석 가공 5년 만에 규폐증 발병했다!"

통역이 피켓에 적힌 문구를 읽었다.

"또 똑같은 산재 발생이군."

"보석 가공업을 하는 한 끊임없이 발생할 수밖에 없지요."

"리완싱 사장의 태도는 좀 좋아졌소?"

"글쎄요……, 그게 그거지요."

"자꾸 부자가 돼가는데 태도도 좀 변해야 되는 것 아니오?"

"사람이 귀해야 바뀌든 말든 하지요. 중국은 끝없이 런타이뒈예요, 런타이뒈! 그러니 바뀔 필요가 없지요."

"그게 말이 돼요? 인권의 문젠데."

"그만 관심 끄세요. 곧 사장님 만날 거고, 우리 사장님이 젤 싫어하는 말이 그거니까."

자크 카방은 그만 입을 다물고 말았다.

'그래, 니들 일 니들이 알아서 해라. 내가 뭐 UN 인권위원장 도 아니고……'

자크 카방은 이렇게 그 일을 털어내려 하면서도 몇 년 전에 보았던 공장 안의 광경이 선명하게 떠오르고 있었다.

50평 남짓한 공장 안에는 귀청이 찢어질 것 같은 쇳소리와 안개처럼 자욱하게 퍼진 미세한 돌가루가 뒤섞여 정신을 차 릴 수 없을 지경이었다. 50평 남짓한 공장 안에서는 100여 명 의 젊은 남자들이 보석 원석을 자르고 갈아대느라고 분주하 게 움직이고 있었다. 그런데 쉴 새 없이 울려 퍼지는 날카로 운 쇳소리에 따라 밀가루 흩어져 날리듯 돌가루가 뭉클거리 며 피어오르는데, 그 어디에도 환풍기는 설치되어 있지 않았 다. 그리고 젊은 농민공들 그 누구도 마스크를 쓰고 있지 않 았다. 그들은 그 돌가루를 다 마시면서 하루 종일 일하고, 주 문이 밀려들면 야근까지 하고, 어떤 때는 밤을 꼬박 새우기도 한다는 것이었다. 자크 카방은 거기서 10분 이상을 더 견딜 수가 없었다. 숨이 막히고 눈이 따끔거리고 정신이 혼미해져 곧 죽을 것만 같았다.

"그 공원들이 숙소로 돌아와 침을 뱉으면 그날 자른 원석에 따라 푸른 침이 나오기도 하고, 붉은 침이 나오기도 하고, 노란 침이 나오기도 한다고 합니다."

통역이 한 말이었다.

거기서 2~3년 일하면 누구나 폐에 병이 안 걸릴 도리가 없을 것 같았다. 환기장치를 철저히 하고, 마스크와 보안경을 써도 문제가 생길 수 있었다.

"아무 말도 하지 말아요. 아무 효과 없으니까. 중국은 어디나 다 똑같아요. 거래 잘하고 싶으면 그냥 주문만 하세요."

통역이 똑바로 쳐다보며 충고했었다. 그때도 그가 되풀이한 말은 '런타이뒈'였다.

주문을 끝내고 공장을 나오니 피켓 든 남자는 어디로 갔는지 보이지 않았다. 자크 카방은 통역에게 그 남자에 대해 묻지 않았다. 서로 입장만 거북해질 것 같았고, 대답 궁해지면 통역은 또 '런타이뒈' 타령을 할 것이기 때문이었다.

자크 카방은 직매장을 돌아 일주일 만에 다시 통역에게 연락했다. 지갑의 여러 가지 디자인이 이메일로 도착했던 것이다.

"사장님 한국 가셔서 며칠 걸리실 겁니다."

"갑자기 한국은 왜요?"

"의료관광 떠났습니다."

"의료관광?"

"예, 그날 저녁에 만났던 일곱 번째 얼나이 데리고 성형수술 하시려고요. 얼나이는 코 높이고, 눈 쌍꺼풀 하고, 사장님은 20대처럼 주름살 싹 없애려구요. 그게 바오파후들 사이에서 일고 있는 신유행이잖아요."

"……."

# 다시, 용서는 반성의 선물

방학인데도 도서관에는 적잖은 학생들이 책벌레 노릇을 하고 있었다. 남녀가 거의 반반인 그들은 대부분 졸업반이었다. 그들은 폭염에 책을 파고들며 어떤 학문적 희열을 느끼는 것이 아니었다. 그들의 십중팔구는 팍팍한 현실을 뚫기 위해 기를 쓰며 책장을 넘기는 취직 시험공부이기 때문이었다. 중국도 취직난과 청년실업이 사회문제가 된 것은 한두 해가 아니었다.

그건 동부 연안의 제조업체에서 농민공들 구하기가 어려워진 것과는 정반대의 현상이었다. 동부 연안의 근로자 구인난은 내륙 개발에 따라 벌어진 자연스러운 일이었다. 일거리를 찾아 동부 연안으로 모여들었던 농민공들이 자기네 고향도 개발되니까 얼씨구 좋구나 하고 타향에 등을 돌린 것이었다. 고향이 두 팔 벌려 환영하는 일자리는 월급이 똑같더라도 이익이 이모저모로 자못 컸다. 어머니 아버지 계신 집에서 출퇴근을 하니 불편하면서도 비쌌던 셋방살이 돈이 고스란히 남는 것이다. 맛없고 비싸기만 한 매식 대신 부모님의 정성이 깃든 음식을 먹게 되니 그 돈 절약도 컸다. 그리고 정다운 고향이니 타향살이의 삭막함과 서러움이 없었다. 동부 연안의 제조업체들은 긴급처방으로 임금 인상을 단행했지만 벌써 2~3년째 2천만 이상의 인력 부족이 사회문제가 될 정도였다.

그런데 대졸자들은 일자리를 구하지 못해 해마다 청년실업이라는 사회적 두통거리를 만들어내고 있었다. 고급 일자리는 이미 자리가 잡혀 신규 채용은 적은데, 수많은 대학들은 학사모를 쓴 고급 인력들을 계속 토해 내고 있었던 것이다. 개혁개방과 함께 무한정 필요했던 고급 인력이 언제부턴가 공급 과잉으로 바뀐 필연적 문제점이었다. 경제가 안정되어 있는 많은 나라들이 빠져 있는 늪에 중국도 피해갈 도리 없이 빠져든 것이었다.

그 구조적인 난관을 돌파하는 것은 각 개개인이 해결해야 할 문제일 뿐이었다. 그 '개인문제'가 이름 하여 '자유경쟁'이었다. 그지없이 아름다운 것 같은 이름인 '자유경쟁.' 그것은

'그 누구의 제재나 간섭을 받지 않고 서로가 맘껏 능력을 발휘하는 것'이라는 아주 고상하고 정직한 의미 같지만, 그것은 오로지 능력 있는 자만 살아남는 약육강식, 적자생존의 처절한 정글게임이었다. 그 게임에서 살아남기 위해서 졸업반 학생들은 폭염을 무릅쓰며 방학인데도 도서관살이를 하지 않을 수가 없는 것이다.

그런데 그들 중에서 십중일이는 그야말로 순수한 학문의 길을 위해서 공부하고 있었다. 대학원이나 박사과정에 진학하는 학생들이었다. 그들은 취업생들보다는 한결 느긋할 수 있었다. 송재형은 그 여유로움 속에서 도서관을 드나드는 사람이었다.

그런데 그는 요즘에 더욱 한가한 마음으로 책을 들추고 있었다. 곧 실시될 역사탐방에 대한 자료를 준비하기 때문이었다.

"재형 씨, 재형 씨……."

숨죽인 소곤거림이 들렸다.

송재형은 리옌링인 것을 직감하며 서가를 더듬어나가던 눈길을 왼쪽으로 돌렸다.

리옌링이 손끝으로 빨리 오라고 부르고 있었다.

'왜……?'

송재형은 빨리 리옌링 쪽으로 가며 소리 나지 않게 입모양으로만 '왜……?' 하고 물었다.

"연구실로 다 모이래."

리옌링이 송재형의 귀에 대고 속삭였다. 귓전에 스치는 리옌링의 입김과 함께 그녀의 알싸한 듯 상큼한 체취가 끼쳐왔다. 몰아서 쥐어짜면 금세 초록색 물이 뚝뚝 떨어질 듯 짙푸른 녹음처럼 그녀의 체취도 여름이면 더욱 풋풋하고 강렬해졌다.

"왜, 무슨 일 있어?"

송재형은 리옌링의 손을 살짝 잡으며 속삭였다.

"응, 빨리 가야 해."

리옌링이 송재형의 마음을 읽고는 손을 빼며 곱게 눈을 흘겼다.

"무슨 일인데 연구를 방해하고 그래?"

송재형은 그녀의 뒤를 따르며 투덜대듯 낮게 중얼거렸다.

"한국에서 기자들이 왔어."

"한국에서? 기자들이?"

송재형의 걸음이 주춤했다.

"아니, 왜 그리 놀래?"

복도로 나서며 리옌링이 의아하게 송재형을 올려다보았다.

"음……, 기자라는 사람들 뭔가 까다롭고, 뭐랄까……. 대하기 좀 거북한 존재들이잖아."

"그야 그렇지. 그치만 기죽을 것 없어. 신문이란 지극히 상식적인 수준에서만 다룰 뿐이니까. 그에 비하면 우린 전문가잖아."

"하이고, 우리 옌링 배짱 두둑한 거 봐. 겨우 3년 반 공부해 가지고 전문가는 무슨……."

"당연하지. 중국 역사에 대해선 그 사람들에 비해 우리가 단연 전문가잖아."

"중국 역사에 대한 취재래?"

"응, 중국에 대한 특집이래."

"그거 좀 막연하네. 중국이 얼마나 크고, 얼마나 복잡한 나란데……."

"그러니까 상식적인 수준에서만 더듬게 될 수밖에. 그러니 맘 놔." 리옌링은 장난스럽게 웃으며 송재형의 어깨를 톡톡 두들기고는, "어쨌거나 한국 신문들이 중국에 자꾸 관심을 보이는 건 좋은 일이야. 그럼 한국사람들의 중국에 대한 관심도 커지게 되니까" 하며 송재형의 팔짱을 가볍게 끼었다.

"왜, 한국과 중국 사이가 좋아지는 게 좋아?" 송재형이 예뻐 죽겠다는 듯 리옌링의 코끝을 살짝 튕기는 시늉을 했고, "아니, 아주 아주 나빠졌으면 좋겠어." 리옌링은 큰 눈이 실눈이 되도록 웃으며 팔짱을 세게 끼었다.

연구실에는 역사탐방팀 학생 12명 중 7명이 모였고, 한국에서 온 기자는 4명이었다.

"중국과 한국은 저 머나먼 과거에서부터 이웃나라로 돈독한 관계를 유지하며 살아왔고, 현재는 물론이고 먼 미래까지 영원히 선린우호적 관계를 유지하며 사이좋게 살아가야 할 공동운명체입니다. 그 기반을 튼튼히 하기 위해서는 두 나라 국민들이 상호 이해가 깊어져야 합니다. 그 빠른 촉매작용을 하는 것이 신문입니다. 그런데 마침 한국의 유수 신문에서 우리 중국 전반에 대한 대특집을 하기 위해 이번에 취재를 왔고, 그 한 부분으로 우리 대학 사학과 학생들의 협조를 얻고자 합니다. 이에 학생 여러분들은 큰 사명감을 가지고 취재에 적극 협조하여 중·한 두 나라의 관계 발전에 기여하는 공을 세워주기 바랍니다."

교수는 수백 명 청중을 상대로 일장 연설을 하는 것과 똑같은 엄숙함과 진지함으로 모이게 한 이유를 설명했다. 좀 촌스럽거나 세련미 없어 보이는 그런 태도는 중국 지식인들의 몸에 밴 공통점이었다. 공산당원이 되기까지 진지한 토론과 엄숙한 비판을 수없이 거듭하면서 그것이 체질화되어 버린 것이었다.

"안녕하십니까. 저는 베이징 주재 특파원으로, 중국 생활이 4년 되었습니다. 그러나 중국에 대해서는 별로 아는 게 없고, 이번 취재에 합류하면서 안내 정도를 맡고 있습니다. 그러니까 여러분들께서 적극 협조해 주시기 바랍니다. 우리는 경제를 집중적으로 다루되 정치·사회·문화 전반에 걸쳐 10회 연재를 기획하고 있습니다. 오늘 여러분들께는 정치 일부와 문화에 대해서 취재하고자 합니다. 우리가 베이징대학에서 첫 번째 찾아가고 싶은 곳이 에드거 스노의 무덤입니다."

마치 중국사람처럼 중국말을 잘하는 베이징 특파원의 말하는 폼은 교수와는 정반대였다. 엄숙하지도 않고, 웅변조도 아니었고 그저 담담하게 대화하듯이 차분하고 자연스러웠다. 똑같은 중국말을 하는데도 사회주의와 자본주의 사회의 두 지식인의 차이는 그렇게 현격했다.

"예, 잘됐습니다. 이런 기회에 학생들도 단체로 참배도 하고."

교수가 앞장서 연구실을 나갔다.

"저어……, 스노의 묘에 학생들이 단체로 참배하는 경우도 있습니까?"

한 기자가 교수를 뒤따르며 물었다. 그 말을 특파원이 재빨리 통역했다. 취재 시작이었다.

"글쎄요……, 그런 일은 별로……, 아니 거의 없을 것 같은데요. 우리 사학과에서도 그런 적이 없으니 다른 과들이야 더구나……. 그저 개인적으로, 관심이 있는 사람들이나 찾아보고 그러는 거지요."

교수는 아까의 그 활달하고 거침없던 능변은 어디로 가고 무언가 옹색스러운 기색으로 말을 더듬기라도 하듯 눌변이 되어 있었다.

"이거 큰일 났잖아."

송재형이 다급하게 귀엣말을 하며 리옌링의 팔을 질벅였다.

"왜……?"

"거기 너무 지저분하잖아."

"글쎄에, 그렇지?"

리옌링이 난처한 표정으로 얼굴을 찌푸렸다.

"어떡하지? 지금 달려가서 치우기도 어렵고. 미리 좀 알려 줄 것이지."

송재형이 앞서 가는 교수에게 눈길을 쏘며 혀를 찼다.

"어쩔 수 없어. 있는 대로 보여줄 수밖에. 망신당해도 그게 우리 현실이니까."

혹시 뛰어갈까 봐 리옌링은 송재형의 손목을 꼭 잡아끌었다. 그러면서 동시에 떠오른 두 가지 생각을 하고 있었다. 지금 중국 학생들은 송재형이 하고 있는 생각을 하고 있을까……. 송재형, 이 사람은 얼마나 순정한 사람인가. 묘가 지저분해 중국이 망신당하게 될 것을 걱정하다니. 애인의 나라가 망신당하는 것까지 마음 쓰는 남자. 아아……, 나에 대한 사랑이 얼마나 깊고, 얼마나 뜨겁고, 얼마나 순수하면 이럴 수 있을까. 고마워라, 고마워라, 내 귀한 사람아……. 리옌링은 송재형의 사랑을 새롭게 확인하며 아무도 모르게 가슴 떨리는 행복에 휘감기고 있었다.

짙푸른 숲길을 옆에 끼고 웨이밍 호수가 나타났다. 호숫가 벤치는 거의 다 비어 있고, 호수는 여름볕을 못 이겨 깊은 낮잠에 빠진 듯 고요했다. 어디선가 매미 울음소리만 자지러지고 있었다.

"여깁니다. 이거 뭐⋯⋯, 특별히 돌보지 않아서 좀 지저분합니다."

교수가 멋쩍은 표정으로 기자들에게 묘를 가리켰다.

묘를 보는 순간 기자들은 아무 말이 없었다. 그들의 얼굴은 하나같이 굳어져 있었다. 그들은 놀라움으로 말도 잃고, 표정도 잃은 것이었다. 그만큼 묘는 보잘것없이 허술했고, 그 주위는 폐허처럼 황량하고 지저분했다.

에드거 스노의 묘는 웨이밍 호를 지나가고 있는 좁은 인도와 웨이밍 호로 내려가는 그 사이의 빈터에 마련되어 있었다. 사시장철 아름답고 고요한 웨이밍 호를 바라볼 수 있으니 터는 명당이었다. 그러나 관리가 소홀하여 관심 갖고 찾아오는 사람을 놀라게 해주는 효과는 너끈히 발휘하고 있었다.

그건 묘라기보다는 지극히 소박한 기념비 정도로 보였다. 그런데 관심 없이 방치되어 있어 그 모습은 더욱 초라하고 남루해 보였다. 묘비의 받침대는 회색빛 쑥돌을 다듬지 않고 거칠거칠한 자연미를 그대로 살린 직사각형이었다. 그 위에 흰 대리석 묘비가 가로로 길게 세워져 있었다. 거기에 '중국 인민의 벗 에드거 스노의 묘'라고 한문과 영어로 새겨져 있었다. 그런데 그 묘비 주위의 네모난 풀밭은 전혀 가꾸어지지 않아서 여러 가지 잡초들로 어지러웠다. 그 풀밭이나마 무성했더라면 자연미라도 있을 텐데, 받침대 앞쪽과 양옆으로는 함부로 밟아댄 발길로 부분 대머리가 된 것처럼 맨땅이 드러나 있었다. 그런데 그 맨땅이라도 깨끗했더라면 예의가 없는 추모객이나마 많았다고 이해할 수 있었다. 그러나 그 맨땅 사방에는 크고 작은 담배꽁초들이 지저분하기 이를 데 없이 널려 있었다. 그나마 누구의 마음이었을까. 받침대 왼쪽에는 긴 야생초 줄기가 걸쳐져 말라가고 있었는데, 그 끝부분에는 다 시든 작은 꽃 몇 송이가 매달려 있었다.

"자아, 우리 참배부터 하죠."

어색스러운 침묵을 깬 것은 여기자였다. 그 여기자는 어깨에 메고 있던 커다란 핸드백에서 무엇인가를 꺼냈다. 그것은 투명한 포장지에 감싸인 조그만 꽃다발이었다.

여기자는 마른 야생초 줄기를 조심스럽게 치웠다. 그리고 자기의 꽃다발을 받침대 가운데 놓았다. 그 앞에서 한국 기자 4명은 나란히 서서 묵념을 했다. 교수와 학생들 8명은 그 모습을 멀뚱히 지켜볼 수밖에 없었다.

"그럼 지금부터 몇 가지 질문을 하겠습니다."

묵념을 끝낸 세 기자가 웨이밍 호 쪽으로 나서며 말했다. 나머지 한 기자는 묘비 사진을 찍기 시작했다.

"에드거 스노의 『중국의 붉은 별』이 한국에 처음 번역된 것이 1985년경입니다. 한국사람들은 그 책을 통해서 비로소 마오쩌둥이라는 사람과 중국공산당과 홍군과 대장정을 이해하게 되었습니다. 우리보다 30~40년 앞서 서양사람들도 역시 그랬고요. 다시 말하면 중국공산당과 마오쩌둥을 객관적으로 전 세계에 알린 사람이 에드거 스노였습니다. 그래서 마오쩌둥은 "나에 대한 전기는 이 책으로 대신한다"고 만족을 표할 정도였습니다. 그런데 당신들이 숭상하는 마오 주석께서는 왜 하필 스노의 묘를 베이징대학 캠퍼스에 쓰게 했을까요?"

남자 기자의 질문이었다.

학생들의 눈길이 일제히 교수에게로 쏠렸다. 동시에 교수도 학생들을 쳐다보는 바람에 그들의 눈길이 허공에서 부딪쳤다. 학생들은 난감한 표정을 짓고 있었다. 그 물음에서 자유로울 수 있는 건 송재형 한 사람뿐이었다. 교수는 학생들을 향해 황급히 눈짓하고 있었다. 그러나 아무 대답 없이 침묵만 흐르고 있었다. 대답이 없으면 언제까지고 계속될 것 같은 침묵이었다.

송재형은 답답한 심정으로 남학생들을 둘러보다가 리옌링과 눈길이 마주쳤다. 그는 깊이 들이켠 숨을 소리 나지 않게 길게 내쉬었다. 그런 난처한 질문을 한 한국 기자도 야속했고, 아무 대답도 못하고 있는 중국 학생들도 한심스러웠다. 그때 리엔링이 입을 열었다.

"대단히 죄송합니다. 지금 저희들이 그 뜻을 몰라서 대답을 못하는 것이 아닙니다. 이렇게 관리가 소홀해 지저분하게 된 묘소를 보여드리게 된 것이 부끄럽고 면목 없어서 대답을 못하는 것입니다. 기자님께서 그런 질문을 하신 것도 이 황폐한 묘소를 보고 놀라고 실망했기 때문일 것입니다. 이런 모습 보여드리게 되어 정말 죄송합니다. 마오 주석께서는 '중국을 대표할 수 있는 너희 베이징대 학생들이 에드거 스노의 은혜를 길이길이 기억하고 감사해하라' 하는 뜻으로 우리 대학에 묘를 쓰게 했을 겁니다. 그런데 세월이 흘러가면서 우리는 점점 그 뜻을 소홀히 했고, 무관심해졌고, 결국은 저렇게 폐허처럼 되도록 방치했습니다. 다른 과 학생들은 전공이 다르니까 스노에 대해 별 관심이 없을 수 있습니다. 그러나 저희 사학과 학생들은 절대 그래서는 안 되는 일이었습니다. 역사 정신은 과거에서 배워야 하는 것이며, 역사란 흘러간 시간인 과거가 아니라 그 과거가 비추는 빛에 따라 현재를 파악하고, 미래를 조망하는 것이라 알고 있습니다. 그런데 그 사실을 암기만 했을 뿐 실천을 하지 않은 것이 지금 우리 앞에 놓여 있는 스노의 묘소 모습입니다. 솔직히 고백합니다. 일주일에 서너 번은 이 웨이밍 호에 오면서도 스노의 묘소는 생각지도 않았습니다. 오늘의 일깨움을 계기로 다시는 이런 수치스러움을 당하지 않도록 우리 사학과 학생들이 관리를 철저히 하겠습니다. 에드거 스노까지 기억해 주신 중국에 대한 이 깊은 관심에 다시 감사드리고, 저희들이 저지른 무례함을 용서해 주시기 바랍니다."

리엔링이 고개를 깊이 숙였다. 다른 학생들도 얼떨결에 따라서 고개를 숙였다. 송재형은 고개를 숙이고 싶지 않았지만 한국 학생이라는 것이 드러날까 봐 그냥 따라했다.

"학생 대표입니까?"

특파원이 물었다.

"아닙니다."

"아 예, 통역할 사람 입장도 생각하셔서 좀 끊어서 말을 할 것이지, 중국사람들은 만리장성을 쌓은 체질이라 한 번 말을 시작하면 끝이 없습니다. 그렇지요?"

특파원이 딱딱하고 서먹해진 분위기를 바꾸려는 듯 농담조로 말했다. 리엔링도 학생들도 쑥스러워하며 웃었다.

"예, 여러분의 입장 충분히 이해합니다. 중국은, 서양 자본주의 국가들이 200년 동안에 거친 변화를 단 30년 만에 거쳤다는 말이 있습니다. 우리 한국도 비슷했지요. 그만큼 급변하는 사회 현실 속에서 젊은이들이 과거 역사에 지속적으로 관심 쓰기가 어렵고, 자칫 경시하기 쉽다는 것을 알고 있습니다. 그러나 중국이 마오 주석을 받드는 것에 비해 에드거 스노 묘소가 너무 초라하고 황폐해져 있어서 충격이 컸던 것입니다. 이것도 중국 현실을 이해할 수 있는 한 단면이니까 여기를 찾은 의미가 큽니다. 그리고 여러분의 심정 충분히 알았으니 더는 여러분의 입장 곤란하게 하는 질문은 하지 않겠습니다."

긴 통역을 다 듣고 난 기자의 말이었다.

"죄송합니다. 모두 제 불찰입니다."

교수가 쑥스럽게 머리를 숙였다.

"아닙니다. 너무 가까이 있어서 그럴 수도 있습니다."

기자가 교수와 악수를 나누었다.

"예, 베이징대 학생으로 국한해도 좋고, 전국 대학생들로 확대해도 좋습니다. 그들 10명 중에 스타벅스를 아는 사람과 에드거 스노를 아는 사람의 비율은 어떻게 될까요?"

꽃을 바친 여기자의 질문이었다.

또 침묵이 이어졌다.

"자네들 사학과가 아니라 일반 학생들이 대상이야. 솔직히 대답해. 대충 짐작할 수 있잖아."

교수의 말이었다.

"예, 10 대 1 정도일 겁니다."

어느 남학생이 낮은 소리로 답하며 어색하게 웃었다.

"지금 미국은 유일 초강대국으로 군림하고 있습니다. 미국의 세계 지배 방식을 어떻게 생각하십니까."

남자 기자였다.

"옳지 않습니다. 너무 일방적이고, 폭력적입니다."

한 남학생이 금방 대답했다.

"예, 빠른 대답 감사합니다. 중국은 세계를 놀라게 하며 G2가 되었습니다. 그리고 머잖아 G1이 되리라는 것도 아무도 의심하지 않습니다. 그때 중국은 어떤 식의 세계 지배를 해야 한다고 생각합니까."

여기자였다.

잠시 이어진 침묵을 다른 여학생이 깼다.

"굉장히 어려운 질문입니다. 지금 우리의 입장에서는 당연히 미국과 다른 방식, 상호 호혜와 평등과 공존의 방식이어야 한다고 생각합니다. 그러나 정치인들의 야망은 어떻게 나타날지 아무도 알 수 없는 일입니다."

"예, 포괄적 답변 감사합니다. 중국이 일으킨 경제 기적에 대해서 외부 세계에서는 궁금한 것이 한두 가지가 아닙니다. 그중에서도 우리가 가장 알고 싶어 하는 건, G2가 될 때까지 당과 인민의 공헌을 몇 대 몇으로 평가할 수 있느냐 하는 점입니다. 왜냐하면 당이 전적으로 당의 업적이라고 하기 때문에 생기는 의문입니다. 이 질문은 중국의 정치 현실에서 대답하기 어려울 수 있습니다. 거북하면 응답 안 하셔도 좋습니다."

남자 기자가 학생들을 둘러보았다.

침묵이 길어지고 있었다. 그대로 두면 자정까지도 갈지 모를 침묵이었다.

"예, 다른 나라 사람으로서 궁금했던 것뿐입니다. 그건 입장에 따라서, 세대에 따라서 다 다를 것입니다. 그리고 여러분의 침묵도 한 가지 좋은 대답이기도 합니다. 그럼 다음 질문을 하겠습니다. 중국 하면 '짝퉁천국' 할 정도로 가짜가 많습니다. 젊은 지식인들로서 이 점을 어떻게 생각하십니까."

여기자가 학생들을 둘러보며 부드럽게 웃음 지었다.

"예, 그건 전혀 자랑스러운 게 아니지만 그렇다고 꼭 수치스러운 것도 아니라고 생각합니다. 왜냐하면 개발도상국들의 발전과정에서는 꼭 나타나는 현상이기 때문입니다. 중국에는 '가짜도 많으면 진짜가 된다'는 말이 있습니다. 늦게 출발해서 빨리 발전하고 싶은 욕망 때문에 선진기술을 습득하기 위해 가짜를 만들어 모방하는 것을 서슴지 않았습니다. 그 과정 속에서 우리는 진짜 기술 개발에 도달한 것이 꽤나 많습니다. 따라서 중국의 가짜는 그 전성시대를 지나 차츰 줄어들고 있습니다. 그다지 오래지 않아 '짝퉁천국'이라는 별명을 떼쳐내게 될 것입니다."

어느 남학생의 거침없는 답변이었다.

"예, 시원스런 답변 감사합니다. 이번 질문은 일부러 사학과생들을 만나고자 한 이유이기도 합니다. 아까 교수님께서는 중국과 한국은 영원히 사이좋게 살아가야 할 공동운명체라고 하셨습니다. 그 말은 아주 감동적입니다. 그런데 중국은한국의 고대사인 고구려사를 동북공정을 통해 중국의 고대사로 편입시켰고, 그 왜곡시킨 역사를 1993년부터 학생들에게 가르치기 시작했습니다. 또한 여러분들 중에서도 역사 선생이 되면 그걸 가르치게 될 것입니다. 한국인들은 동북공정을 부당한 행위라고 생각하고 있으며, 중국 정부의 그런 처사를 몹시 유감스럽게 생각하고 있습니다. 동북공정에 대해 여러분의 의견을 듣고 싶습니다."

남자 기자가 심각하게 변한 표정으로 물었다.

"아, 그건 국책사업으로 시행된 거니까 학생들이 뭐라고 왈가왈부할 영역이 아닙니다."

교수가 단호하게 자르고 나섰다. 기자를 향해 그런 건 묻지말라는 뜻이기도 했고, 학생들에게 한마디도 입을 못 벌리게하는 위압이기도 했다.

"예, 좋습니다. 한국인으로서 묻지 않을 수 없는 문제라 질문한 것입니다. 교수님의 그 말씀을 응답으로 삼겠습니다."

남자 기자가 교수만큼 단호한 기세로 응대했다.

분위기가 썰렁해지고 말았다. 리옌링은 눈길을 떨구고 있었고, 송재형은 먼 데로 눈길을 보내고 있었다.

　　"자아, 국경을 맞대고 있는 세계의 모든 나라들은 언제든지 크고 작은 갈등들이 있게 마련입니다. 그런 문제를 슬기롭게 푸는 것이 국가 간의 외교이고 교류이며, 오늘의 이 인터뷰도 그런 노력의 하나가 될 수 있습니다. 서로 부담 느끼지 말고 분위기를 좀 명랑하게 바꾸었으면 합니다. 한국에 대한 여러분의 느낌과 생각을 듣고자 합니다. 지금 아시아 여러 나라를 거쳐 저 남아메리카와 아프리카까지 '한류'가 퍼져나가고 있습니다. 그 한류 바람을 처음 일으킨 게 중국입니다. 지금도 한국 드라마를 사랑해 주시는 중국 국민들께 감사를 드립니다. 여러분들의 한국에 대한 인상을 듣고 싶습니다. 장점과 단점을 각각 구분해서 지적해 주시기 바랍니다."

　　여기자가 상글방글 웃어가며 재치 있게 말해 분위기를 바꾸었다.

　　"개개인이 똑똑하고, 부지런합니다."

　　한 남학생이 말했다.

　　"성실하고, 치밀합니다."

　　다른 남학생이었다.

　　"민족적 자부심이 강하며, 애국심이 투철하고, 단결력이 강합니다."

여학생이 말했다.

"예, 장점만 말고 단점도 솔직하게 지적해 주시기 바랍니다."

학생들의 호의적 반응에 기분이 좋은 듯 여기자가 정답게 웃었다.

"성질이 너무 급합니다. 밥도 빨리 먹어치울 정도로."

"너무 철저해 융통성이 부족합니다."

"잘난 척하는 게 좀 심합니다."

더는 없다고 학생들이 서로 보고 웃으며 고개를 저었다.

"예, 솔직한 지적, 감사합니다. 그럼 한류에 대해 묻겠습니다. 한국사람들은, 중국사람들이 왜 그렇게 한국 TV 드라마를 좋아하는지 못내 궁금해합니다."

남자 기자가 편안하게 풀린 얼굴로 학생들을 둘러보았다.

"중국 드라마에 없는 각양각색의 아기자기한 홈드라마이기 때문입니다."

"예, 중국 드라마에서는 볼 수 없는 여러 가지 갈등이 얽히는 애정 드라마이고, 진한 키스신 같은……."

"사람을 끌어 잡는 스토리의 재미가 안 보고는 못 배기게 합니다."

"모두 잘생긴 미남 미녀 배우들이 드라마를 안 볼 수 없게 만듭니다."

"주연이든 조연이든 모든 배우들이 연기를 너무 잘합니다.

어색한 장면이 하나도 없고, 특히 눈물을 흘리는 연기에는 탄복하지 않을 수가 없습니다. 여자들만이 아니라 남자들도 어찌 그리 실감 나게 잘 우는지, 참 신기합니다."

"잘사는 모습을 여러 가지로 보는 것도 큰 재미입니다. 중국사람들도 그렇게 잘 꾸며놓고 살고 싶으니까요."

드라마가 화제에 오르자 학생들의 얘기는 단연 활기를 띠었다.

"그런데 여러분, 미남 미녀 배우들을 인심 후하게 다 믿지 마십시오. 솔직히 말씀드리면 그 사람들은 모두가 '모조미인'이고 '인조미인'이고 '짝퉁미인'입니다. 기본적으로 눈·코를 안 고친 사람이 없고, 눈썹·이빨도 고치고, 보톡스라는 주사는 당연히 맞는 것으로 되어 있습니다. 한국에는 배우들의 그런 손질을 솔직하게 다 드러내 보여주는 텔레비전 프로도 있습니다."

남자 기자가 짓궂은 웃음을 학생들에게 보냈다.

"예, 대강 알고 있습니다. 그렇지만 원래 잘생긴 데다가 손질을 좀 한 것 아니겠습니까."

한 남학생이 마치 한국사람이 변명하는 것처럼 말했다.

"그야 물론 그렇지요."

남자 기자가 하하하 웃었다. 그 웃음을 따라 모두 웃었다.

"예, 오랜 시간 이렇게 서서 인터뷰에 응해 주셔서 참으로 감사합니다. 마지막으로 한국에 대한 전체적인 인상을 한마디씩 해주시지요."

여기자가 긴 머리칼을 뒤로 넘겼다.

"저는 '붉은 악마'의 응원을 잊을 수가 없습니다. 10년 전, 열세 살 때 기억인데도 '한국' 하면 그게 제일 먼저 떠오릅니다."

"저에게 한국은 불가사의한 나라입니다. 크기는 중국의 약 100분의 1, 인구는 겨우 5천만밖에 안 되는데 세계적으로 1등하는 게 한두 가지가 아닙니다. 어떻게 그게 가능한지, 아무리 생각해도 의문이 풀리지 않습니다."

"우리 부모님은 늘 한국을 무서운 나라라고 말씀하십니다. 그때마다 IMF사태와 금 모으기를 꼭 말씀하십니다. 그때 중국 사람들은, 중국사람들이 부러워했던 잘사는 나라 한국이 다 망한 것으로 생각했다고 합니다. 그런데 전 국민이 뭉쳐서 금 모으기를 하고 단결하여 다시 일어나는 것을 보면서 큰 충격을 받았다고 합니다. 그건 중국사람들에게는 전혀 없는 애국심이고, 중국이 그런 정신을 배워야 한다고 말씀하십니다."

"저는 중국에 진출해 있는 한국기업의 주재원들을 보면서 한국인의 진면목을 발견합니다. 그들은 한 사람도 빼놓지 않고 우리 중국어를 잘할 뿐만 아니라 중국의 역사와 문화도 아주 잘 이해하고 있습니다. 이것은 중국에 대한 진정한 관심과 애정이 없이는 불가능한 일입니다. 단순히 돈을 벌기 위한 수단으로써 그렇게 할 수는 없습니다. 서양 여러 나라 사람들이나 일본의 주재원들은 한국 주재원들과는 정반대로 중국어를 전혀 배우려고 하지 않습니다. 그들은 중국을 돈을 버는 수단으로만 생각하지 중국사람들과 정을 나눌 마음이 전혀 없다는 것을 우리는 잘 알고 있습니다. 그런 의미에서 저는 한국이 우리 중국의 진정한 이웃인 것을 느낍니다. 그리고 기왕이면 한국사람들이 중국에서 돈을 제일 많이 벌어갔으면 합니다."

"한국은 가까우면서도 멀게 느껴지는 이중적 감정의 대상입니다. 중국과는 수천 년에 걸친 역사적 관계가 깊고, 지리적으로 가깝고, 상호 교역량도 많고 해서 친한 나라인 건 분명한데, 국가 안보는 미국과 동맹관계로 밀착되어 있습니다. 중국이 계속 힘이 증대되어 만약 미국과 군사적 긴장관계가 발생한다면 한국은 그때 어떤 태도를 취할까 하는 생각이 들 때가 있습니다."

"한국은 베트남·이스라엘과 함께 세계 3대 독종민족이라는 말이 있습니다. 한국과 가까워질수록 그 말이 맞다는 생각이 듭니다. 한국은 작지만, 강한 나라입니다. 민족의 자질이 우수하다는 생각이 듭니다."

"예, 감사합니다. 여러분의 말씀, 많은 도움이 되었습니다. 잘 정리해서 신고, 신문 보내드리도록 하겠습니다. 다시 감사드립니다. 안녕히 계십시오."

남자 기자가 마무리를 지었다.

"더운데 재형 씨는 괜히 고생만 했네."

모두 흩어지고 단둘이 되자 리옌링이 미안쩍은 듯 말했다.

"아니야. 중국 학생들이 한국을 어떻게 생각하는지 그 속마음을 다소나마 알게 된 좋은 기회였어. 중국사람들은 쉽게 속마음을 잘 안 내보이잖아."

"아까 동북공정 얘기 나왔을 때……." 리옌링이 송재형의 손을 잡으며, "재형씨한테 너무 미안하고 면목 없었어." 그녀는 목소리가 가라앉는 듯 변하며 송재형의 손을 꼭 잡았다.

"아니 괜찮아. 중국의 그런 처사는 분명히 기분 나쁘고 속상하지만, 우리 둘의 관계와는 아무 상관도 없어. 서양 언론과 역사학자들까지 비웃는 그런 역사 왜곡 행위가 우리 사랑에는 아무런 영향도 끼칠 수가 없어. 옌링, 아무 걱정 하지 마. 그건 그거고, 우리 사랑은 우리 사랑이야."

송재형은 맞잡고 있는 리옌링의 보드랍고 작은 손이 으스러지라고 꼬옥 쥐었다.

"재형 씨……."

리옌링의 목소리가 눈물에 젖은 듯했다. 송재형은 반사적으로 리옌링에게 눈길을 돌렸다. 정말 리옌링의 눈에는 눈물이 글썽해져 있었다.

"옌링!"

송재형은 그녀를 와락 끌어안았다. 그가 끌어당기는 힘에 얹혀 그녀가 먼저 그의 입술을 덮었다. 그들에게 더 진하게 키스하라는 듯 그늘을 짙게 드리운 나무에서 매미가 자지러지게 울음을 뽑아내고 있었다.

송재형은 사흘 동안 역사탐방에 필요한 자료들을 준비했다. 이번 역사탐방은 다른 때와 달리 준비할 것이 많았다. 역사탐방이 끝나고 간단한 감상 토론회만 하는 것이 아니었다. 이번에는 본격적인 세미나가 기다리고 있었다. 그것도 자기네 사학과만 하는 것이 아니었다. 난징에서 제일가는 난징대 학생들과 함께 하는 것이었다. 난징대 학생들인 것도 문제인 데다가, 난징대학살기념관을 참관한 다음 난징대투사(남경대학살)에 대해 벌이는 세미나였다. 또 그 세미나는 특정한 발표자나 토론자 없이 모두가 발표자가 되는 특이한 세미나로 구성되어 있었다. 역사학도로서 난징대투사를 철저하게 인식하고 소화하자는 의도였다. 올해가 난징대투사 도발 75주년이었기 때문이다.

송재형은 일본이 난징대투사도 우리나라의 위안부 문제도 근본적으로 부인하고 나오는 그 행위를 표적으로 삼았다. 아예 사죄를 하지 않기 위해서 모든 범죄행위 자체를 부인하며, 피해자를 향해 객관적 자료를 내놓으라고 큰소리치는 것이 일본의 악랄한 전술이었다.

한국의 위안부 문제의 경우 피해 당사자인 할머니들이 직접 나서서 "강제로 끌려가 군인들의 성노예가 되었다"는 것을 증언하는 그것보다 더 생생한 객관적 자료가 어디 있는가. 그런데도 일본의 정치인들은 "강제로 끌어간 일이 없으니 그것을 입증할 수 있는 객관적 자료를 내놓으라"는 것이었다. 객관적 자료란 '서류'를 말하는 것이다. 그런데 그 서류는 어디 있는가. 그것은 일본의 비밀창고에 꼭꼭 숨겨져 있지 않은가.

그리고 난징다투사라는 "있지도 않은 일을 중국인들이 조작한다"고 억지소리를 계속해서 중국사람들을 분통 터지게 만들고 있었다. 일본 정치인들의 그 무도함이 어디서 비롯되고 있는지를 송재형은 이번 기회에 꼭 밝혀내고 싶은 욕구로 더위를 잊고 있었다.

베이징대 역사탐방팀 12명을 난징 기차역에서 맞이한 것은 난징대 사학과 학생들 20여 명이었다.

"여러분들께서 난징에 오신 것을 환영합니다. 우리 난징에는 일본 신문이 들어오지 못합니다. 물론 다른 나라 신문들은 예외입니다. 그리고 난징사람들은 말합니다. '대만과 전쟁이 붙으면 10위안은 내겠다. 그러나 일본과 전쟁이 붙으면 전 재산을 내놓겠다.' 이 정도면 난징사람들의 대일 감정이 어떤지 충분히 짐작하시리라 생각합니다. 난징다투사 75주년을 맞이하여 여러분과 함께 그 상처와 아픔을 상기하고 추모하게 된 것을 큰 기쁨으로 생각합니다. 먼저 짐을 푸신 다음 대학살기념관으로 바로 안내하겠습니다."

버스가 출발하자 난징대학 교수가 한 말이었다.

난징사람들의 칼날 같은 대일 감정에 송재형은 가슴이 서늘했다. 만만디보다 더한 중국사람들의 특색은 남의 일에 전혀 관심을 쓰지 않는 것이었다. 외국인이 대로상에서 강간을 해도 다 그냥 지나가고, 다섯 살배기 어린애가 이 차 바퀴 저차 바퀴에 갈려도 아무도 나서지 않고, 노인네가 인도에 쓰러져 숨을 헐떡거리며 죽어가도 모두 모르는 척 지나가버리고, 상점 주인이 "도둑놈 잡아라"며 뒤쫓아도 누구 하나 도와주지 않았다. 그리고 또, 중국사람들은 돈을 얼마나 무섭게 밝히는가. "차라리 목숨을 버릴지언정 돈을 놓치지 말아라" 하지 않는가. 그런 사람들이 "일본과 전쟁이 붙으면 전 재산을 내놓겠다"고 하다니! 그 시퍼런 증오는 감동이었다.

"대학살기념관에 안 가도 되겠어."

송재형은 귓속말을 했다.

"왜에……?"

리옌링의 눈이 커졌다.

"난징사람들이 일본에 대한 증오가 얼마나 크고 뜨거우면 '일본과 전쟁이 붙으면 전 재산을 내놓겠다'고 하겠어. 그것만 가지고도 일본놈들이 얼마나 잔혹하게 30여만을 학살했는지 증거가 충분하잖아."

"어머나, 그 말 일리가 있네. 어떻게 그런 기발한 생각이 떠올랐지? 그거 세미나 때 추가해도 좋겠어."

리옌링이 반색을 했다.

"그건 너무 과한 칭찬이야."

송재형은 쑥스러워하며 리옌링의 손을 살짝 잡았다.

"아니야, 그냥 칭찬이 아니야. 그런 집단적 분노와 증오는 뼈저린 공동체험 없이는 형성되지 않는 거야. 유태인들의 병적이다시피 한 국가 건설 욕망의 응집력이 나치 학살의 공동체험에서 비롯되었듯이 말야. 그건 명료한 제2의 증거가 되기에 충분해."

"알았어……."

"반응이 왜 그리 시원찮아? 추가 안 할 거야?"

"그게 그냥 떠오른 생각일 뿐이지 논리성이 약하잖아."

"어머나, 겸손하기는. 재형 씨가 안 쓸 거면 그럼 나한테 팔아."

"팔아……?"

"응, 꿈처럼 말야."

"무슨 소리라고. 그냥 가져."

"그건 안 돼. 돈을 주고받지 않으면 거래 성립 무효야. 받은 게 효과도 안 생기고."

"그건 리옌링표 미신인 모양이지?"

"좋아, 내가 샀어. 자, 돈!"

리옌링이 1위안짜리를 불쑥 내밀며 쿡쿡거렸다.

"아이구, 이런 거금으로 사주셔서 황공무지로소이다."

송재형이 두 손으로 돈을 받으며 머리를 깊이 조아렸다.

숙소에 짐들을 풀고 세수부터 했다. 밤기차를 탔기 때문이었다. 젊은 그들은 피로한 기색 없이 아침을 먹고 다시 버스를 탔다.

"지금부터 대학살기념관으로 갑니다. 저는 아무 말도 하지 않겠습니다. 무슨 말을 할수록 여러분들의 느낌에 방해가 될 뿐이기 때문입니다. 여러분들께서 충분히 보시고, 여러분들 나름대로 충분히 느끼시고, 그걸 세미나장에서 토로하여 주시기 바랍니다."

버스가 출발하자 난징대 교수가 한 말이었다.

대학살기념관 정문을 통과한 그들은 어리둥절했다. 드넓은 잔디밭에는 아무것도 없었다. 커다란 기념관 건물이 있어야 하는데 건물이라고는 찾을 수가 없었다. 있는 것은 단 하나. 검은색에 가까운 짙은 회색빛의 거대한 돌이 직삼각형 형상으로 솟아 있을 뿐이었다. 그 특이한 분위기부터 사람을 긴장시키며 압도하고 있었다. 그 심상찮은 분위기에 눌린 것인지 아무도 입을 열지 않았다. 묵묵히 앞사람을 따라 걸음을 옮길 뿐이었다. 30여만 명의 목숨을 총으로 쏘아 죽이고, 총검으로 찔러 죽이고, 일본도(日本刀)로 목을 쳐 죽이고, 목매달아 죽이고, 생으로 파묻어 죽이고, 불태워 죽이고, 강간하고 찔러 죽이고, 살껍질을 벗겨 죽이고……, 인간의 머리로 짜낼 수 있는 살인 방법을 총동원해 죽인 모습을 보여주는 대학살 기념관은 그렇게 의미심장한 모습으로 시작되고 있었다.

"한 가지만 말씀드리겠습니다. 이 자리는 천수백 구의 유골이 발굴된 만인갱(萬人坑)의 자리라서 기념관을 세운 것입니다."

건물이 없는 기념관의 입구로 들어서며 난징대 교수가 설명했다.

기념관은 기울기가 거의 느껴지지 않도록 땅속으로 들어가는 길을 따라 양쪽에 유리벽의 전시관이 이어지고 있었다. 전시물들을 보면서 한 걸음씩 옮길 때마다 땅속으로 들어가도록 만든 것은 대학살—죽음—지옥—무덤을 동시에 상징하는 설계였다. 왜 기념관 건물이 없었는지를 깨닫게 하는 거대한 추상조각품이었다. 그리고 예술적이고 철학적인 상상력까지 혼연일체가 되어 관람객을 일순간에 참혹한 역사의 현장으로 휘몰아 넣었다. 그 땅속 구조물은 현대 중국의 예술 수준이기도 했다.

촘촘히 전시되고 있는 수많은 자료들은 일본이 전차부대를 앞세우고 난징을 무자비하게 짓밟고 들어오는 것부터 여실하게 보여주고 있었다.

수많은 사진들은 일본군이 얼마나 많은 방법을 동원해서 사람들을 죽였는지 생생하게 증언하고 있었다.

비스듬한 둔덕에는 일본군 수십 명이 줄지어 서서 아래를 구경하고 있다. 그 아래서는 네댓 명의 일본군인이 팔을 뒤로 묶여 넘어지고, 웅크리고, 쪼그려 앉은 중국사람들을 향해 제각기 힘찬 폼으로 총검을 찌르고 있다. 그리고 그 뒤쪽에서는 새 중국사람을 끌어오고, 그 뒤로 총검을 비껴든 일본군이 둔덕을 내려오고 있다. 몇 초 후면 그 일본군이 또 끌려오는 중국사람을 향해 총검술 연습을 할 판이다.

일본군 20여 명이 둘러서 있다. 그들은 총을 들지 않았고, 서 있는 모습도 정연하게 줄을 선 것이 아니고 자유롭다. 어떤 병사는 바지 주머니에 두 손을 넣고 있고, 어떤 병사는 뒷짐을 지고 있고, 또 어떤 병사는 상의 주머니에서 무엇을 꺼내고 있다. 그들은 한가해 보이기까지 한 모습이었다. 그런데 그들의 눈길은 모두 아래를 향하고 있다. 그들의 눈길이 쏠리고 있는 그 아래, 구덩이에는 민간복을 입은 중국사람 넷이 팔을 뒤로 묶인 채 들어 있고, 뒤쪽으로는 흰옷을 입은 남자가 구덩이로 막 밀려들어오고 있다. 그 뒤로는 그 남자를 구덩이로 밀어 넣고 돌아서 가는 일본군의 뒷모습이 보인다. 그리고 구덩이 양옆으로는 구덩이를 만드느라고 파낸 흙이 수

북이 쌓여 있고, 오른쪽 흙더미에는 삽이 꽂혀 있다. 그러니까 일본군 20여 명은 편한 자세로 자유롭게 서서 곧 중국사람 다섯이 생매장 당하는 것을 구경하려는 것이었다.

한 남자가 무릎을 꿇고 앉아 있는데, 허리가 반으로 접힐 듯 굽고, 목이 이상하게 앞으로 뻗은 듯하다. 그 옆에는 군복 상의를 벗어 던지고 속옷 팔을 걷어붙인 일본군이 두 손에 잡은 일본도를 힘차게 내려치는 포즈를 취하고 있다. 그런데 일본도의 칼날은 꿇어앉은 남자의 턱 아래에서 파동 치는 흐린 영상으로 나타나 있다. 그건 이미 꿇어앉은 남자의 목을 치고 지나온 일본도의 순간적 속도감을 보여주는 것이었고, 그 남자의 목이 이상하게 앞으로 뻗은 듯한 것은 일본도의 칼날에 잘려 떨어지는 순간을 사진기가 포착한 것이었다. 그리고 그 뒤로는 일본군 수십 명이 둘러서 그 광경을 구경하고 있다.

머리가 짧은 젊은 남자가 상체를 절반쯤 드러낸 채 무릎을 꿇고 앉아 있다. 그 뒤에는 군복 상의를 벗고 조끼를 입은 일본군이 일본도를 곧추세워 들고 무릎 꿇은 중국남자를 노려보고 있다. 그런데 그 뒤에서는 군복을 입은 군인 셋이 허리에 팔을 걸치고, 뒷짐을 지고 서서 흔쾌하게 웃고 있다. 그 웃음소리를 배경음악 삼아 조끼 입은 일본군은 곧 일본도를 내려칠 참이다.

가시철조망이 얽혀 있는 통나무 위에 목이 잘린 남자의 머리통 하나가 올려져 있다. 감긴 눈은 움푹 패고, 광대뼈 불거진 살 없는 얼굴은 온통 피투성이다. 그런데 그 입에 반쯤 탄 담배꽁초가 꽂혀 있다. 그가 목이 잘리는 순간에 담배를 피우고 있었을까. 두 팔이 뒤로 묶여 무슨 수로 담배를 입에 물 수 있을 것인가. 아니면 그의 마지막 소원을 일본군이 자비롭게 들어준 것일까. 그렇다 해도 목이 잘려 머리통이 구르는데 담배가 입에 물려 있을 리가 없다. 일본군은 목을 쳐 죽이고, 머리통을 통나무에 올리고, 그 입에 담배꽁초를 꽂는 장난까지 친 것이다.

일본군 두 병사가 일본도를 지팡이처럼 세워 두 손 모아 짚고 거만스럽게 버티고 서 있다. 이 두 군인은 100명 목 베기 시합을 했다. '무카이 106, 노다 105—목표를 이미 넘어서 중국인 100명 목 베기 시합을 계속하고 있는 두 병사'란 제목으로 일본 신문이 보도한 기사였다.

양쯔 강 강가에 뒤죽박죽으로 뒤엉켜 쌓인 수백 구의 시체들이 널려 있다. 배경이 다르고 풍경이 다른 강가에 쌓인 시체 더미들을 보여주는 사진들이 수없이 많다. 헤아릴 수 없이 많은 사람들이 죽임을 당해 그렇게 쓰레기처럼 버려졌음을 보여주고 있다.

여자의 배꼽 아래 하체가 다 드러나 있다. 그런데 여자의 무릎까지 내려간 흰 속옷을 잡고 웃으며 일본 병사는 여유롭게 포즈를 취하고 있다. 승리감에 도취해 강간을 하고 기념사진까지 찍은 것이다.

치마는 배꼽 위로 걷혀 올려졌고, 속옷은 장딴지 아래로 내려와 있다. 그렇게 알몸을 드러낸 여자의 자궁에는 긴 막대기가 꽂혀 있다. 여자는 강간을 당하고 나서 그렇게 죽기까지 한 것이다.

어깨총을 한 일본군 두 명이 수십 명의 여성들을 줄줄이 끌어가고 있다. 뒤를 돌아보는 여성의 몸짓에는 두려움이 차 있다. 그 여성 바로 앞에는 열네다섯쯤 되어 보이는 앳된 소녀가 겁 질린 얼굴로 이쪽을 보고 있다. 모든 여성들은 공포에 질려 고개를 떨구고, 어깨를 움츠리거나, 몸을 웅숭그리고 걷고 있다. 그녀들은 어디로 끌려가고 있을까. 그녀들은 총구 앞에서 속수무책인 채로 끌려가 밤낮없이 윤간을 당해야 하는 '일본군 위안부'가 되었다.

그런 사진들은 모두 누가 찍은 것일까. 그 당시(1937년경) 사진기는 비행기나 자동차와 마찬가지로 귀하고 귀한 물건이었다. 그리고 사진기를 다루는 것이나, 사진을 현상해 내는 것이 특수기술로 대접받던 시대였다. 일본군이 난징을 점령했을 때는 장제스의 국민당 주력군은 모두 후퇴한 상태였고, 부자들도 그 뒤를 따라 자취를 감추어버렸다. 난징시에는 가난하고 권력 없는 서민들만 남아 있었다. 그런 그들 중에 사진기를 가진 사람이 있을 리 없었다. 그 사진들은 전부 일본군이 승전기념으로 찍은 것이었다. 그 필름이 현상을 위해 상하이에 있는 일본인 사진관에 보내졌고, 중국인 직원은 그 사진들을 주인 모르게 더 현상해서 세상에 알리게 된 거였다.

'한 장의 사진이 역사를 바꾼다.'

송재형은 그 사진들 한 장, 한 장 앞에 설 때마다 쟁쟁히 울려오는 말을 듣고 있었다. 사진은 그 어떤 변명도 거짓말도 용납하지 않는 가장 뚜렷한 증거였고, 가장 생생한 증언이었다.

기념관의 절정은, 얼마인지 모를 수많은 유골들이 서로 얽히고설켜 흙과 함께 뒤범벅되어 드러나 있는 것이었다. 그 생생한 모습은 말을 잃게 했고, 몸이 굳어지게 했고, 정신을 혼미하게 했고, 인간인 것이 부끄럽게 했고, 인간에 대하여 깊게 깊게 회의하게 했다.

"있지도 않았던 일을 중국이 조작, 날조하고 있다."

일본의 총리 몇몇이, 도쿄도 지사가, 유명 정치인들이 아무 거리낌 없이 해대고 있는 말들이 그 유골들 위의 유리박스에 부딪쳐오고 있었다.

그 깊이를 알 수 없는 역사의 무덤, 역사의 지옥여행을 끝내고 나왔을 때 대학생들의 얼굴은 침통하게 굳어져 있었고, 입들은 양쪽 턱에 이뿌리가 드러나도록 굳게 다물어져 있었다.

"여러분들께서는 역사학을 하는 우리의 존재 이유를 다시 한 번 깨닫고 확인하셨을 것입니다. 이제부터 식사하고, 세미나로 이어지겠습니다."

난징대 교수의 안내였다.

세미나는 오후 2시부터 시작되었다.

"지금부터 세미나를 시작하겠습니다. 오늘 이 자리는 기존 세미나와는 다르게 고정된 형식이나 틀이 없습니다. 자유롭게 서로의 느낌이나 감상, 의견들을 교환해 우리의 의식을 고양시켜 나아가는 데 뜻이 있는 것이니 이 모임에 얼마든지 다른 이름을 붙여도 좋습니다. 아무런 부담 느끼지 말고 여러분의 생각을 토로해 주시고, 그것이 토론으로 확대되는 것도 바람직한 일일 것입니다. 자아, 그럼 지금부터 순서 없이 편하게 말씀들 해주시기 바랍니다."

난징대 교수가 진행 방법을 다시 환기시켰다.

"다른 분들도 다 그랬겠지만 저는 기념관을 돌아보는 동안 내내 끓어오르는 분노와 증오를 억제하려고 애를 썼습니다. 그러면서 두 가지 문제를 동시에 생각했습니다. 저것들보다 더 명명백백한 증거가 어디 또 있을 수 있는가. 그런데 조작이고 날조라니! 그러면, 그런 파렴치한 인간들을 향해 우리는 무엇을, 어떻게 해야 하는가! 생전 처음 밥맛을 잃은 채 그 생각에만 골몰했지만 헛수고였습니다. 아무런 방법이 없었습니다. 그렇게 되니 풀 길 없는 분노만 더 끓어오르고, 그런 제가 허수아비 같아 허탈해지고, 비참해졌습니다. 여러분들은 무슨 방법이 있습니까? 저를 좀 구원해 주십시오."

한 남학생이 중국식의 진지함으로 분노를 토해 내는 목소리가 넓은 교실 안을 울려댔다.

모두의 얼굴이 더욱 침통해졌다. 아무도 발언을 잇지 못했다. 선풍기가 돌 뿐인 남방의 더위 속에 침묵이 깊어지고 있었다.

"예, 이 긴 침묵은 사학도인 여러분의 괴로움과 고통인 동시에 우리 중국 전 인민의 분노이고 아픔이기도 합니다. 우리는 이 침묵의 언어를 통해 민족이 겪은 괴로움과 고통을 우리의 영혼과 의식 속에 아로새기고자 이 자리에 왔는지도 모릅니다. 그것이 역사학도가 갖춰야 하는 기본자세고, 자각해야 하는 기본소임이기도 합니다. 자아, 논리적이고 합리적인 방법이 아니어도 좋습니다. 생각나는 것은 무엇이고 얘기하기 바랍니다."

베이징대 교수는 빙 둘러앉은 학생들을 넓게 바라보았다.

"일본은 우리 중국에서 3,500만 명, 다른 아시아 국가들에서 1,000만 명, 도합 4,500만 명을 희생시켰습니다. 그들 일본 인구의 절반을 죽인 것입니다. 그런데 정작 그들은 210여만밖에 희생되지 않았습니다. 물론 히로시마와 나가사키 원폭 피해자 17만 내지 20만을 포함시킨 것입니다. 그런데 그들은 자기네가 세계 최초의 원폭 피해자라는 것을 강조하고 강조해 대면서 자기들의 침략 만행을 희석시키고 은폐하려고 해왔습니다. 그 악랄함에 더해 그들은 저희들의 원폭 피해자보다 훨씬 더 많은 난징대투사를 조작이고 날조라고 악질적 발언을 일삼고 있습니다. 일본의 그런 오만방자함은 왜 나오는 것입니까. 그건 그들이 우리 중국을 1937년에 그랬던 것처럼 지금도 무시하고 멸시하기 때문에 맘 놓고 저지르는 것입니다. 우리는 이런 능멸을 속수무책으로 언제까지 당하고만 있을 것입니까. 일본이 우리에게 '조작이다, 날조다' 하는 것과 똑같은 방법으로 그들의 '원폭 피해 과장'을 희롱해 대는 방법은 어떨까요?"

그 학생은 강렬한 눈빛으로 좌중을 둘러보았다.

"그 방법을 가지고 있는 모양인데, 어서 말씀해 보시지요. 궁금합니다."

난징대 학생이 어서 말하라는 손짓으로 예의를 갖추었다.

"예, 특별한 건 아니고, 그들의 억지소리에 우리가 분하고 화가 끓어올라 어떻게 할 수 없는 것만큼 우리도 그들의 분을 지르고, 화가 끓게 만들자는 전략입니다. 거기에는 두 가지 방법이 있습니다. 첫째 원자폭탄 투하는 일본이 침략전쟁을 일으켰기 때문에 당연히 당해야 하는 자업자득이다. 우리도 이 말을 일본을 향해 끊임없이 계속 해대는 것입니다. 어떻습니까?"

"그거 좋소!"

누군가가 쿠렁한 소리로 화답하며 박수를 쳤다. 그러자 모두 박수를 치기 시작했다.

"두 번째는 뭐요?"

또 다른 목소리가 울렸다.

"예, 두 번째는 원자폭탄 투하는 미국이 태평양전쟁에서 한 일 중 가장 잘한 일이다, 하는 겁니다. 왜냐하면 그것을 쓰지 않았다면 그보다 네다섯 배 이상 불어날 수 있는 인명 피해를 막아주었기 때문입니다."

"그건 처음 듣는 견해인데, 독특하고 기발하긴 한데, 자칫 잘못하면 국제적인 비난이나 공격을 받을 위험이 있지 않을까 싶습니다. 좀 구체적으로 설명을 해주셨으면 합니다."

난징대 학생의 의견이었다.

"예, 그 이유를 설명하겠습니다. 제가 조사한 바에 따르면, 일본의 패색이 짙어져가던 1945년 2월 열린 어전회의에서 고노에 총리는 일왕 히로히토에게 사실상 항복을 뜻하는 화평의 결단을 건의했습니다. 그러나 히로히토는 '다시 한 번 전과를 올린 후에 결단해도 늦지 않다'며 거부했습니다. 그렇게 되자 일본방위총사령관은 '결호작전'이라는 것을 성안했습니다. 그건, 연합군의 상륙이 유력한 본토 6곳과 본토 밖 1곳에서 최후의 결전을 벌인다는 작전계획이었습니다. 그 1호는 홋카이도였고, 7호는 한국의 제주도였습니다. 미군의 오키나와 상륙이 임박한 3월, 일본군은 그 '결7호' 작전계획을 확정하고 그 수행을 위한 58군, 7만 5천여 명의 병력을 배치했습니다. 그런데 오키나와에선 미군의 상륙작전에 맞서 일본군의 결사 항전이 벌어지고 있었습니다. 3개월에 걸친 그 전투에서 미군 1만 2천 명, 일본군 6만 5천 명, 그리고 민간인이 22만여 명 죽었습니다. 우리는 여기서 민간인들의 죽음을 주목해야 합니다. 일본군은 미군의 손에 죽느니 천황폐하를 위해 우리 스스로 깨끗이 죽자는 '옥쇄'를 주민들에게 강요한 것입니다. 주민들은 부모가 자식을, 자식이 부모를, 이웃이 이웃을 살육해야 했습니다. 그것을 거부하면 학살당해야 했습니다.

오키나와가 함락되자 제주도의 58군은 서남부에 화력을 집중시켰습니다.* 오키나와를 출발한 미군이 일본 본토를 공격하기 위해서는 제주도를 반드시 통과해야 하기 때문입니다. 여러분은 여기서 주시해야 합니다. 그 당시 제주도의 인구는 20여만이었습니다. 일본군은 여기서도 틀림없이 옥쇄를 강요했을 것입니다. 그것은 그들의 불문율이었으니까요. 오키나와와 같은 비율로 따진다면 일본군 5~6만에, 조선인 15만, 도합 20여만 명이 또 죽어갔을 것입니다. 그리고 미군이 본격적으로 일본 본토에 상륙작전을 개시하게 되면 또 몇십만 명이 죽게 될 것이고, 일본군 대본영이 있는 도쿄까지 진격하는 동안에 또 몇십만 명이 죽게 될 것입니다. 이것은 역사에서 용납하지 않는 '가정법'이 아닙니다. 원자폭탄이 투하되지 않았더라면 일본왕의 고집에 따라 필연적으로 100만 명 이상, 200~300만까지 희생이 야기될 수밖에 없는 상황이었습니다. 역사 인식에서 이 점을 간과해서는 안 되리라고 생각합니다. 이상입니다."

"아, 그것 참 탁견이오."

"그거 박사학위 논문감이오."

이런 외침과 함께 박수가 터져 나왔다.

"그것 참 새로운 인식과 분석입니다. 오늘 우리 모임의 의미를 잘 살려주는 한 가지 수확이라고 생각합니다. 좀 더 치밀하고 확고한 논리로 정리하기를 바랍니다."

난징대 교수가 격려를 보냈다.

리옌링이 송재형에게 재빠르게 쪽지를 건넸다.

— 이제 재형 씨가 발언해.♡

쪽지에 적힌 문구였다.

그렇지 않아도 기회를 보고 있던 참이라 송재형은 손을 들며 일어섰다.

"저는 한국 유학생으로서 난징대학살기념관을 보고 크게

놀란 것이 몇 가지 있습니다. 첫째 책이나 자료들을 통해서
본 것보다 일본이 훨씬 더 잔악하게 학살을 감행했다는 사실
을 확인하는 충격이었습니다. 둘째 그렇게 많은 확실한 증거
들 앞에서 일본사람들이 얼마나 무서운 파렴치한들이고 악
질적인 존재들인가를 확인하며 새롭게 놀라게 되었습니다. 셋
째 우리 한국사람들만 36년 동안 모진 고초를 당한 줄 알았
는데 중국사람들도 상상하기 어려운 고통을 당했다는 사실
에 놀라게 되었습니다. 넷째 생각보다 훨씬 많은 자료들을 보
면서 역사 보존에 대한 중국인들의 높은 인식과 관심이 무척
감동적이었습니다. 참관기는 이것으로 줄이고, 다음은 진정
한 사죄를 끝내 거부하고 있는 일본에 대한 저의 견해를 말
씀드리고자 합니다.

저는 일본이 왜 독일식의 진정한 사죄를 하지 않고, 뻔뻔스
럽게 망언을 일삼고 있을까. 정신상태가 어떻게 되었으면 그
럴 수 있을까. 어째서 언행이 그 모양일까. 그 원인은 무엇일
까. 그런 생각을 하며 그 이유나, 그 뿌리를 밝혀내고 싶었습
니다. 그런데 이번 탐방을 계기로 그것을 밝혀낼 근거를 찾은
것 같습니다. 이제부터 그 말씀을 드리고자 합니다. 그런데
여러분께 먼저 한 가지 사실을 확인할 것이 있습니다. 일왕은
1945년 8월 15일 항복문을 발표했습니다. 여러분들께서는 그
항복문을 다 아시는지요?"

송재형은 사람들을 둘러보았다. 그런데 사람들은 아무 반응이 없었다. 그 뜻밖의 반응이 송재형은 오히려 반가웠다. 그들이 모르고 있어야만 자신이 할 말이 더 가치 있게 되기 때문이었다.

"예, 제가 찾는 해답이 거기에 감추어져 있었습니다. 그것을 확실히 보여드리기 위해서 그 항복문을 제가 낭독할 수 있었으면 합니다. 시간은 길지 않고, 한 4~5분 정도 걸릴 것입니다. 어떻게 생각하시는지요?"

"좋습니다."

"예, 이런 기회에 들어보는 것이 의미 있는 일이지요."

"예, 감사합니다. 그럼 낭독하겠습니다."


오늘날 세계의 대세와 우리 제국이 처한 조건을 깊이 숙고한 결과 짐은 비상수단에 의지해 현재의 상황을 해결하기로 결정했노라.

짐은 우리 정부에 공동선언 조항을 수락하기로 했다는 뜻을 미국, 영국, 중국, 소련 정부에 통고하라고 지시했다.

우리 백성의 안전과 안녕뿐만 아니라 만국의 번영과 행복을 위해 노력하는 것은 우리 황실에 대대로 내려오는 엄숙한 의무인바 짐은 그 의무를 마음 깊이 새기고 있노라.

실로 짐은 일본의 자존과 동아시아의 안정을 확보하려는

진심 어린 바람에서 미국과 영국에 전쟁을 선포했을 뿐 다른 나라의 주권을 침해하거나 영토를 확장하려는 생각은 추호도 없었다.

그러나 이제 전쟁은 근 4년을 끌어왔다. 그동안 짐의 육군과 해군은 전쟁터에서 용맹하게 싸웠고, 국가의 종복은 근면을 아끼지 않았으며, 짐의 1억 백성도 섬김에 소홀함이 없었다. 다들 최선을 다해왔으나 세계의 대세 또한 일본의 이익과 반대로 돌아가고 있다.

더욱이 적은 잔인하기 짝이 없는 폭탄을 새로이 사용해 무고한 생명을 무시로 빼앗기 시작했으니 그 피해가 실로 어디까지 갈지 헤아릴 수 없구나. 이 이상 교전을 계속한다면 일본한 나라의 파괴와 소멸로만 끝나는 것이 아니라 인류 문명 전체의 절멸로 이어질 것이니라.

상황이 그렇게 된다면 어떻게 짐의 1억 백성을 구할 것이며, 또 무슨 낯으로 황실 조상님들의 신위를 뵈옵겠는가? 이것이 짐이 정부에 열강의 공동선언 조항에 응하라고 지시한 연유다.

짐은 제국과 합심하여 시종 동아시아의 해방에 힘써온 동아시아의 동맹국들에 심심한 유감을 표하지 않을 수 없다.

전쟁에서 다쳤다거나 제 본분을 다하다 죽은 장교와 사병뿐만 아니라 그 유족을 생각하면 짐의 가슴은 밤이나 낮이나 고통을 가늘 길이 없다.

짐이 가장 염려하는 바는 부상자와 전쟁 피해자, 집과 호구지책을 잃은 사람들의 후생복지다. 금후 제국에 닥칠 고난과 시련은 분명히 녹록지 않을 것이다.

짐은 그대들, 짐의 백성들 속내를 모르는 바 아니다. 그러나 짐은 시운의 지시를 받아들여 어차피 불가피하다면 아무리 감당할 수 없는 고난이라 해도 인고하고 또 인고해 만세에 태평성대를 위해 길을 닦기로 다짐하였노라. 지금까지도 제국의 근간을 구하고 유지해 온바 그대들의 한결같은 충정을 믿기에 짐은 항시 그대들과 함께 있다.

행여 감정이 격발해 공연히 일을 복잡하게 만들거나 형제끼리 의견이 달라 갑론을박하며 소요를 조성해 정도에서 벗어나 헤매다 끝내 세계의 신의를 저버리는 일이 없도록 각별히 유의하라.

각자 책임이 막중하고 갈 길이 멀다는 것을 명심하고 신령스러운 땅의 불멸을 항시 믿으며 세세손손 한 가족으로 지내라. 장래를 건설하는 데 총력을 기울이라. 정직하고 고결한 품성을 도야하며 굳은 의지로 밀고 나가 제국의 영광을 드높이고 진보하는 세계와 어깨를 나란히 할지어다.

"아니, 항복문에 '항복'이라는 말이 단 한 번도 안 나오잖아요."
어떤 학생이 격한 목소리에 맞춰 볼펜으로 허공을 찔렀다.

"예, 바로 그 점입니다. 핵심을 찌르셨습니다."

송재형이 그 학생에게 의미 깊은 웃음을 보냈다.

"그리고 또 한 가지, '동아시아의 안정을 확보하려는 진심어린 바람에서……' 그 다음을 다시 한 번 읽어주시기 바랍니다."

다른 학생이 상기된 얼굴로 목소리가 떨리고 있었다.

"예, '동아시아의 안정을 확보하려는 진심어린 바람에서 미국과 영국에 전쟁을 선포했을 뿐 다른 나라의 주권을 침해하거나 영토를 확장하려는 생각은 추호도 없었다' 이상입니다."

"아니, 다른 나라의 주권을 침해하지 않았다고?"

그 학생이 책상을 내리쳤다.

"또, 영토를 확장하려는 생각은 추호도 없었다고? 아아, 어찌 이럴 수가 있지."

다른 학생이 거친 숨을 토해 냈다.

"예, 두 분께서 제가 여러분과 함께 확인하고 싶었던 두 번째 문제점을 정확히 지적해 주셨습니다. 그리고 세 번째 문제점이 또 있습니다."

송재형은 찬찬히 좌중을 둘러보았다.

"그렇습니다, 또 하나의 문제점은 항복하는 자로서 피해를 입힌 나라들을 향해 사죄는 단 한마디도 하지 않고 애매모호한 소리를 엉뚱하게 지껄이고 있는 점입니다. 그 대목, 동아시아의 동맹국 운운한 데를 다시 한 번 읽어주십시오."

또 다른 학생이 요청했다.

"예, 짐은 제국과 합심하여 시종 동아시아의 해방에 힘써온 동아시아의 동맹국들에 심심한 유감을 표하지 않을 수 없다."

송재형이 단어 하나 하나씩을 꼭꼭 씹듯이 또박또박 읽어 나갔다.

"저게 도대체 무슨 소립니까. 무릎을 꿇고 백배 천배 사죄를 해도 모자랄 판에 저따위 개에……, 아닙니다. 저따위 뻔뻔스러운 소리나 지껄이고 있다니, 저건 파렴치함과 비양심의 극치 아닙니까."

"예, 그렇습니다. 이제 알았습니다! 그동안 일본 정치인들이 진심의 사죄는 전혀 하지 않고 왜 줄줄이 망언들을 일삼아왔는지 말입니다. 바로 왕이 보인 시범을 그대로 따라서 한 것 아닙니까."

"예, 바로 그것입니다. 저는 그 세 가지 사실을 여러분들과 함께 확인하고 싶어서 일왕의 항복문을 군이 낭독한 것입니다. 일왕은 항복문을 통해 일본 정치인들과 일본 국민들에게 일종의 가이드라인을 정해준 것입니다. 그러므로 앞으로도 일본 정치인들은 절대로 사죄하지 않을 것이며, 한국의 종군위안부나 중국의 난징대투사에 대해서도 망언을 계속할 것입니다. 그러므로 우리 한국과 중국은 역사적 동반자, 동지로서 강력하게 공동대응해 나가야 한다는 사실을 제의하고자 합니다."

"아, 아주 탁월한 발견입니다."

베이징대 교수가 칭찬했다.

"아, 한국 유학생이었군요. 중국어도 잘하고, 착상도 기발하고, 그 제의를 적극적으로 환영합니다."

난징대 교수가 박수를 치기 시작했다. 모두 그 박수를 따라서 쳤다. 특히 리엔링은 송재형을 응시한 채 그 누구보다도 열렬하게 박수를 치고 있었다.


베이징에서 반일 시위는 날마다 벌어지고 있었다. 일본 정부가 센카쿠열도(중국명 댜오위다오)에 대한 국유화 조처를 마무리한 9월 11일 중국 정부는 해양감시선을 파견하는 등 강력한 대응에 나섰다. 그걸 계기로 중국의 큰 도시에서는 바로 일본을 규탄하는 반일 시위가 벌어졌다. 그 시위의 물결은 날마다 거세지며 전국 중소 도시로 퍼져나가기 시작했다. 텔레비전과 신문들은 여러 곳의 시위 상황을 생생히 보도하고 있었고, 공안들은 멀찌감치 떨어져서 시위대를 지켜보고만 있었다. 시위는 넓게 퍼지고 있는 것만이 아니었다. 시간이 갈수록 산불의 기세가 맹렬해지듯 시위도 날이 갈수록 점점 더 격렬해지고 있었다.

시위가 100여 개 도시로 확대되면서 일본 국기인 일장기가 짓밟히는가 하면, 제국주의 침략의 상징인 욱일승천기가 불태워지고 있었다. 그리고 시위대들은 약속이나 한 것처럼 대사관과 총영사관을 목적지로 삼았다. 시위대는 그저 "댜오위댜오는 중국땅!" "일본은 망동을 사죄하라!" 구호만 외치려고 그곳에 가는 것이 아니었다. 구호와 함께 물이 반쯤 든 플라스틱 병이나 계란을 내던지는 팔운동을 시원스레 해대고 있었다.

그런 시위대의 격렬함에 놀란 일본기업들이 잇따라 휴업을 했다. 사원들이 출퇴근을 하다가 무슨 일을 당하게 되는 것을 막으려는 것이었다. 그리고 일본 상품을 전문으로 파는 상점들도 장사를 포기하고 문을 닫았다. 눈에 잘 띄는 대로상에 있으니 언제 흥분한 시위대의 공격을 당할지 모를 일이었다.

"재형 씨, 재형 씨, 빨랑 가, 빨랑!"

리옌링이 송재형의 방으로 뛰어들며 숨 가쁘게 외쳤다.

"왜 이래……?"

컴퓨터에 매달려 있던 송재형이 멀뚱하게 리옌링을 쳐다보았다.

"응, 오늘이 우리 중국 국치일 81주년이야. 그래서 사학과 학생들 전부가 반일 시위에 나서기로 했어. 그러니까 재형 씨도 가야잖아. 재형 씨가 제의한 '역사적 동반자, 역사적 동지'의 역할을 하기 위해서 말야."

"그래, 가야지!"

송재형이 벌떡 몸을 일으켰다.

1931년 9월 18일 일본은 만주사변을 일으키며 중국 침략을 시작했다. 중국은 그날을 국치일로 삼고 있었다.

"어머, 재형 씨 멋져. 정말 약속을 지키네. 만약 일본이 한국 독도에 무슨 짓을 하고 나서면 나도 재형 씨와 함께 시위에 나설게."

"그래, 고마워. 빨리 나가자."

두 사람은 손을 맞잡고 밖으로 뛰쳐나갔다.

시위대의 물결은 엄청났다. 일본 대사관을 향해 갈수록 사람들의 수는 점점 더 불어나 차도까지 다 점령하고 말았다.

"댜오위다오를 사수하자!"

"일본에 경제 제재를 총동원하자!"

시위대의 거센 기세만큼 구호의 외침도 어기찼다.

"시위는 한국이 세계 최고잖아."

구호를 외치고 나서 리옌링이 불쑥 말했다.

"그걸 어떻게 알아?"

송재형이 놀라 리옌링을 쳐다보았다.

"그 유명한 붉은 악마의 응원도 시위 때의 단결력이 다시 나타난 거라고 하던데."

"하이고, 모르는 게 없어요, 우리 리옌링은."

218

"당연하지, 정인의 나라고, 장차 남편의 나란데."

"아이구, 요런……."

송재형은 깨물고 싶도록 귀엽다는 듯이 리옌링의 붉은 볼을 꼬집는 시늉을 했다.

"아, 아, 저기 일본 대사관!"

리옌링이 앞을 가리키며 소리쳤다.

언제부터였는지 일본 대사관 앞 7차로는 시위대로 완전히 차 있었다.

"댜오위다오는 중국땅!"

"일본은 댜오위다오를 넘보지 마라!"

구호가 뜨겁게 폭발하며 사람들이 여기저기서 대사관을 향해 무엇인가를 던지고 있었다. 플라스틱 물병과 계란이었다.

"우린 던질 게 아무것도 없네."

송재형이 빈손을 내려다보았다.

"걱정 마, 여기."

리옌링이 비껴 멘 작은 가방에서 계란을 내보이며 쌩긋 웃었다.

"하이고, 하여튼 우리 리옌링은 못 말려." 송재형은 또 사랑의 감정을 한껏 표하고는, "일본놈들에게 계란 세례를 퍼붓기에는 계란이 너무 아까워." 그는 계란을 손안에서 굴리며 말했다.

"그래서 내가 짝퉁을 사왔잖아."

리옌링이 냉큼 말을 받았다.

"정말이야?"

"그럼. 그러니까 아까워하지 말고 마구 던져."

"정말 리옌링, 끝내준다. 그래, 오랜만에 팔운동 좀 해보자."

송재형이 가슴을 펴며 팔을 휘저었다.

대사관이 점점 가까워지고 있었다.

"댜오위다오는 중국땅! 독도는 한국땅!"

송재형이 목 터져라 구호를 외치며 계란을 던졌다.

"독도는 한국땅! 댜오위다오는 중국땅!"

리옌링도 카랑카랑하게 구호를 외치며 계란을 내던졌다.

# 배신 속의 배신

"일개 사원도 아니고, 사장이 모른다고 하면 말이 돼요? 그 말을 누가 믿겠소."

수사관이 그 표정과 어조와 눈초리로 계속 위협을 가했다.

"글쎄 저는 설계와 건축 전담이었기 때문에 경영은 아무것도 모른다니까요. 자기가 맡은 분야 외에는 전혀 모르는 것, 그게 골드 그룹 조직의 특색이었습니다. 전체를 아는 건 회장 하나였습니다."

앤디 박은 목이 말라 마른침을 삼켜가며 하소연하듯 말했다.

"업무 분담은 그렇다 하더라도 이런 엄청난 사건을 회장이 벌였는데 사장이 사전에 몰랐다는 게 상식적으로 말이 되느

냐 그거요. 당신이 거짓말하는 거지. 바른대로 대! 그 음모를
언제부터 꾸민 거요?"

"아, 정말 답답합니다. 천 번, 만 번 물어도 저는 모르는 일
입니다. 저도 지금 저를 공사 현장에 버려두고 자기 혼자만
중국을 떠나버린 회장한테 너무나 큰 배신감을 느끼고 있습
니다."

앤디 박은 자신의 점퍼 앞가슴을 쥐어뜯었다.

"당신이 그런 식으로 연극한다고 우리가 속을 것 같애? 여
기 잡혀 들어오면 어느 놈이고 그런 식으로 연극을 하지. 자
아, 좋게 말할 때 순순히 털어놔요. 당신을 계속 신사적으로
대하는 건 당신이 그나마 미국 국민이기 때문이오. 그렇지 않
았으면 진작에!"

수사관은 손가락 끝에 들고 까딱까딱 흔들어대던 앤디 박
의 여권으로 책상을 내리쳤다.

그 서슬에 앤디 박은 소스라치게 놀라 엉덩방아를 찧었다.

"저는 지금 저를 버리고 떠난 우리 회장보다 중국 공안이
더 원망스럽습니다."

앤디 박은 겁 질린 순한 얼굴을 곧 울 것처럼 찌푸렸다.

"중국 공안이 더 원망스럽다니 그게 도대체 무슨 소리요?"

수사관의 눈초리가 더 날카로워졌다.

"중국 공안은 모르는 게 아무것도 없다고 소문이 파다하더

니 어째서 우리 회장이 '계획부도'를 내고 도주한 것은 모른 겁니까. 그런 부당한 행위를 미리 파악해 막지 못하고 아무 상관도 없는 사람을 잡아다가 이리 괴롭히니 어찌 공안이 원망스럽지 않을 수 있습니까."

수사관은 좀 당황한 기색으로 앤디 박을 뚫어지게 쳐다보았다. 앤디 박의 말의 진실 여부를 판가름하려는 예리한 눈초리였다.

"당신하고 마지막 만난 게 언제요?"

"예, 시안 현장에서 4개월쯤 전입니다."

"그때 용건이 무엇이었소?"

"공사를 빨리빨리 하라는 것이었습니다."

"그게 바로 계획부도를 진행시키는 과정이었소. 그런데도 아무 눈치도 못 챘단 말이오?"

"예, 공사를 빨리빨리 진행시키라고 하는 건 어느 건설회사나 입에 달고 사는 소립니다. 공기 단축은 바로 돈이기 때문입니다. 그래서 예사로 들어 넘긴 겁니다."

"좋소. 당신이 전혀 몰랐다고 칩시다. 이 사건이 어쩔 수 없이 수사 종결이 되고, 당신이 풀려나기를 기다려 그쪽에서 연락하면, 당신은 또 그쪽으로 합류할 거 아니오."

"그런 인격 모욕의 발언은 삼가주시기 바랍니다." 앤디 박은 못내 불쾌한 기색으로 수사관을 직시하고는, "저는 그런 부당한 방법으로 인생을 살고자 하지 않습니다. 저는 사업가가 아니라 건축가이기 때문에 그런 비양심적인 방법으로 돈 버는 게 생리에 맞지 않습니다. 안 믿으셔도 어쩔 수 없습니다만, 제가 평소에 그런 부당한 행위를 싫어했기 때문에 저에게 더욱 비밀로 했을 수도 있습니다." 그는 진지하게 말했다.

"당신은 돈이 싫소?"

"아닙니다. 돈을 좋아합니다. 돈은 소중한 것입니다. 그러나 과하게 욕심부리지 말고, 열심히 일해서 바르게 벌자는 것을 신조로 삼고 있습니다. 왜냐하면 저는 제 능력껏 일하면 제가 원하는 만큼 풍족하게 살 수 있기 때문입니다. 저는 사업가가 아니라 건축가이기 때문에 돈보다는 제가 설계해 내는 작품을 더 소중하고 값지게 생각합니다."

"그럼, 이번 일을 저지른 당신네 회장을 어떻게 생각하시오?"

"글쎄요……, 크게 실망했고, 그럴 수 있다는 생각이 들기도 합니다."

"그게 무슨 소리요?"

"예, 우리 회장은 아주 영리하고 능력도 남다릅니다. 또한 사업가답게 돈에 대한 욕망도 끝이 없습니다. 그리고 그 욕망을 채우기 위해선 이번 일 같은 것도 저지를 수 있는 기질도 갖고 있습니다. 이런 말 죄송합니다만, 이미 알고 계실 테니까 그냥 하겠습니다. 사업가는 양심이 없어야 한다는 말이 있는데, 그들은 그런 행위를 별로 큰 죄라고 생각하지 않습니다. 우리 회장도 아마 그런 마음으로 이번 일을 저질렀을 겁니다."

"어쨌거나 당신이 아무것도 몰랐다고 하더라도, 거기 시안의 공사 피해가 얼마나 큰지 알아요?"

"예, 잘 알고 있습니다."

"그 피해에 대한 책임은 당신네 회장뿐만 아니라 사장인 당신한테도 있다는 걸 알고 있소?"

"……."

"알고 있소, 없소?"

"있습니다."

"됐소. 오늘은 여기까지만 합시다."

수사관은 피곤한 듯 기지개를 켰다.

앤디 박은 다시 유치장에 갇혔다. 그는 마룻바닥에 털퍽 주저앉으며 뒷머리를 벽에 기댔다. 몹시 피곤했다. 몸보다는 마음이 훨씬 더 피곤했다. 왕링링이 계획부도를 내고 태평양을 건너가버리다니……. 참으로 믿을 수 없는, 꼭 꿈을 꾸고 있는 것만 같아서 전혀 현실감이 없었다.

그러나, 수사관한테 말한 것처럼 왕링링이니까 그런 일을 과감하게 저질러버릴 수 있는 일이기도 했다. 그녀의 다양한 기질 속에 그럴 수 있는 요소는 이미 깃들어 있었다.

그녀는 공작처럼 화려한 자태를 뽐내면서, 암사자의 카리

스마를 지니고, 늑대같이 영리하고, 사슴처럼 눈치 빠르면서, 여우 같은 교활까지 갖추고 있지 않았던가. 그 여우 같은 교활이 문제였다.

왕링링이 저지른 이번 사태로 앤디 박이 받은 충격은 한두 가지가 아니었다. 첫 번째 충격이야 당연히 그녀가 계획부도를 내고 중국을 탈출해 버렸다는 것이었다. 그다음에 닥친 충격이, 중국을 더 이상 얻을 게 없는 먹이로 취급했다는 사실이었다. 늑대같이 영리하고, 사슴처럼 눈치 빠른 그녀는 중국의 어느 면을 보고 등 돌릴 결단을 내렸던 것일까. 자신을 포함한 사장단들은 으레 앞으로 20년을……, 아무리 짧아도 10년은 파먹을 수 있는 노다지라고 생각해 오지 않았던가. 그리고 세 번째 충격이 저 머나먼 시안이라는 내륙도시의 공사 현장에 자신이 무참히 버려졌다는 사실이었다. 암사자의 카리스마는 그렇게 냉혹했다. 암사자는 새끼를 낳으면 젖을 빨리기 전에 새끼들을 벼랑에서 내던진다. 그리고 살아서 돌아오는 놈들에게만 젖꼭지를 물린다. 정글의 적자생존에서 살아남을 수 없는 허약한 놈은 아예 키우지를 않는 것이다. 이번 사태에서 사장단 중 몇 명이나 그녀의 젖꼭지를 물고 태평양을 건너간 것일까……. 사장단 20여 명 중에 자신은 어차피 1차 탈락 대상이었을 것이다. 자신 정도의 건축가는 미국 땅에 수없이 널려 있었다. 그리고 네 번째 충격이 자신의 둔

감이었다. 일이 터지고 나서 생각하니까 그 일은 표면적으로만 '갑자기' 터진 것이었고, 내용적으로는 이미 오래전부터 치밀하게 계획되어 온 것이라는 사실이 뒤늦게 짚여지는 것이었다. 시안의 일을 따내고, 공사를 서둘러댈 때부터 벌써 사건은 꾸며지고 있었는데 그 낌새를 눈치채지 못했던 것이다. 자신은 천상 건축미에나 골몰하고 집착하는 멍한 건축가일 뿐이었지 먹이를 향해 민첩하게 돌진하고, 기민하게 물고 튀는 정글투쟁에는 전혀 어울리지 않는 위인이었다.

앤디 박은 '계획부도'라는 말을 얼핏얼핏 들었을 뿐 그것이 자신 앞에 현실로 들이닥치리라곤 상상조차 해본 일이 없었다. 고의로 부도를 내는 건 돈을 미리 빼돌리는 것인데, 왕링링이 제아무리 영리하고 똑똑하다 해도 그 일을 혼자 했을 리가 없었다. 그러기에는 골드 그룹의 재산은 너무나 많았다. 자신은 그저 주먹구구로 계산하는 것이지만 그 재산은 '어마어마한 규모'일 것이 틀림없었다. 중국 대도시들이 미친 듯이 초고층 빌딩들을 지어댄 최대 호황기에 10년 넘게 실패라곤 한 번도 없이 승승장구했으니까 더 말하여 무엇하랴. 그 엄청난 돈을 빼돌려 계획부도를 성공시킨 데 동원된 사장은 누구누구였을까.

제일 먼저 떠오른 것이 쿠퍼 사장이었다. 그는 왕링링과 함께 그룹 전체의 경영을 총괄하는 사장이었다. 그는 제2인자인 동시에 왕링링이 가장 신임하는 존재였다.

그 다음에는 쿠퍼 사장처럼 퍼뜩 떠오르는 얼굴이 없었다. 앨범을 한 장, 한 장 넘기듯 사장들의 얼굴을 한 사람씩 떠올려나갔다. 모두가 왕링링이 벌인 호화로운 워크숍에서 선택된 하버드와 버클리의 인물들이었다. 그러나 그 역할을 보아 쿠퍼 사장처럼 딱 짚이는 사람이 얼른 나타나지 않았다.

열서너 명의 얼굴을 보내고 있는데 '돈을 빼돌렸다'에 딱 일치되는 사람이 잡혔다. 홍콩 증권회사 사장이었다. 홍콩 금융가는 중국의 경제신화와 함께 뉴욕의 월가와 어깨를 나란히 하게 되었고, 홍콩의 증권시장도 한여름의 짙푸른 숲처럼 싱싱한 기세로 출렁거리는 돈의 바다였다. 그 금융가와 증권가를 통해서 온갖 종류의 돈들이 들고난다는 것은 누구나 다 아는 일이었다. 바로 그 사람, 홍콩 증권회사 토머스 사장이 나섰을 것임은 의심의 여지가 없었다.

그들 세 사람이 뜻을 모았다면 그보다 더 좋은 삼총사는 없을 것이다. 그렇다면 쿠퍼 사장과 토머스 사장은 왕링링의 양쪽 젖꼭지를 하나씩 물고 태평양을 건너가고, 나머지 사장들은 전부 자신과 같은 꼴이 되었다고 보아야 했다. 아니, 혹시 다른 필요에 의해서 한두 명이 더 구제되었을 수도 있었다.

'구제……'

앤디 박은 이 말을 씹으며 쓰디쓰게 웃었다. 그러면서 그는 스스로에게 물었다. '너는 구제되었기를 바라냐?' 급박한 상황에서 전혀 그럴 리가 없었겠지만, 만약 왕링링이 가끔 단둘이 저녁식사를 했던 그런 식으로 선심을 써서 동행하자고 했으면 어쩔 것인가⋯⋯. 계획부도, 그 음모를 알았다면 결코 동행하지 않았을 것이다. 그 마음이 거짓 없는 진정인 것은 스스로에게 자신이 있었다. 그러나 다 부질없는 가정이었다. 그 잔인한 음모를 꾸미는 왕링링이 '만약 그런 선심을 쓴다면' 하는 가정은 강도가 자비롭기를 바라는 것이고, 맹수가 온순하기를 바라는 것과 같은 어리석음이었다.

자신은 평소에 왕링링의 무한포식적 욕망이 어디서 비롯되었는지를 의아해하곤 했었다. 그런데 그 욕망은 결국 이런 사태까지 빚어냈다. 막대한 은행 융자는 접어두더라도 공사 현장의 수많은 노동자들의 임금은 어쩔 것인가. 그리고 그 많은 사원들의 느닷없는 실직⋯⋯. 이런 것을 생각하면 그 음모는 점점 더 잔인하게 느껴졌다. 그리도 아름답고 우아한 왕링링이 살모사의 독 같은 그런 잔인함을 품고 있다니⋯⋯. 책을 그리도 많이 읽어 철학적 허무와 예술적 정감과 종교적 자애를 간직했던 사람이 어찌 그렇게 냉혹할 수 있었을까. 답은 하나, 돈이었다. 돈의 악마성은 인성을 그렇게 마비시켜 버릴 수 있었다.

'왕링링⋯⋯, 만약 당신을 어디선가 다시 만나게 된다

면······.'

앤디 박은 두 손으로 머리를 싸잡으며 영원히, 영원히 만나지 않게 되기를 빌었다.

앤디 박은 끼니때마다 음식을 거의 먹을 수가 없었다. 평소에 눈길 한 번 주지 않았던 악식이기 때문만이 아니었다. 왠지 마음이 상해 입맛이 완전히 떨어진 거였다.

다음 날 아침 다시 수사관 앞에 앉았다.

"단식투쟁하자는 거요?"

수사관의 눈길이 사나웠다.

"아닙니다. 입맛을 잃어서······."

앤디 박은 그 눈길을 피하지 않고 대답했다.

"억지로라도 먹으시오. 괜히 당신 병나고, 쓰러지고 어쩌고 해서 미국과 골치 아픈 말썽 생기는 거 원치 않으니까."

"예, 먹겠습니다."

"지금부터 묻는 것에 당신이 동의하고, 서명해야만 석방될 수 있소. 잘 들으시오." 수사관은 천천히 종이를 펼치고는, "당신은 앞으로 한 달 동안 여기 베이징을 떠날 수 없소. 동의하겠소?" 그의 눈길이 찌르듯이 앤디 박을 겨누었다.

"예, 동의하겠습니다."

앤디 박은 그 의도를 어림짐작하며 분명하게 대답했다. 지옥인 유치장을 한시라도 빨리 벗어나야 했다.

"한 달 동안에 일거일동을 우리한테 일일 보고하시오, 서면으로. 동의하겠소?"

"예, 동의하겠습니다."

"됐소. 여기 이름 쓰고, 도장 찍으시오."

"저어……, 도장이 없는데요."

"아아, 당신네 미국사람들은 도장을 안 쓰지. 그럼 지장을 찍으시오."

수사관은 엄지손가락을 인주에 묻히는 시늉을 해보였다.

앤디 박은 서류에 사인을 하고, 난생처음 지장이라는 것을 찍었다.

"가서 기다리시오."

앤디 박은 억지로 점심을 먹으려고 애썼다. 공안의 눈치 때문만이 아니었다. 자신은 아내와 두 아이를 거느린 가장이었다. 그러나 3분의 1을 먹기가 어려웠다.

오후가 다 저물고 있는데도 석방 소식은 없었다. 만만디 중국을 이기는 딱 한 가지 방법은 이쪽이 더 만만디가 되는 것뿐이었다. 무슨 공을 세운 것도 아니고 중국에 막대한 피해를 입힌 경제사범의 일당의 일을 콰이콰이로 해결해 줄 리가 없었던 것이다.

앤디 박은 기를 쓰며 세 끼를 더 먹고 다음 날 오후에 풀려났다. 시안에서 끌려온 지 닷새 만이었다. 그 닷새가 얼마나 긴지, 자신이 살아온 전 생애 38년보다 훨씬 더 길게 느껴졌다. 중국땅에 와서 유치장 생활을 하게 되다니……, 참 어이없고도 우스웠다. 왕링링과의 인연으로 중국살이를 한 것도 특이한 체험이었고, 비록 닷새지만 유치장살이를 한 것은 더욱 특이한 체험이었다. 왕링링과의 인연이 이렇게 끝나다니, 허탈하고 쓸쓸했다. 공안에서 동의를 받은 그 두 가지는 왕링링과의 접촉 여부를 파악하려는 것일 거였다. 왕링링은 그렇게 허술하고 어설픈 여자가 아니었다. 그렇게 큰 경제사건을 일으키면서도 '모르는 게 아무것도 없다'고 명성 드높은 중국 공안의 포충망을 감쪽같이 뚫고 사라진 존재였다. 중국 공안도 그걸 알면서도 '혹시나' 해서 '만일'에 대비하는 것일 거였다.

"더는 그 방을 사용하실 수 없습니다. 카드가 이미 오래전에 정지되었습니다. 죄송합니다."

호텔 프런트에서 낯익은 종업원이 고개를 숙였다.

"아, 알겠소. 이건 내 개인 카드요. 앞으로 한 달, 내가 썼던 방을 그대로 주시오."

앤디 박은 카드를 내밀며 골드 그룹의 완전 파산을 절감했다.

"예, 감사합니다. 그동안 저희가 보관해 왔던 짐을 바로 옮겨드리겠습니다."

종업원이 카드를 받으며 아까와는 분명히 다른 느낌으로 고개를 숙였다.

앤디 박은 이튿날 호텔 밖으로 나가지 않았다. 아무도 만날 사람이 없었다. 사장단들이 어떻게 되었는지 궁금했지만 핸드폰에 저장되어 있는 전화번호만 살피다가 그만두었다. 괜히 만났다가 공안의 턱없는 오해를 사기 십상이었다. 공안의 감시망은 한시도 자신을 놓치지 않고 있을 것이기 때문이었다. 일일 보고를 명령했다고 태평치고 방치하고 있을 그들이 아니었다.

앤디 박은 다음 날 일찍 공안으로 가서 일일 보고서를 제출했다.

호텔에서 휴식. 이상 무.

앤디 박은 열흘 동안 똑같은 시간에, 똑같은 보고서를 제출했다.

11일째 되는 날 앤디 박은 영자신문을 펼치다가 깜짝 놀랐다. 왕링링의 얼굴이 1면을 장식하고 있었다.

'10억 위안 계획부도 도주

10여 명 고위직의 공동 얼나이'

기사의 제목이었다. 그 선정적 제목만으로도 기사의 내용을 다 짐작할 수 있었다. 앤디 박은 눈을 질끈 감았다. 기사를 읽고 싶지 않았다. 눈을 뜨고 싶지 않았다. 그러나 또 다른 마음은 그런 마음을 밀어내고 있었다. 어서 기사를 읽으라고 성화를 부리고 있었다.

앤디 박은 한참 있다가 눈을 떴다.

기사 내용은 짐작대로였다. 왕링링은 미모를 앞세워 고위급 간부들과 친분을 넓혔고, 그런 관계로 특혜를 받아가며 사업을 번창시켰고, 큰돈을 벌었지만 만족을 모르는 과욕으로 계획부도를 내고 해외로 도주했다는 것이었다.

앤디 박은 놀라지 않았다. 스파이작전의 케케묵은 수법은 미인계고, 미인계만큼 효과가 확실한 것도 없다고 했다. 어디 스파이작전만이랴. 주의하고, 경계하고, 목숨이 순간순간 오락가락하는 스파이작전에서도 미인계의 효과는 백발백중인데 하물며 요령껏 능력껏 얽히고설키는 자유경쟁의 기업작전에서 그 전지전능한 돈과 함께 버무린 미인계는 얼마나 효과가 클 것인가.

앤디 박은 신문 기사를 전혀 믿지 않았다. 중국에서는 통계 숫자가 10배로 불어날 수도 있고, 10분의 1로 줄어들 수도 있다. 그 말을 근거로 한다면 왕링링의 사건은 당이나 정부에 결코 유리한 것일 수 없었다. 사실이 100억 위안이든, 100여 명 고위직의 공동 얼나이였든 그게 중요한 게 아니었다. 중요한 것은 그 사건을 공개적으로 표출시켰다는 것이었다.

앤디 박은 신문을 덮으며 자신에게 내려진 한 달 금족령이 더 빨리 풀릴지도 모른다고 생각했다. 왜냐하면 중국 사회의 특성은 어떤 사건이 신문에 보도되면 수사 종결을 의미하기 때문이었다.

그런데 다음 날 오전 10시쯤 전화가 걸려왔다.

"안녕하세요, 나 완옌춘입니다."

"아니 완 사장님, 어쩐 일이십니까?"

"아니, 왜 그리 놀라세요?"

홍보 전담 사장 완옌춘은 아주 느긋한 목소리였다.

"아니, 무슨 말씀이죠? 완 사장님은 지금 상황에 놀라지 않는다는 겁니까?"

"왜요, 많이 놀랐었지요. 그러나 이제 수사 종료가 되고, 그 사건은 곧 묻히고 잠잠해질 테니 더 걱정할 것 없다는 뜻이죠. 중국에선 하도 큰 사건들이 많이 터지니까 앞에 일어난 것들은 금방금방 잊혀지는 게 좋은 점이라면 좋은 점이죠."

완옌춘의 목소리는 한가하기까지 했다.

"완 사장님은 아무 일도 없었어요?"

"왜요, 조사받았지요. 자세한 건 우리 만나서 얘기합시다."

"어디서요?"

"나 지금 로비 커피숍에 와 있어요."

"그래요? 예, 바로 내려가죠."

앤디 박은 허둥지둥 방을 나섰다. 완옌춘이 그렇게 반가울 수가 없었다. 자신의 예상처럼 완옌춘도 수사가 종결되었다고 하지 않는가. 그래서 그가 더 반가운 것이다. 누구를 만나든 더 의심받을 필요가 없게 된 것이었다. 그동안 호텔에만 갇혀 있으면서 얼마나 답답하고 외로웠던가.

앞으로 어떻게 해야 할 것인지⋯⋯, 아내한테는 뭐라고 해야 할 것인지⋯⋯, 미국으로 먼저 돌아가 아버지 어머니한테 의논해야 하는 것인지⋯⋯, 아무 진전 없는 숱한 생각에 시달렸던 것이다.

앤디 박은 엘리베이터에서 내려 커피숍으로 뛰다시피 했다.

"앤디 박!"

완옌춘과 함께 손을 흔들고 있는 사람, 앤디 박은 소스라치게 놀라 우뚝 멈춰섰다. 그는 쿠퍼 사장이었기 때문이다.

"앤디 박, 뭘 그렇게 놀라오?"

쿠퍼가 풍부한 표정으로 웃으며 악수를 청했다.

"아니, 어쩐 일이오 쿠퍼. 중국에 있다니⋯⋯."

앤디 박은 쿠퍼와 악수를 하면서도 놀란 기색을 추스르지 못했다. 쿠퍼를 보는 순간 뇌리를 꿰뚫고 지나가는 한 줄기 직감. 아무런 일도 없었다는 듯한 쿠퍼의 태평함이 그 직감을 더 사실화시키고 있었다.

"왜, 쿠퍼가 중국에 있는 게 이상해요?"

완옌춘이 악수를 나누며 묘하게 웃었다.

"⋯⋯!"

'당신 지금 무슨 소리 하는 거야. 당연히 왕링링과 함께 있어야 할 사람이잖아.' 앤디 박은 이 말을 담은 눈길로 완옌춘을 빤히 쳐다보았다. 그 직감이 더욱 사실화되는 것을 느끼며.

"이상하게 생각하는 건 당연할 수 있소. 그런데, 왕링링이 토머스와 함께 그 작전을 추진하는 걸 간파하고 쿠퍼가 공안에 신고한 거요. 그나마 홍콩으로 빠져나간 다음에 신고를 한 거니까 크게 봐준 거지."

완옌춘은 마치 쿠퍼의 대변인이라도 되는 것처럼 말했다.

'……?'

앤디 박은 아무 말 없이 두 사람을 쳐다보기만 했다. '당신, 그럼 배신한 거야?' 그 실감이 이 말로 변해 곧 터져 나가려는 것을 그는 가까스로 참아내고 있었다. 그런데 그의 머릿속에서는 무슨 불꽃이 튀듯 한 편의 추리소설이 엮어지고 있었다.

"어쨌거나 어제 신문 보도로 그 사건은 과거가 됐소. 왕링링과 우리들의 인연도 과거지사로 끝났고. 이제 우리도 우리 일을 새로 시작해야 하는데, 쿠퍼와 나는 영어학원 사업을 시작하기로 했소. 지금 중국의 10대 부호에 영어학원 경영자가 하나 들어 있는데, 그 시장은 앞으로 20년은 건재할 거요. 그러니까 지금 개발이 시작되고 있는 내륙까지 전국 조직을 갖추면 또 하나의 부호가 탄생할 수 있다 그거요."

완옌춘은 묻지도 않은 말을 마구 늘어놓고 있었다.

'당신, 배신했구만!'

앤디 박은 이 말을 어금니로 씹었다. 그리고 머릿속에서는 빛의 속도로 추리소설이 완성되고 있었다. 언젠가 한 편쯤 써보고 싶었던 추리소설이 문자 없이 그렇게 완성되고 있었다.

하버드대 학생들이 도서관에서 가장 많이 대출하는 문학 책이 도스토옙스키의 『카라마조프 집안의 형제들』이었다. 그 다음에 이어지는 것이 각종 추리소설들이었다. 학생들은 인간과 삶의 심오함에 대해서는 도스토옙스키에 기댔고, 해도 해도 끝이 없는 공부에서 오는 스트레스는 추리소설들을 읽으며 풀었던 것이다. 앤디 박은 4년 동안 읽은 추리소설이 100권을 넘었다. 그래서 그런지 어떤 사건을 보면 금세 추리소설이 엮어지고는 했다.

'전국 조직? 돈이 엄청나게 들 텐데?' 이 말을 굳이 물을 필요가 없었다. 그 답은 이미 추리소설 속에 있었다.

"그럼 두 분이 동업이오?"

추리소설이 잘 풀리지 않는 대목이라 앤디 박은 이 점을 물었다.

"아니요. 난 홍보 전담이면서 강사고, 총수익금의 30퍼센트를 받기로 계약했소. 마침 말이 나와서 하는 말인데, 쿠퍼는 한국에서도 영어학원을 경영하기를 바라고 있소. 한국은 중국보다 더 영어 열풍이 세니까. 그래서 앤디 박이 나와 똑같은 조건으로 한국 쪽 일을 맡아줬으면 하는데, 어떻게 생각하시오?"

쿠퍼는 버티고 앉아 있었고, 완옌춘은 대변인이 아니라 하수인처럼 느껴졌다. 앤디 박은 좀 생각하는 척했다.

"예, 나를 생각해 주는 건 고맙지만, 난 이미 할 일이 정해졌어요. 장인이 경영하는 회사가 몇 개 있는데, 건설회사를 나보고 맡으라고 결정을 내렸어요."

머릿속으로 추리소설을 쓰다 보니 1분 전에도 생각하지 않았던 거짓말이 술술 잘도 풀려 나왔다.

"아, 그럼 어쩔 수 없지. 그만 갑시다."

마침내 쿠퍼가 입을 열었다. 그의 태도는 더없이 거만하고 냉정했다. 그는 벌써 돈 많은 백인 오너 특유의 폼을 잡고 있었다.

그들이 멀어지는 것을 앤디 박은 오래 지켜보고 있었다. 추리소설은 아직 끝나지 않고 있었다. 그들이 멀어지는 모습에 왕링링의 모습이 자꾸 겹쳐지고 있었다. 그런데 공작의 모습이 아니었다.

앤디 박은 잠시 망설이다가 일일 보고서에 쿠퍼를 만난 사실을 다 쓰기로 했다. 괜히 감추었다가 무슨 오해를 살지 모를 일이고, 어떤 덤터기를 쓰게 될지 모를 일이었다. 2킬로 밖에서도 도청이 된다는 시대였다.

앤디 박은 하루하루가 지긋지긋할 정도로 지루했다. 하는 일 없이 시간을 죽여야 하는 것이 얼마나 지겨운 일인지 절절히 느끼고 있었다. 그는 행복이 무엇인지 비로소 그 실체를 잡고 있었다. 사람들은 흔히 행복이 무엇인지 묻고, 찾고 싶어 한다. 그것은 마치 공기처럼 보이지도 않고, 잡히지도 않기 때문이다. 그래서 어떤 사람은 퍽 지혜롭게 말했다. 불행하지 않은 때는 다 행복이라고. 그러나 그 말은 너무 포괄적이고 구체성이 없다. '시간의 흐름을 전혀 의식하지 못하고 자기가 하고 싶은 일을 하는 것이 행복이다.' 그는 현재 겪고 있는 절실한 체험을 통해 행복을 이렇게 정의했다. 그는 날마다 시간을 죽이기 위해서 영자신문을 그야말로 광고까지 샅샅이 다 읽었다. 그래도 시간은 남았다. 매일 오전에 일일 보고서를 제출하러 공안에 가서 눈치를 살폈지만 금족령을 풀어줄 기미는 전혀 보이지 않았다. 그들이 아쉬울 것 없는 일을 기대하는 것처럼 큰 어리석음은 없었다.

'그래, 만만디에 이기는 방법은 더 만만디 하는 것뿐이다.'

앤디 박은 스스로를 달래며 또 신문을 뒤적이고, 애꿎은 커피만 날마다 10잔 가까이 마셔댔다. 장래에 대해서도 생각하려 했지만 아무 생각도 연결되지 않았고, 호텔의 잡화상 한쪽 코너를 차지하고 있는 추리소설에도 손이 가지 않았다.

그렇게 열흘쯤 지났을까. 신문을 읽어나가던 앤디 박은 숨이 멎고 가슴에서 천둥이 치는 것 같은 충격으로 정신이 아

뜩해졌다.

쿠퍼와 완옌춘이 교통사고로 죽은 것이었다. 그들은 베이징 교외를 과속으로 달리다가 호수에 빠져 익사했다는 내용이었다. 그 지극히 평범한 교통사고가 영자신문에 실린 이유를 밝히기라도 하듯 이 짧은 기사는 두 사람이 '미국인'이라는 사실을 두 번씩 쓰고 있었다. 엄지손가락 한 매듭만 한 크기의 사진은 여권에서 옮긴 것인 듯 두 사람은 얌전하게 앞을 보고 있었다.

그 시간부터 앤디 박은 초조해지기 시작했다. 그 사건과 연관 지어 공안에서 부를지 몰랐기 때문이다.

다음 날 보고서를 들고 조마조마한 마음으로 공안으로 들어갔다. 그런데 아무 내색도 하지 않았다. 전혀 외출을 하지 않은 덕인 것 같았다.

감옥살이의 고통이 어떤 것인지 체감하며 한 달간인 금족령을 다 채웠다.

"오늘로 한 달이 다 됐습니다. 내일 출국해도 되겠습니까?"

"어디로 갈 거요?"

"예, 아내와 애들이 있는 처가, 한국으로 먼저 가야겠습니다."

"좋소, 떠나시오."


"이젠 이 집하고도 인연 끝이야."

도요토미 아라키가 지갑에서 꺼낸 돈을 던지듯 했다.

"왜요? 근무교대 귀국이세요?"

카운터의 여자가 얼른 돈을 집어 들며 놀란 기색이었다.

"아니야."

"그럼 왜요? 서비스가 맘에 안 드세요?"

여자가 당황스러워했다.

"눈치 없기는. 어제 신문 못 봤어? 발마사지실 그거 완전히 뿌리 뽑기 위해 무기한 단속에 나선다고 한 거."

"호호호호……, 내가 눈치 없는 게 아니라 부장님이 참 순진하시군요."

여자가 심심한데 웃을 일 하나 생겼다는 듯 과장스럽게 호호거렸다. 중국여자들은 팬티가 다 드러나 보여도 아랑곳하지 않고 대로상을 자전거를 타고 달리듯 입 벌리고 소리 내 웃을 때도 입을 가리는 일이란 없었다.

"그게 무슨 소리야?"

"예, 중국에 한두 해 사신 것도 아니고, 그런 말을 믿으세요?"

"이번엔 틀림없다고, 전과 다를 거라고 단단히 별렀던데?"

"일본분들은 이 점이 좋아요. 관에서 무슨 일을 한다 하면 무조건 따라야 된다고 생각하는 거. 하지만 여긴 중국이란 걸 잊지 마세요. 관에서 아무리 강력 단속 어쩌고 해도 그건 다 허풍이고, 헛대포예요. 관에서 무슨 소리를 하든 이 한 가지는 절대 변하지 않는다는 것만 믿으세요. '나라에 정책이 있으면 우리에겐 대책이 있다[上有政策 下有對策].' 이 말 잘 아시잖아요?"

여자가 똑바로 뜬 눈을 장난스럽게 깜빡깜빡했다.

"그 멋진 말을 알긴 아는데, 그럼 당신네는 무슨 대책을 세우겠다는 건가?"

"당연하지요. 부장님 같은 VIP들 무사히 잘 모셔야 하니까 이미 대책 수립에 착수했지요."

여자가 상큼하게 윙크까지 했다.

"어떻게? 무슨 대책인데?"

도요토미 아라키는 노골적으로 속물근성을 드러내고 있었다.

"이미 밤에만 공사를 해서 오늘이나 내일이면 다 끝나요."

여자가 무슨 큰 비밀이나 되는 것처럼 한껏 목소리를 낮춰 소곤거리듯 했다.

"어떻게 공사를 하는데?"

도요토미 아라키도 목소리가 낮아졌다.

"딴 층으로 연결시키는 비밀통로를 만들고 있어요."

"비밀통로? 그런다고 모를까?"

도요토미 아라키가 고개를 갸웃갸웃했다.

"아이고 부장님, 또 순진한 소리 하셔. 우리가 그렇게 대책을 세워놓으면 먼저 공안이 딱 안심을 하고, 몸은 상유정책(上有政策)에 두고 마음은 하유대책(下有對策)에 두고 그럴싸하게 넘어가는 거지요. 그렇게 하지 않고서야 어떻게 월급의 다섯 배 이상 부수입을 올리며 떵떵거리고 살겠어요. 다 그렇고 그렇게 살아가는 거지요. 안 그래요?"

"아, 그것 참 좋군. 그게 중국의 큰 매력 중에 하나야. '나라에 정책이 있으면 우리에게는 대책이 있다.' 그런데 한 가지 큰 걱정이 있어."

도요토미 아라키가 어깨까지 축 늘어뜨리며 한숨을 쉬었다.

"뭔데요?"

여자가 놀라는 시늉을 했다.

"이런 세상에 젖어 살다가 이런 맛 없는 일본에서 어떻게 살지."

그는 더 큰 한숨을 토해 냈다.

"아이고, 부장님도 차암. 무슨 걱정이세요, 중국에서 영원히 사시면 되지."

여자가 상대방에게 맞추어 농담을 했다.

"글쎄, 내 마음은 그런데, 갈수록 무서워져서 중국에 어디 더 살겠어?"

도요토미 아라키가 장난기를 거두며 고개를 내저었다.

"아니, 왜요?"

여자도 정색을 했다.

"얼마 전에 일어난 그 반일 시위 못 봤어?"

"네에……, 봤어요."

여자가 무르춤해졌다.

"그때……, 모두 흥분해 있었으니까 좀 과격해질 수는 있는데 말야……, 일본 자동차들을 골라 때려 부수고 불 지르고하는 것을 보면서……, 아아, 중국에서는 더 못 살겠구나 싶은 게, 끔찍하더군."

도요토미 아라키는 지금 눈앞에 그 장면이 펼쳐지고 있는 것처럼 부르르 몸서리를 쳤다.

"아니에요 부장님, 그거 그렇게 무서워할 것 없어요. 그 사람들 있잖아요, 진짜 애국심이 일어나서, 진짜 일본을 미워해서 그런 게 아니에요. 그 사람들 거의가 다 가난해서 차가 없는 사람들이에요. 평소에 마음에 쌓였던 분풀이, 화풀이를 그렇게 한 거라구요. 부장님이 너무 과하게 생각하시는 거예요."

여자는 이렇게 발라맞추었다. 그러나 속으로는 '그러게 누가 우리 중국한테 덤비래. 자꾸 까불면 일본 차들은 하나도 안 남고 다 불탈 거야' 하며 콧방귀를 뀌고 있었다.

"음, 그런 자들도 더러 있었겠지." 도요토미 아라키는 고개를 끄덕이고는, "그럼 그 대책은 언제 완료되나?" 하며 비릿하게 웃었다.

"내일이면 다 끝나요. 첫 손님으로 놀러 오세요. 더 잘 모실 게요."

여자가 사르르 눈웃음을 쳤다.

"알았어. 그런 재미나 있어야 그나마 중국에서 살 수 있지."

도요토미 아라키는 여자에게 손짓 인사를 남기고 돌아서 며 중얼거렸다.

그가 엘리베이터에서 내리는데 핸드폰이 울렸다.

"나 이토 히데올세. 이시하라 시로 송별회가 언젠가? 오늘 이야, 내일이야?"

"건망증인가, 치맨가? 모레 오후 7시잖아."

도요토미 아라키가 퉁명스럽게 대꾸했다.

"하, 이 사람이 농담 자꾸 는다니까. 오늘인지 내일인지 긴 가민가할 뿐이지 모레까진 안 간다구. 치매 환자는 바로 자네 로구만."

이토 히데오가 세게 넘어온 탁구공을 힘껏 맞받아치듯 해 버렸다.

"흥, 세게 맞대거리하고 나오는 걸 보니까 아직은 쓸 만하 군. 오늘이잖아, 이따가 7시."

"알았어. 내가 조금 늦더라도 이해하게."

"왜, 무슨 일 있나?"

"응, 처리해야 할 조그만 건이 있어서. 이따 얘기할게. 전화

끊네."

이토 히데오가 먼저 전화를 끊었다.

죽은 자의 얼굴처럼 아무 표정이 없이 변해버린 핸드폰을 도요토미 아라키는 물끄러미 바라보았다. 아무런 근거도 없이 무언가 좋지 않은 일일 것 같은 예감이 스쳤던 것이다. 그러면서 자신의 생각에 교정을 보았다. 근거가 없으니까 예감이지, 무슨 근거가 있다면 예감이 아니라 예측이라고. 요즘에 아무 일에나 그런 생각이 드는 건 지난번 사건에서 받은 스트레스고 신경과민이었다. 도시마다 불붙은 그 시위는 사람들도 많이 몰려나왔고, 기세도 이만저만 드센 것이 아니었다. 시위 잘하기로는 한국이 단연 으뜸인데 중국사람들의 시위 솜씨도 보통이 아니었다. 그 시위 방법을 한국에서 배우는 게 아닐까 싶을 정도였다. 그러나 자세히 보면 한국식하고도 또 달랐다. 한국은 조직적이고, 구호 외치는 게 일사불란하고, 끈질긴 반면 기물 파괴행위나 방화 같은 건 전혀 하지 않았다. 그런데 중국은 시위 군중은 많지만 비조직적이고, 구호 외치는 게 무질서하면서, 제멋대로 상점들을 공격하거나 자동차를 불태우는 등 난폭하기 짝이 없었다. 그건 다분히 중동식이었다. 중국사람들은 한국과 중동 양쪽에서 배운 게 아닌가 싶기도 했다.

그런데 난폭한 시위 군중보다도 더 괘씸하고 얄미운 건 공안들이었다. 경찰의 위세와 과격성으로 보자면 중국 공안이 미국 경찰을 찜 쪄 먹을 정도였다. 그런데 시위 현장에 진을 친 공안들은 전혀 중국 공안들이 아니었다. 뒷짐 지고 한가롭고 태평스럽게 시위대를 바라보고 있는 모습이 아무 이상 없는 거리를 산책하듯 하고 있는 프랑스 경찰이나 영국 경찰 같았다. 그러나, 시위를 방조하는 듯한 그 공안이나마 없었더라면 어찌 되었을 것인가. 일본 상점이나 식당들이 더 많이 공격당하고, 일본 자동차들도 훨씬 더 많이 불탔을 것이다. 그러나 그것으로 끝났을까. 그 시위 현장에 일본사람이 있었더라면…… 이 생각을 하면 전신이 와들와들 떨리고, 대낮에도 길을 걷기가 두려웠다. 일본에 대한 중국인들의 분노와 증오가 그렇게 격렬하고 극심하다는 것은 무시무시한 공포였다. 그런 감정은 10여 년 전에는 거의 느낄 수 없었던 것이었다. 그들은 세계가 놀라는 경제력을 확보하면서 갑작스럽게 태도가 바뀌고 있었다. 그건 약자일 때 감추어왔던 감정을 강자의 자신감과 함께 표출시키는 것이었다. 억눌러왔던 것만큼 폭발력이 강한 그 민족적 복수심은 얼마나 무시무시한 폭력인가.

도요토미 아라키는 또 부르르 몸서리를 쳤다. 의지와는 반대로 하루가 다르게 중국에 정이 떨어지고 있었다. 그는 깊은 한숨을 내쉬었다. 누구에게도 말 못할 고민이었다.

도요토미 아라키는 백화점으로 갔다. 개인상점들은 값을 깎을 수 있지만 영어가 거의 통하지 않았다. 그러니 일본말은 더 말할 것도 없었다. 그러나 백화점에서는 전혀 말을 할 필요가 없었다. 상하이만 해도 어느덧 정찰제가 자리 잡히고 있었다. 그런데 외국사람들로서 백화점에서도 값을 깎는 사람들이 있다고 했다. 그게 한국사람들이었다.

일본사람들이 중국에서 유일하게 환영받는 데가 있었다. 정찰제 하지 않는 일반 상점이었다. 일본사람들은 흥정이라는 것을 몰랐다. 상인들이 부르는 대로 값을 치렀다. 그러니 좋아하지 않을 수가 없었다. 그러나 그건 진정으로 좋아하는 것이 아니라 봉으로 깔보고, 호구로 얕잡아 보는 것이었다. 서양사람들과 함께 정찰제에 길들여져 당하는 일이었다.

그런데 한국사람들은 흥정에 이골 나 물건을 싸게 산다는 소문이었다. 물건값을 터무니없이 비싸게 부르는 중국사람들도 황당했고, 그렇다고 부르는 값의 5분의 1로 후려쳐 흥정을 시작하는 한국사람들의 배포도 황당했다. 그런데도 중국사람들은 한국사람들을 좋아한다니 아리송한 일이 아닐 수 없었다. 물건값을 받을 액수만 딱 표시해 놓고 사고팔면 쓸데없는 말 하지 않고, 신경 소모 하지 않고, 시간 낭비 하지 않고, 그게 좀 좋은가. 그런데 문화 수준이 저급한 것들은 왈가왈부, 티격태격해 가며 흥정이라는 줄다리기를 하는 게 무슨 놀이인 양 재미있는 모양이었다.

베이징의 유명한 짝퉁시장 슈수이제에서 가짜 다이아가 휘황찬란하게 박힌 남성용 시계를 1천 위안씩 불렀다. 그때부터 흥정을 시작해야 한다. 그런데 일본사람들은 700~800위안에 사고서 싸게 샀다고 만면에 웃음을 띠고 상점을 나선다. 그런데 한국사람들은 대개 200위안에 사고, 어떤 사람들은 100위안에도 산다는 것이다. 그건 아주 요령 좋은 사람들의 경우인데, 몇몇 사람이 슈수이제 상가 골목골목을 돌며 한국사람들을 모으는 것이다. 그래서 10명이 한꺼번에 시계점에 들어가 단체흥정을 벌이는 것이다. "다 하나씩 사겠다. 100위안해라." 옥신각신 말씨름을 해대다가 정 안 될 것 같으면, "두 개씩 사겠다. 100위안!" 이 전술 앞에서 상술 능한 중국인도 백기를 들고 마는 것이다. 한꺼번에 20개를 팔면, 박리다매였던 것이다.

생전 모르는 사람들이 그렇게 순식간에 뭉쳐 흥정팀을 짜다니, 그건 일본에서는 상상할 수 없는 일이었다. 어떻게 해서 그런 행위가 가능한 것이지, 그건 도무지 이해가 안 되는 한국과 한국사람에 대한 수수께끼였다. 그게 한국인만의 순발력인지, 단결력인지, 또 다른 무엇인지 알 수가 없었다.

한국사람들은 중국이라는 경제시장에서도 그런 집단화의 효과를 유감없이 발휘하고 있었다. 해양교통의 요충지인 칭다오, 웨이하이, 옌타이를 2만 5천여 개의 중소기업들이 순식간에 장악해 중국 경제의 기적을 이룩해낸 제조업의 메카를 만들어낸 것이었다. 그 막무가내식 저돌성은 미국이나 일본으로서는 상상도 할 수 없는 한국만의 특성이었다. 흔히 말하기를 기업이 크든 작든 딴 나라로 진출할 때는 미국은 5년, 일본은 3년 정도 조사하고 검토하고 준비하는 기간을 갖는다고 했다. 그런데 한국은 그런 기간이 없이 괜찮다 하면 즉각 행동개시로 돌입하는 것이다. 그 신속성은 저돌성이기도 한데, 그게 무슨 기질인지 이해도 안 되고 분석도 되지 않았다. 하긴 기질이며 성품이며 습관이며 인습 같은 것이 수학 문제 풀듯 분석할 수 있는 것이 아니었다.

그리고 한국기업의 주재원들도 불가사의한 존재들이었다. 그들은 일류기업일수록 명문대 출신들이었고, 하나같이 집념과 열정의 소유자들이었다. 그들은 느리고 까다로운 중국 사람들을 상대로 지치거나 포기하는 일 없는 끈질김으로 중국 시장을 확대해 나아가고 있었다. 그들은 거의가 영어를 능통하게 잘하면서도 중국 시장에 들어서면 곧 중국어를 미친 듯이 익히는 것이었다. 그런 노력이야말로 집념과 열정의 소산인데, 어떻게 하나같이, 마치 인조인간들처럼 그런 힘을 발휘할 수 있는 것인지 도무지 이해가 안 되는 불가사의였다. 중국말을 능란하게 구사해 가며 그들은 자기네 물건을 팔기에 앞서 중국사람들의 마음을 사버렸다. 그러니 상담 효과야 더 말하여 무엇하겠는가. 거기다가 비싼 통역료까지 아낄 수 있으니 그들의 노력은 이중으로 톡톡한 효과를 발휘하는 것이었다.

그리고 또 하나의 불가사의가 있었다. 그들의 탁월한 언어 습득 능력이었다. 그들은 평균적으로 2년이면 중국어를 별 불편 없이 자유롭게 사용했다. 그런데 이상하게도 일본사람들은 그렇게 되지 않았다. "한국사람들은 언어의 천재인데, 일본사람들은 언어의 둔재다. 한국사람은 2년이면 중국말을 하는데 일본사람은 10년 해도 그 절반도 못 따라온다. 발음을 알아들을 수 없으니, 아마도 타고난 혀가 이상한 모양이다." 중국사람들이 하는 말이었다. 일본사람들이 중국말을 배우려고 하지 않는 건 중국에 대한 자만이나 무시 때문만이 아니었다. 노력한 만큼 효과가 나지 않고, 해보았자 웃음거리가 되기 일쑤였다. 언어 둔감은 중국어에 앞서 이미 영어에서 뼈저리게 체험한 바였다. "이상한 일이다. 일본사람들은 머리 회전에 비해서 언어 구사 능력은 참 열등하다. 세계적으로 민족과 국가에 따라 구사하는 영어를 대략 54가지 정도로 구분할 수 있다. 그중에서 '일본식 영어'가 가장 알아듣기 어렵다." 미국사람들이 흔히 하는 말이었다.

어쨌거나 한국 주재원들은 지치지 않는 끈기와 식지 않는 열정으로 중국 시장에서 계속 넓고 깊게 뿌리발을 해갈 것이다. 더구나 그들에게는 일본 주재원들과는 달리 중국과 역사적 갈등도, 민족적 감정도 없었다. 그들은 영리하게도 그 점까지도 비즈니스에 이용하는 눈치였다.

도요토미 아라키는 다기 상점에 들어가 찻잔을 골랐다. 무궁무진하다고 할 만큼 찻잔은 각양각색 기기묘묘하게 종류가 많았다. 차의 종류가 많고 많으니 그걸 운치 있게 담아 마실 찻잔이 많아야 하는 건 당연한 일이었다. 그것이 4천 년을 넘는 중국차의 역사였고, 중국의 웅숭깊은 문화였다.

도요토미 아라키는 많고 많은 찻잔들 중에서 제일 비싼 것 한 쌍을 골랐다. 종잇장처럼 얇은 흰색 바탕에 중국 고유의 청색으로 산수화가 그려져 있었다. 안개 자욱한 심산계곡에 뱃사공 혼자 상앗대질하는 조그만 배 한 척이 떠 있었다. 차는 깊은 명상에 잠기며 혼자 마시는 맛이 으뜸이라고 했다. 그다음이 서로 말이 필요 없이 그 마음을 헤아릴 수 있는 벗과 마시는 거라고 했다. 그다음부터는 사람 수가 많아질수록 차 맛은 떨어진다고 했다. 그래서 잔은 두 개뿐인 것인가. 차를 따라놓고 명상에 잠기기 딱 좋은 산수화였다. 그리고 무슨 흙으로 어떤 솜씨를 부렸길래 그리도 얇은 찻잔을 빚어낼 수 있었을까. 그것이 수천 년 역사를 이어 내려온 중국 도자기의 절묘함이었다. 일찍이 유럽 왕가들이 값을 묻지 않고 반했던 연유이기도 했다.

도요토미 아라키가 술집에 도착하고 잇따라 이시하라 시로가 나타났다.

"이토 히데오는 좀 늦을지도 모르겠네. 아까 전화가 왔었어. 우리부터 먼저 한 잔씩 하면서 기다리지."

도요토미 아라키가 앞장섰다.

"왜, 무슨 일 있어?"

이시하라 시로가 신경 쓰인다는 눈치를 보였다.

"와서 말하겠다고 했는데, 예감이 별로 좋지가 않아."

"예감 좋지 않은 일은 적중률이 높아. 특히 요즘 같은 상황에서는."

"그럴 수 있지. 하여튼 기다려보세."

그들은 맥주를 시켰다.

"아가씨들 대기시킬까요?"

종업원이 허리를 직각으로 꺾었다.

"아니, 한 사람 더 오면."

도요토미 아라키가 100위안짜리 한 장을 종업원에게 내밀었다.

"옛, 감사합니다, 감사합니다."

두 손을 받쳐 돈을 받으며 그 남자의 이마는 곧 바닥에 부딪힐 듯했다.

"자아, 이것 보잘것없는 귀국 선물이고, 이별 선물이네. 차는 가짜를 식별할 능력이 없어서 안 샀어."

도요토미 아라키가 조그만 상자를 내밀었다.

"이런 걸 뭘······."

이시하라 시로가 미안쩍은 얼굴로 상자를 받았다.

그는 조심스럽게 포장지를 뜯기 시작했다.

"이런······, 이 비싼 것을. 평소에 마음이 있어도 손대지 못했던 명품이로군. 너무 과용했는데, 평생 아끼며 잘 쓰겠네."

이시하라 시로가 손바닥 위에 찻잔을 올려놓고 가느다랗게 뜬 눈으로 시선을 모으고 있었다.

"중국을 오래 느낄 수 있는 중국 문화의 정수 같아서······."

"응, 이거야말로 현재에도 생생히 살아 있는 중국 전통예술의 극치지. 이런 전통의 솜씨가 소멸되지 않고 현재의 상품으로 생산되고 있다니, 중국은 참 묘한 힘을 가진 나라야."

"그래, 엉망인 것 같으면서 진지하고, 무질서한 것 같으면서 질서가 있고, 짝퉁천국이면서 이런 진귀한 것도 만들어내고, 알다가도 모를 나라야."

그들이 중국의 문화에 대해서 이런 저런 얘기를 엮어가는데 이토 히데오가 숨을 몰아쉬며 나타났다.

"빌어먹을 놈 때문에 30분이나 늦었군. 아휴 신경질 나."

이토 히데오가 양복 윗도리를 벗어 던졌다.

"왜, 뭐가 또 잘못됐어?"

도요토미 아라키가 미간을 잔뜩 찌푸렸다.

"아 글쎄 페인트 100드럼에 클레임을 거는 거야. 가격은 비싼데 색감이 달라지고 질이 떨어졌다고 시비라니까."

"사실이 그래?"

"아니지. 사람 미치게 생트집 잡는 거지."

"생트집? 그것도 그 사건 여파가?"

"뻔하지. 그 사건 이후로 일본 물건은 싹 쓰지 말자는 바람이 불고 있으니까."

"그럼 별수 없잖아. 가격 절충을 해줄 수밖에."

"이런, 그게 안 통하니까 이렇게 미치겠는 거지. 좌우간 사람도 살 수 없는 그놈에 코딱지만 한 섬 센카쿠열도 때문에 중국시장 다 망가지게 생겼어."

"그래, 우리 자동차도 타격이 심각해. 우리 일본 차 샀다간 언제 또 불타는 꼴 당할지 모르니까 그날 이후로 한 대도 안 팔리는 실정이야. 미국 차들까지 연비 개선한 소형차로 중국시장을 공략하고 나서는 판에 우리 일본 차들 상황은 말도 못하게 심각한 위기야."

듣고만 있던 이시하라 시로가 침통하게 말했다.

"난 지금 심정으로 이 세상에서 제일 부러운 사람이 바로 자네야." 이토 히데오가 어깨 늘어지게 한숨을 쉬었고, "그게 무슨 소리야?" 도요토미 아라키가 물었고, "머리 빨리 도는 자네가 그걸 몰라? 지옥으로 변해가는 중국시장을 이 시점에서 빠져나간다는 게 얼마나 재수 좋은 일인가. 자네 축하하네." 이토 히데오가 이시하라 시로에게 손을 내밀었다.

"중국놈들, 괜히 민족주의 국가주의로 순진한 국민들 충동질해서 시위 벌이게 해놓고 뒤에서 키들키들 좋아하다가 큰 코다치는 수가 있어. 지금 관리들의 부정부패가 세계 1위라고 외국신문들이 보도해 대고 있고, 국민들의 불만은 자꾸 쌓여가고 있는데, 그렇게 국민들한테 시위 연습시키다간 어느 땐가는 제 놈들을 향해 느네들 죽고 우리 좀 살자 하고 덤빌 테니까. 옛날에 농민들이 죽기 살기로 반란을 일으켰던 것처럼. 자아, 기분 더러운데 술이나 실컷 마시자구."

이토 히데오가 소리치며 술잔을 치켜들었다. 그들은 술잔을 부딪쳤다.

# 진심으로 사랑하라

"저는 오늘 마시는 술이 마지막 술입니다. 담배도 마찬가지구요. 왜냐하면 6개월 후에 애를 갖기로 아내와 합의했기 때문입니다. 내일부터는 저의 금주, 금연에 여러분들께서도 적극 도와주시기 바랍니다. 술 마시자고 유혹하지 마시고, 담배 피우라고 권하지 말아달라는 겁니다."

거나하게 취한 리창춘이 중대 성명을 발표하는 폼으로 장내를 휘둘러보았다.

"와하, 그 신혼 재미 한번 오래 끌었네."

"두고 봐. 담배 피울 때마다 꼭 자네 옆에서 피울 테니까."

"그거 듣던 중 반가운 소리네. 내 술값 좀 굳게 생겼잖아."

좌중에서 한마디씩 농담을 했고, 누군가 박수를 치자 열댓 명이 다 함께 박수로 축하를 보냈다.

"부장님, 저게 무슨 소립니까?"

전대광 옆에 앉은 젊은 직원이 물었다.

"응, 중국은 무조건 애를 하나씩밖에 못 낳게 하잖소. 그러니까 건강한 아이를 갖기 위해 남자가 6개월 동안 금주, 금연을 해서 몸을 깨끗하게 청소하는 거요. 그런 다음 임신을 하면 어떻게 되겠소."

"예예, 그것 참 과학적이고 합리적인 방법이군요. 근데 언제부터 저런 좋은 방법을 택하게 된 건가요?"

"언제부터? 글쎄에……. 저게 언제부터 저랬나……?" 전대광은 기억을 더듬으며 고개를 갸웃갸웃하다가, "그거 잘 모르겠는데. 바이두에 검색해 볼 수도 없고." 그는 멋쩍게 웃었다.

네이버가 한국의 토종 브랜드로 검색 사이트 1위이듯이 바이두는 중국의 토종 브랜드로 검색 사이트 1위였다. 그런데 인구가 워낙 많은 덕에 바이두 회장은 중국 부호 1~2위 자리를 오르내리고 있었다.

"부장님께서 모르시는 게 다 있고……."

젊은 직원은 고개를 돌리며 입을 가리고 쿡쿡 웃었다.

"무슨 소리요? 내가 뭐 중국 전문 백과사전이나 되는 줄 알았소? 당연히 아는 것보다 모르는 게 더 많지."

전대광이 어이없다는 듯 피식 웃어버렸다.

"아닙니다. 부장님은 중국에 대해서 백과사전보다 훨씬 더 용량이 큰 전대광표 검색 사이트입니다. 백과사전에서 찾아볼 수 없는 온갖 체험담들이 생생하게 가득 차 있으니까요."

"허허, 강정규 씨 크게 출세하겠소. 지금 강정규 씨가 한 말을 소위 아부라고 하는데, '뇌물 쓰고 아부해서 손해 보는 일 없다'는 말이 있소. 나도 강정규 씨가 갑자기 예뻐지려고 하니까, 기왕 한 것 더 좀 화끈하게 하시오. 듣기가 아주 감미롭군 그래."

얼굴은 더없이 부드럽게 웃으면서 전대광의 입은 이런 가시 돋치고 옹이 박힌 말을 술술 풀어내고 있었다. 거절당하면서도 웃고, 거절하면서도 웃고, 아내가 입원했어도 웃고, 그저 고개를 숙이고 또 숙여야 하는 종합상사원의 노련한 테크닉이 구사할 수 있는 행동이었다.

"아니, 저어 그게 아니고……. 며칠 안 되는 사이에 수없이 많은 것을 가르쳐주셔서……, 그, 그게 그래서……."

강정규는 당황스럽게 말을 더듬었다.

"뭐 그렇게 신경 쓸 거 없소. 듣기 거북해서 한마디 한 것뿐이지 강정규 씨를 나쁘게 생각해서 그러는 건 아니니까. 자아, 잔 비우시오." 전대광은 강정규의 어깨를 가볍게 두들겨주고는, "이런 술자리에서도 한 사람, 한 사람을 유심히 보는 훈

련을 하시오. 노름을 해보고, 여행을 해봐야 그 인간성을 알 수 있다고 한 것처럼 술 취한 상태의 언행에서도 그 인간성이 꾸밈없이 다 드러나게 돼 있소. 비즈니스의 제1보는 상대방에 대한 기민한 파악이오. 그러니까 술이 취해도 몸만 취해야지 정신까지 취해서는 안 되는 것이오. 정신까지 취하면 실수를 연발하게 되고, 비즈니스는 실패할 수밖에 없소." 그는 명예퇴직을 앞두고 중국 근무를 새로 시작한 직원에게 중국 비즈니스 전반에 대해 교육하고 있었다.

전대광은 고심에 고심을 거듭해 왔던 문제에 대해 지난달에 결단을 내렸다. 연말로 명예퇴직을 신청했던 것이다. '직장'이 아니라 죽을 때까지 할 수 있는 '직업'을 갖기 위해서였다.

"믿어요. 당신을 믿어요. 당신은 무슨 일이든지 잘해낼 거예요."

아내는 불안한 기색 드러내지 않고 이렇게 격려해 주었다. 그러나 아내가 얼마나 불안해하고 있는지 잘 알고 있었다.

"명퇴할 사람은 난데 이게 어떻게 된 일이오. 어쨌거나 그 용기가 부럽소. 경험이 풍부하니까 한 살이라도 더 젊었을 때 잘했소."

지사장이 한순간 멍했다가 놀라움을 수습하며 한 말이었다. 그는 그날부터 풀이 죽어 있었다.

"아, 자네 예고도 없이 갑자기 홈런을 때리면 어떡해."

"그래 잘했어. 5년 후면 찬밥, 쉰밥 신세 될 판이니까."

"뭐, 뭐 할 건데? 나한테만 살짝 말해 봐."

"아, 중국 시장에서 한바탕 헤엄을 쳐보겠다? 좋지, 좋아. 고래 참치는 아니더라도 도미 고등어는 걸릴 것이고, 그것도 아니라면 꽁치 멸치는 걸릴 것 아닌가. 자알했어!"

"이봐, 하다가 안전빵이기는 한데 자네 셈에 안 차면 나한테 연락해 줘. 나도 나서고 싶은데 난 눈이 없잖아."

동료들의 반응이었다.

명퇴 신청서를 받은 본사에서는 곧 영업부장 대리를 임명하는 동시에 그에게는 젊은 직원을 하나 붙여 교육을 시키게 했다. 휴식을 겸해 그동안 쌓아온 노하우를 전수시키라는 뜻이었다. 그는 그 임무를 뜻깊게 받아들였다. 그건 회사를 위한 마지막 봉사였고, 짧은 시간에 영업직원을 실하게 길러낼 수 있는 일이기 때문이었다. 중국이라는 낯선 시장에서 시행착오는 얼마나 많이 겪었으며, 뜻밖의 허방은 얼마나 많이 디뎠으며, 알고 나면 별것 아닌데 몰라서 저지른 실수는 또 얼마나 많았던가. 그런 것을 미리미리 다 가르쳐주고 일깨워주니 얼마나 의미 있고 보람 있는 일인가. 전대광은 젊은 직원 강정규가 꼭 10년 전의 자기 같기만 해 걱정스럽고 짠했다.

"2년 전 일이오. 춘절 특별 선물로 마오타이주를 한 병씩 선사했소. 마오 주석께서 평생 반주로 하루에 한두 잔씩 마셔서 장수했다 해서 중국 최고의 명주가 되었고, 앞의 발음 '마오'가 같아서 마오 주석의 신격화와 함께 더욱 더 명주가 된 술이오. 그런데 명주이고 비싸다 보니까 어찌 됐겠소. 가짜가 판을 치게 된 것이오. 가짜가 본래 생산량의 다섯 배가 넘는다는 소문이고, 관리들도 주임급 이상이 돼야만 진짜를 마실 수 있다는 게 정설처럼 된 술이오. 그러니 진짜 마오타이주는 중국 최대의 명절인 춘절의 특별 선물이 될 만하잖소. 회사에서는 당당하게 진짜 마오타이주를 나눠주었고, 특히 중국인 직원들은 감지덕지하며 받아갔소. 고향에 가서 어른들 앞에 진짜 마오타이주를 내놓으면 얼마나 폼 나는 일이냔 말이오. 그런데 연휴가 끝나고 새해 첫 출근을 하는 날 아까 저 사람이 마구 따지고 들었소. 어떻게 회사에서 가짜를 진짜라고 속여 선물로 줄 수가 있냐. 이런 회사를 어떻게 믿고 다닐 수 있냐. 그게 무슨 소린가 했더니, 그 직원은 술을 마시지 않고 상점으로 팔려고 나간 것이오. 그런데 상점 주인의 감정 결과 가짜로 판명 나서 퇴짜를 당한 거요. 중국에서는 모든 물건을 정가의 10퍼센트나 15퍼센트를 제하고 상점에 되팔 수가 있소. 여기서 중요시해야 하는 건 중국사람들의 기본적인 생활태도요. 만약에 우리나라에서 그런 일이 있었다면 회사를 상대로 따지는 사람은 없소. 그러나 중국사람들은 남녀 없이 반드시 따지고 들어요. 그러니 이 말이 뭔가 하면 그들에게 눈속임을 하려 해서는 안 되고, 결점 잡힐 짓을 해서는 안 된다는 것이오. 비즈니스 관계를 하다가 그런 점이 드러나면 그 관계는 바로 파탄이오. 명심하시오."

"저어⋯⋯, 그럼 그 마오타이주는 회사가 속은 건가요?"

"그런 셈이오. 구체적으로 말하면 내가 속은 것이오. 무슨 말인고 하면, 요직에 있는 내 절친한 꽌시가 자기는 늘 진짜 마오타이주만 마신다고 자랑을 하기에 특별히 부탁을 해서 구한 게 그 모양이었소."

"그럼 그분도 가짜만 마신 거군요?"

"모르겠소, 내가 덮고 말았으니까."

전대광은 아리송하고 애매모호한 웃음을 흘리고 있었다.

"부장님, 무슨 뜻인지 잘⋯⋯."

강정규가 전대광의 눈치를 살폈다.

"그러니까 그게 간단치가 않소. 첫째 그 사람이 계속 속아 왔을 수 있고, 둘째 그 사람 부탁을 받고 그것에 한해서만 상 인이 우리를 속였을 수 있고, 셋째 그 사람이 우리를 속였을 수도 있소. 이렇게 복잡하니 그 일을 발설했다가 자칫 잘못하 면 중요한 꽌시를 잃어 막대한 손해가 초래될 수도 있는 일인 데 제일 간단한 해결책은 뭐겠소? 덮어버리는 것 아니겠소?"

"그런데 저어⋯⋯, 세 번째 그게 무슨 뜻인지⋯⋯, 요직 에 있다는 분이 우리를 속였다면⋯⋯, 그게⋯⋯, 그 차액을……."

강정규는 연상 전대광의 눈치를 보며 말조심을 하느라고 머뭇머뭇 반벙어리가 되고 있었다.

"제대로 짚었소. 그게 중국이오. 중국에서 돈은 상하불구, 체면불구, 직위불구, 남녀불구, 노소불구요. 이 세상 어디에서나 돈에 안 미치는 인간들은 없지만 중국은 특히 심하오."

"저어……, 중국에 오기 전부터 그 말을 수없이 많이 들었는데 왜들 그렇게 불구의 연속인지……."

강정규는 전대광이 나열한 불구 시리즈가 어지럽다는 듯한 손으로 머리를 짚고 있었다.

"잘 물었소. 그거 두 가지 이유 때문이오. 세계에는 수천 년의 역사를 가진 2대 상술이 있소. 유태인 상술과 중국인 상술이오. 그러나 유태인 상술은 중국인 상술에 비교가 안 되오. 세계에서 현대판 전자계산기와 다를 게 없는 계산기인 주판을 최초로 만들어낸 게 중국이오. 그것도 5를 나타내는 위의 알을 하나에서 둘로 진화시키기까지 했소. 그만큼 계산할 양이 많아지고, 빨라졌다는, 상업 규모의 확대와 상술의 발달을 의미하는 것이오. 그리고 가장 완벽한 장부 기재로 꼽히는 복식장부를 최초로 고안해 낸 게 중국이오. 기원후 1,800년 동안 중국이 세계에서 GDP 1위를 차지했던 것은 다 그런 것들이 토대가 되었기 때문이오. 그 DNA를 인위적으로 막은 게 뭐요? 마오쩌둥이 주도한 공산혁명이오. 그렇게 몇십 년 동안 막혔던 것이 한꺼번에 봇물 터지듯 한 게 뭐요? 덩샤오핑이 주도한 개혁개방이오. 개혁개방의 깃발을 들어올리며 그가 인민들을 향해서 드높이 외친 3대 구호가 있소. 첫째 검은 고양이든 흰 고양이든 쥐만 잘 잡으면 최고다 하는 흑묘백묘론(黑猫白猫論)이고, 둘째 먼저 부자가 되어라 하는 선부론(先富論)이고, 셋째 부자가 되는 것은 영광스러운 일이라고 한 성부광영론(成富光榮論)이오. 세상이 이렇게 바뀌었으니 그동안 억눌려왔던 중국사람들의 DNA가 어떻게 됐겠소? 중국 인민들 모두가 환호성을 지르며 합창해 댄 것이 '돈만 쳐다보고 가자![向錢看]'였소. 그리고 뒤따라 나온 말들이, '차라리 목숨을 버릴지언정 돈을 놓치지 말아라[寧捨命 不捨錢]' '구걸은 부끄러워도 몸을 파는 것은 부끄럽지 않다[笑貧不笑娼]' 같은 것이오. 그리고 그 절정이 'BMW 뒷자리에서 울지언정 자전거 뒤에 타고 웃지 않겠다' 하는 여성들의 선언이오. 우리나라가 전후의 가난에서 벗어나고자 온 국민들이 힘을 합쳐 몸부림치며 하루 14시간 노동도 마다하지 않았던 결과가 기적적 경제발전이었듯이 중국 인민들의 돈을 향한 그 뜨거운 열망들이 뭉쳐서 온갖 제조업에 뛰어들어 험한 일을 해낸 지난 30년의 결과가 G2를 만들어낸 것이오. 늦바람 밤새는 줄 모르더라고 자본주의물 늦게 맛본 중국사람들의 돈을 향한 질주는 적어도 앞으로 30년 동안은 줄기차게 이어질 것이오. 왜냐하면 돈의 마력이라는 건 있을수록 배고픈 것이기 때문이고, 부자가 되고 싶은 열망에 사로잡힌 농민공이 2억 5천만 명, 새 농민공으로 도시로 진입하고 싶어하는 예비 농민공이 또 2억 5천만 명, 이것이 중국의 미래이기도 하고, 강정규 씨가 앞으로 대면해 나가야 하는 현실이오."

전대광은 긴 말에 목이 마른지 술잔을 비웠다.

강정규는 '아, 아는 것도 많고, 말도 어찌 저리 청산유수로 술술 잘도 할까. 나는 언제 저렇게 될 수 있을까' 생각하며 전 부장을 물끄러미 바라보고 있었다.

"그런데 말이오, 『사기』를 쓴 역사학자 사마천 알지요?"

전대광이 술안주를 집으며 물었다.

"예, 압니다."

"그 사람이 기원전, 그러니까 2,100년쯤 전 사람인데, 『사기』에다 돈과 인간의 심리에 대해 아주 기막히고 절묘한 표현을 했소. 자기보다 10배 부자면 헐뜯고, 자기보다 100배 부자면 두려워하고, 자기보다 1,000배 부자면 고용당하고, 자기보다 10,000배 부자면 노예가 된다. 이게 어디 2,100년 전 분석 같소? 어떤 예리한 심리학자가 오늘날의 인간 심리를 갈파한 거지. 사마천이 '중국 역사학의 아버지'라고 칭송받는 탁월한 인물이니까 그렇게 예리하게 갈파한 것이기도 하지만, 그때 이미 중국은 돈이 인간사회를 어떻게 지배하고 있었는지, 돈이 인간사회에서 얼마나 큰 권력으로 작용하고 있었는지, 정치제도는 봉건주의였지만 경제구조는 그때 이미 자본주의 형태였다는 것 등을 두루두루 확인하게 해주고 있소. 중국사람들과 돈, 그 상관관계는 이렇게 뿌리가 깊소."

"예에……."

강정규는 더욱 주눅 들며 사마천의 그 말을 외우려고 애쓰고 있었다.

회식 자리는 가까이 앉은 사람들 서넛씩 짝이 되어 담소를 하며 술을 홀짝거리다가 밤 9시가 다 못 되어 일찍 끝났다. 폭탄주를 연달아 강압적으로 마시게 하고, 몇몇 사람끼리의 담소를 해체시키고, 2차 3차로 이어져 자정을 넘겨야 직성이 풀리는 한국의 회식과는 너무나 달랐다.

"저어, 한국식 회식도 문제가 있지만 여기 회식도 좀 이상합니다."

식당을 나서며 강정규는 조심스레 입을 열었다. 전 부장은 알고 싶은 것이 있으면 무엇이든지 물으라고 했었고, 그 회식의 차이도 무슨 까닭이 있지 않을까 싶었던 것이다.

"왜, 싱겁고, 사원 단합에 아무 도움도 안 될 것 같고 그렇소?"

"예에, 바로 그런 생각이……."

강정규는 정색을 했다.

"그런 생각이 드는 건 당연한 거요. 그런데 중국에선 이렇게 해야 효과가 있소. 시간을 오래 끌어선 안 되는 건, 첫째 밤 10시가 넘어가면 집에서 전화가 걸려오기 시작이오. 마누라들이, 어디서 뭐하고 자빠졌느냐고, 당장 들어와 애 보지 못하겠느냐고 소리소리 질러대는 거요. 중국은 공산혁명과 함께 단행된 여권신장으로 맞벌이 부부가 절반 가까이 되는데다가, 집안일을 거의가 남자들이 하는 풍습이라서 회식을 한다고 한국식으로 늦게 들어간다는 것은 용납이 안 되는 일이오. 둘째 이유는 밤 12시가 넘으면 다음 날 두 가지 사태가 벌어지오. 오전 근무들 빼먹고 오후 1시에 출근하고 귀가할 때 탄 택시비 청구서를 제출하는 거요. 그 이유는 회식이 근무의 연장이기 때문이라는 거요. 처음에 아무것도 모르고 한국식 회식을 했다가 그런 일을 당하고 나서야 부랴부랴 현재의 방법으로 바꾼 거요. 문화의 차이를 모르고, 현지 사정을 모르면 그런 일 당하는 건 비일비재요."

"예에……, 그런데 말입니다, 남자들이 집안일을 거의 다 한다고 하셨는데……, 그럼 중국여자들은 뭘 하는 겁니까?"

"아, 그거 있잖소. 가장 중요한 그거……."

전대광이 짓궂게 웃으며 눈을 찡긋찡긋했다.

강정규는 그 남성적 언어를 금세 알아듣고 눈길을 돌리며 빙긋이 웃었다.

그들은 함께 택시를 탔다. 전대광은 술을 입에 댔다 하면 핸들을 잡지 않았다. 음주운전 단속은 엄해서 걸렸다 하면 무조건 2주간 구류였다. 평소에 효과 만점인 1천 위안 뒷돈도 음주운전에는 통하지 않았다. 뇌물이 만병통치인 중국에서도 안 되는 건 분명히 안 되었다. 그것이 중국이었다.

"또 한 가지 알아둘 게 있소. 우리 한국사람들은 자기 주량의 120퍼센트를 마셔대지만 중국사람들은 80퍼센트 정도만 마셔요. 그러니까 술 마시고 추태를 부리지 않고, 실수를 하는 일도 없소. 한국사람들은 예사로 추태 부리고 실수하고, 심지어 여자들까지 길에 쓰러져 있다가 성폭행, 성추행 당하고 그러잖소. 앞으로 중국사람 기준에 맞추도록 하시오. 영업에서 술은 빼놓을 수 없는 수단의 한 가지지만, 술은 상대방을 취하게 하려고 사는 것이지 내가 취하려고 사는 게 아니오."

"예, 명심하겠습니다."

전대광은 택시 안에서도 교육을 멈추지 않는 열성 강사였다.

다음 날 출근하자마자 전대광은 강정규를 어느 관청으로 데리고 갔다. 세관이었다.

"여긴 중국에서 움직이는 거의 모든 기업들이 가장 중요시해야 하는 관청이오. 특히 수입, 수출 업무가 전부인 우리 종합상사의 경우는, 한마디로 말하자면 우리의 생살여탈권을 여기서 쥐고 있다고 해도 과장이 아니오. 여기에 자기 꽌시를 확실하게 확보하지 못하면 영업사원으로서의 앞날은, 신파쪼로 말을 하자면 등불 없는 밤길이고, 물 없는 사막이오. 자아, 지금부터 현장 실습이오. 저 앞에 앉아서 문서를 접수하고 있는 관리들은 남녀가 거의 반반씩 섞여 있소. 지금 강정규 씨는 중국어가 서툰 상태에서 문서를 접수시키고 업무 처리의 도움을 받아야 하오. 저 남녀들 중 한쪽을 선택해야 되는데, 어느 쪽을 택하겠소."

전대광이 강정규를 빤히 처다보았다.

강정규가 당황한 기색으로 저 앞쪽으로 눈길을 보냈다. 미동도 하지 않고 서 있는 그의 얼굴이 차츰 굳어지고 있었다. 양자택일, 그것처럼 어려운 선택이 어디 있는가.

"……."

긴장한 강정규가 몰아쉬는 숨소리를 전대광은 아무 표정 없이 듣고 있었다.

'고달프지 않은 인생이 어디 있고, 외롭지 않은 인생이 어디 있느냐. 자기 인생은 자기 혼자서 갈 뿐이다. 남이 가르쳐주는 건 그 사람이 겪은 과거일 뿐이고, 네가 해야 할 일은 혼자서 겪어 나아가야 하는 너의 미래다.'

언제 입을 열지 알 수 없는 강정규를 옆눈길로 지켜보며 전대광은 고매한 철학자처럼 이런 생각을 하고 있었다.

"남자 쪽입니다."

마침내 강정규의 입에서 나온 소리였다.

"왜 그렇소?"

전대광의 목소리는 돌의 느낌으로 딱딱했다.

"예, 저는……. 그러니까 여자한테는 뭐랄까……, 말 붙이기가 어렵고……, 부끄럽고……, 왠지 주눅 들기도 하고, 어쨌든 남자 상대하기가 훨씬 더 좋습니다."

"그래서 서른넷인 지금까지 미혼인 거요?"

"예에……?"

"여자가 싫은 거요?"

"……아닙니다."

"여자가 무서운 거요?"

"꼬옥……, 그건 아닙니다."

"그럼 부끄러운 거요?"

"……예, 그런 것 같습니다."

"누나나 여동생 없소?"

"남동생 하나뿐입니다."

"그럴 줄 알았소."

"예에……?"

"옛날에 용돈을 탈 때 아버지한테 탔소, 어머니한테 탔소?"

"그야 어머니한테……."

"요즘도 어려운 일이나 난처한 얘기할 때 아버지, 어머니 누구한테 하오?"

"물론 어머니한테……."

"그게 정답이오."

"……!"

"이 세상에 여자 싫어하는 남자 없고, 그 반대는 뭐요?"

"예, 남자 싫어하는 여자 없다."

"그건 절대 어김없는 자연법칙이오. N극과 S극은 끌리고, N극과 N극은 밀어내는 철칙을 절대 잊지 마시오. 중국말이 서툰 강정규 씨가 여직원을 찾아갔을 때와 남자직원을 찾아갔을 때 그 반응은 각각 어떨 것 같소?"

"……."

강정규는 무슨 어려운 수학 문제라도 푸는 것처럼 눈만 껌벅껌벅하고 있었다.

"여직원은 그 서툰 중국말이 딱해서 어떡하든 도와주려고 꼭 귀를 기울여요. 그게 모든 여성들이 가지고 있는 모성 본능이오. 그런데 남자직원들은 그 반대요. 중국말도 제대로 못한다고 무시하고 우습게 취급해 버리오. 그러니까 남자직원을 찾아갈 때 절대적 조건은 유창한 중국어 구사요. 그때는 놀라고 당장 호감을 나타내요. 그러니 강정규 씨는 중국어가 유창하게 되기 전까지는 반드시 여직원을 상대할 것! 오늘 실습 첫 번째요. 자아, 밖으로 나갑시다."

전대광은 밖으로 나오자마자 담배를 피워 물었다. 그는 담배연기를 깊이 빨아들여 그때마다 후후 소리 내며 연기를 내뿜었다. 영락없는 중국사람의 폼이었다. 하긴 그는 작년 춘절 연휴 때 식구들과 한국에 들어갔다가 그렇게 몸에 밴 중국식 습관 때문에 딱지를 떼일 뻔했었다. 렌터카를 운전하고 나섰는데 차들이 너무나 밀렸다. 급해서 차를 돌렸다. 그런데 뒤에서 딸이 소리쳤다. "아빠, 아빠, 여긴 중국이 아니라구요. 서울이에요, 서울!" 그러나 때는 이미 늦었다. 민첩하게도 교통순경이 호루라기를 불며 앞을 가로막았다. "아 죄송합니다. 제가 중국에 오래 있다 보니까 그만 중국식으로 운전을 했습니다." 그는 잽싸게 여권과 명함을 함께 내보였다. "중국이오? 무슨 일을 하시는데요?" "예, 종합무역상사에서 수출입 업무를 합니다." "아 수출입, 나라 위해 수고가 많으시군요. 운전 조심해서 하세요." 교통순경이 여권을 되돌려주며 거수경례를 붙였다. "아이고 감사합니다, 정말 감사합니다." 그는 거듭 허리를 굽히고 나서 차를 출발시켰다. "화아, 우리 아빠 순발력 한번 끝내준다." 딸이 감탄했고, "히야, 우리 아빠가 서울서 알아주는 애국자네." 아들이 신이 났고, "딱지를 딱 떼였어야 하는데, 그 교통순경이 너무 순진해." 아내가 이죽거렸다.

"실습 두 번째, 오늘 밤엔 술집이오."

전대광이 불쑥 말했다.

"술집……?"

강정규가 멀뚱하게 전대광을 쳐다보았다.

"강정규 씨는 술집에서 여자들 젖가슴을 맘 놓고 만져본 적 있소?"

전대광의 이 느닷없는 말에 강정규는 눈길을 피하며 얼굴이 새빨개졌다.

"강정규 씨가 여자 앞에 나서는 게 부끄럽고, 약간 기죽고, 좀 움츠러들고 하는 건 누나나 여동생이 없이 자라서 그런 거요. 술집에서 여자 끼고 술 마시면서 그런 공포증부터 싹 없애야 돼요. 상사원으로서 그런 공포증 달고 살다간 죽도 밥도 안 되고, 나같이 부장 못 해먹는다 그거요."

"예에……"

강정규는 여자 젖가슴을 맘 놓고 만질 자신이 없는 것인지 뚱한 표정으로 눈만 껌벅거렸다. "갑시다, 저쪽 찻집으로."

전대광은 앞서 걷기 시작했다.

중국 고유의 풍치가 고상하게 어우러진 찻집은 고즈넉했다. 아직 시간이 일러 손님이 없는 실내에는 중국 특유의 음악이 먼 메아리의 울림처럼 은은하게 울려 퍼지고 있었다. 섬세한 조각으로 이루어진 가구와 의자들, 긴 세월 속에서 실내에 깊이 스민 차향과 함께 그 감감한 선율은 감미롭게 흐르고 있었다.

"차 좋아해요?"

전대광이 아가씨를 손짓해 부르며 강정규에게 물었다.

"별로……."

"그건 중국 근무자로서 큰 약점이오. 중국에서 중국인들을 상대로 비즈니스를 해야 할 사람이 중국차를 모른다는 것은 진시황을 모르고, 당나라 문화를 모르고, 중국인의 기질을 모르고, 중국의 풍습을 모르고, 중국의 현대사와 마오쩌둥을 모르고, 개혁개방과 덩샤오핑을 모르는 것과 똑같은 약점이오. 비즈니스만 요령껏 잘하면 됐지 골치 아프게 그런 걸왜 다 알아야 하느냐고 묻지도, 따지지도 마시오. 그런 것들을 다 아는 게 비즈니스를 잘할 수 있는 요령이라는 걸 잊지마시오. 여기는 서양이 아니라 중국이오. 로마에 가면 로마의법을 따라야 하듯이 중국에 왔으니 중국의 법을 따라야 하는 것이오. 지금부터 차 우려내는 것부터 눈에 익히고, 손에익히도록 하시오. 강정규 씨가 손수 차를 우려내 대접하면 어렵던 상담도 쉽게 풀릴 수 있소."

중국 전통 의상을 입은 아가씨가 단아한 몸가짐으로 차를우려내기 시작했다. 강정규는 그 손놀림 하나, 하나에 두 눈길을 모아 주시하고 있었다. 전대광은 그런 강정규를 물끄러미 바라보며 담배를 여유롭게 피우고 있었다.

"차를 자주 마시며 차 우려내는 것을 자꾸 유심히 보면 자연스럽게 눈에 익고, 그러는 사이에 차 맛에도 젖어들어 손수 차를 우려내 마시고 싶게 되오. 그 단계까지가 차의 생활

화요. 물론 그 과정에서 차에 대한 전문서를 구해 통독하면 차의 역사 이해와 그 효능 같은 것을 파악하는 데 결정적 도움이 될 것이오. 내가 강정규 씨를 만나자마자 강조한 것이 중국 비즈니스의 최대 무기는 자유로운 중국어 구사라고 강조했었소. 그다음 중요한 무기가 중국을 총체적으로 이해할 수 있는 책들을 구해 읽고, 그것들을 옆에 두고 수시로 들춰보는 것이오. 그 책들은 많지 않소. 중국통사에서부터 시작해 중국철학사, 중국명시선, 중국도예사 등이니 그 목록을 곧 넘겨주겠소. 알고 있겠지만, 이 차는 그윽한 향기와 함께 맛도 은은해 운치가 있지만, 구취 제거에서부터 각종 항암 효과까지, WHO가 꼽은 세계 최고의 식품 가운데 하나요. 자아, 마십시다."

전대광은 담뱃불을 끄고 찻잔을 들었다.

"저어……, 남녀 관리들을 대하는 게 똑같지는 않을 것 같은데요."

찻잔을 두 손으로 받쳐 잡은 강정규가 조심스럽게 물었다.

"아, 좋은 걸 물었소. 물론 똑같을 수 없소. 중국어가 능숙하게 된 다음이라도 처음 접촉하는 여자 관리인 경우 중국어가 서툰 척하는 건 필수 전략인 것을 잊지 마시오. 그 다음, 일단 인연이 맺어지면 중국남자들이 갖지 못한 신사적 매너를 최대한 발휘하는 거요. 그건 간단하오. 레이디 퍼스트의

서양식 서비스를 아낌없이 제공하는 거요. 문 드나들 때 앞
세우기, 자동차나 엘리베이터 탈 때 먼저 태우기, 식당에서 의
자 끌어내주기 등. 그리고 식당도 호텔 양식당에서, 술도 프
랑스 고급 와인으로. 선물은 작은 것 한 가지라도 반드시 소
문난 명품으로. 화장품, 지갑, 머플러, 손수건 등. 무작정 서양
것 좋아하는 중국여자들이 이런 매너에 매료되지 않을 사람
은 하나도 없소. 그렇게 사귀어 신뢰를 얻게 되면 그 사람이
꽌시가 되고, 다른 사람들을 소개해 주기도 해서 자기 영역이
차츰 확대되어 가는 거요. 그리고 여자 관리를 공략하면 그
위의 상사도 으레 여자를 먼저 봐주니까 일이 빨리 진행될
수밖에 없소.”

전대광은 차를 한 모금 마셨다.

“그다음, 남자 관리를 상대하거나 다른 기업의 남자직원들
을 상대할 때의 필수 무기는 아까 말한 대로 유창한 중국어
구사요. ‘난 이 정도 능력이 있어’ 하는 걸 과시하고, ‘난 당신
네하고 친해지려고 이렇게 노력했어’ 하는 내심을 표현하는
데 그보다 더 좋은 건 없소. 입장을 바꿔 생각해 보시오. 한
국에 있는 강정규 씨 앞에 어떤 서양사람이 비즈니스를 하려
고 나타났소. 그런데 그 사람이 영어를 하는 게 아니라 우리
나라 말을 거침없이 잘하면 어떻게 되겠소? 놀람과 호감과
신뢰가 한꺼번에 쏟아지지 않겠소? 중국사람들도 똑같소. 그

런 다음 여러 면에서 많이 알고 있다는 것을 자연스럽게 보여야 하오. 자아, 어떤 기업의 핵심 간부와 납품을 위한 첫 비즈니스 대면을 했소. 면담 시간은 1시간으로 제한되어 있소. 어떻게 시간을 쓰겠소? 그 부품회사의 역사와 객관적 공신력과 국제적 기술력과 납품하려는 부품의 우수성과 타 회사 동류 상품과의 비교와……, 그런 식으로 시간을 다 쓰겠소? 그건 서양사람들을 상대로 할 때 쓰는 방법이오. 중국에서 그래선 백전백패요. 30분 이상 나 혼자 떠들었다면 그 상담은 실패한 것으로 봐야 해요. 그만큼 다급하고 성질 급하다는 것을 보인 것이고, 말이 많은 것은 상품에 대한 자신이 없기 때문이라고 생각할 뿐 아니라, 사람이 경박하다고 인품까지 의심받게 되는 것이오. 그게 중국이오. 한마디로 말하자면 중국사람들은 상품의 질을 따지기 전에 사람의 질을 따지기 때문이오. '저 친구가 어떤 존재일까. 아는 건 얼마나 될까. 심성은 어떨까. 믿을 만한 데가 있는가. 술수만 있고 진중하지 못한 것 아닌가…….' 중국사람은 이런 생각을 되작거리며 상대방 뜯어보고, 관상 보기를 하는 게 먼저요. 자아, 그러니까 1시간에서 상대방이 40분 말하게 하고, 나는 20분 말하면서, 그 시간 동안 '나는 영어도 잘하고, 미국 유학도 했고, 느네 나라 역사를 비롯해서 문학이며 문화 전반에 대해서 아는 게 많아' 하는 걸 보여주려면 어떻게 해야 되겠소? 이 문제를 해결하면 상담은 90퍼센트 이상 성공이오. 할 수 있소?"

전대광은 찻잔을 기울이며 강정규를 칩떠보았다. 그 눈길이 '할 수 있긴 뭘 할 수 있어' 하는 말을 담고 있었다.

"아닙니다. 아무 생각도……"

강정규는 머릿속이 뒤죽박죽 뒤엉킨 것 같기도 하고, 하얗게 텅 빈 것 같기도 한 느낌으로 기죽어 몸이 움츠러들었다.

"뭐 걱정할 거 없소. 처음엔 다 모르고, 모르니까 배우는 것 아니겠소. 모든 비즈니스맨들의 공통점은 상대방을 공략해야 한다는 목적의식이고, 그 강박감과 초조감은 사람을 다급하게 만들게 마련인데, 거기다가 한국사람들은 전반적으로 성질까지 급해서 그저 빨리 빨리가 능사가 돼 있소. 그러다보니 혼자 말을 많이 하게 되는 것이오. 그건 중국에선 최대약점이고, 치명타요. 그럼 어떻게 할 것이냐! 정반대 전술을 구사하는 거요. 중국 느네들 만만디냐? 그래 나는 더 만만디다. 중국기업의 고급 간부들 방에는 대개 중국 그림이나 도자기 같은 게 있소. 그런 게 없으면 그들이 으레껏 내놓는 차의 찻잔에라도 그림이나 무늬가 있소. 그런 걸 화제로 삼는 것이오. '아, 이 찻잔 참 좋습니다. 이 작은 찻잔에다 어찌 이런 멋진 풍류의 그림을 그릴 수 있는지 언제 봐도 신비스럽고 감탄하게 됩니다. 제가 미국 버클리에 유학할 때 동양문화 전시회가 열렸습니다. 그때 이런 찻잔이 나왔었는데 미국사람들이 다 신기해하며 어떻게 이런 도자기 제작이 되는지 알고 싶어 했습니다. 그리고 저에게 설명해 달라는 요청이 들어왔습니다. 저는 중국사람이 아니지만 아는 범위 내에서만 설명하겠다고 양해를 구하고, 아주 조금 알고 있는 중국도자기사에 대해 설명하며 진땀을 흘렸던 기억이 이 찻잔을 보니 새롭게 떠오릅니다.' 자아, 이 말을 하는 데 걸린 시간은 얼마요? 겨우 2~3분이오. 그런데 그 내용은 어떻소? 난 미국 유학을 했고, 영어는 중국어보다 더 잘해. 그리고 그때부터 벌써 중국의 역사와 문화에 대해 조금은 알고 있었어. 이런 것을 한꺼번에 보여주었으니 그들의 반응이 어떻게 나타나겠소? 중국에서는 미국 유학한 것을 최고로 치고, 자기네 문화의 우월성을 자부심으로 내세우기 좋아해서 중국 문화를 높게 평가해 주면 엄청나게 좋아해요. 그러니 그 한마디로 자연스럽게 자기 선전 다 하고, 중국 높여주고 했으니 그 상담이 어찌 되겠소. 그리고 내 말을 많이 하려고 하지 말고 상대방에게 질문을 하는 거요. 공자와 맹자의 차이를 한마디로 하면 무엇입니까. 한고조 유방이 공자의 제사를 지내게 한 이유가 무엇입니까. 진시황을 성군으로 보아야 합니까 폭군으로 보아야 합니까. 중국 왕조에서 최고로 꼽는 성군은 누구입니까. 전족은 언제부터 한 것이고, 왜 한 것입니까. 마오쩌둥의 위대함과 덩샤오핑의 위대함은 어떻게 요약할 수 있습니까. 이렇게 비즈니스와는 아무 관계가 없는 질문들을 해서 얻는 효과가 무엇이냐! 그건 한두 가지가 아니오. 첫째, 진지한 말을 하기 좋아하는 중국사람들에게 대화의 주도권을 넘겨주어 주인의식을 충만케 해주었고, 수준 높은 역사적 문화적 응답을 통해 자기가 무척 지적이라는 만족감을 느끼게 해준 이중효과요. 둘째 그런 질문들을 통해서 이쪽이 얼마나 중국에 관심이 많은지, 중국 전반에 대해 얼마나 깊게 통달하고 있는지, 단순한 비즈니스맨이 아니라 얼마나 지적 수준이 높은지를, 말은 적게 하면서 삼중효과를 거둔 것이오. 셋째 질문을 많이 함으로써 비즈니스맨이 갖춰야 하는 필수 요건인 겸손과 겸양을 유감없이 보여준 효과를 발휘했소. 그럼, 상품 소개할 시간은 다 뺏겨버린 게 아니냐고 하겠소? 아무 염려 마시오. '상품에 대해선 이 카탈로그를 참조해 주시기 바랍니다. 귀한 시간 내주셔서 참 유익하고 즐거웠습니다. 다시 이런 시간 갖게 되기를 바랍니다.' 이 말을 남기고 미련 없이 돌아서는 거요. 자아, 강정규 씨, 강정규 씨라면 이런 상대에게 연락하겠소, 안 하겠소?"

전대광은 강정규를 응시한 채 불쑥 물었다.

"예에, 저어……, 연락하겠습니다."

언제부턴가 수첩에 메모를 하고 있었던 강정규가 들썩 앉음새를 고치며 약간 웃음을 지었다.

"반드시 연락이 와요. 난 실패한 적이 한 번도 없소. 단, 그런 질문들을 다양하게 하기 위해서 내가 말하는 책들을 통달해야 하고, 거듭 읽으면 수천 가지 질문들이 저절로 생겨나게 되오."

"예, 열심히 읽겠습니다."

"그리고 비즈니스란 상품으로 하는 게 아니라 인간관계로 하는 거라는 말이 있는데, 바로 중국이 그렇소. 중국 비즈니스의 성패의 절대요건은 인간관계 관리에 달려 있소. 자아, 한 번 관계를 맺은 사람은 죽어서 저승까지 함께 간다는 생각으로 관리하시오. 특별 관리수첩을 장만해서 당사자는 말할 것 없고 부인 자식의 생일까지 표시하시오. 그리고 명절 때마다 경조사 때마다 꼭꼭 선물을 챙기시오. 크게 할 것 없소. 작아도 잊지 않으면 중국사람들은 그걸 무척 좋아하오. 중국사람들이 멘쯔만큼 좋아하는 게 자신이 대접받고 있다고 느끼는 것이오. 그건 중국사람들이 자존심을 중히 여기는 것과 맞통하는 것이오. 그렇게 인간적 신뢰가 쌓이면 지위고하나 노소를 떠나 전폭적으로 돕고 나서는 게 중국사람들이오. 중요한 것은 딱 한 가지요. 중국과 중국사람들을 진심으로 사랑하려는 마음가짐이오. 그러면 공해도 별 문제 아니게 되고, 가래침 뱉고 지나가는 길바닥에서 1위안짜리 국수를 사 먹어도 맛이 있소."

"명심하겠습니다."

강정규는 무언가를 수첩에 열심히 적으며 고개를 꾸벅했다.


전대광은 금요일을 택해 칭다오의 하경만 사장을 찾아갔다.

"아니 이거 어쩐 일이십니까. 미리 연락도 안 하시고."

수위실의 연락을 받고 하경만 사장은 황급히 뛰어나왔다.

"순전히 저의 개인 일로, 직장이 아닌 직업을 갖게 돼서 의논하러 오는 건데 사람이 염치가 있지요. 그동안 안녕하셨어요, 하 사장님."

전대광이 반갑게 손을 내밀었다.

"직장 아닌 직업! 그럼 사표 내셨다는 겁니까?"

눈치 빠르게 말을 알아들은 하 사장이 악수를 하며 놀란 기색이었다.

"예, 연말로 명퇴 신청하고, 지금은 신참한테 노하우 전수 중입니다."

"아, 그 용기 금메달감입니다. 일단 잘하신 거고, 축하드립니다."

"예, 몇 년째 끙끙거리고 있던 참에 하 사장님 말씀 듣고 저지르자! 하고 칼을 뽑은 것입니다."

두 사람은 마주잡은 손에 더 힘을 주며 다른 손으로 서로의 손등을 감쌌다.

"그래, 할 일을 뭘 정하셨어요?"

사무실로 걸음을 떼어놓으며 하 사장이 물었다.

"예, 몇 가지 구상이 있기는 한데, 자본은 약하고 마음은 바쁘고, 어떻게 해야 좋을지를 몰라서 하 사장님께 의논하려고 이렇게 찾아온 겁니다."

"예, 잘 오셨어요. 중국 시장은 지금부터 새롭게 시작이니까 아이디어만 있으면 기회는 얼마든지 잡을 수 있습니다. 14억입니다, 14억!"

하경만 사장이 2층 계단을 밟으며 힘차게 말했다.

"예, 감사합니다……."

전대광은 가슴이 뭉클해져 그 짧은 말끝이 떨리고 흐려졌다. 하 사장의 말 한마디가 그렇게 가슴을 울릴 줄이야! 그는 스스로의 감정에 놀라고 있었다. 명퇴 신청을 해놓고 자신은 자신도 모르게 많이 긴장하고, 많이 불안하고, 많이 외로워하고 있다는 것을 깨달았다. 그때 문득 떠오르는 얼굴, 시안의 포스코 지사장 김현곤이었다. 그를 시안으로 찾아갔을 때 고마움으로 솟는 울음을 억누르던 그의 모습이 선하게 떠올랐다. 전신을 떨며 소리 없이 흐느끼던 사나이의 그 울음은 단순한 울음이 아니라 좌절 속에서 견디어온 사나이의 외로움이 위안받고 있음을 확인하며 터뜨리는 환희였다.

"자아, 차 한잔 하시면서 차분하게 사장님 되실 구상을 말씀해 보세요."

하 사장이 손수 우려낸 차를 따랐다.

"지금 생각하고 있는 게 한 서너 가지 있는데, 다 어설프고 확신이 없습니다. 그래서 인생 선배시고, 사업계의 선배이신 하 사장님의 조언과 판단을 구하려고 이렇게 갑자기 찾아온 겁니다."

찻잔을 받쳐 든 전대광이 머리를 조아렸다.

"아이구, 인생 선배는 무슨……. 내가 이 바닥 물을 좀 먹어서 무엇이 될 것인지는 잘 몰라도 무엇이 안 될 것인지는 제법 찍어낼 수 있어요. 자아, 말씀해 보세요."

하경만 사장이 건배하듯 찻잔을 들어 보이고는 한 모금을 마셨다.

"예, 첫 번째 것이 매해 춘절 때마다 평균 1억 벌씩 팔리는 빨간 내의 장사를 해보자는 겁니다. 그러나 그 시장이 이미 견고하게 짜여 있고, 유통망이 없어서는 안 된다는 게 새 진출자에게는 치명적 장애입니다. 그래서 그 난관을 뚫기 위해서 두 가지 방법을 채택하려고 합니다. 견고한 시장을 뚫기 위해서는 상품을 특화하는 겁니다. 그건 다름이 아니라 상의 왼쪽 가슴에 그해 띠 동물의 형상을 황금실로 새기는 것입니다. 그리고 고가 전략으로 나갑니다. 우리나라 의류업체 이랜

드가 특화·고가 전략으로 중국 시장에서 대성공을 거둔 것처럼. 그리고 유통망은 중국 1위를 차지한 CJ홈쇼핑의 전파를 태웁니다."

"아, 그것! 첫 방에 감이 잡힙니다."

전대광의 말이 미처 끝나지 않았는데 하경만 사장이 생기 넘치는 목소리와 함께 손뼉을 쳤다.

"근데 문제도 있습니다." 하 사장은 여러 가지 생각이 마구 떠오르고, 그 생각들이 금세금세 지워지기라도 하는 것처럼 급히 얘기를 이으며, "그게 히트를 치면 그다음 해에는 모두 그런 식으로 본뜨고 나올 테니 사업에 지속성이 없습니다. 그리고 또 하나의 문제는 빨간 바탕에 금실로 새기면 그보다 더 호화롭고 경사스럽게 보일 수가 없는데, 하나하나 수를 놓자면 대량생산을 할 수 없을 것이니 아무리 고가 전략을 구사한다고 해도 그게 큰돈 만지기는 좀……." 조심스럽게 말하며 그는 고개를 저었다.

"예, 정확하게 지적하셨습니다. 그래서 저는 이번 춘절에 맞추어 적은 자본금을 확충하는 기회로 이용하기 위해 1회성 단타사업으로 구상한 것입니다. 그리고 동물 형상을 새기는 것은 손수가 아니라 기계수를 이용해 소량생산의 비사업성을 해결할까 합니다."

"아, 그렇다면 한판 도전해 볼 만해요. 전망이 아주 밝아요.

그러나 아무리 기계수라 해도 단기간 내에 몇십만 벌은 못 돼도 몇만 벌은 만들어내야 될 텐데 그런 기술팀 확보가 가능한 건가요?"

"예, 제 조카 친구 작은아버지가 그 분야의 왕초, 아니 기술 뛰어난 장인인데, 이번 점검이 끝나면 본격적으로 계약하러 나설 겁니다."

"그럼 그건 됐고, 그런데 CJ홈쇼핑도 문제요. 춘절 직전이면 1년 중 최고로 피치가 오를 땐데 시간 따내기가 하늘의 별따기 아니겠어요?"

하경만 사장은 빠른 판단력으로 대목대목을 정확히 짚고 있었다.

"예, 그건 정말 하늘의 별따기지요. 근데 박 회장님이 저와 좀 친분이 있고, 지금 하 사장님께서 사업성이 있다고 판단하시면 그분도 그렇게 판단하실 테니까, 제 사업이라면 한 번은 흔쾌히 봐주실 겁니다."

"글쎄……, 막상 부탁하러 가면 어떨지. 세상인심이라는 게……."

"별일 없을 겁니다. 박 회장님은 아주 인품이 좋으시고, 심지가 굳고, 신뢰가 깊으신 분입니다."

"됐어요, 그럼 됐어. 계속 생각해 봐도 변함없이 감이 좋으니까 과감하게 밀어붙여보세요. 성공 확률 99퍼센트예요. 1억 벌 팔리는 중에 특이한 고급품 몇만 벌이 안 팔리겠어요. 아주 좋은 아이디어예요. 역시 전 부장다워요."

"감사합니다. 하 사장님께서 그렇게 판단해 주시니 맘 놓고 추진하도록 하겠습니다."

전대광은 안도의 숨을 길게 내쉬며 찻잔을 들었다.

"그 다음 구상은 뭐가 또 있지요?"

하경만 사장은 서로의 빈 잔에 차를 따르며 상대방이 편히 얘기를 꺼낼 수 있도록 마음 쓰고 있었다.

"이런저런 생각들이 많은데 다 적잖은 자본이 있어야 할 수 있는 일들이라 우선 덮어둘 수밖에 없습니다. 그런데 한 가지 참 아까운 것이 있습니다. 성공 확률 100퍼센트고, 짝퉁 없이 계속 시장이 확보될 수 있는 건데……."

전대광은 아쉬운 듯 입맛까지 다시며 입술을 훔쳤다.

"그게 뭔데 그래요?"

하 사장이 어서 말해 보라는 눈짓을 하며 친근한 웃음을 보냈다.

"유아용 분유 사업입니다."

"분유……? 으음……, 그것도 큰 자본에다 유통이 문제겠구만. 애들은 매해 태어나니까 시장은 안정된 편이겠고……."

하 사장이 눈길을 떨군 채 빨리 회전하는 생각을 정리하고 있었다.

"아닙니다. 그 사업은 자본도 별로 크게 들지 않고, 유통기간이 길고, 시장이 전국적으로 고루 넓은 데다, 자식을 위하는 모든 엄마들의 관심 상품이라 어느 유통업체나 환영하는 상품입니다. 그런데 가장 큰 문제가 광고 모델을 확보할 길이 없어서 포기할 수밖에 없는 아까운 사업입니다."

"그게 무슨 소리요? 광고 모델 때문에 될 수 있는 사업을 포기하다니. 모델이야 흔하고, 그중에서 골라 쓰는 것 아니오?"

하 사장은 알 수 없다는 표정이었다.

"예, 사장님께서도 잘 아시다시피 상품이란 품질만 좋다고 소비자를 잘 만나는 건 아니지 않습니까. 상표도 좋아야 하고, 한순간에 소비자의 이목을 끌도록 하는 술수도 부려야 합니다. 그게 광고가 발휘하는 효과입니다. 중국의 유아는 평균 3천만 명 정도입니다. 그런데 몇 년 전에 일어난 가짜 우유 파동으로 중국 분유에 대해서는 엄마들의 불신이 팽배해 있습니다. 그런데 우리나라 분유에 대해서는 중국에서 신뢰도가 높습니다. 이건 최적의 시장 조건이 갖추어진 셈입니다. 그래서 분유 사업을 시작하면 우리나라 분유회사와 OEM(주문자 생산방식) 계약을 해서 자본금을 최소화할 수 있습니다. 상표는 어느 집에나 하나뿐인 귀한 자식들을 겨냥해 '소황제 소공주 분유'로 합니다. 그다음이 광고입니다. 중국의 젊은 엄마들의 마음을 한순간에 잡아 흔들고 기쁨의 함성을 지르게 할 수 있는 한국의 여배우가 딱 한 사람 있습니다. 텔레비전 드라마로 중국에 최초로 한류 바람을 일으켜 중국사람이면 모르는 사람이 없는 여배우. 그 여배우가 시집을 가서 얼마 전에 애를 둘, 쌍둥이를 낳았습니다. 그 여배우가 쌍둥이를 양쪽에 안고 사진을 찍고, 그 밑에 '우리 아이들에게 먹이는 소황제 소공주 분유'라고 쓰면, 분유통마다 그게 찍혀 있으면 그게 어찌 되겠습니까?"

"그거 대박이오!"

하 사장이 소파의 팔받이를 치며 소리쳤다.

"그런데 광고 섭외가 안 됩니다."

"무슨 소리요. 돈 주면 될 거 아니오."

"그게 안 됩니다. 애들을 광고로 쓰지 않으려 하니까요."

"아하, 그거 아깝다!"

"예, 잔뜩 힘 줬다가 푹 맥 빠지고 말았어요. 맘 먹고 온힘 다 써서 방망이를 휘둘렀다가 헛방 친 타자처럼."

"그렇겠소. 나도 이렇게 맥 빠지는데."

하경만 사장이 푹 한숨을 쉬었다.

"그래서 미련을 못 버리고 '소황제 소공주 분유'는 곧 상표 등록을 해두려고 합니다. 다음 기회를 기다려보고, 정 기회가 안 오면 상표라도 큰 기업에 팔아보려구요."

"맞소, 그 상표 아주 좋아요. 하나뿐인 자식들이 모두 왕쯔청룽(望子成龍: 자식이 용처럼 크게 되기를 바람)하기를 바라는 중국 부모들의 마음을 그렇게 정확하게 찍어내다니. 우리나라 큰 분유회사들하고 적극적으로 접촉해 보는 게 어때요? 큰 비즈니스가 될 수도 있겠는데. 우리나라 분유회사들도 그렇지, 좁은 시장 놓고 다투지 말고 넓은 중국 시장으로 진출하면 전망이 얼마나 밝아요."

"예, 좀 더 두고 생각해 볼 문젭니다. 그런데, 요즈음 인력난과 인건비 상승, 두 가지 악재가 겹쳐 외국기업들은 말할 것도 없고 중국기업들까지 베트남이나 캄보디아 같은 나라로 공장들을 옮긴다고 야단들인데, 사장님은 어떠세요?"

전대광은 화제를 바꾸었다.

"그렇지요, 상황이 바뀌고 있는 건 분명해요. 그 두 가지 악재는 중국 경제가 발전하면서 필연적으로 오게 되어 있는 현상이고, 싼 인건비 찾아 동남아 국가들만 가겠어요. 인도와 함께 파키스탄이며 아프가니스탄까지도 가겠지요. 그러나 그쪽 싼 인건비에는 큰 문제점이 숨어 있어요. 첫째 노동 숙련도가 문제고, 둘째 노동 생산성이 문제예요. 우리나라 기업들이 중국에 와서 빨리 자리 잡을 수 있었던 것은 중국사람들의 노동 숙련도가 우리나라 사람들과 똑같이 빨랐기 때문이고, 또 한 가지는 통역 잘하는 중국사람인 조선족들이 있었기 때문입니다. 사람에 따라 약간씩의 문제가 없지 않았지만, 전체적으로 볼 때 조선족들은 큰 공을 세운 겁니다. 그런데 노동 숙련도에 비해 중국사람들의 노동 생산성은 아주 문제 아니었습니까. 그게 고질적인 게으름이 아니라 사회주의 노동 습관이었는데, 그걸 자본주의 노동 강도로 바꾸는 데 지난 10년이 걸렸고, 지금도 노동 생산성은 우리나라에 비해 20퍼센트는 떨어지고 있는 건 다 아는 사실이잖아요. 그런데 동남아 쪽으로 가면 노동 숙련도와 노동 생산성이 동시에 문제가 될 겁니다. 거긴 온대가 아니라 열대지방이고, 도저히 고칠 수 없는 열대의 체질이라는 것이 있어요. 그건 아주 큰 함정이에요. 난 그쪽으로 갈 생각 전혀 없어요."

"그거……, 열대지방의 DNA 같은 건가요?"

"예, 바로 그거요. 너무나 더워 결혼식도 밤에 해야 하는, 무언가 느리고, 무언가 둔한 것 같은 것, 그 열대 DNA는 그들의 의지나 노력으로 쉽게 고쳐지는 게 아니지요."

"예, 이해가 됩니다. 사장님께서 중국 노동력에 만족하시는 이유는 알겠는데, 날로 심해지는 인력난이 문제 아닙니까? 임금 인상도 그렇고."

"그거……, 나만의 해결 방법이 있지요."

하경만 사장은 몸을 뒤로 약간 젖히며 빙긋이 웃었다.

"그게 무슨 비책이지요?"

전대광이 관심을 드러냈다.

"그게 뭐 비책이나 묘책일 건 없고, 흔히 말하는 발상의 전환인 셈이지요. 지금 일어나고 있는 인력난의 원인이 그 해결책인 겁니다. 다시 말하면 지금의 인력난은 사람이 모자라서 일어나는 게 아니라 인력은 충분한데 고향을 떠나지 않으려고 해서 발생하는, 이것도 중국만의 특색을 지닌 인력난이잖아요. 그럼 어떻게 해야 되겠어요. 목마른 놈이 샘 파더라고 기업이 앉아서 기다리기만 할 게 아니라 반대로 노동자들을 찾아 나서는 겁니다. 인력난이 생길 때마다 내륙으로 400~500리씩 들어가라! 이것이 내가 쓰고 있는 방법입니다."

"……?"

"시골 농촌으로 들어가면 마을마다 40~50명씩의 여자 노동력이 다 있습니다. 그리고 마을의 권력자 촌장이 있잖아요. 그 촌장을 사장으로 삼아 여자 노동력을 묶으면 임금 인상 걱정 없이 제품 생산이 완전하게 이루어집니다."

"아니, 아무 기술도 없는 농촌 여자들이 어떻게 전문기술에 해당하는 액세서리를 만들 수 있죠?"

전대광이 이해할 수 없다는 표정이 되었다.

"예, 액세서리 종류가 몇십만 가지로 많듯 그 기술도 가지가집니다. 자디잔 큐빅을 박아야 하는 섬세한 전문기술도 있고, 그냥 염주알 꿰듯, 바늘에 실 꿰듯 하는 단순기술도 있습니다. 그런 목걸이 종류를 시골로 보내면 촌장님의 감독 아래 훌륭한 제품을 완성해 냅니다."

"아, 아, 사장님, 그렇지요……, 그렇지요……, 성공이 거저 온 것이 아니지요."

전대광은 고개를 폭넓게 끄덕거리며 중얼거리고 있었다.

"그런데 내륙으로 깊이 들어갈 때마다 지난 10년 동안의 중국의 급변을 자꾸 생각하게 돼요. 내가 처음 사원 모집을 할 때는 사람들이 초등학교 운동장에 꽉 찼어요. 30명 정도 뽑을 건데 2천 명 정도가 몰려든 거지요. 뭐든 좋으니까 일거리만 달라는 얼굴들이었어요. 꼭 우리의 60년대와 똑같았어요. 그 많은 사람들을 보고 어이없기도 하고, 즐겁기도 하고 심정이 복잡했어요. 헌데 그 많은 사람 중에 30명을 어떻게 뽑을 것이냐가 당장 걱정거리였어요. 이력서를 내게 할 수도 없고, 무슨 시험을 볼 수도 없고. 그래서 궁리 끝에 생각해 낸 것이 자기 이름과 중화인민공화국 만세를 써내라고 했어요. 우선 문맹을 골라내야 했으니까요. 글을 깨치지 못하면 기술을 설명하고 가르칠 때 잘 알아듣지를 못하거든요. 지금도 문맹이 5천만이 넘는다는데 10년 전에는 훨씬 더 많았거든요. 그 시험에서 거의 절반 가까이가 떨어져 나갔어요. 그 다음에 한 것이 10명 단위로 잘라 바늘에 실을 꿰는 실습을 시켰어요. 2~3초 안에 꿰는 사람만 합격시켰어요. 그건 시력과 손끝의 예민함을 테스트하는 겁니다. 액세서리 제작에는 그 두 가지가 절대적인 요건이니까요. 그렇게 맘 놓고 고르던 때가 꿈만 같습니다."

"우리 종합상사에서는 전혀 경험하지 못한 일이로군요."

"그렇지요. 여기 제조업체들이 겪은 일이지요. 아참, 얘기 나온 김에 의논할 게 한 가지 있어요. 저 만주 쪽에서 우리 회사 일을 맡고 있는 조선족이 한 명 있는데, 최근에 연락이 왔어요. 압록강변 단둥시 인근의 여러 공장에 북한여성들이 와서 일하고 있다는 거예요. 임금도 싸고 같은 동포이고 하니 우리 일을 맡기는 게 어떻겠냐고요."

"아니, 그게 사실입니까?"

전대광은 소파에서 등을 뗄 만큼 깜짝 놀랐다.

"예, 나도 처음에는 놀랐는데, 틀림없는 사실이에요."

"그것 참, 중국에 싸구려로 노동력을 파는 신세가 되다니……."

전대광의 얼굴이 일그러지며 혀를 찼다.

"어쩌겠어요. 다급한데 찬밥 더운밥 가릴 처지가 아닌 거지요. 그거 어떡하면 좋을까요?"

"……, 안 하시는 게 좋을 것 같습니다. 왜냐하면 지금 북한과의 관계가 거의 파탄상태에 빠져 있습니다. 금강산 관광도 중단되고, 민간 차원의 지원도 전혀 허락하지 않고 있습니다.

겨우 명맥을 유지하고 있는 게 개성공단뿐입니다. 이런 불안한 상황에서 괜히 북쪽 여성들에게 일거리 맡겼다간 크게 덤터기 쓸 수 있습니다. 정치적으로 트집 잡으려 들면 얼마든지 문제가 될 수 있으니까요. 기업인은 기업만 해야 합니다." 전대광은 끝말에 잔뜩 힘을 넣었다.

"그렇지요? 괜히 한 민족이라는 것 때문에……."

"예, 사장님 맘 다 아는데, 이건 인정에 끌릴 일이 아닙니다." 전대광은 또 단호하게 말하고는, "결국 이런 일이 생기는군요. 그 작가의 말이 적중했어요. 몇 년 전에 어떤 작가가 이런 사태를 예견하며 남과 북 서로를 위해 개성공단 같은 것을 10개쯤 더 만들어야 한다는 글을 쓴 일이 있었어요." 그는 일그러진 얼굴을 펴지 못하고 또 혀를 차댔다.

"그런 글이 있었어요? 몇 년이나 됐는데요?"

"그게 한 7~8년 됐나……?"

"그거 읽어보긴 틀렸군요."

"아니지요. 지금 인터넷 세상이잖아요. 그 신문을 아니까 검색하면 금방 찾아낼 수 있어요."

"예, 그럼 전 부장님이 좀 찾아보세요."

"그러지요."

그들은 함께 일어났다.

전대광은 하 사장의 컴퓨터를 조작하기 시작했다. 2분쯤 지나자 그가 허리를 펴며 말했다.

"여기 있습니다."


한 달 임금 단돈 56달러. 1달러당 1,200원으로 쳐도 6만 7,200원밖에 안 된다. 이건 수만 리 밖 아프리카 어느 빈국의 이야기가 아니다. 서울에서 백 리가 조금 넘는가 어쩌는가 하는 개성공업단지의 이야기다. 남과 북이 평화통일을 이룩해 나갈 긴 도정에서 상호신뢰의 첫 결실로 만든 것이 개성의 공업단지다. 그리고, 거기서 일할 북쪽 근로자들에게 지급할 임금을 남과 북은 한 달에 56달러로 합의한 것이다.

한 달 임금이 56달러……? 믿을 수가 없었다. 560달러가 잘못 인쇄된 게 아닐까……? 그러나 모든 신문은 분명 56달러로 적고 있었다. 그래서 더욱 믿을 수가 없었다. 56달러, 6만 7,200원이면 남쪽 부자들이 일류호텔에서 아무 거리낌 없이 먹어치우는 한 끼 밥값도 아닌, 그 절반밖에 안 되는 돈이다. 그런 돈이 북쪽에서는 노동자들의 한 달 임금이라니. 아니, 북쪽 노동자들은 그 돈을 전부 갖는 것도 아닐 것이다. 사회주의 경제구조 속에서 국가적 통제가 있을 게 아닌가.

그럼, 정작 노동자들이 받는 돈은 얼마일까……. 그 답을 얻을 수 없는 의문 앞에서 가슴이 저리고 쓰라렸다. 남쪽 사람 그 누구인들 이 사실 앞에서 마음이 편하랴. 그런 돈에도 노동력을 팔아야 하는 사람들은 우리와 아무 상관도 없는 머나먼 나라 사람들이 아니라 5천 년 동안 함께 살아온 우리의 동포다. 그들은 우리와 말이 같고, 풍습이 같고, 생김이 같은 형제다. 다만 역사 격랑기에 이데올로기의 선택이 달라 민족국가를 세우지 못하고 나뉘었을 뿐이다. 우리는 확인하지 않았는가, 지난 아시안게임 때. 북쪽의 '이쁜이응원단'과 남쪽의 시민들이 처음의 생경함과 서먹함에서 벗어나 한집안 혈육 같은 정으로 어우러지는 데는 단 사흘이 걸리지 않았던 것을. 50년이 넘도록 양쪽에서 쌓아올린 정치적 이념의 벽은 동포라는 혈족애 앞에서는 그리도 무력하게 무너지고 말았다. 남쪽 총각은 응원단 버스를 향해 결혼하자고 외치며 이름이 뭐냐고 물었고, 응원단 처녀는 곱고도 부끄럽게 웃으며 차창에 '순이'라고 썼다. 북쪽 선수단 300여 명을 남쪽 국민들의 세금으로 초청한 것이 화해와 화합의 작은 결실이었다면, 남남북녀가 하나가 되고 싶어 하는 그 지순한 감정의 교류는 민족통일로 가는 넓고 큰 강이면서, 우리가 왜 통일을 해야 하는가를 밝혀주는 너무 자명하고도 자연스러운 응답이다.

지금 개성공단에 입주하고 싶어 하는 남쪽 기업들의 경쟁은 치열하다. 어림이지만, 경쟁률이 1천 대 1이 넘을 거라고 한다. 이유는 간단하다. 임금 56달러가 보장하는 막대한 이윤 때문이다.

그런데 최근의 조사에 따르면 앞으로 2~3년 안에 우리나라 중소기업의 85퍼센트가 중국으로 공장을 옮길 작정이라고 한다. 중국은 땅이 넓은 만큼 지역에 따라 임금의 차이가 많지만, 상하이를 비롯한 대도시들과 정밀 고급기술자들의 임금은 이미 600달러도 넘었다는 것이다. 북쪽 임금 56달러의 10배다. 그런데도 한국의 기업들은 서로 앞다퉈 중국으로 옮겨가려 하고 있다. 왜냐하면 중국의 인건비가 계속 오르고 있지만 그래도 국내보다는 싸서 안정된 이익을 확보할 수 있기 때문이다.

중국 전역의 평균 임금이 북쪽 임금 56달러의 5배라고 치자. 그리고, 앞으로 2~3년 동안에 우리나라 중소기업 85퍼센트가 중국으로 옮겨가면 그 공장들에 채용될 중국 근로자들은 얼마일 것이며, 그들에게 지급될 임금 총액은 도대체 얼마일까? 한두 해가 아니니 그 액수는 계산하기 어렵게 막대할 것이다.

이 대목에서 한 가지 공상을 하지 않을 수 없다. 그 기업들을 중국이 아닌 북쪽으로 옮기면 어떨까? 그리되면 남과 북에 동시에 일어나는 경제적 실효가 얼마나 클지는 더 말할 것이 없다. 북쪽에서는 엄청난 고용창출이 일어나게 되고, 남쪽에서는 인건비 한 가지만으로도 5배의 이익을 얻게 된다. 그뿐만 아니라 서로 말이 자유롭게 소통되어 작업능률이 배가 된다. 또,

손끝솜씨 뛰어난 같은 민족으로서 다른 나라 사람들에 비해 숙련 속도가 빨라 생산력이 극대화된다. 더 나아가 민족동질성을 확보하는 동시에 상호신뢰를 뿌리 깊게 할 수 있다. 그건 다름 아닌 통일의 대로를 닦아 나아가는 바탕이다.

그렇게 되려면 무슨 방법이 있을까. 그건 간단하다. 새로운 개성공단을 10개쯤 더 만들어내면 된다. 교통이 편리하고, 북쪽 체제보장에 아무 탈이 없도록 서해안 쪽에 5개쯤, 그리고 동해안 쪽에 5개쯤 새로 만들면 그 얼마나 좋겠는가. 그 일의 성취는 북쪽의 경제난을 극복할 수 있는 첩경이 될 것이며, 남쪽에서는 GNP가 2만 달러로 도약하는 결정적인 탄력을 받게 될 것이다. 그리고 그 경제협력은 서로의 통일비용을 줄여가는 데 크게 기여할 것이다.

이 공상은 공상이기만 한가? 결코 그렇지 않다. 6·15공동선언이 나오기 직전까지 그런 일을 기대하는 것은 허황된 공상이었다. 그러나 김대중 대통령과 김정일 국방위원장이 그 선언을 하는 것을 계기로 분단 한반도의 역사현실은 크게 달라졌다. 갈등과 대결의 분단역사에서 화해와 협력의 통일역사로 대전환을 한 것이다. 이 역사의 대전환은 그 누구도 뒤집을 수도 거역할 수도 없다. 공상을 현실화시키는 것, 그것이 뛰어난 정치술이다. 불가능을 가능으로 바꾸는 것, 그것이 탁월한 정치능력이다.

6·15공동선언까지가 어려웠지, 그 길이 열렸으니 이제 못할 일이 무엇이 있는가. 6·15공동선언을 실현시켜 가기 위해서는 강철보다 강하고 바다보다 깊은 상호신뢰가 이루어져야 한다. 서로에 대한 믿음이 확고해지는 것, 그건 상호불가침조약을 체결하고, 평화공존을 제도화하는 것이다. 그리되면 새 개성 공단은 단숨에 10개 아니라 20개도 생겨날 수 있다.

노무현 대통령은 머지않아 탄핵의 사슬에서 벗어나게 될 것이다. 김정일 국방위원장은 새롭게 시작하는 노무현 대통령을 맞이하는 첫 번째 일로 남북정상회담을 개최하기를 권고한다. 통일민족사의 지평 위에서 두 정상이 마주 앉아 상호불가침조약을 체결하지 못할 이유가 없다. 중학생들까지도 다 안다, 우리를 둘러싸고 있는 주변 4강이 우리의 통일을 원치 않는다는 것을. 그 해답의 열쇠는 '우리들 자신'이 쥐고 있으며, 그 역사의 책무 앞에 두 정상은 서 있다.

# 벼룩의 간을 빼먹지

"상신원이 도망갔어요. 상신원이!"

서하원이 핸드폰 속에서 울부짖었다.

"무슨 소리예요, 그게!"

전대광도 그 목소리만큼 크게 고함을 질렀다.

"미국으로, 아니 캐나단지 어딘지로, 하여튼 도피했어요."

그 목소리에서 떨면서 울고 있는 듯한 서하원의 모습이 환히 보였다.

"그게 언제요?"

전대광은 무릎이 휘청 꺾이며 주저앉았다.

"몰라요, 2~3일 됐는지 어쩐지."

"아니 그런데, 원장님이 왜 이러시는 거죠?"

전화를 받다 보니 서하원의 울부짖고 떨고 하는 반응이 이상하고 이해가 안 되어 전대광은 이렇게 물을 수밖에 없었다.

"글쎄 내 돈을……, 내 돈을 몽땅 가지고……."

서하원은 복받치는 감정으로 목이 메어 말을 제대로 못했다.

"그게 도대체 무슨 소리예요?"

전대광은 무슨 뜻인지는 모른 채 큰 탈이 생겼음을 직감했다.

"전화로는……, 전화로는 다 말하기가 곤란해요."

"알았어요, 내가 갈게요."

전대광은 전화를 끊으며 머릿속이 복잡하게 뒤엉키고 있었다.

샹신원과 서하원 사이의 어떤 돈 관계……, 몽땅 가지고……, 그럼 그동안에 번 돈을 샹신원에게 다 맡겼단 말인가? 왜……? 그냥 맡겼을까? 그럼 이자놀이……? 샹신원이 딴 나라로 도망을 가? 이혼도 그런 준비였나? 고급 관리들의 해외 도피가 한두 건이 아니지만 샹신원이……. 애국심도 있고 출세 욕구도 꽤나 강했던 사람인데……. 사람, 참으로 그 속을 알 수가 없는 정글이다. 열 길 물속은 알아도 한 길 사람 속은 모른다. 괜히 이런 속담이 생겨났겠는가. 줄기찼던 그의 돈 욕심. 그것도 다 탈출을 위한 준비였던가. 무섭다, 사람의 마음이라는 것, 정말 무섭다.

"애들은 자꾸 커나는데 빨리 생활 기반을 잡아야 되지 않 겠느냐고, 자기가 도와주겠다고 했어요. 건설회사를 크게 하 는 친구한테 부탁해서 은행 이자의 두 배를 받아준다고요. 그래 놓고……."

서하원은 부들부들 떨면서 도저히 참을 수 없는 듯 눈물 을 뚝뚝 흘렸다.

"하아, 그래서 월급, 운영비를 제한 나머지 이익금을 50퍼 센트씩 분배하기로 한 그 돈을 매달 상신원한테 맡겼다 그겁 니까?"

전대광은 처음의 계약 조건을 떠올리며 한숨을 토해 냈다. 앞에 앉아 있는 서하원이란 온순한 사나이가 한없이 순진해 보이기도 하고, 한심스럽게 멍청해 보이기도 했던 것이다.

"예, 매달 계산 끝내고 나서 바로바로 맡겼지요."

"허허, 그래 이자는 두 배로 받았어요?"

전대광은 어처구니없는 헛웃음을 흘렸다.

"아니요. 계산을 해서 원금에다 보태 나갔지요."

"하이고, 호랑이 아가리에 알뜰하게도 다 바쳤군요. 그런 돈 거래 그전에도 해봤어요?"

"아니요. 은행에 적금만 들었지요."

"그래요, 원장님 같은 사람은 그게 바로 정도(正道)예요. 내

참 기가 막혀서, 그런 식으로 거래를 하면서도 아무 의심이
안 들었어요?"

"전 부장님하고 친한 사이라……."

"허허, 그렇다면 왜 나한테 한마디도 하지 않았지요?"

전대광은 또 기가 막혀 죽겠다는 듯 헛웃음을 토해 냈다.

"샹신원이 아무 말도 하지 말라고, 돈거래를 남들이 알게
되면 구설수만 생기지 좋을 게 아무것도 없다고……."

'아니야, 괜히 떠넘기지 마. 당신 마음도 그 돈거래를 비밀
로 하고 싶은 건 똑같았을 거야. 그게 사람 마음이거든. 돈이
라는 요물이 사람 마음을 그렇게 만들게 돼 있어.'

전대광은 서하원의 마음을 꿰뚫어보고 있었다. 그렇게 짝
짜꿍되어 놓고 이제 와서 나한테 왜 알리고 그래? 그의 마음
은 이렇게 삐딱해지고 있었다.

"그런데 더 큰일이 있어요."

서하원은 계속 부들부들 떨고 있었다.

"아니, 그보다 더 큰일도 있어요?"

전대광은 무슨 정신없는 소리냐는 듯 미간을 잔뜩 찌푸렸다.

"그 병원에서 곧 쫓겨나게 생겼어요."

"그건 또 무슨 소리요?"

전대광은 깜짝 놀라 목소리가 커졌다.

"이번 일 터지고 나서 알았는데 그 병원은 샹신원이 운영한

것이었어요. 이번에 도망가면서 병원 전세금을 다 빼 가버린 거예요."

"그럼 그 중국인 의사는 고용된 사람이었다는 얘기군요."

"예, 비밀을 지키기로 샹신원과 약속을 했기 때문에 어쩔 수 없었다고, 미안하다고 하더군요. 그러니 무슨 말을 더 하겠어요."

"참 철저하고 완벽한 사기로군요. 어떻게 이럴 수가……."

전대광은 어깨가 처져내리도록 한숨을 토하며 중얼거렸다.

"전 부장님도 그런 사람인 줄을 전혀 몰랐던 모양이지요?"

서하원은 아직도 물기 번져 있는 눈길로 전대광을 바라보았다. 그 슬프고 우울한 눈에 '왜 그런 못된 사람을 소개했느냐'는 원망이 담긴 듯했다.

그런 느낌을 받자 전대광은 서하원보다 먼저 사기를 당한 것은 자기 자신이라는 것을 깨달았다. 그리고, 서하원이 그 잘못을 따지려고 자신을 만나자고 했는지도 모른다는 생각이 들었다. 그러고 보니 서하원에게 죄책감이 느껴졌다. 하루 빨리 재기를 하려고 농민공보다 더 힘겹고 고달프게 일해 온 그는 또 중국에 올 때와 마찬가지의 빈털터리가 되어버린 거였다. 거기다가 병원마저 못 하게 되었으니 절망 위에 절망이 덮친 최악의 상황에 처해 있었다.

그 절망이 너무 암담해 전대광은 아무 생각도 떠오르지 않았다. 그 절망에서 서하원을 구해낼 방법이 없었다. 그렇다고 그가 빈손으로 돌아가는 것을 보고만 있을 수도 없는 노릇이었다.

"내가 원장님한테 참 면목 없이 됐습니다. 형편이 꼬이고 또 꼬였지만 너무 낙담하진 마세요. 어떻게 해서든 무슨 해결책을 찾아보도록 하십시다. 이대로 귀국하실 수는 없잖아요."

전대광은 서하원의 심중을 슬쩍 건드려보았다.

"당연하지요. 아내와 아이들을 어떻게 보게요. 모두 돈 벌어 오기를 목이 빠지게 기다리고 있는데······."

아내와 아이들이 눈앞에 있기라도 한 듯 서하원은 고개를 설레설레 저었다. 전대광은 서하원의 일까지 궁리해야 된다고 생각하자 솔직히 귀찮고 짜증스러운 마음이 일기도 했다. 그러나 곧 떠오르는 것이 서하원을 소개해 준 한민우 선배였다. 바퀴가 펑크 나서 차를 세웠는데 다른 차에 뒤를 들이받힌 꼴로 궁지에 몰린 서하원을 모른 척해버렸다는 것을 알면 한 선배는 뭐라고 할 것인가.

"병원 전세 기간은 얼마나 남았습니까?"

"예, 열흘 여유를 준다고 했습니다."

"급하군요. 어쨌든 그 안에 무슨 해결책을 찾아보도록 하십시다. 그런데, 다른 병원에 취직하는 건 어떻게 생각하십니까?"

"글쎄에요······, 그것도 생각해 봐야겠지만······, 그래서는 그게⋯⋯." 서하원은 난감한 표정으로 입맛을 다시더니, "죄송하지만 지난번과 같은 조건으로 동업할 사람을 알아봐주실 수는 없을까요. 이번에는 변호사 세우고 서류 단단히 꾸며 대비하면 아무 사고도 안 날 테니까요." 그는 빙충맞게 징징대던 때와는 전혀 다른 모습으로 다부지게 말했다.

"아 예에⋯⋯, 변호사 세워서⋯⋯, 그럼 훨씬 안전해지겠지요."

오랜만에 서하원의 남자다운 모습을 보며 전대광은 수컷이 발휘하는 본능의 힘을 느끼고 있었다. 모든 수컷은 처자식을 굶기거나 죽이게 될 궁지에 몰리면 발악적인 용맹성을 발휘하게 되어 있었다.

전대광은 서하원과 헤어지고 나서 딴 일이 마음에 잡히지 않았다. 샹신원의 모습이 자꾸만 눈앞에 떠올랐다. 떼쳐내려 하고, 생각하지 않으려 해도 자신의 두 가지 마음은 서로 엎치락뒤치락하며 밀고 밀리고는 했다.

샹신원⋯⋯, 자신과는 정이 깊이 든 사람이었다. 약간 도도하면서도 다정함이 있었고, 머리가 좋은 만큼 아는 것이 많았고, 베이징대학 출신답게 출세의 야망도 컸고, 무엇보다도 꽌시로서 오랜 세월 동안 좋은 사이를 유지하며 많은 도움을 주었고, 굳이 한 가지 흠을 잡자면 돈을 너무 좋아하는 것이었다. 그러나 자유경제 체제 속에서 돈을 좋아하는 것이 흠일까. 이 세상에서 돈 좋아하지 않은 사람이 어디 있을까. 그가 돈을 좋아했던 것은 사업가들이 돈을 좋아하는 것과 좀 다르게 생각했었다. 사업가들은 더 많은 돈을 벌어들이기 위해 돈을 좋아한다면 그는 출세의 야망을 위해 돈을 좋아했다. 그는 줄기차게 돈을 모았고, 그 돈을 출세를 위해서 아낌없이 쓰는 눈치였다. 그는 술이 만취할 때면 가끔 "10년 후에는 내가 어디에 있을 것 같소?" 하고 물었고, "그야 베이징 핵심에 들어가 계시겠죠." 자신은 화답했고, "그럼 전 부장은 어떻게 돼 있겠소?" 그가 껄껄 웃으며 물었고, "저야 운이 좋으면 상하이 지사장이고, 그렇지 않으면 퇴직한 신세겠지요" 하면, "그때 날 찾아오시오. 전 부장처럼 유능한 사람이 퇴직해 아무것도 하는 일 없이 그냥 논다면 그건 사회적 손실이오. 날 찾아오면 내가 특별한 일자리를 줄 테니까." 아주 호걸스럽게 말했고, "이 말 녹음해 둘 수도 없고 어쩌지요. 그때 가면 틀림없이 모르는 척할 텐데." 자신이 농담을 했고, "맞소, 맞소. 틀림없이 변심할 테니 빨리 녹음하시오, 녹음." 둘이는 유쾌하게 웃고는 했었다.

그런 사람이 해외로 도망을 가고 말았다. 무슨 일일까. 베이징을 향한 출세의 길은 괜한 허풍이었을까. 그는 미국이나 캐나다로 이민 열풍을 일으키고 있는 속된 부유층이었을 뿐인가.

그가 나라를 버리고 떠난 이유를 어느 만큼이라도 알고 싶었다. 전대광은 자연스럽게 샹신원의 아내 천웨이를 떠올렸다. 이미 이혼했다 해도 어느 정도는 이유를 알고 있지 않을까 싶었다.

"아 전 부장님, 그렇잖아도 무슨 연락 오지 않을까 생각하고 있었는데 내 예상이 틀림없군요. 네, 좋아요. 오랜만에 만나서 얘기 좀 해요."

천웨이는 시들어가는 외모에 비해 목소리는 변함없이 맑고 정감을 풍기고 있었다.

"충격이 컸지요? 그랬겠지요. 샹신원을 알고 있던 사람들은 다 똑같아요. 그러나 나는 전혀 놀라지 않았어요."

천웨이는 묘하게 웃으며 커피잔을 들었다.

"그럼 그럴 줄 짐작하고 계셨던 건가요?"

전대광은 첫마디에 열린 질문의 기회를 놓치지 않았다.

"근데 전 부장님은 그 소식을 어떻게 알았어요? 그렇게 빨리."

천웨이는 살짝 웃으면서 아주 능란하게 질문을 피해 섰다.

"아 예, 병원의 서 원장한테서 연락을 받았습니다. 그분이 피해를 입은 게 있어서 다급하게 연락을 해온 겁니다."

"피해……?"

천웨이는 눈길이 매워졌다.

전대광은 순간적으로 '괜한 말을 했나' 하는 생각이 스쳤지만, 어차피 나오게 될 얘기라고 가볍게 생각해 버렸다.

"예, 뒤늦게 알고 보니 그분이 당한 피해가 이만저만 큰 게 아니었습니다. 간단히 결론만 말하면 2년 동안 번 돈을 샹 주임에게 다 떼이고, 중국에 올 때처럼 빈털터리 신세가 되었습니다."

"그 인간 참, 차라리 벼룩의 간을 빼먹을 것이지. 능히 그랬을 거예요. 첩년에 미쳐 미국으로 도망치느라고 손에 잡히는 돈이란 돈은 다 쓸어갔을 테니깐. 혹시 전 부장님은 피해 입은 거 없어요?"

천웨이는 표독스러울 만큼 냉혹하게 잘라 말했다. 자신을 배신한 남자에 대한 복수심은 칼날처럼 섬뜩했다.

"예, 우리 회사의 일은 우리가 샹 주임한테 이행해야 할 책임만 있으니까요."

"아 그렇군요. 어쨌거나 전 부장님하고는 오랫동안 사이좋게 일해 온 사이라 충격도 크고 궁금하기도 하고 그렇겠죠?"

천웨이는 비로소 아까의 질문으로 돌아왔다.

"예, 장래가 훤히 열려 있는 분이 왜 그런 행동을 했는지 도무지 이해가 안 됩니다."

"흥, 장래가 훤히 열려 있는 분이라고요?"

천웨이가 너무나 크게 콧방귀를 뀌어 전대광은 흠칫했다.

"예, 전 부장님이 보기엔 그 사람이 무척 능력 있게 보였겠죠. 머지않아 베이징을 향해 상하이방의 줄을 타고 출세 가도를 달릴 인물로. 본인이 그렇게 과시하기를 좋아하기도 했으니까. 또 그런 것을 그대로 믿고 사람들은 그 인간에게 더 잘해주기도 했을 것이고. 그러나 그게 다 헛짚은 거예요. 전 부장님은 조금이나마 눈치챘는지는 모르지만 그 인간이 요직에서 빨리 출세한 것은 그 인간의 능력 때문이 아니에요. 우리 친정의 정치적 파워 때문이었지. 우리 친정아버지는 상하이방의 핵심이었거든요. 근데 승승장구 출세하자 그 인간이 착각하기 시작했어요. 자기 능력만 가지고도 출세할 수 있다고. 그래서 첩질을 하기 시작했고, 그것도 모자라 나보고 이혼을 하자고 덤볐어요. 참 어이없고 기막힌 일이었지요. 난 너무 자존심 상해서 바로 이혼했어요. 그때부터 그 인간의 일은 꼬이기 시작했어요. 알지요? 칼로 입은 상처는 치료가 되지만 말로 입은 상처는 치료가 안 된다는 거. 내 가슴의 상처가 치료되지 않는 한 그 인간의 전도에도 상처가 나게 될 수밖에요. 그 멍청한 인간은 뒤늦게 알았어요. 자기의 장래가 어떻게 될 것인지. 첩년 데리고 돈을 챙겨 야반도주하는 것까진 좋은데 어쩌자고 그 딱한 의사의 돈까지 싹싹 긁어가고 그 모양이지요? 그 인간이 그 정도 인간이에요."

천웨이는 복수의 독이라도 내뿜는 듯 아까보다 더 세게 콧방귀를 뀌었다.

전대광은 천웨이를 물끄러미 바라보았다. 그녀는 '뼈가 부드럽다'고 말할 정도의 전형적인 남방 미녀였다. 쉰이 넘어 시들어가고 있었지만 아직도 고운 잔영은 여자를 느끼게 했고, 몸매도 군살이라고는 없이 날렵해 보였다. 흔히 북중남경(北 重南輕)이라고 했다. 북쪽 사람들은 호탕하고 묵직해 정치와 군사에 어울리는 기질이고, 남쪽 사람들은 섬세하고 경쾌해 경제와 문화에 어울리는 기질이라고 했다. 그런 기질은 차 마 시는 데서도 확연히 구분되었다. 남방에서는 집은 물론이고 회사에까지 다구를 다 갖춰놓고 다도를 지키며 품격 있게 마 셨다. 그러나 북방에서는 아무 물병에나 찻잎을 넣고는 그냥 그대로 마셔대는 식이었다. "정말 복잡하고 귀찮게 마시네." "정말 상스럽고 짐승처럼 마시네." 그들은 서로를 흉보았다. 땅이 넓어 기온이 무려 50도 차이가 나니 기질도 그렇게 차 이가 나는지도 모를 일이었다. 그런 섬세한 남방 기질을 타고 나 연약해 보이는 천웨이도 여자로서의 독은 무섭게 품고 있 었다.

여자의 악담에는 오뉴월에도 서릿발이 친다는 속담은 마 치 천웨이를 두고 하는 말인 것 같았다. 샹신원은 사랑을 배 신하고 그 응보로 서릿발 보복을 이겨내지 못한 것인가……. 인생도 한바탕 투기지만 사랑은 더 심한 투기라는 생각을 전 대광은 또 새삼스럽게 떠올리고 있었다.

"그래, 그 의사는 한국으로 돌아갈 건가요?"

천웨이는 남은 커피를 다 마셨다.

"아닙니다. 아내나 자식들 앞에 무슨 면목으로 나서겠습니까. 중국에 수업료를 냈다고 생각하고 새로 시작하라고 위로했습니다. 이번에는 법적 조처 같은 것을 틀림없이 해서 더는 피해를 입는 일이 없도록 제가 도와야 되겠습니다."

"그 사람 기술도 좋고 착하던데, 안됐네요. 그럼 나 또 딴데 갈 데가 있어서……."

전대광은 멀어져가는 천웨이의 뒷모습에 어리는 상신원의 모습을 망연히 바라보고 있었다. 그는 사나이의 모든 꿈을 접고 조국을 떠나며 어떤 심정이었을까. 세상은 첩질하는 관리를 색관(色官)이라 했고, 공금이나 재산을 빼돌려 외국으로 달아나는 '먹튀 관료'들을 도관(逃官)이라고 불렀다. 상신원은 그 두 개의 메달을 다 달고 미국으로 떠나갔다.

중국 정부는 부패 관료인 도관과 기업인 1만 8천여 명이 외국으로 달아나며 빼돌린 달러가 한국돈 133조 원에 이른다고 발표했다. 유감없이 세계 1위일 수밖에 없는데, 그게 지난해 중반의 일이었다. 그런데 1년이 넘었으니 얼마나 더 불어났는지 알 수 없는 일이었다. 상신원이 챙겨간 돈도 엄청날 것이다. 더구나 그는 세관의 주임이었으니 얼마나 쉽게 돈을 빼돌렸을까. 돈이 그렇게 새 나가고 있는데도 끄떡없이 건재하고 있는 중국―그건 또 하나의 불가사의였다. 어쩌면 외환보유고가 3조 5천억 달러를 훨씬 넘어 타의 추종을 불허할 만큼 세계 1위의 부자 나라이니 그까짓 133조 원 정도는 새 발의 피가 아니라 모기 다리의 피 정도밖에 안 될지도 모른다. 그러나 133조 원이면 아침 한 끼에 1위안 하는 국수 몇 그릇인가. 그 국수마저 배불리 먹지 못해 허덕이는 빈곤층이 1억 3천여만인 나라가 중국이었다. 전대광은 수없이 많은 불가사의로 얽힌 모국을 버리고 떠나간 샹신원을 그만 잊기로 했다.

이틀이 지나 전대광은 천웨이의 전화를 받았다.

"병원의 중국인 의사를 불러 병원 내용에 대해 자세히 얘기 들었어요. 샹신원이 서 원장한테 못된 짓 많이 했더군요."

천웨이는 가라앉은 목소리로 천천히 말했다.

"예, 그게 좀⋯⋯."

"그날 전 부장님이 샹신원의 잘못을 내 앞에서 다 털어놓는 것을 거북해하는 눈치여서 그 중국인 의사한테 알아본 거예요. 다시 한 번 전 부장님의 점잖은 인품에 감동했어요. 그런 못된 짓 하고 달아나버린 사람에 대해서는 누구나 비난하고 욕하기 마련인데."

"아닙니다, 점잖은 인품은 무슨⋯⋯."

전대광은 당황스럽게 대꾸했다.

"그런데 서 원장님이 샹신원과 똑같은 조건으로 계약할 수 있는 동업자를 찾고 있다면서요?"

"예, 그렇습니다."

전대광은 '혹시 당신이⋯⋯?' 하는 예감에 부딪혔다.

"그거 내가 나서면 안 될까요? 서 원장님이 싫어할지도 모르지만."

그녀는 처음과는 달리 빠르게 말했다. "아닙니다, 싫어할 리가 없습니다. 변호사를 내세워 법적 보장만 확실하게 되는 계약이라면 오히려 더 좋아할 것입니다. 사모님이 저와 친분이 있으니까요."

전대광은 마음의 부담이 확 풀리는 홀가분함으로 목소리에 생기가 돌고 있었다.

"그러면 참 다행이지요." 천웨이는 사이를 두더니, "이 기회에 전 부장님한테 한 가지 부탁할까요" 하며 가볍게 웃었다.

"예, 무슨 부탁이신데요. 말씀하십시오."

"다름이 아니고 내 호칭 문제예요. 난 이제 상신원의 아내가 아니니까 사모님은 안 어울리지 않아요?"

"예, 확실히 그렇습니다. 제가 그만 별생각 없이⋯⋯."

전대광은 머리를 빨리 회전시켰다. 선생, 사장, 그리고⋯⋯, 그리고⋯⋯, 더 떠오르는 게 없었다.

"괜찮아요, 누구나 다 입버릇대로 무심코 하니까. 뭐가 좋은 게 있어요?"

"글쎄요, 퍼뜩 떠오르는 게 없어서⋯⋯."

"그럼 그냥 여사라고 해요. '천 여사', 여자한테 가장 편하고 무난한 호칭이잖아요."

"아 예, 좋습니다. 천 여사!"

전대광은 '천 여사'를 발음해 보며 왜 그 쉬운 호칭이 얼른 떠오르지 않았는지 아쉬웠다.

"그럼 언제 계약하죠?"

"그야 빠를수록 좋습니다."

"좋아요, 난 언제든지 할 수 있어요."

"예, 그럼 제가 우리 회사일을 봐주는 변호사를 섭외해 모레쯤 처리할 수 있도록 준비해서 다시 연락드리겠습니다."

"예, 그럼 잘 부탁해요."

"예, 사모……, 아니, 천 여사님."

"그래요, 얼마나 멋져요, 천 여사님. 나도 뭘 하는 사람 같고, 사모님 할 때마다 상신원 생각하지 않아도 되고."

"예에, 천 여사님!"

전대광은 서하원의 도장을 새겨가지고 약속 장소로 나갔다. 계약은 30분 정도밖에 걸리지 않았다. 서하원과 천웨이도 전에 인사를 나눈 구면이었고, 계약서는 미리 준비해 온 것을 변호사가 읽어나갔다.

"쌍방, 이의 없으십니까?"

계약서 읽기를 마친 변호사가 천웨이와 서하원을 보며 물었다.

"예, 이의 없습니다." 천웨이가 대답했고, "예, 이의 없습니다." 서하원도 대답했다.

"그럼 여기 각각 도장 찍으십시오."

변호사가 계약서의 두 지점을 손가락으로 짚었다.

천웨이가 핸드백에서 도장을 꺼내는데, 서하원은 당황하며 두리번거리다가 전대광을 쳐다보았다.

'아아, 저 세상 물정 모르는 사람……' 전대광은 주머니에서 도장을 꺼내 서하원에게 내밀었다.

"여기……."

"아니, 서 원장님 도장을 왜 전 부장님이 갖고 계세요?"

천웨이가 놀란 기색으로 물었다.

"이 양반이 중국에 일하러 오면서 한글 명함 가지고 오는 분입니다. 그런 분이 도장이 있을 리 있겠어요. 제가 새 계약을 축하하는 의미로 새로 파서 선물하는 겁니다."

전대광이 서하원을 쳐다보며 빙그레 웃었다.

"어머, 도장이 새빨간 게 아주 예쁘네요." 천웨이가 고개를 끄덕이며 상그레 웃었고, "하는 일 아무 탈 없이 잘 되라고 홍옥을 골랐습니다." 전대광이 마주 웃었다.

"지난날은 다 잊고 앞만 보세요. 전보다 더 잘될 거예요. 내가 홍보부장으로 나설 거거든요. 내 친구들이 다 주름살 펴야 될 나이잖아요."

천웨이가 일어서며 악수를 청했다.

"예, 열심히 하겠습니다."

서하원이 부끄러운 듯 악수를 했다.

전대광과 서하원은 찻집으로 자리를 옮겼다.

"원장님, 아까 원장님 도장을 내가 꺼냈을 때 천 여사가 놀라는 것 보셨지요? 왜 놀라는지 아세요?"

전대광이 차를 손수 우려내며 물었다.

"글쎄요, 잘 모르겠는데요……."

서하원은 주머니에서 도장을 꺼내며 어물거렸다.

"중국에서는 '도장은 불알 지니듯 해야 한다'는 말이 있어요. 그래서 그런 거예요."

"예에? 그게 무슨 소리죠?"

서하원은 얼른 말귀를 못 알아듣고 어리둥절한 표정이었다.

"불알이 몸에서 따로 떨어져 있는 일이 없잖아요. 그러니까 도장도 언제든지 꼭 몸에 지니고 다니라는 거지요. 그런데 원장님 도장을 내가 꺼내니 천 여사가 놀랄 수밖에요."

"아니, 도장이 그렇게 중요한 겁니까?"

"우리나라에서도 인감도장과 인감증명은 굉장히 엄히 취급하잖아요. 그러나 중국에서는 그보다 훨씬 더 엄중하게 다루고, 사람보다 더 높게 평가해요."

"사람보다 더 높게요?"

서하원은 더 어리둥절해졌다.

"무슨 말인고 하면, 우리나라에서는 은행 융자를 할 때 본인이 인감도장을 가지고 가서 찍어야 되잖아요. 중국에선 안 그래요. 서류에 도장만 찍혀 있으면 누가 가나 융자를 해준다 그거죠."

"그건 말이 안 되죠. 그러면 도장을 훔쳐 찍어서 아무나 융자를 받을 수 있는 일이 생기잖아요."

"바로 그거예요. 칭다오를 중심으로 한 그 근방 여러 도시에 우리나라 중소기업들이 수없이 많잖아요? 그중에서 많은 기업들이 여러 가지 이유로 망했는데, 그 가운데 도장을 은밀하게 정 통하고 있는 경리한테 맡겼다가 망한 경우도 더러 있어요. 거액을 융자해 가지고 도망가버린 거지요. 그러니 도장이 사람보다 더 높으신 존재 아니신가요?"

"하이고, 중국은 참 어지러운 나라예요. 도대체 왜 그러는 거죠? 그까짓 도장이 뭐라고."

"아니, 다 그럴 만한 이유가 있어요. 중국의 장구한 도장 전통은 2천 년이 더 넘어요. 진시황 이전에는 모든 왕과 왕비, 그리고 진시황 이후에는 모든 황제와 황후의 권력의 상징이었고, 군대에서는 군권의 상징이고, 부자들에게는 재산권의 상징이고, 예술가들에겐 권위와 진품의 상징이었어요. 1,500년 전의 말 그림 하나에 온갖 모양의 도장이 45개가 넘게 찍힌 게 내가 본 것 중에서 제일 많이 찍힌 거였어요. 그게 뿌리 깊은 중국 문화니까 어쩔 수 없는 일이죠. 그 도장 절대 잃어버리면 안 돼요. 그거 잃어버리면 그 계약서도 무효가 되니까."

"예, 알았어요. 그것처럼 꼭 몸에 지니고 다니겠어요." 서하원은 놀란 듯 도장을 양복 안주머니에 넣고는, "정말 천 여사 친정이 상하이방 핵심세력인 거예요?" 그는 갑작스러운 말을 꺼냈다.

"예, 자세하게는 모르지만 과장은 아닌 것 같아요."

"그럼 잘됐잖아요. 명퇴 다음에 무엇을 할까 너무 고민하지 마시고 종합상사를 차리세요."

그는 더욱 엉뚱한 소리를 했다.

"종합상사요?"

전대광은 피식 웃어버렸다.

"천 여사를 꽌시로 삼으면 샹신원 때보다 더 나을 수도 있잖아요. 천 여사가 전 부장님을 확실하게 믿고 좋아하는 눈치 같던데요."

"⋯⋯!"

전대광은 그 뜻밖의 발상에 깜짝 놀랐다. 전혀 생각하지 못했던 거지만, 전혀 가망이 없는 일도 아니었던 것이다. "예, 우선 계획한 일부터 한 가지 해놓고 차차 생각해 보지요."

전대광은 신중하게 고개를 주억거렸다.

"멍한 소리 한다고 속으로 흉보시지요?"

서하원의 순한 얼굴에 걱정스러움이 담겨 있었다.

"아니요, 아니요. 충분히 가능한 얘기예요. 고마워요, 내가 미처 생각하지 못했던 걸 말해 줘서."

그때서야 서하원은 밝은 웃음을 피워냈다.

강정규가 조심조심 전대광의 책상으로 다가섰다.

"부장님, 뭘 한 가지 여쭤봐도 될까요?"

"될까요가 아니라 알고 싶은 것이든, 뭐든지 다 물으라고 했잖소. 사제 간에 질문 제한이 있는 것 봤소?"

전대광이 눈을 약간 찡긋하듯 하며 짓궂게 웃었다.

"예에, 다름이 아니라 중국은 1989년에 천안문 사태가 일어나고도 안 무너졌는데, 쏘련은 그런 사태도 없이 1990년에 무너졌습니다. 그게 왜 그런지, 중국이 건재했던 것이 덩샤오핑이 전개한 개혁개방과 무슨 연관이 있는 것인지, 이 책 저 책을 뒤져봐도 확실한 답을 찾기는 어렵고, 혼자 아무리 생각해 봐도 알 수가 없습니다."

별로 길지도 않은 말을 하면서 강정규는 생침을 몇 번이고 삼켰다.

"영향이 절대적이었소."

전대광이 두꺼운 책을 탁 덮으며 쿠렁한 소리로 말했다.

"예에……?"

강정규는 그 말뜻에 놀랐는지, 큰 목소리에 놀랐는지 주춤했다.

"장소를 옮깁시다. 여긴 교육장으로서 마땅치가 않소. 한두 마디로 될 문제가 아니니까."

전대광이 책상 위를 대충 정리하고 일어섰다.

"자아, 백문이 불여일견이라 했소. 똑같은 어법으로 말하자면 백견이 불여일행이오. 그동안 계속 봐왔으니 오늘은 강정규 씨가 손수 우려내보시오. 실습을 이길 교육은 없소."

아가씨가 차와 다구를 내오자 전대광이 강정규에게 손짓했다.

강정규는 떨듯 하는 어설픈 손놀림으로 차 우려내기를 시작하고 있었다. 전대광은 잦바듬하게 앉아서 담배연기를 풀풀 날리며 어설프기 짝이 없는 강정규의 손놀림을 내립떠보고 있었다. 그러나 그는 차 우려내기는 건성으로 보고 있을 뿐 머릿속은 강정규의 질문에 대한 답을 정리하느라고 분주했다.

"부장님……, 이게 맛이 어떨지……."

강정규는 아가씨들의 날렵한 손짓을 흉내 내서 손 서투르게 차를 따랐다.

"아, 다 됐소?" 전대광은 골똘한 생각에서 깨어나며 찻잔을 들어 한 모금 마시고는, "허허, 처녀작으로서는 합격이오. 너무 긴장해서 그런지 차 양이 좀 적게 들어갔고, 차를 따를 때 너무 많이 따르지 말고 찻잔의 70퍼센트 정도만 따르도록 하시오. 나머지는 그냥 빈 공간이 아니라 마음을 따르는 거니까." 그는 곰살갑게 일러주었다.

"예에……."

강정규는 머리를 조아리며 '그냥 빈 공간이 아니라 마음을 따르는 거니까' 하는 말을 되짚었다.

"아까 강정규 씨가 질문한 것은 이만저만 중요한 질문이 아니오. 왜냐하면 그건 세계 공산주의 몰락과 중국의 건재, 그리고 중국의 개혁개방 성공, 이 두 가지 중대한 문제의 핵심을 찌른 질문이기 때문이오. 자아, 그럼 시대 순서대로 설명하겠소. 1978년 안후이성에서 있었던 일이오. 농민 18명이 머리를 맞대고 앉아 은밀한 모의를 했소. 그들은 인민공사 소유의 농토를 가구별로 나누어 농사를 짓고, 수확한 다음에는 인민공사에 할당량만 내고 나머지는 다 각자 개인이 갖기로 한 것이오. 이것은 다름 아닌 집단경작을 거부하는 행위이고, 집단농사 방식인 인민공사 조직을 무너뜨리는 것이고, 나아가서 사회주의 원칙을 파괴하는 위험천만한, 옛날 말로 하면 목숨을 내걸고 하는 반역행위였던 것이오. 그들이 그렇게 죽음을 무릅쓰며 한 해 동안 지은 농사의 수확은 얼마나 되었겠소?"

달리던 사람이 갑자기 뒤돌아서는 것처럼 전대광은 느닷없이 물었다.

"옛?" 강정규는 화들짝 놀라더니, "저어……, 한 두 배쯤 됐나요?" 전혀 자신 없이 대답했다.

"아니오." 전대광은 느리게 고개를 젓고는, "6배였소. 인민공사 식으로 하면 5년간의 생산량과 맞먹는 것이었소." 그는 한쪽 손의 다섯 손가락을 쫙 펴고, 다른 손의 엄지손가락을 세워 보이고 있었다.

"와아, 6배나!"

강정규는 입을 다물지 못했다.

"똑같은 땅에, 똑같은 사람들이 농사를 지었는데, 할당량을 내고 나머지는 각자가 갖기로 한 그 사실 하나가 바뀐 것으로 결과는 도저히 믿을 수 없을 정도로 달라졌소. 이건 뭘 입증하는 거요? 사회주의 체제의 집단영농이란 것이 얼마나 비생산적이고 비능률적인가를, 사람들이 서로가 책임 떠넘기기에 급급하며 얼마나 게으름을 피우고 살았는지를 여실하게 보여주는 참으로 충격적인 사건이었소. 또한 그와 동시에 인간이 가진 사유재산의 욕구가 얼마나 강렬한 것인지, 인간은 본성적으로 사회주의적 존재가 될 수 없고 자본주의적 존재라는 사실을 이보다 더 생생하게 입증할 수는 없었소. 이런 결과는 그다음에 어떻게 됐을 것 같소?"

"예, 그다음에 개혁개방이 실시된 걸 보면 거기에 영향을 미친 것 같은데요."

강정규는 조심스러웠지만 별로 어렵지 않게 대답했다.

"잘 맞혔소. 뒤늦게 그 사실을 안 성 정부에서는 그들을 처벌한 것이 아니라 그들의 방법을 성 전체로 확대시켰소. 성 인민들은 환호하며 농사에 열성을 바쳤고, 수확은 역시 어마어마하게 늘었소. 그 사실은 중앙정부에 보고되었고, 최고 권력을 장악하고 있던 덩샤오핑은 즉각 그 방법을 수용해 전국적으로 실시하게 했소. 그게 바로 농토는 국가가 소유하고, 경작권은 농민들에게 부여하는 개혁개방형 신농법이었소. 그러니까 농민들은 수확량의 평균 20퍼센트 정도만 세금을 내고 나머지는 다 자기들이 갖게 된 것이오. 그 결과가 어떻게 됐겠소. 쌀이 모자라 해마다 삼모작하는 동남아 국가에서 수입했는데, 더는 수입할 필요가 없게 된 것이오. 그뿐이 아니오. 해마다 생산이 늘어나 수출까지 할 수 있게 되었소. 그래서 중국공산당은 중국 역사상 처음으로 굶어 죽는 사람이 없게 됐다고 큰소리를 치게 된 것이오."

"그건 공산당이 한 일이 아니잖아요."

강정규가 뚱하니 말했다.

"원래 정치집단은 그렇게 뻔뻔한 것 아니오. 그래서 쏘련 수상 흐루쇼프가 '정치인들이란 강도 없는데 다리를 놓겠다고 하는 자들이다' 한 것 아니겠소. 어쨌거나 중국이 그런 변화 속에서 해마다 농업 생산이 쌓여가며 개혁개방을 추진해 나가는 10년 동안 쏘련은 여전히 집단농장 체제 속에서 해마다 물자 부족이 심화되어 가고 있었소. 농민 두 사람이, 앞의 농민은 땅을 헤집고, 뒤의 농민은 그 땅을 덮는 이상한 짓을 계속하고 있었소. 왜냐하면 씨앗을 뿌려야 할 가운데 사람이 안 나왔기 때문에 자기들 임무만 다하고 있는 것이오. 그것은 그 당시의 쏘련 상황을 상징하는 대표적 풍경이었소. 그 차이는 쏘련의 국영상점에는 빵이며 우유 같은 기본식품마저 다 떨어져 진열대가 텅텅 비어 있는데 중국의 국영상점에는 빵이며 소시지 같은 것들이 풍족하게 넘쳐났고, 과자며 사탕 샴푸까지 수북수북 쌓여 있었소. 그 차이가 쏘련의 몰락과 중국의 건재를 갈랐소. 백성을 굶주리게 해서는 권력은 존재하지 못한다는 케케묵은 봉건시대의 정의가 얼마나 살아 있는 진리인가를 20세기에 사회주의 국가들이 생생하게 입증해 주었소. 그리고 자본주의 형식이 중국 사회주의를 살려낸 역설이오. 덩샤오핑은 그 역설을 연출해 낸 총감독이었고. 그는 볼 줄 아는 눈과 들을 줄 아는 귀와 생각할 줄 아는 머리를 가진 중국 경제혁명의 영웅이었소."

"그럼 마오쩌둥은 정치혁명의 영웅이라고 해도 됩니까?"

"바로 그것이오. 그 두 사람은 중국 현대사를 이끈 쌍두마 차라 할 수 있소."

"예, 이제 좀 제대로 정리가 되는 것 같습니다." 강정규는 고개를 약간 숙여 예를 표하고는, "지난번에 비즈니스 테크닉 에 대해 여러 가지로 말씀해 주시면서 '기싸움'이라는 말씀을 하고 지나가셨는데, 그게 무엇을 말하는 것인지 아무리 생각 해 봐도 감이 잘 잡히지 않습니다." 그는 전대광의 눈치를 보 며 조심스럽게 말했다.

"허, 기싸움! 그거 중국에서는 특히 중요한 거요. 지난번에 술 마셔보니까 강정규 씨 주량도 아주 헤비급이던데, 그거 아 주 안성맞춤이오. 주량이 클수록 중국에서의 비즈니스에 기 본능력을 갖춘 것이고, 기초체력을 확보하고 있는 것이니까. 무슨 말인지 알겠소?"

"글쎄요……, 확실하게는 잘 모르……."

강정규는 모르겠다는 말을 해야 할 때는 표 나게 기가 죽 고는 했다.

"자아, 강정규 씨가 대형 화물차 생산 회사에 연간 20~30만 톤의 철강을 납품시키려는 비즈니스에 나서고 있소. 실무선 에서 얘기가 잘 풀려나가 사장까지 만나게 되었소. 그런데 사 장이 갑자기 마오타이주를 맥주잔에다 콸콸 따르더니 말했 소. '자아, 우리가 돌아가며 석 잔씩 줄 테니 이걸 다 마시면 당신이 원하는 대로 철을 다 사주겠소.' 그런데 사장 양쪽으로는 전무와 상무가 앉아 있었소. 마오타이를 마셔봤으니 그게 얼마나 독한 술인지 잘 알지요? 시퍼렇게 불이 붙는 그 독주를 맥주잔으로 '삼삼에 구' 아홉 잔을 마시라는 거요. 당신은 어떻게 하겠어!"

전대광이 팔을 쭉 뻗으며 검지손가락으로 강정규의 눈을 겨누었다.

"흡……!"

그 순간 강정규의 상체가 뒤로 젖혀지며 들이켠 숨과 함께 몸이 그대로 굳어졌다.

"강정규 씨는 어떻게 하겠느냐니까. 그 독한 백주가 맥주잔으로 아홉 잔이면 치사량이 될 수도 있소. 죽어도 좋으니까 그걸 마시고 매년 20~30만 톤의 철강을 팔아먹을 것이냐, 아니면 죽을 수는 없으니까 마시기를 포기할 것이냐. 당신은 어떻게 하겠소."

"……."

강정규는 굳어진 채 아무 말도 못하고 있었다.

"그 일을 당한 사나이가 말했소. '예, 감사한 마음으로 달게 마시겠습니다. 우리 한국사람은 술을 대접받으면 노래로 화답하는 게 예의입니다. 석 잔을 마실 때마다 노래를 한 차례씩 불러 세 분께 예의를 표하고자 합니다. 허락해 주시겠습니까' 했고, 세 사람은 잠시 어리둥절하다가 좋다고 박수를 치기 시작했소. 그래서 그 사나이는 세 사람이 차례로 돌아가면서 따르는 맥주잔의 독주를 마셔나갔소. 석 잔을 마시고 노래를 시작했소. 그들에게 감사하는 뜻이 아니라 술 마시는 시간 간격을 벌리고, 노래를 불러대 술 취하는 것을 막자는 전략이었소. 노래도 그들이 좋아하는 중국의 노래였소. 노래가 끝나고 또 석 잔을 마셨소. 그리고 또 다른 노래를 불렀소. 노래가 끝나자 그 사나이가 말했소. '독한 술을 많이 마시니 배설이 촉진되어 나쁩니다. 화장실 좀 다녀오겠습니다.' 이미 기가 질린 세 사람은 어서 다녀오라고 손짓해 댔소. 그 사나이는 화장실로 가 손가락을 저 깊이 넣고 술을 다 토해 냈소. 그리고 유유하게 돌아와 또 석 잔을 받아 마셨소. 기싸움이란 바로 이런 것이오. 중국이란 『삼국지』와 『수호지』를 탄생시킨 나라요. 걸출한 사나이들의 온갖 기싸움이 펼쳐지는 그 책의 전통이 지금 중국 사나이들의 핏속에도 흐르고 있는 것이오. 이런 게 바로 중국에서만 겪을 수 있는 문화의 특이함이오."

"그럼……, 그, 그 사나이가……, 부, 부장님이십니까?"

강정규는 심히 말을 더듬고 있었다.

"그걸 꼭 된장이냐 똥이냐 찍어 먹어봐야 되겠소?"

"……."

강정규는 겁먹은 눈길을 떨구었다.

"술보다 더한 생 뱀을 먹은 사람도 있소."

아주 겁먹이기로 작정을 한듯 전대광이 불쑥 말했다.

"사, 살아 있는 뱀을⋯⋯?"

도저히 믿을 수 없다는 얼굴로 강정규는 고개를 내저었다.

"왜, 거짓말인 것 같소? 저어기 시안의 포스코 김현곤 지사장이 바로 그 사람이오. 20만 톤 납품을 앞두고 상대방이 기싸움을 걸었소. '뱀을 생으로 먹으면 당장 납품 결정을 하겠다.' 그래서 살아 있는 뱀을 가지고 나오고, 모두 보는 앞에서 뱀 껍질이 벗겨지고, 대가리가 잘리고, 뼈를 추려냈소. 그래도 뱀은 커다란 접시 위에서 꿈틀거리고 있었소. 김 지사장은 백주를 한 잔 들이켜고 벌떡 일어나 뱀을 움켜쥐고 씹기 시작했소. 술안주로 그 꿈틀거리는 뱀을 다 씹어 삼켰소."

"아아⋯⋯."

강정규는 눈을 질끈 감은 채 신음하고 있었다.

"그런데 그 후로 김 지사장은 아주 큰 보너스를 받게 되었소. 그 관계를 할 때 두 시간씩 버티게 된 것이오."

"예에⋯⋯? 어떻게 두 시간 씩이나⋯⋯."

"뱀은 보통 48시간씩 하지 않소? 그 뱀이 수컷이었고, 그 정기를 물려받았던 모양이오."

"아니 그게 정말입니까?"

강정규는 정색을 했다.

"왜, 강정규 씨도 한번 먹어보시게? 강정규 씨는 유머 감각부터 빨리 기르시오. 그것도 비즈니스의 기본요건 중에 하나니까."

# 사람은 다 보물

옹화궁(雍和宮)에는 베이징 공항이나 기차역만큼 사람들이 몰려들고 있었다. 와글와글 들끓는 사람들은 끼리끼리 목청껏 떠들기까지 해서 그 소란스러움은 정신이 하나도 없을 지경이었다. 그 어지러운 사람들 속을 헤쳐나가며 송재형은 머리가 띵한 것을 느끼고 있었다. 어떻게 피해볼 도리가 없는 사람멀미였다.

"아 정말 대단하네. 사람도 많고, 시끄럽고 무질서한 것도 으뜸이고, 어지러울 지경……."

송재형은 말을 하다 말고 곧 부딪힐 뻔한 한 남자를 급히 피했다. 그 남자는 걸으면서 뒤를 돌아보고 소리치고 있었던 것이다.

"어머나, 잘도 피하네. 이런 땐 재형 씨가 꼭 민첩한 운동선수 같애. 그 폼이 아주 멋져."

리옌링이 고운 눈웃음을 보내며 쿡쿡 웃었다.

"남은 이 사람들 등쌀에 질린다는데 옌링은 속 편케 지금 무슨 소리 하는 거야?"

송재형이 불만스럽게 입을 내밀면서 얼굴을 찌푸렸다.

"재형 씨는 중국 생활이 벌써 몇 년짼데 사람들 많이 북적거리는 것을 못 견뎌 하고 그래? 이럴 때마다 주문 외우듯 '런타이둬, 런타이둬' 해대며 그냥 지나쳐버리는 연습을 해. 그래야 적응이 돼나가지."

리옌링이 송재형의 손을 잡으며 다정하게 말했다.

"그래, 알았어. 그런데 휴일도 아닌 평일에 웬 사람이 이렇게 많은 거야?"

송재형은 절 안을 오가느라고 서로 뒤엉키고 있는 인파를 다시 바라보았다.

"절반은 관광객, 절반은 우리처럼 소원을 빌기 위해서 온 사람들, 그렇겠지 뭐."

"그래, 이 세상에 이유 없는 무덤은 없는 법이니까. 그런데 명색이 사회주의 국가 사람들이 뭘 그렇게 빌 게 많을까? 영 이해가 안 돼."

"아니야, 다 개혁개방 탓이야."

"개혁개방? 그게 무슨 소리야?"

"응, 전에는 사회주의 정책에 입각해 종교를 금했으니까 향 피우러 오는 사람은 없고 구경꾼들만 더러 있었는데, 개혁개방이 되면서 종교 규제가 어물어물 없어진 데다가, 그 누구든 잘살게 해달라고 빌고 덤비니까 이렇게 미어터질 수밖에. 관광객도 세계 각국에서 밀려들고 있고."

"응, 알았어. 이것도 또 역사공불세."

"그럼, 살아 있는 현장 공부지. 그러니까 이 스승님을 잘 받들어 모시라구."

리옌링이 고운 옆눈길로 방싯 웃었다.

"아이구 싸부님, 한 수 잘 가르쳐주셔서 황공무지로소이다."

송재형이 가성을 내며 리옌링의 발그레한 볼을 꼬집는 시늉을 했다.

그들은 법당 앞에 이르렀다. 그곳에는 사람들이 더 많이 바글거리고 있었다. 그런데 이상했다. 그야말로 발 디딜 틈이 없을 정도로 사람이 많은 것에 비해 시끄러움은 말끔히 청소라도 한 것처럼 사라지고 없었다.

"아니, 왜 이렇게 조용하지?"

송재형은 주위를 둘러보며 소곤거렸다.

"잘 봐요. 다들 기도 올리느라고 숙연하잖아요."

리엔링이 속삭이며 입에 손가락을 갖다 댔다.

그러고 보니 사람들은 긴 향을 받쳐 들고 제각각 다른 방향과 다른 포즈로 기도 올리기에 열중하고 있었다. 한국사람들이 법당이나, 법당 안에서 부처님을 향해 한 방향으로 기도하는 것에 비해 중국사람들은 여러 방향을 향해 향 받쳐 든 팔을 뻗어 올리며 머리를 깊이깊이 조아리고 또 조아렸다. 그 몸짓들이 어찌나 간곡하고 사무치는지 부처님께서 그들의 소원을 안 들어줄 수 없을 것만 같았다. 그런데 사람들이 받쳐 든 중국식의 큰 향은 하나가 아니었다. 거의가 3개씩이었고, 어떤 사람들은 두 손아귀가 다 차도록 10개도 넘게 몰아 잡고 푸르고 누런 연기를 짙게 피워내며 열심히 기도하고 있었다.

대형 향로에는 기도를 끝내고 꽂아둔 수백 개의 향들이 빽빽이 들어차 매콤한 향과 함께 진한 연기를 맹렬하게 피워내고 있었다. 그 뿌연 연기는 법당 주위에 온통 가득 차 있었다. 그런데 젊은 승려가 커다란 양철함지박을 들고 나타났다. 그는 향로의 향들을 한 아름씩 뽑아 함지박에 던졌다. 연기를 피워내는 향들이 금방 함지박에 수북이 쌓였다. 승려는 그것을 쓰레기통으로 가져가 쏟았다. 향로에는 또 새로운 향들이 꽂히기 시작했다.

'아아……, 저 공해가 얼마인가. 애를 낳고도, 생일 때도, 개업 때도, 차를 사고도, 이사를 해서도……, 무언가 기분 좋고

새로운 일이 있을 때마다 마구 터뜨려대는 폭죽과 함께 일
년 사시장철 전국에서 저렇게 피워대는 향은 얼마나 큰 공해
유발 물질인가. 향을 한국처럼 가늘고 짧게 하면 그나마 나
을 텐데 어쩌자고 저리도 큰가. 클수록 소원을 잘 들어주시는
걸까…….'

"뭘 그렇게 생각하고 있어?"

향을 사가지고 온 리옌링이 물었다. 그녀의 양쪽 손에는 향
이 3개씩 들려 있었다.

"으응, 공해에 대해서."

"공해? 절에 와서 왠 공해?"

"저 짙은 연기 좀 봐. 전국에서 날마다 저렇게 연기를 피워
대면, 아무 때나 기분 내키는 대로 터뜨려대는 폭죽과 함께
얼마나 큰 공해 유발 물질인가 하는 생각을 하고 있었어."

"맞어, 저것도 비중은 크지 않겠지만 공해 요인은 틀림없는
공해 요인이야. 그치만 그냥 모르는 척 눈감고 지나가. 저게
장인 영감 사업 중에 한 가지잖아."

리옌링이 한쪽 눈을 찡끗하며 윙크했다.

"아참, 그렇네. 무사통과!"

송재형이 손바닥으로 자신의 이마를 쳤고, 리옌링이 까르
르 웃었다.

"우리가 찾아갈 데는 저 뒤쪽이야."

리옌링이 향 3개를 송재형에게 건네주며 걸음을 떼어놓았다.

법당은 나오고 나오고 또 나왔다. 그 법당 앞마다 사람들이 와글거리며 향을 피워 올리고 있었다. 베이징에서 제일 큰 불교 사원다운 규모였다.

리옌링은 만복각(万福閣) 앞에서 걸음을 멈추었다. 그 불당은 지금까지 거쳐온 것 중에서 가장 우람하고 화려했다. 그 이유가 있었다.

"여기엔 지상 18미터, 지하 8미터의 거대한 미륵불이 모셔져 있어. 이 미륵불은 크기만 해서 유명한 게 아니야. 이건 여러 나무로 이어 붙여진 게 아니라 하나의 통나무로 조각된 예술품인 데다가, 몇백 년 전에 저 머나먼 티베트에서 고이고이 모셔온 거야. 그러니까 이 법당은 키 크신 미륵불님을 모시려고 특별히 지어진 것이고, 우리 중생들의 미래의 만 가지 복을 이루어주실 부처님을 상징하고 있어서 만복각인 거야. 만 가지 복을 가져다주실 미래의 부처님, 환상적이잖아. 내가 아빠한테 우리 결혼을 승낙 받으러 가기 전에 왜 여길 찾아왔는지 알겠지?"

리옌링이 송재형의 눈 속으로 깊이 파고들 듯이 강한 눈길로 응시한 채 또박또박 말했다.

"알아, 우리의 미래를 굳게 약속하고……" 송재형의 말을 리옌링이 이었다. "우리의 행복한 미래를 지켜주십소사 기도

하려고."

리옌링이 향에 불을 붙이는 곳으로 송재형을 이끌었다.

"불을 붙인 다음 법당 앞에 서서 세 번, 좌측으로 돌아서 세 번, 우측으로 돌아서 세 번, 그리고 법당 앞 좌대에 무릎을 꿇고 세 번 머리를 조아리며 기도하는 거야. 그런 다음 향로에 향을 꽂으면 돼. 이 세상의 모든 악귀와 액운을 막아주시고, 저희들의 앞길을 밝게 열어주소서 하는 뜻으로 사방으로 기도하는 거야."

불이 붙으며 푸르스름한 연기를 피워내는 향을 바라보며 리옌링이 독백하듯이 말했다. 그런 리옌링의 모습에는 범접하기 어려운 경건함이 서려 있었다. 송재형은 그런 리옌링의 모습을 바라보며 특정 종교를 초월해 삶의 가장 소중함을 위하여 왜 기도하게 되는지를 최초로 절실하게 경험하고 있었다.

송재형은 리옌링과 함께 두 손으로 향을 머리 위로 받쳐 올리고 법당 앞에 섰다. 그리고 한 번 머리를 조아렸다. "저희의 사랑을 맹세합니다." 두 번 머리를 조아렸다. "저희의 결혼이 순조롭게 이루어지게 하여주소서." 세 번 머리를 조아렸다. "저희의 미래를 복되게 지켜주소서." 이 기도를 방향을 바꿀 때마다 송재형은 절실한 마음으로 되풀이했다.

기도를 다 끝내고 그들은 나란히 걸어 향로에 향을 꽂았다. 그리고 송재형은 리옌링을 쳐다보았다. 리옌링도 송재형에게 눈길을 돌리던 참이라 서로의 눈길이 마주쳤다.

그런데 리옌링의 눈에 눈물이 그렁그렁했다. '아아, 무슨 기도를 했길래!' 이 느낌과 동시에 송재형은 가슴이 울컥했다. 그리고 눈물이 솟구쳤다.

"옌링, 사랑해."

그는 리옌링을 와락 끌어안았다.

"사랑해, 재형 씨."

리옌링도 송재형을 마주 끌어안았다.

그런데 절 이름이 '옹화궁'인 것은 처음에는 왕자들의 별궁으로 지었기 때문이다. 그 뒤로 티베트 불교 교단에 기증되어 사원으로 변한 다음 증개축을 계속한 역사를 간직하고 있었다.

공항 대합실로 리옌링이 나서자 리완싱 사장의 기사가 재빨리 달려왔다.

"어서 오세요, 아가씨. 힘드셨지요."

기사는 굽신 인사를 하고는 리옌링의 여행가방을 받았다.

주차장에서 기사가 열어주는 왼쪽 뒷문으로 아버지의 차에 오르면서 리옌링은 또 기분이 별로 좋지 않았다. 처음 롤스로이스를 탔을 때의 그 거북살스럽고 마땅찮던 기분이 그대로 되살아나고 있었다.

아버지의 사업이 날로 번창해 가면서 마침내 최고의 명차

롤스로이스를 타게 된 것은 자식으로서 기쁘고 축하할 만한 일이었다. 그러나 꼭 그렇게 남들의 눈에 거슬리도록 표를 내야 하는 것인지 마음에 걸렸다. 멘쯔를 세우고 재력을 과시하면서도 너무 남들의 신경을 자극하지 않는 명차들은 얼마든지 있었다. 그러나 아버지는 은근한 과시를 싫어하고 남들의 눈에 확 띄는 야한 과시를 택했던 것이다. 그것이 아버지의 촌스러움이고 한계였다. 그러나 그런 마땅찮음을 끝내 입 밖에 내지 않았다. 아버지가 들을 리가 없었기 때문이다.

마흔 넘은 사람에게 충고하는 것처럼 어리석은 일은 없다는 말이 있다. 아버지는 이미 쉰이 넘었으니 더 말하여 무엇하랴. 더구나 아버지는 특이한 점을 두 가지나 지니고 있었다. 학력에 대한 열등감과 성공한 사업가로서의 자신감이었다. 그 두 가지는 묘하게 얽혀 아버지의 고집통을 견고하게 만들었다.

그래도 자동차는 좀 나았다. 어마어마한 돈을 들여 새로 지은 집은 보통 문제가 아니었다. 아버지의 촌스러운 과시욕구가 도를 넘어도 너무 넘어버려 천박의 극치를 보이고 있는 그 집에 들어가고 싶지가 않았다. 오로지 과시만을 위해 값비싼 이태리 대리석을 붙여 또 한 채의 집을 지어놓은 꼴을 송재형이 보면 뭐라고 할 것인지 너무나도 두려웠다.

"내가 보기에 중국엔 두 가지 중대한 문제가 있어. 인민을 무시하는 관리들의 부정부패와 노동자들을 무시하는 기업인들의 횡포와 사치생활이야. 이 문제를 빨리 해결하지 않으면 중국의 미래는 곤란해."

제3자의 눈으로 중국사를 전공하고 있는 송재형의 판단이었다.

그런 그가 아버지의 행태를 보면 뭐라고 할 것인지 리옌링은 불안하고도 부끄러웠다.

"아빠가 어디 내 말 듣는 사람이냐. 내버려둬라, 빈집을 백 채를 짓든 천 채를 짓든. 자기가 돈 벌어 자기 맘대로 쓰겠다는데 진시황이 막겠냐, 마오쩌둥이 막겠냐. 난 아무 관심 없다."

어머니마저 이렇게 되어버렸으니 아버지는 거칠 것이 아무것도 없는 자기 왕국의 왕이었다.

"아이고, 내 예쁜 딸 왔구나. 어서 오너라, 보고 싶었다."

리완싱이 딸을 반갑게 맞이했다.

"피곤하지? 배고프겠다. 어서 저녁 먹자."

어머니가 리옌링의 손을 잡으며 흐릿하게 웃었다.

그녀가 남편보다 반가운 기색이 덜한 것은 며칠 전까지 베이징에서 함께 지냈기 때문이었다. 그녀는 남편이 거액의 벌금을 내고 딴 여자한테서 아들을 낳은 사건이 드러난 이후로 웃음을 잃어버렸다. 사는 재미가 없어진 그녀는 이혼을 해야 할 것인지, 타인처럼 변한 남편에게 묵살당하며 죽을 때까지 견디어야 하는 것인지 마음을 정하지 못하고 있었다. 명품 쇼핑이라는 것도 남편에 대한 보복이 되지 못하고 시들해졌다. 보아줄 사람 없고, 자랑할 데 없는 사치처럼 맥 빠지고 외로운 것이 없었다. 단 하나 남은 재미가 베이징에 가서 딸을 만나는 것이었다. 그러나 그 즐거움도 하루에 한 번 맛보기가 어려웠다. 공부하는 아이에게 날마다 꼭 붙어 지내자고 할 수 없는 노릇이었다.

리옌링은 저녁을 먹으면서 계속 아버지 눈치를 보았다. 그러나 선뜻 송재형의 이야기를 꺼낼 수가 없었다. 아버지가 최고로 꼽는 남성상이 어떤 것인지 잘 알기 때문이었다. 베이징 대학을 나와 중앙당 요직에 앉은 남자! 거기에 비하면 송재형은 완전 자격 상실이었다. 국적부터 다르니 아예 얘깃거리도 될 수가 없었다.

"자아, 밥 다 먹었으니 빨리 드라마 보자. 새로 시작한 한국 드라마가 엄청나게 재미있다."

리완싱이 꺼억 요란한 소리로 트림을 해대며 소파로 자리를 옮겼다.

'옳지! 한국 드라마.'

자연스럽게 분위기가 잡힌 것에 리옌링은 마음이 확 밝아졌다.

한국 드라마는 한국에서 방영된 지 이틀이나 사흘 뒤면

344

중국어 자막이 올려져 방영되는 것이 보통이었다. 그 신속성은 가히 빛의 빠르기와 다를 게 없을 정도였다.

"아휴, 아빠 제발 그것 좀 하지 마세요. 지난번에 말씀드렸잖아요. 그 손톱 밑에 얼마나 세균이 많은지."

리옌링은 소파에 앉다 말고 아버지를 쳐다보며 진저리를 쳤다.

"관둬라. 저것도 출세한 인종들이 뻐기는 폼이라는데, 니 입만 아프다."

리옌링의 어머니가 한 방 먹일 기회를 잡았다는 듯 목청을 높였다.

"밥들 잘 먹었으면 얌전하게 드라마나 봐. 괜히 쓸데없는 데 신경 쓰지 말고."

리완싱은 또 꺼억 트림을 해 올리며 오른쪽 새끼손가락의 긴 손톱을 이쑤시개 삼아 이빨을 후비고 있었다.

리옌링은 구역질을 느끼며 소파에 앉지 않고 돌아섰다. 이빨을 후비고 나서 그 손톱으로 귀를 후비는 것까지 보고 있을 수는 없었던 것이다. 새끼손가락을 그렇게 기르는 것은 '나는 거친 일 아무것도 안 하고 사는 부자다' 하는 신분 과시의 한 방법이었다. 이쑤시개와 귀후비개로 활용하는 것은 부차적 효과였다.

수십 차례 심호흡을 한 리옌링은 드라마가 끝나자마자 소파에 앉으며 입을 열었다.

"아빠, 저 졸업하고 바로 결혼하겠어요."

"엉? 결혼?" 리완싱은 깜짝 놀라고는, "애인이 있다는 거냐?" 정신을 차려야겠다는 듯 머리를 세게 흔들었다.

"네."

"물론 베이징대 출신이고 당원이겠지?"

리완싱은 엉덩이를 들었다 놓아 앉음새를 고치며 눈을 크게 떠 딸을 똑바로 쳐다보았다.

"아니에요. 한국사람이에요."

리옌링도 아버지를 똑바로 마주보며 또렷하게 대답했다.

"뭐, 뭐라고! 조선놈이라고!"

리완싱이 눈을 부릅뜨며 목청 터지게 소리쳤다.

"조선이 아니라 한국사람이에요."

"빌어먹을! 조선이나 한국이나 그게 그거잖아. 너 미쳤냐! 안 돼, 절대 안 돼."

리완싱은 발악적으로 소리쳤다.

"왜 안 되는데요? 이유를 말씀하세요."

"왜 하필 속국놈이야. 재수 없이."

"아니, 속국이라니요? 한국이 왜 중국의 속국이에요? 서로 대등한 나라지."

"너 사학과 다니면서도 몰라? 수천 년 동안 우리 속국으로 조공을 바쳐왔잖아. 그놈들 드라마 〈대장금〉에도 나오는 걸 못 봤어!"

"아빠, 알려면 똑똑히 아세요. 중국이 수천 년 동안 차지하려고 애썼지만 실패한 두 나라가 한국과 베트남이에요. 그래서 중국을 대국으로 인정하고 서로 사이좋게 살며 특산물을 교역하자고 해서 만든 제도가 조공이에요. 그리고 속국이란 신식 말로 하면 식민지인데, 식민지란 강한 나라가 약한 나라를 완전히 지배해서 모든 권한을 다 뺏어버리는 걸 말해요. 그런데 한국과 베트남은 중국에 모든 권한을 뺏기고 지배당한 적이 한 번도 없고, 그들 스스로 군대를 가지고 나라를 지켰고, 딴 나라와 외교 활동을 펼쳤고, 자기들 법을 가지고 나라를 운영한 당당한 독립국가였어요. 다만 운명적으로 영토가 작고, 인구가 적어서 인접한 큰 나라한테 괴롭힘을 당한 것뿐이죠. 우리 중국은 스스로 대국이라고 뻐기고 싶어서 계속 속국이라는 말을 써왔는데, 그건 '우린 주변의 작은 나라나 괴롭히는 못된 짓을 해왔다'고 스스로 입증하는 것밖에 안 된다구요. 그러니 우리 중국을 위해서도 그 말을 쓰면 안 돼요."

"하아, 너 아주 유식하구나. 이 애비 대학 못 나와 무식하다고 막 가르쳐라, 가르쳐. 너 그따위 돼먹지 못한 소리 지껄이라고 아까운 돈 쳐들여가며 대학 보낸 줄 아냐. 애비의 은혜에 조금이라도 보답할 맘이 있었으면 베이징대 출신으로 출셋길 탄탄하게 열린 놈한테 시집가서 이 애비 사업에 도움이 되고, 당원이 되는 데도 한몫하게 했어야지. 왜 하필 속국놈이야, 속국놈이! 그럴 바에는 차라리 코쟁이 서양놈을 데려와라. 속국놈은 절대 안 돼!"

"속국이 아니라니까요!"

"누가 아니래. 세상이 다 아는 일을. 니가 미쳐서 니만 아니라는 거지."

"아빠, 똑똑히 들으세요. 우리나라의 유명한 역사학자 취류성 박사께서 아까 내가 한 말을 그대로 하셨어요. 그리고 서양의 유명한 학자들도 다 그렇게 말하구요."

중국의 제1역사당안관인 취류성 박사는 '속국 칭호는 오늘날 역사 편찬에서는 다시 사용해서는 안 된다. 류큐(일본 오키나와현에 있었던 옛 왕국)나 조선 등 소수의 인접국은 청 정부와 관계가 밀접하여 조공 책봉 관계를 유지하였지만 본질적으로는 독립국가였으며, 근대 식민주의 종주국과 식민지의 관계 같은 것과는 전혀 다르다'고 했다.

"잔소리 말어. 내가 죽었으면 죽었지 허락 못 한다."

"네에, 저도 죽었으면 죽었지 포기 못 해요."

"허허, 너 미쳐도 아주 완전히 미쳐버렸구나. 도대체 그런 속국놈 뭘 믿고 네 평생을 맡긴다는 거야."

"네에, 말씀 잘하셨네요. 저는 엄마처럼 버림받고 비참하게 살지 않기 위해서라도 그 사람과 결혼해야 해요."

"뭐, 뭐라고? 그게 무슨 돼먹잖은 소리야."

"돼먹잖긴요, 저는 엄마 같은 꼴 당하면 자살하고 말지 안 살아요. 아빠가 원하는 대로 출셋길 탄탄하게 열린 당원한테 시집가봐요. 그 잘난 출세하면 그 담에 뭐 할 건지 뻔하잖아 요. 아빠처럼 바람피워 얼나이들 줄줄이 두고, 난 엄마 같은 신세가 되는 거잖아요."

"너, 너, 못하는 소리가 없어. 그래 좋다, 그놈이 안 그러리 라는 걸 뭘로 믿어? 10년 후, 20년 후 사람 맘을 뭘로 믿느냔 말야."

"네에, 똑똑히 알아두세요. 한국에서는 관리들이 절대로 축첩을 할 수가 없어요. 얼나이를 두면 곧바로 파면이에요. 그리고 아무리 돈 많은 사업가들이라고 해도 중국처럼 내놓 고 얼나이들을 줄줄이 거느릴 수가 없어요. 서양 선진국들과 똑같이 사회 전체가 그런 짓을 용납하지 않게 되어 있어요. 아세요?"

"아이고, 한국이 그리 좋은 나라로구나. 나 그 나라에 다시 태어나서 살아보고 싶다. 돈 있으면 뭐하나. 남편 변심해 버렸 는데. 너 결혼해라. 그 남자하고 결혼해. 그런 나라 남자라야 믿을 수 있다."

그때까지 듣고만 있던 리옌링의 어머니가 기를 세우고 나섰다.

"시끄러, 시끄럿! 모녀가 그렇게 작당을 하고 나선다고 내가 끄떡이나 할 줄 알아? 내 위신과 체면에 속국놈을 사위 삼을 순 없어. 정 그놈한테 시집가겠으면 날 죽이고 가!"

리완싱은 뿌드득 소리가 나게 이를 갈며 부르르 떨었다.

위신과 체면……, 아버지는 마지막 칼을 뽑은 것이었다. 중국남자들이 그 말을 내놓는 것은 끝장을 보자는 뜻이었다. 리옌링도 마지막 칼을 뽑았다.

"아빠, 그렇게 흥분하실 것 없어요. 어차피 결혼하게 되어 있는 것, 저는 엄마 아빠의 축복을 받으며 하고 싶어서 말씀 드린 거예요. 저 임신했거든요."

"뭐, 뭐라고?" 리완싱은 주먹으로 허공을 치며 몸을 벌떡 일으키더니, "그까짓 것 따내버려, 내일 당장 따내버려. 그까짓 게 뭐가 문제야." 그는 고래고래 소리를 질렀다.

"아빠, 정신 똑똑히 차리세요. 7개월짜리 임신부를 관리들이 강제로 끌어가 낙태를 시켜버리는 나라가 중국이고, 불법 낙태수술 세계 1위의 나라가 중국이에요. 그리고 아빠는 조폭들 마음대로 부리며 사업 잘해온 것처럼 나 하나쯤 병원으로 끌고가 낙태시켜 버리는 건 식은 죽 먹기인 거 잘 알아요. 그치만 문제는 그다음부터예요. 저는 그런 꼴 당하고는 안 살 거거든요. 전 엄마하고는 달라요. 자살을 하고 말 거예요. 자살을 해도 그냥 안 죽어요. 왜 죽는지 유서를 자세히 쓰고, 그걸 수백 장 복사해서 텔레비전 방송국, 신문사 등에 다 보내고 죽을 거예요. 예, 어서 병원으로 끌어가세요."

"아하, 저건 내 딸이 아니라 원수다, 원수. 저게, 저게 조폭보다 더 무서운 독종일세. 내가 왜 저걸 키웠나."

리완싱은 소파에 주저앉으며 울부짖듯이 탄식을 토해 냈다.

"조금 더 있다가 졸업 논문 제출하면 그 사람 데려와 인사시키겠어요. 결혼하기 전에 사윗감 인사 받으셔야 되잖아요."

리옌링은 이 말을 하며 소파에서 일어났다.

"아이구, 아이구, 저것……, 저것……."

리완싱은 큼직한 몸집을 비비 틀며 신음하고 있었다.


"니 이모들 짝퉁 핸드백 사게 해준 일 있지?"

"예, 있어요."

"그 핸드백 만드신 분, 지금 그대로 계시지?"

"예, 그렇겠지요."

"그렇겠지요가 아니라 틀림없어야 해."

"한동안 안 만나서 그런데, 아마 그대로 계실 거예요. 중국에 있는 걸 좋아하시는 분이니까. 왜요?"

"응, 니가 나서서 그분과 나를 좀 만나게 해줘야겠다."

"왜요?"

"뭘 좀 부탁해야 할 일이 있다."

"외삼촌이요? 그분은 짝퉁 만드는 기술밖에 없어요. 종합 상사에서 짝퉁 수출할 것도 아니고."

"그놈 머리 한번 잘 도네. 나 곧 퇴직한다."

"예에……? 뭘 잘못하셨길래요?"

"잘리는 게 아니라 명퇴다."

"명퇴요……?"

"명퇴 몰라? 명예로운 퇴직, 명예퇴직 말이다."

"아니, 어쩌시게요? 이 험한 세상에……."

"얌마, 그런 말은 좀 더 늙어서 쓰는 말이야. 아직 서른도 못 된 놈이 세상 다 산 것처럼 이 험한 세상 좋아하네. 어쨌거나 이 외삼촌이 사장님으로 첫발을 내딛는 일에 그분 도움이 필요하게 생겼다. 니가 그분 그대로 계신지 확인해서 나한테 빨리 핸드폰 때려라. 문자를 날리든지."

"외삼촌, 그분은 짝퉁 만드는 기술밖에 없다니까요."

"알아 글쎄. 느네 외삼촌 짝퉁 사업 하려는 게 아니니까 안 심 푹 하고 시키는 일이나 해. 그만 끊는다."

전대광은 30분쯤 지나 조카 송재형의 전화를 받았다.

"외삼촌, 그대로 계세요."

"그래 잘됐다. 그럼 내가 그분을 만날 수 있도록 니가 가운

데서 다리를 좀 놔라. 내일이든 모레든, 빠를수록 좋다."

"외삼촌, 그분하고 무슨 일을 하려는데 그렇게 비밀주의에다, 급하기까지 해요?"

"하 그놈 참 안달 어지간히 하네. 빨리 알고 싶으면 빨리 시간 약속 해서 빨리 연락해."

"하이고, 빨리를 세 번씩이나 반복하다니, 안달은 바로 외삼촌이네요."

"오냐, 안달이 났다. 첫 방에 홈런을 때려야 하니 안달 안 나게 생겼냐."

"알았어요. 그분 별로 바쁘지 않으니까 바로 시간 잡아 연락드릴게요. 내일이라도 괜찮으시다고요?"

"그래, 오전만 아니면. 비행기를 타야 하니까."

"그 정도 계산은 저도 할 수 있어요."

"그래 너도 이제 늙기 시작하는 나이다. 스물다섯이 다 됐으니."

"아휴 외삼촌, 그런 으시시한 말씀 하지 마세요. 그렇잖아도 인생 팍팍한데."

"알았다 조카야, 힘내자. 이 외삼촌이야말로 다급하고 겁나고 숨 가쁘고 목 타고 외롭고 막막하고 팍팍하고……, 요즘 심정 말로 다 할 수가 없다."

"그런데 왜 그걸 했어요, 명퇴."

"대학 졸업 앞두고 인생 전선에 막 나서려는 내 조카야, 외삼촌의 말씀 잘 들어라. 높이 나는 새가 멀리 보고, 일찍 일어나는 새가 먹이를 먼저 찾으며, 파도를 두려워하지 않고 노젓는 자만이 대륙을 얻을 수 있는 것이다."

"예, 잘 알았어요. 바로 연락드릴게요."

전대광은 이튿날 오전에 베이징행 비행기를 탔다.

공항 대합실로 걸어 나오던 전대광은 깜짝 놀랐다.

"외삼촌."

앞을 막아선 건 송재형이었다.

"너 어쩐 일이냐."

"어쩐 일이긴요. 조카가 외삼촌 마중 나왔잖아요."

송재형이 외삼촌의 큼직한 손가방을 잡으며 능청스럽게 말했다.

"길 못 찾을까 봐서?"

전대광이 손가방을 건네주며 조카의 어깨를 철썩 쳤다.

"당연하죠. 상하이 촌사람이 수도 베이징에 오면 길 잃기 딱 알맞거든요. 자아 리옌링, 인사드려요. 우리 외삼촌!"

송재형은 갑자기 뒤돌아섰고, 그 뒤에서 한 여자가 앞으로 나타났다.

"안녕하세요, 외삼촌. 저는 송재형 씨의 애인 리옌링입니다."

리옌링은 또렷한 한국말을 하며 전대광을 향해 나부시 인사했다.

"중국 아가씨가 한국말을 하네?"

전대광은 놀라 송재형을 처다보았다. 송재형이 그 말을 리옌링에게 옮겼다.

"아닙니다. 예쁘게 보일려고 그 한마디만 어제 밤새도록 연습한 겁니다."

리옌링의 화장기 없는 얼굴이 붉어지며 부끄럽게 웃었다.

"아 예, 반갑습니다. 전대광입니다."

전대광은 몸에 익어버린 악수하는 버릇으로 손을 내밀었다. 리옌링이 더 부끄러워하며 악수를 했다.

전대광은 택시 순서를 기다리는 동안 조카와 그 아가씨와의 사이를 대충 짚고 있었다. 여고생 3분의 2 이상이 성경험을 하고, 여자들이 결혼 전에 2~3번 동거하는 것을 예사로 아는 중국이었다. 그러니 둘의 관계는 더 물을 것이 없었다. 그런데 공항에 인사를 나왔고, 그리고 잘 보이려고 한국말까지 연습을 했다. 그것이 문제였다. 그건 보통 문제가 아니었다.

그들은 택시를 탔다. 리옌링이 앞자리에 앉고, 전대광과 송재형은 뒷자리에 앉았다.

"어쩌려는 거냐? 결혼하겠다는 거지?"

"역시 외삼촌 감각은 초인적이에요."

"너, 전공 바꿀 때보다 몇 배 더 큰 문제를 일으킨 거다."

"몇 배요? 국적이 다르다는 게 그렇게 큰 문제예요?"

"정신 차려. 우리나라 사람들 뼛속 깊이 박혀 있는 단일민족, 백의민족 DNA 몰라서 그래?"

"그건 구세대의 의식이에요. 지금은 글로벌 시대, 우리 세대는 상관없어요."

"예에, 글로벌 세대, 니들 맘대로 하세요."

전대광은 머리를 시트에 기대며 눈을 감아버렸다.

"외삼촌, 이러시면 의리가 없는 거잖아요. 제가 외삼촌 일에 발 벗고 나서고 있으니까 외삼촌도 저를 적극 도와주셔야죠."

"야 이 도둑놈아, 기브 앤드 테이크라 그거냐?"

"꼭 그건 아니지만, 외삼촌과 조카 간에 서로 돕고 살면 얼마나 보기 좋아요."

"난 포기다. 지난번에도 내가 얼마나 애를 먹었는데, 이번에는 내 목숨 걸어도 해결 안 될 일이다."

"그래도 별수 없어요. 결혼은 해야 하는 결혼이니까요."

"아니 너……, 그게 무슨 소리냐?"

전대광이 등을 떼고 똑바로 앉았다.

"쟤가 임신했으니까요."

"아이고 망했다!"

전대광이 소스라치게 놀라더니 그대로 시트에 몸을 부려버렸다.

356

리옌링이 가르쳐준 전술이 이렇게 신효할 줄이야……, 송재형은 입술이 비틀리도록 웃으며 창 쪽으로 고개를 돌리고 있었다.

택시가 약속 장소인 호텔 앞에 멈추었다. 대화할 분위기를 생각해 호텔 커피숍으로 정하라고 전대광이 일렀던 것이다.

"반가웠습니다. 담에 또 뵙겠습니다."

리옌링이 전대광 앞에 얌전하게 인사했다.

"예, 또 만납시다."

전대광은 착잡한 심정으로 중국 아가씨를 다시 눈여겨보았다.

'짜식, 눈은 있어서 인물은 제대로 골랐네. 허나 인물만 곱살하면 뭐하냐……'

전대광은 호텔 회전문으로 들어서며 조카에게 물었다.

"뭘 하는 아가씨냐?"

"뭘 하긴요. 학생이지요."

"학생?"

"예, 저하고 같은 과요."

'너 저 아가씨 땜에 전공 바꾼 거구나!' 이 말이 곧 터져나가려 했지만 전대광은 꾹 눌렀다.

'짜식, 고르긴 제대로 골랐네.'

전대광은 씁쓰름하게 웃고 있었다.

그들은 구석 쪽으로 자리 잡았다. 아직 시간이 20분쯤 남아 있었다.

"외삼촌 때문에 걱정이 많이 돼요. 꿈까지 꿨어요."

송재형이 외삼촌을 바라보며 조심스럽게 입을 뗐다.

"그래, 나도 불안하다. 허지만 너무 걱정하지 말아라. 중국 시장은 망망대해, 넓고 넓은 바다고, 앞으로 너끈히 30년은 낚시질을 할 수 있다."

전대광도 조카를 바라보며 묵직하게 웃었다.

"그치만 외삼촌은 자본이 없잖아요. 자본주의 시장은 막말로 돈 놓고 돈 먹기인데."

"그래, 그 말 맞다. 그렇지만 틈새시장이라는 게 있다. 그건 자본 전쟁이 아니라 아이디어 전쟁인 거지. 그거 몇 가지만 잘 포착하면 자본 전쟁에 나설 수 있는 실탄을 확보할 수 있게 되지."

"외삼촌의 눈에는 그 틈새시장이 보여요?"

"음, 정확도는 미정이지만 보이는 것들이 몇 가지 있다."

"몇 가지씩이나요? 그게 뭐예요?"

"천기누설! 차츰 두고 봐."

"에이, 조카한테도 천기누설이에요?"

"그게 사업 비밀이라는 거야. 니놈도 청춘사업 비밀로 꽁꽁 숨기고 있다가 결정타를 먹이고 나왔잖아."

"에이, 외삼촌은······. 예, 저기 오셨어요."

송재형이 벌떡 몸을 일으켰다.

이남근이 작은아버지를 모시고 이쪽으로 오고 있었다.

"처음 뵙겠습니다. 재형이의 외삼촌 되는 전대광입니다."

전대광은 머리를 깊이 숙였다.

"아 예, 이삼수라고 합니다."

이남근의 작은아버지가 전대광의 인사를 받으며 손을 내밀었다.

"나를 보자고 하신 연유가······."

차를 시키고 나자 이삼수가 먼저 입을 열었다.

"아 예, 다름이 아니라 제가 다니던 종합상사를 연말로 명예퇴직을 하고 제 사업을 시작하기로 했습니다. 그래서 그 첫번째 일을 추진하는 데 사장님 도움을 꼭 받아야 하게 생겨서 이렇게 뵙기를 청한 것입니다."

전대광은 앉음새부터 똑바로 갖추고 진중한 태도로 예의 바르게 말을 해나갔다.

송재형은 그런 외삼촌을 보면서 적이 놀라고 있었다. 준엄한 표정의 얼굴, 묵직한 느낌의 어조······, 평소의 외삼촌이 아니라 완전히 딴 사람처럼 느껴졌던 것이다. 그건 비즈니스맨 전대광의 모습이었다. 참 멋지다고 생각했다. 사람의 인상이 그렇게 달라지는 건 생전 처음 느끼는 경험이었다.

"저어……, 송 군한테 대충 들으셨겠지만 나는 짝퉁이나 만들어먹는 시시한 사람일 뿐이오. 내가 도울 게 아무것도 없을 것 같은데……."

이삼수가 커피잔을 들며 뚱하니 말했다.

그 옆에서 이남근은 안타까운 표정으로 가슴을 치는 손짓을 하고 있었다. 그의 입 모양은 '아휴' 소리를 그려내고 있었다. 그는 작은아버지가 '짝퉁이나 만들어먹는……'이라고 한 말을 기막혀하고 있었다. 송재형은 그에게 가만히 있으라는 눈짓을 했다.

"죄송합니다, 이걸 좀 보아주시겠습니까."

전대광은 손가방에서 무엇을 꺼냈다. 그가 내보인 것은 새빨간 내의 윗도리였다.

"사장님께서도 다 아시겠지만 이건 춘절 전후에 해마다 그 띠 해에 태어난 사람들에게 선물하는 내의입니다. 이게 해마다 평균 1억 벌씩 팔리는데 저는 이 내의를 남다르게 특화시킨 상품을 만들어 팔려고 합니다. 그 특화는 다름이 아니라 이 왼쪽 가슴에다 그 띠에 해당하는 동물 모양을 금실로 수놓는 것입니다." 전대광은 명함 크기의 종이를 잠옷 위에 올려놓고는, "사장님께 이 기계수를 좀 놓아주십사고 부탁드리는 겁니다." 그는 말에 맞추어 고개를 깊이 숙였다.

"으음……, 그거 아주 쌈빡한 생각이긴 하오. 넌 어쩌냐?"

이삼수는 옆에 앉은 조카 이남근에게 고개를 돌렸다.

"예, 대박 나게 생겼어요. 아이디어가 아주 기막혀요."

이남근이 지체 없이 대답했다.

송재형도 이남근과 똑같은 생각이었다. 그는 비로소 마음이 놓이고 있었다.

"헌데 말이오, 한 발이 늦으셨소. 난 딴 일을 급히 해야 할 게 있소."

이삼수가 고개를 내저었다.

"아니, 무슨 일이신지……."

전대광이 당황해서 탁자 앞으로 다가앉았다.

이남근과 송재형도 놀란 기색으로 이삼수를 동시에 쳐다보았다. 송재형이 팔꿈치로 이남근의 옆구리를 질벅거렸다. 둘의 눈길이 마주쳤고, 송재형은 빠르게 눈짓을 해댔다.

"작은아버지, 그러지 말고 재형이 외삼촌을 도와드리세요. 처음 시작하는 일인 데다가, 그동안 재형이가 작은아버지 때 들어갈 때마다 도와드린 의리도 있잖아요."

이남근이 작은아버지 팔을 흔들었고, '야 임마, 때 들어갔다는 말을 하면 어떡해' 송재형은 몸이 달고 있었다.

"야 이놈아, 의리고 뭐고 내가 헛소리 하나 요걸 봐라."

이삼수는 양복 안주머니에서 무엇을 불쑥 꺼내 조카 눈앞에다 디밀었다.

"요게 뭐예요?"

"딱 보면 모르냐, 돈지갑이지."

"근데 요게 뭐가 그리 급해요."

"요놈아, 모르면 잔소리를 말어. 요게 요새 없어서 못 팔아
먹을 정도로 인기가 있는 프랑스 명품이야. 근데 그냥 명품이
아니라 중국사람들만을 위해서 특별히 만들어낸 명품이다
이거다. 여기다 100위안짜리를 넣어서 선물하면 그 사람이
틀림없이 부자가 된다고 해서 요새 한창 유행바람을 일으키
고 있는 대박이다. 그 속에 찍힌 지갑의 중국 이름을 봐라. 부
자가 된다는 배꽃 '리화'다. 프랑스놈들이 어떻게 요런 기똥찬
생각을 해냈는지 모르겠다. 그래서 요리도 잘 팔리는 명품을
그대로 보고만 있을 수 있느냐. 우리도 왕창 한탕 해먹자 하
고 중국 선(線)에서 몇만 개 만들어달라고 주문이 들어왔어.
이거 와짝 만들어 한탕 치면 수입이 삼삼할 텐데 안 할 수 없
는 일이지."

이삼수는 제물에 신바람이 나서 저급한 말을 마구 쏟아내
고 있었다.

"정말이네요, 리화. 이 빨간색 바탕에 황금색으로 상표를
찍은 것 하고, 중국사람들이 딱 좋아하게 생겼어요. 작은아버
지, 이거 저 주세요."

"야 이놈아, 견본으로 받은 걸 줘버리면 뭘로 일하게?"

이삼수가 조카의 머리를 쥐어박는 시늉을 했다.

전대광은 그 지갑을 자기에게 빨리 보내라고 송재형에게 눈짓했다.

"어디, 나도 좀 보자."

송재형이 이남근의 손에서 지갑을 빼냈다. 그리고 이리저리 살펴보는 척하고는 외삼촌에게 건네주었다.

전대광은 재빠른 손놀림으로 지갑을 살피며 놀라고 있었다. '리화'와 그 꽃 상표—그것은 자신의 분유 상표보다 나았으면 나았지 못하지 않았다. 그것은 자못 충격이었다. 까르띠에 빨간 지갑에다가 100위안씩을 넣어 선물용으로 사용한 것은 누가 먼저랄 것 없이 한국 주재원들 사이에서 번져나간 일이었다. 그러면서도 이런 아이디어의 지갑을 만들어낼 생각을 못했던 것이다. 참 감탄이 절로 나오는 기발한 아이디어였다.

'아니, 너 지금 정신이 있어 없어. 이게 네 일 망치는 적수인데 무슨 엉뚱한 생각 하고 있는 거야. 첫 번째 일부터 빗나가버리면 네놈 신세가 어떻게 되는지 알아? 사업에서 비즈니스 실패는 곧 죽음이야!'

전대광은 벌떡 일어났다.

"어르신, 모든 조건은 어르신 뜻에 따르겠습니다. 저를 도와주십시오. 어르신께서 도와주지 않으시면 저는 사업을 시작해 보지도 못하고 망합니다. 어르신, 제발 한 번만 도와주십시오."

똑바로 선 전대광이 떨리는 듯한 목소리로 말했고, 세 사람은 어리둥절해 있었다.

그런데 말을 마친 전대광이 그대로 카펫 바닥에 엎드렸다. 그는 이삼수를 향해 큰절을 올리고 있었다.

"아니, 아니, 이거……" 이삼수가 벌떡 일어나더니 바닥에 앉을 듯하는가 하면, 전대광을 붙들려는 듯하기도 하며 우왕좌왕하다가, "좋소, 좋소, 그 일 하리다. 내가 40년 넘게 미싱 돌리며 괄시만 당해왔지 이렇게 어르신 소리 들으며 큰절 받고 사람대접 받은 건 첨이오. 고맙소, 일어나시오." 그는 전대광을 붙들어 일으켰다.

# 사랑은 하늘의 힘

전대광의 아내 이지선은 텅 빈 아파트를 나서며 눈물이 쏟아지려고 했다. 슬프지 않은 이별이 없더라고 아파트와의 이별도 그렇듯 슬픔을 자아냈다. 거기엔 중국의 세월이 고스란히 담겨 있었다. 구석구석마다 정이 배어 있지 않은 곳이 없었다. 이제 떠나면 영영 다시는 몸 담지 못할 공간이었다.

주재원 부인들은 중국에서 두 번 운다는 말이 있었다. 처음 왔을 때 말이 통하지 않아서 울고, 떠날 때 너무 편히 지냈고 떠나기 싫도록 정이 들어 운다는 것이었다.

목젖이 아프도록 눈물을 삼키며 이지선은 그 말이 맞다고 생각했다. 인건비도 싸고 물가도 싸 파출부 두며 풍족하게 살았으니 중국에 정이 안 들 수 없었다. 식품에도 가짜가 많다지만 가공식품을 피해 재래시장에 가면 싱싱한 농산물을 얼마든지 고를 수 있었다. 1급수가 아니면 살지 않는다는 참게까지 거품을 뽀글뽀글 만들어내고 있었다. 냉장고에 넣지 않고 그대로 좌판에 놓고 썰어 파는 돼지고기도 언제나 싱싱했다.

"서양 기자들이 중국을 비위생적인 미개국 정도로 얕잡아보거나 무시할 때 단골손님으로 꼭 등장하는 게 이 돼지고기잖아. 냉장고에 넣지 않았다고. 그들은 멀리서 바라보기만 했지, 돼지를 그날 잡아 그날 팔기 때문에 냉장고에 넣을 필요가 없다는 걸 모르는 거야. 그래서 품절될 때가 많고, 팔다 남은 것은 오래 두고 먹을 수 있는 요리 둥포러우를 만든다는 건더욱 모르지. 그러니 신문 기사라고 다 믿으면 큰일 나."

함께 시장을 보며 남편이 한 말이었다.

"그 둥포러우가 마오 주석이 제일 좋아한 음식이라면서요."

"어허, 당신 참 유식해. 내 아내 자격 있다니까."

"그럼 어디 당신은 내 남편 자격 있나 보자구요. 중국사람들이 하루에 돼지고기를 몇 마리 분량이나 먹게요?"

"70만 마리."

"아유, 얄미워. 좀 모르는 척해주면 안 되나."

"아하, 내가 또 실수."

남편과 이런 추억도 엮을 수 있었던 게 중국이었다.

아파트 단지에 함께 모여 사는 주재원 부인들은 다 자신을 부러워했다. 남편을 잘 뒀다는 것이었고, 중국에서는 대박 치기가 쉽고, 한 번만 제대로 맞으면 평생 먹고살 수 있는 떼돈을 번다는데 이제 신세가 달라진 것 아니냐고 입들을 모았다. 빈틈없고 신중한 남편을 믿었지만, 불안은 또 불안대로 마음 가득 얽혀 있었다. 큰 자본 없이 단독 사업을 시작한다는 건 살얼음 걷기였고, 외줄 타기였다. 남편도 명퇴를 신청한 이후 하루도 편히 잠들지 못하는 눈치였다.

이제 후임자를 위해 두 달 전에 집을 비워주어야 했다. 수리를 해야 하기 때문이었다. 지금은 많이 좋아져서 두 달 걸리는 것이지, 10여 년 전에는 넉 달이 걸려도 수리가 끝나지 않았다. 한국 같으면 한 달로 넉넉할 일을 그렇게 질질 끌었다. 중국의 '만만디'라는 것이 어떤 것인지 톡톡히 맛보이려고 작정한 듯했다.

변기 고장을 고치는 데 일주일이 걸리는 것은 사람이 미칠 일이었다. 기술 미숙만이 아니었다. 무책임이라기보다 무사태평의 기질이 문제였다. 집안 잔치가 있어서 하루 빼먹고, 친구가 사고를 당했다고 일하다 말고 가서는 안 와버리고, 부속품이 안 맞는다고 구하러 가서 하루 보내버리고 하는 식이었다. 그러면서도 그들은 "마상(곧, 금방)""마상커이(곧 간다, 금방 된다)"를 입에 달고 살았다. 그러니 더 밉고 괘씸하지 않을 수 없었다. 며칠씩 변기가 고장이니 체면불구하고 다른 주재원들 집으로 드나들어야 하니 어이없고 기막힐 뿐이었다.

"미안해요, 정말 미안해요. 가까이 살았으니 망정이지……."

"아니에요, 전혀 신경 쓰지 마세요. 저도 고장 나면 폐 끼칠 건데요 뭐."

주재원 부인들은 이러면서 웃을 수밖에 없었다.

이제 떠나려 하니 그런 것들마저 다 추억이었다.

'스스로 떠나는 건데도 이렇게 쫓겨나는 기분인데 정년퇴직을 당하는 사람들 심정은 어떨까…….'

이지선은 그 암담하고 막막할 기분을 충분히 상상하며 아파트를 나섰다. 담배를 피우며 기다리고 있던 남편이 차 문을 열어주었다. 잘 베풀지 않는 그 친절에는 아내의 기분을 이해하는 마음이 담겨 있었다.

"열쇠 여기 있어요."

이지선은 남편에게 아파트 열쇠를 내밀었다.

"음, 열쇠까지 반납하고, 퇴직이 실감나네."

전대광이 열쇠를 받으며 야릇하게 웃었다. 이지선은 고개를 끄덕였고, 뒷자리의 두 아이는 아무 기척이 없었다. 그 무언은 아빠의 새로운 시작에 대한 불안과 걱정을 품고 있었다. 아빠의 명퇴 사실을 안 다음부터 아이들의 무언은 시작되었고, 전학 수속을 하면서부터 불안한 기색은 얼굴에까지 드러나고 있었다. 그건 학교를 옮기는 것에 대한 불안까지 겹쳐진 것이었다. '아이들이 전학을 하는 것은 새로 태어나는 것이다.' 세계적인 교육자 페스탈로치의 일갈이었다. 전학 가서 새로 적응한다는 것이 얼마나 어려운 일인가를 단적으로 지적한 말이었다. 그건 '절대 전학시키지 마!' 하는 말을 격조 있게 표현한 것뿐이었다. 그런데도 아이들에게 못할 일을 시키는 것이 미안했다. 그런 고통을 주고 싶지 않았지만 어쩔 방도가 없는 일이었다.

회사에 아파트를 반납하고 나면 당장 집을 구해야 했다. 그러나 상하이는 베이징과 똑같이 집값이고 전셋값이 하늘 높이였다. 사업자금도 빡빡한데 집에 들일 돈 여유가 있을 리 없었다.

"애들 보내게. 자네가 기반 잡을 때까지 내가 맡음세. 우리 집 널찍하니까 아무 걱정하지 말게."

아내의 말을 전해 들은 장인이 걸어온 전화였다.

전대광은 차를 출발시키면서 경쾌한 노래를 틀었다. 그러나 공항에 도착할 때까지 차 안에는 아무도 타지 않은 것 같았다.

출국장 앞에서 이지선이 두 아이에게 여권을 나눠주며 일렀다.

"아빠한테 인사해라."

두 아이가 아버지 옆으로 다가와 양쪽으로 섰다. 딸아이가 아버지 팔을 잡더니 아래로 끌어내리는 손짓을 했다. 그 손짓에 따라 전대광은 키를 낮추었다. 아들도 아빠의 다른 팔을 붙들고 바짝 다가섰다. 두 아이는 아빠의 귀에다 대고 목소리를 맞추었다.

"아빠, 사랑해요. 파이팅!"

"그래, 파이팅!"

전대광도 얼떨결에 화답했다. 그런데 울음덩어리가 울컥 치솟으며 목을 막았다.

"여보, 식사 거르면 안 돼요. 과음하지 마시구요."

이지선의 눈에 그렁그렁한 눈물이 곧 넘칠 것 같았다.

"알아. 오래 걸리지 않을 거야. 반드시 해낼게."

전대광은 속입술을 깨물며 아내의 손을 잡았다.

이지선은 목이 메어 더 말을 못하고 돌아섰다. 눈물이 주르륵 흘러내렸다.

'너희들을 위해서 내가 무슨 짓인들 못할까. 조금만 기다려라. 아빠는 기필코 성공한다.'

아내와 아이들이 사라진 문을 응시한 채 전대광은 움직일 줄을 몰랐다.

회사에 도착한 전대광은 아파트 열쇠부터 반납했다.

"드디어 떠나신다는 게 실감납니다."

관리부장이 열쇠를 받으며 부럽다는 눈빛이었다.

"모르겠소, 어찌 될지."

전대광의 무거운 대꾸였다.

"선배님은 고달프셨지만 영업전선에서 뛰셨으니까 그 경험을 밑바탕으로 할 수 있지만 저 같은 놈은 관리직에서 빌빌댔으니 명퇴는 꿈도 못 꿔보고 정년퇴직 당할 때만 꼬박꼬박 기다려야 하는 한심한 신세 아닙니까."

그가 풀 죽은 소리를 했다.

"그래요, 인생살이라는 게 그게 영……."

전대광은 애매모호한 소리를 중얼거리며 돌아섰다.

"저어 부장님, 좀 여쭤볼 말씀이 있는데요."

전대광이 자리에 앉기 바쁘게 강정규가 다가왔다.

"그럽시다. 얘기하기 편한 데로 갑시다."

전대광은 반가운 기색으로 몸을 일으켰다. 지금의 기분 전환을 위해서 그와 얘기를 나누는 것은 안성맞춤이었다. 그리고 강정규는 요즈음 자신의 존재감을 느끼게 해주는 유일한 존재였다. 그는 얘기를 곧잘 소화했고, 무엇이든 알고 싶어 하는 왕성한 호기심을 가지고 있었다.

찻집에 앉자 강정규는 자연스럽게 차 우려내기를 맡았다. 새로 익힌 일에 대한 흥미였다.

"부장님, 지난번에 기싸움에 대한 말씀 실감 나게, 감동적으로 들었습니다. 그런데 그런 기업들 말고, 남자 관리들을 상대할 때 괜히 트집 잡거나 괜히 사람 무시하거나 하는, 우리나라 공무원들이 흔히 하는 그런 경우를 당했을 때는 어찌해야 하는지, 그런 때도 무조건 참으며 사정을 해야 하는지, 아니면 무슨 다른 요령이 있는지요."

용정차가 우러나기를 기다리며 강정규가 물었다.

"남자 관리들을 상대할 때는 첫째 중국어가 유창해야 하고, 둘째 업무에 대한 논리가 선명해야 한다는 건 얘기했지요?"

"예, 하셨습니다."

"관리들이란 어느 나라 관리나 그들 특유의 행태가 있소. 그건 그들의 성품이 특별히 나빠서가 아니라 권력의 속성에 젖어 거드름 피우고, 거만을 떨고, 혼자 다 아는 척하고, 괜한 트집을 잡고, 무조건 안 된다고 하고, 그걸 한마디로 하면 권위주의와 관료주의의 표본이오. 중국은 특히 공산당 1당독재 체제로 65년 가까이 되고 있으니 그 도가 좀 지나치다고 할 수 있소. 그런 사람들을 상대하면서 제일 좋은 건 원만하게 좋은 사이를 유지하는 것이고, 그게 도저히 안 될 때는 상대방의 결정적 허점을 잡고 정면 대결로 나서는 것이오. 그것도 기싸움의 하나고, 시쳇말로 하자면 '너 죽고 나 살자'요. 이때는 완전한 관계 파탄을 각오해야 되는데, 의외로 효과가 클 때도 있소. 상대방의 결점이나 잘못을 잡았으면 그걸 꽉 물고 늘어지며 대의명분을 내걸고 공격하는 것이오. 예를 들면,

'나는 중국이 긴 역사와 오랜 전통을 가진 위대한 나라라고 믿고 한국과 중국 두 나라의 경제발전을 위해 일하려고 중국을 찾아왔다. 그리고 중국공산당은 인민을 위해 헌신하고, 당원인 관리들은 인민의 행복을 위해 봉사한다고 알고 있었다. 그런데 어떻게 중국 인민들의 행복에 기여할 수 있는 외국 상사원에게 이렇게 논리 모순의 행위를 하며 불친절할 수 있느냐. 난 중국에 실망했다.' 이런 식으로 목청 크게 외쳐대는 것이오. 그 멋진 웅변이 모두의 시선을 끌게 되고, 그러면 윗사람이 뛰어나오지 않을 수 없게 되오. 그럼 해결이오."

"그럼 처음 관리하고는 완전히 사이가 깨져버려서……."

"에이, 그렇게 단순하게 생각해서야 어디 프로 비즈니스맨이라 할 수 있겠소. 1차 기싸움을 제압했으니, 2차 기싸움을 시작하는 것이오. 바로 그다음 날 찾아가면 그 관리는 어떤 반응이겠소. 적대감을 나타내면서도 전처럼 뻐기지도 거만을 부리지도 못하며 시선을 내리깔 것이오. 그게 기 센 사람을 대하는 인간의 심리요. 그때 이쪽에서 과감하게 2차 기싸움을 거는 것이오. '어제는 정말 미안하게 됐다. 난 중국에 실망하기 싫어서 그런 것이다. 내가 정식으로 사과한다. 나는 당신과 사나이 대 사나이로 사귀고 싶다. 사과의 뜻으로 내가 오늘 저녁에 술을 사겠다. 너그럽게 내 뜻을 받아달라. 우리는 좋은 친구가 될 수 있다.' 이렇게 통 크게 나가면 통하지 않는 경우가 거의 없소. 지난번에 말한 대로 중국남자들의 의식 속에는 『삼국지』와 『수호지』의 장부, 쾌남아, 호걸의 DNA가 깊이 들어 있기 때문이오. 그가 술자리에 응하면 그때는 최고급 술에 가장 비싼 음식으로 대접을 해야 하오. 그 절호의 찬스에 돈을 아낌없이 안 쓰면 그건 바보 천치요. 그리고 술만 사지 마시오. 명품으로 돈지갑 같은 것을 선물로 마련해야 하고, 그의 아내를 위하여 교환권을 넣은 명품 머플러 같은 것을 더하면 그것이야말로 금상첨화요. 그렇게 되면 그와는 더없이 절친한 사이가 될 수 있소. 싸운 다음에 친구 된다는 말이 바로 그것이오."

"아휴, 그건 보통 배짱 가지고선 하기 어려운 일일 것 같은데요."

강정규는 듣기만 해도 목이 탄다는 듯 찻잔을 소주잔 비우듯 해버렸다.

"뭐, 그렇지도 않소. 비즈니스의 알파요 오메가가 뭐요? '거절을 두려워하지 말라.' 그 정신을 투철하게 세우고 있으면 다 되는 일이오. 백 번 거절당해도 천 번 찾아가서 내 뜻을 관철시키겠다는 게 그 정신인데, 내 길을 방해하는 관리는 반드시 척결해야 하는 첫 번째 적이오. 그 난관을 뚫지 못하면 그 지역의 비즈니스는 아예 시작할 수도 없게 되니까. 자아, 이런 말 알고 있소? 싸움을 제일 잘하는 사람은 누구겠소? 가장 기운 센 사람? 그게 정답이라면 그런 건 아예 묻지도 않을 거라는 눈치쯤은 있을 것이오. 그 순서는 이렇소. 아무리 기운 센 놈도 기술 좋은 놈 못 당하고, 아무리 기술 좋은 놈도 젊은 놈 못 당하고, 아무리 젊은 놈도 죽기 살기로 덤비는 놈 못 당한다. 비즈니스 정신이란 바로 그 죽기 살기로 덤비는 놈이오. 그런데 딴 배짱이 뭐가 더 필요하단 말이오."

"예에, 알겠습니다." 강정규는 엉덩이를 들썩하며 입술을 훔치고는, "저어, 외국 신문들은 중국 관리들의 부정부패가 너무 심해 사회 불안요인이 되고 있다고 계속 보도하고 있습니다. 이게 개혁개방의 한 단면일 텐데, 덩샤오핑은 이런 걸 예견했을까요? 이 문제 때문에 중국이 위기에 몰릴 수도 있을까요?" 그는 질문의 방향을 바꾸었다.

"흠, 그건 중국 정부가 지닌 가장 큰 약점이고, 민주화라는 것과 함께 가장 듣기 싫어하는 소리요. 그리고 중국 지식인들 사이에서 오가는 두 가지 가정이 있소. 첫째는 마오쩌둥의 아들이 6·25 때 전사하지 않았더라면 중국 정권은 어찌 되었을 것이냐. 둘째는 덩샤오핑이 살았더라면 오늘의 중국 현실은 어찌 되었을 것이냐. 강정규 씨가 물은 게 두 번째에 해당하는 것인데, 그것 참 대답하기 쉽지 않은 복잡한 문제요. 자아, 지난번에 말한 쏘련의 몰락 원인이 모두 무책임하게 게으름 피워 야기된 물적 토대의 빈약이 절대적이었는데, 거기에 덧붙여진 또 하나의 원인이 당원과 관리들의 대책 없는 타락이었소. 고급 당간부 부인들이 차르 왕가에서 압수한 보석들을 나눠 갖다 모자라 전세 비행기를 타고 파리와 이태리로 보석 쇼핑을 다녔소. 그러는 동안에 인민들은 달걀 하나를 구하려고 시베리아의 추위 속에 떨며 200~300미터씩 줄을 서야 했소. 안 망할 도리가 없는 극한상황이었던 거요. 지금 중국은 그런 쏘련과는 전혀 다르오. 제조업을 토대로 해계속 건강한 성장을 하고 있고, 인민들도 모두 의욕에 차서부지런하오. 그러나 공무원들의 부정부패가 심각한 것 또한사실이오. 덩샤오핑, 그가 살았더라면……, 지금보다는 덜했을것이오. 그러나 완전히 막지는 못했을 것이오. 왜냐하면 1당독재이기 때문이오. 절대권력은 절대부패한다는 진부해진 진리가 있지 않소. 아무리 민주화된 나라에서도 공무원들의 부정부패는 있게 마련이오. 다만 정도의 차이가 있을 뿐이지. 우리나라도 끝없이 부정 사건이 터지고 있지 않소. 그게 권력의속성이고, 마성이오. 그런데 중국은 1당독재니까 그 절대권력을 행사하며 관리들이 타락하기가 얼마나 좋소. 내가 중국관리라고 해도 견물생심이 안 될 수 없을 것이오.

그런데 그 사태를 바라보는 미묘한 관점의 차이가 있소. 날로 강성해지는 중국의 경제력을 탐탁잖게 여기는 서양 선진국들은 중국 관리들의 부정부패가 민심의 동요를 일으키게 되어 국가의 존망을 좌우하게 될 것이라고 확대해 생각하며 비판하고 있소. 그러나 그건 중국 내부 사정을 전혀 모르거나, 일부러 외면한 철저한 서양의 관점일 뿐이오. 강정규 씨도 앞으로 1년쯤 관심 쓰고 살펴보면 쉽게 알 수 있는 문젠데, 중국 인민들은 놀랄 만큼 당과 관리들에 대해서 너그럽고 믿음을 가지고 있소. 중국 인민들 중에 성인치고 관리들의 타락과 횡포를 모르는 사람은 단 한 명도 없소. 또 그걸 모두 싫어하고 비판하고 있소. 그러면서도 그들은 능력이 있고, 나라를 위해 애쓰고 있으니 어느 정도는 그럴 수 있다고 생각하는 것이오. 이것이 서양사람들도, 우리 한국사람들도 이해하기 어려운 중국사람들의 복잡함이오. 자아, 이렇게 생각하면 이해에 도움이 될지 모르겠소. 고등학교 때 공부 잘한 동창은 10년 후, 15년 후에 만나도 늘 대단해 보이는 것 말이오. 당원과 관리 들에 대한 인민들의 인식이 꼭 그렇소. 당원들의 공통점은 모두 학생 시절에 우수한 모범생이었다는 사실이오. 그리고 관리들은 몇백 대 일의 경쟁을 뚫고 그 자리에 오른 존재들이오. 그러니 평범한 인민들로서는 그들의 능력을 인정하지 않을 수 없고, 그들이 막강한 권력까지 가지고 있으니 기죽지 않을 수 없는 일이오. 거기다가 중국공산당은 전체 인민들에게 절대적인 존재요. 그건 마오쩌둥이 세월이 갈수록 높게 떠받들려져 결국 신의 위치에 오른 것과 맞통하는 것이오. 중국공산당이 혁명을 이룩해 신중국을 건설하면서 해낸 일이 여러 가지지만, 인민들이 잊지 않고 기억하는 것이 꼭 한 가지가 있소. 토지개혁을 실시해 수천 년 동안 올가미가 되어온 소작인 신세를 면하게 해준 것이오. 그 당시 인민의 85퍼센트가 농민이었고, 그중의 85퍼센트가 소작인이었소. 그게 마오가 신으로 숭상되는 살아 있는 증거요. 그리고 중국의 천지개벽이라고 할 수 있는 개혁개방은 누가 주도한 거요? 공산당이 하지 않았소. 그러니 인민들은 당을 믿는 것이오.

　그리고 또 하나의 문제는 중국 정부 당국이오. 세계적으로 정보력이 뛰어난 그들이 외국의 비판을 모를 리 있소. 더구나 관리들의 부정부패는 거울 속 들여다보듯 환히 알고 있소. 그런데 왜 척결을 못 하느냐고? 그건 서양식 논법일 뿐이오. 거대한 조직이 움직이려면 조직원들의 절대충성이 절대요건이오. 그 절대충성이 어디서 나오는지 알겠소? 적당한 타락을 적당히 묵인하는 것, 그게 독재정권을 유지하는 수천 년 동안의 요령이고 전통이오. 그래서 중국 정부는 아직 나라가 망할 정도는 아니라고 느긋할 수 있는 것이오.”

　전대광은 차를 연거푸 마셨다.

　“그럼 부장님도 그렇게 생각하십니까?”

　“아니오. 중국에서도 관리들의 별명이 우리나라와 똑같이 테판완(鐵飯碗), 철밥통인데 그들의 타락을 계속 관심을 갖고 지켜보지만 중국 정부의 판단이 옳은 것인지 그른 것인지 알 수가 없소."

"마오쩌둥의 아들이 6·25 때 전사했다는 것은 처음 아는 사실입니다. 그 사람이 살았더라면 중국 정권은 좀 달라졌을 까요?"

"아, 그게 흥미 있소? 당연한 거요. 그 문제에 대해서 공식 적으로 공개되지 않은 공개된 사실이 있소. 역사학자를 포함 한 많은 지식인들 사이에서, '마오 주석의 아들이 전사하지 않고 살았다면 어찌 되었을까?' 하는 질문이 나오면 백에 백 사람이, '당연히 그 사람!'이라고 대답한다는 거요. 그는 아무 런 이의 없이 주석 자리를 물려받을 수 있을 만큼 똑똑했다 는 것이오. 그리고 마오쩌둥도 틀림없이 아들에게 주석 자리 를 넘겨주었을 것이고. 이 사실 앞에서 지식인들은 이런 묵언 의 동의를 한다는 것이오. '마오안잉이 전사하지 않았더라면 중국도 조선(북한)과 똑같이 3대세습에 이르렀을 것이고, 개 혁개방도 없었을 것이다.' 이 평가가 어떻소?"

"아이고, 섬찟하기도 하고, 정확한 것 같기도 하고 그러네 요." 강정규는 차를 한 모금 홀짝 마시고는, "또 한 가지 큰 의 문은, 중국 정부에서 제일 싫어한다고 하는 '민주화'에 대해섭 니다. 이것도 외국 신문들이 열을 내서 다루고 있는데, 그 실태는 어떤지 참으로 궁금합니다." 그 궁금증의 심도를 보여주는 듯 그의 눈은 반들반들 윤기를 내고 있었다.

"흥, 그거 서양 언론들이 단골로 삼고 있는 메뉴고, 우리나라 사람들도 관심이 지대한 문제요. 결론부터 말하자면 그 문제에도 시각차가 엄청나게 존재하고 있소. 소위 서양 선진국들은 선진국의 기준이나 자격을 두 가지 측면을 종합해서 정하고 있소. 경제력과 정치민주화요. 그런데 중국은 국민들의 직접선거라고는 없는 1당독재요. 이건 서양 시각에서 볼 때는 도저히 용납할 수 없는 정치야만국이고, 중국을 자기네 서양식 민주주의를 이식시켜야 할 대상으로 간주하고 있소. 물론 중국에서는 그들의 그런 태도를 몹시 못마땅하게 생각하고 있고, 심각하게 경계하고 있소. 1989년의 '천안문 사태'를 중국이 잔인할 만큼 강력하게 진압했던 것은 서양의 그 어떤 시도든 완벽하게 차단하겠다는 중국의 강력한 의지의 표현이었던 거요.

그런데 서양 국가들의 그런 인식은 중국 인민들의 생각이나 의사와는 너무나 거리가 먼, 그들의 자기중심적이고 일방적인 주장이고 판단이라는 게 문제요. 그들은, 관리들의 타락과 횡포가 자꾸 심해지고, 경제 모순으로 빈부격차가 날로 심해지고, 빈곤층과 농민공들의 사회 불만이 갈수록 커지고, 그들의 민주의식이 차츰 강화되어 민주화 세력으로 뭉쳐지면 중국에도 민주화 투쟁이 일어나 민주주의가 실현될 거라고 그럴듯한 시나리오를 쓰고 있소. 허나 그것이야말로 중국 인민들의 마음을 완전히 외면한 일방적 잠꼬대일 뿐이오.

한마디로 말하면 중국사람들은 자기들 앞에서 펼쳐지고 있는 현실이 믿을 수 없을 정도로 황홀한 것이오. 다시 말하면 그들은 10년 전에도 오늘날과 같은 현실이 오리라는 것은 상상하지 못했소. 무슨 말인고 하면 2002년에 자전거를 낑낑대고 몰면서 자기가 2012년에 자가용을 타는 팔자가 되리라는 것을 전혀 몰랐을 것이오. 그 황홀한 성취를 이룩하게 해준 게 누구요. 공산당이오. 이게 중국식의 중국 인민들의 생각이오.

그리고 가장 중요한 사실이 있소. 개혁개방과 함께 중국의 전체 인민들은 그전에는 전혀 누릴 수 없었던 사유재산 소유의 자유, 직업 선택의 자유, 특대도시를 뺀 거주이전의 자유, 결혼의 자유, 취미생활의 자유, 국내외 여행의 자유, 해외유학의 자유를 누리게 되었소. 이런 천국을 베풀어준 게 당이고 정부요. 그러니 별다른 불만이 없고 오로지 기대가 있을 뿐이오. 나라가 우리를 이렇게 잘살게 해주었으니 조금 더 참고 기다리면 더 잘살게 해줄 것이다, 이런 믿음은 누구한테서나 확인할 수 있소. 그러니까 절대다수의 서민들은 선거의 자유라는 것에 거의 관심이 없고, 서양 언론들이 기대해 마지않는 민주화 투쟁이란 요원할 뿐이오. 그러니 소수 지식인들이 벌이는 민주화 투쟁은 14억의 바다 위에 피어났다 흔적 없이 사라지는 물거품일 뿐이오. 그들은 너무 빨리 가고, 인민들은 너무 느리고, 그렇소."

"예, 부장님 말씀 듣고 보니까 그동안 외국 신문들에게 속아 온 느낌이 듭니다. 그런데 얼마 전에 중요한 정치인이 이런 말을 했습니다. '13억 명의 먹고사는 문제를 해결한 것만도 인류사에 대한 공헌이다.' 이 말이 좀 이상한데, 괜찮은 겁니까?"

"그 말이 어떻게 이상한지 좀 구체적으로 말해 보시오."

전대광이 강정규를 바라보고 빙긋이 웃으며 찻잔을 들었다.

"예, 너무 자화자찬이 심한 게 아닌가, 이런 말 듣고 국민들이 감정 상하지 않을까……, 그런 생각이 들었습니다."

"그거 정확한 느낌이오. 기록에 보면 중국공산당은 쏘련이 몰락한 그 시점에 '이렇게 많은 전 인민을 먹여 살리고 있는 것은 중국 역사상 공산당밖에 없다'고 자신만만하게 외쳐댔소. 동유럽 사회주의 국가들이 다 망해버리고, 공산주의 종주국 쏘련까지 망해버린 상황에서 그 외침은 효과 100퍼센트로 국민들을 사로잡았소. 그러나 그 선전에는 두 가지 맹점이 있었소. 첫째는 앞에서 말한 대로 중국을 건재하게 만든 물적 토대는 전적으로 인민들의 자본주의적 노동력으로 만들어낸 것이지 공산당이 한 일은 아무것도 없었소. 세금을 거둬들인 일밖에는. 그리고 10억 인구를 먹여 살리고 있다는 그 염치없는 자화자찬을 우리나라와 비교해 보면 얼마나 허풍인가 하는 게 명백히 드러나오. 그때 우리나라 인구가 4,500만 정도였고, 국토는 중국이 대략 100배쯤 컸소. 중국공산당이 제대로 큰소리를 치려면 국토 대비 그들의 인구가 얼마나 되어야겠소?

그런데 그들은 그 선전을 20년이 넘도록 계속해 왔고, 급기야 '인류사에 대한 공헌'이라는 말까지 거침없이 하게 되었소. 이건 중국공산당의 자화자찬의 극치일 뿐만 아니라 오만의 극치이고, 세계인들을 중국 인민처럼 취급하는 어리석음의 극치요. 중국공산당이 '인류사에 대한 공헌'을 자랑하려면 자국민 13억의 먹고사는 문제를 해결한 것을 내세워선 안 되고, 전 세계의 빈민 13억의 먹고사는 문제를 해결했을 때 비로소 공헌이 되고 자랑이 되는 것이오. 어느 나라에서나 자국민의 먹고사는 문제를 해결하는 것은 정치집단의 가장 기본적인 임무고 의무지 아무런 자랑거리가 될 수 없는 일이오."

"부장님, 그런데 왜 중국 인민들은 그런 엉터리 소리들을 그냥 듣고만 있는 걸까요? 특히 지식인들은 뭐 하는 걸까요?"

"음, 그거 잘 물었소. 자아, 이 말 들어보시오. '대중은 거짓말을 처음에는 부정하고, 그다음에는 의심하지만, 계속 되풀이하면 결국에는 믿게 된다.' 이건 독일 나치스의 선전장관 괴벨스가 한 말이오. 중국 인민들도 당의 끝없이 되풀이되는 정치선전 속에서 그렇게 되어버린 것이오. 그리고 중국의 부모들이 자식이 어렸을 때부터 반복해서 가르치고 당부하는 두 가지 말이 있소. '머리를 내미는 새가 총 맞는다.' 또, '뭐든다 네 맘대로 해도 되지만, 공산당과 적이 되는 일은 하지 말아라.' 그리고 당에 도전하거나 거역하게 되면 어떤 일을 당하게 되는지를 계속 확인하면서 중국 인민들은 살아왔소. 대약진운동, 문화대혁명, 천안문 사태, 파룬궁 검거와 금지 사태 등을 거치며 중국 인민들은 침묵이 금인 것을 체득하고 익힌 것이오."

"인민들에게 당은 고마우면서도 두려운 존재로군요."

"그렇소. 그게 중국공산당의 두 가지 얼굴이오."

"그런데 말입니다, 이 말을 여쭤봐야 되는 것인지 어쩐지……."

강정규는 전대광의 눈치를 슬슬 보며 머뭇거렸다.

"뭐든지 물으라고 했잖소. 나하고 헤어질 날도 머지않았소. 헤어지면 다시 만나기 어려울 것이니 뭐든지 물으시오."

"저어……, 중국이 왜 그렇게 성이 문란한지, 그것도 개혁개방과 관계가 있는지요."

"허, 나도 그게 궁금하면서도 아직까지도 확실한 답을 찾지 못했소. 그런데 이런 말을 보면 개혁개방과 상관없이 아주 오래전부터 성이 문란했던 것 같소. '처제 엉덩이 반쪽은 형부 거다', '젊은 식모는 젊은 아들 거다.' 재미있지 않소. 자아, 오늘은 이만합시다. 난 다른 약속이 좀 있소."

전대광이 시계를 보며 일어났다.

강정규는 멀어지는 전대광을 오래도록 바라보고 있었다. 하늘보다 더 높은 듯한 초고층 빌딩들이 어지럽고 숨 막히도록 빽빽이 들어찬 중국 최고의 경제도시 상하이 중심가를 홀로 걸어가는 저 사나이. 이 야망의 정글 속에서 저 사나이는 무슨 꿈을 꾸고 있을까. 자기 스스로 독립하기 위해 안정된 대기업의 자리를 버리고 떠나가는 저 사나이. 그가 우러러보이기도 했고 약간은 외로워 보이기도 했다. 그의 모습이 자신의 10년 후의 모습일지도 모른다는 생각이 들기도 했다. 그러나 자신이 저 사람처럼 스스로 회사를 걸어나갈 수 있을지 자신하기가 어려웠다. 그의 용기가 부럽고, 그의 결단이 존경스러웠다. 상하이의 저 많은 초고층 빌딩들은 인간의 욕망들이 뒤엉켜 이루어진 무성한 정글이었다. 그 속을 걸어가는 저 사나이, 부디 그가 성공한 타잔이 되기를 강정규는 빌고 있었다.

전대광은 걸어가며 조카 송재형에게 전화를 걸었다.

"어떠냐?"

"착착이에요."

"다행이다."

"전화하지 마세요. 제가 매일 다니니까."

"매일……?"

"예에."

"뭐하러. 니 공부도 바쁜데."

"자꾸 가게 돼요."

"그러지 마라. 내가 짐이 돼서야 되겠니."

"아니요. 일하는 것 구경하는 것도 재미있어요. 남근이 작
은아버지께서도 어쩌나 열심히 하시는지, 너무 고마워서 자
꾸 가게 돼요."

"그분도 직접 일을 하셔? 미싱을 돌리신다구?"

"그럼요. 시간이 촉박하다고 직접 나섰는데, 솜씨가 기가
막혀요. 젊은 아주머니들이 꼼짝을 못 해요. 그리고 사장님
이 직접 일을 하시니까 모두 신명이 나나 봐요."

"참 고마우신 분이다."

"그리고 제가 날마다 가니까 시간 맞춰 남근이도 와요. 개도
짐을 옮겨주고 하니까 담에 만나면 외삼촌이 한마디 하세요."

"너무 고맙구나. 알았다."

"참, 한 가지 알아두실 게 있어요. 이 일은 시간을 못 맞추
면 다 틀리는 일이라면서 사장님이 우리나라에서 아주머니
셋을 불러들였어요. 사무적으로 어떻게 되는지 모르지만, 외
삼촌이 알고 계셔야 할 것 같아서요."

"응, 말 잘했다. 내가 알아서 하마."

"그만 끊어요. 또 막 가보려던 참이었어요."

"니가 다 컸구나. 고맙다."

"치이, 그렇게 말씀하시니까 이상해요. 사이가 서먹하게 멀어지는 것 같고……."

"그래, 가까운 사이에서는 고맙다는 말이 좀 그렇지. 그래도 고맙구나."

"알았어요, 끊어요."

"얘, 너 이번에 보니 모범 사원 기질이 다분하다. 이대로 내회사 사원으로 눌러앉아라. 특채다."

"아이고, 고마워 눈물이 막 쏟아지네요. 외삼촌, 외삼촌이따로 하실 일이 있다는 것 아시죠? 저희 그 문제, 그거나 빨리 해결 보세요."

"요런 도둑놈, 전화 끊자."

전대광은 며칠이 지나 천웨이의 전화를 받았다.

"오늘 저녁식사 같이 할 수 있어요?"

언제나처럼 정감 어린 목소리였다. 그 음성을 다른 때보다더 따스하게 느끼며, '내가 어지간히 불안하고 외로운가 보다……' 하고 스스로에게 콧방귀를 뀌었다.

"예, 좋습니다."

"내가 살 테니 그리 아세요."

"아닙니다, 제가 남잔데요."

"그 신사도로 충분해요. 만나보면 왜 내가 사야 하는지 알게 될 거예요."

"예, 알았습니다."

전대광은 전화를 끊으며 그녀가 저녁식사를 낸다는 것에 안도하고 있었다. 그녀가 알려준 약속 장소는 상하이에서 제일 비싼 곳으로 소문 나 있는 호텔의 스카이라운지 양식당이었다. 자기사업을 시작한 다음부터 갑자기 자신이 좁아들어 버린 것 같은 기분을 전대광은 느끼고 있었다. 돈 쓰는 일에 일일이 신경이 쓰이는 것이었다. 부자가 되는 비결은 돈을 안 쓰는 것이고, 가장 인색한 사람은 가장 큰 부자다. 이 말이 무슨 생명체처럼 자신의 마음속에서 실체로 커지고 있는 것을 느끼고 있었다. 마음의 변화는 그렇게도 뚜렷했다. 월급쟁이 생활을 했더라면 언제까지고 깨닫지 못했을 마음이었다.

"회사 그만두고 사장님이 되신다면서요?"

천웨이가 와인잔을 들며 물었다.

"아니, 그걸 어떻게……?"

"자아, 축하해요."

그녀는 잔잔하게 웃으며 와인잔을 내밀었다.

"아 예, 감사합니다."

전대광은 얼떨결에 잔을 부딪쳤다.

"서 원장님한테 들었어요."

와인을 한 모금 마신 천웨이가 말했다.

"서 원장님한테요……?"

전대광은 천웨이를 의아하게 쳐다보았다.

"네, 연락이 와서 만났어요. 그랬더니 그분이 아주 중요한 부탁을 했어요. 전 부장님 일을……."

"제 일을……?"

전대광은 더욱 알 수 없다는 얼굴이 되었다.

"네, 나한테 두 가지를 제시했어요. 샹신원처럼 전 부장님의 꽌시가 되어주든지, 아니면 자기와 내가 동업하는 것과 같은 조건으로 동업을 해달라는 것이었어요. 그렇게 되면 전 부장님이 무역회사를 차려 안정적으로 사업을 해나갈 수 있을 거라구요. 자기는 전 부장님이 걱정돼서 잠이 안 올 지경이라고 했어요. 그렇게 마음 착한 사람은 첨 봐요."

천웨이는 흐뭇하게 웃으며 천천히 와인잔을 다 비웠다.

'아, 그 암띤 사람이 그런 말을 하다니. 그 용기를 내기까지 얼마나 힘들었을까…….'

전대광은 천웨이의 잔에 와인을 따르며 그 고마움에 가슴 저리고 있었다.

"난 서 원장님이 그런 부탁을 하지 않았더라도 전 부장님이 독립한 것을 뒤늦게 알았다면 함께 일하자고 했을 거예요. 처음 우리 동생 수술할 때 전 부장님이 최선을 다해 도와주는 것을 보고 깊은 인상을 받았고, 그 뒤로 샹신원과 아무 탈 없이 일해 나가는 걸 지켜보면서 참 믿을 만한 사람이라고 생각해 왔었거든요. 난 아들 하나 미국 유학 가 있던 걸 샹신원에게 빼앗겨버리고 이제 아무것도 할 일이 없어요. 그래서 서원장님하고도 동업을 하게 된 거구요. 무슨 일인가를 해야지 아무 일에도 묶이지 않고 있으면 매일매일이 얼마나 지루하고 무의미하겠어요. 나는 아무거나 좋아요. 두 가지 중에서 전 부장님이 좋은 걸로 고르세요."

"예 천 여사님, 정말 고맙습니다. 제가 적은 자본금을 확대시키기 위해 가장 안전한 일을 지금 시작했습니다. 그 일이 곧 끝나니까 그때까지 좀 여유를 주십시오. 천 여사님께서 이렇게 손을 내밀어주시니 하늘이 활짝 열리는 기분입니다. 정말 감사합니다."

전대광은 진심으로 고개를 깊이 숙였다. 중국의 4대 정치세력 중의 하나인 상하이방과 통하는 그녀와 꽌시 관계를 맺을 수 있다면 그것이야말로 노다지고 탄탄대로가 아닐 수 없었다.

"알았어요. 자아, 건배!"

"건배!"

잔이 부딪히는 소리가 유난히도 경쾌했다.

다시 한 해가 다 저물고 있었다. 전대광은 탁상 달력에 또 하나 ×표를 했다. 이제 남은 날은 사흘뿐이었다. 책상은 완전히 정리되어 서랍은 텅텅 비어 있었다. 몸만 떠나면 회사와의 인연이 끝나는 것이었다.

"저어……, 오늘 제가 점심을 대접하고 싶은데요."

강정규가 조심스럽게 다가섰다.

"그럽시다, 누가 사든……."

전대광은 핸드폰을 챙겨 일어섰다.

"부장님, 동북공정 말입니다. 그걸 그렇게 하는 중국의 의도가 무엇입니까?"

강정규가 질문할 게 많아 급하다는 듯 엘리베이터를 타며 물었다.

"그게 경제력이 강해지며 중국이 저지르기 시작한 패착이고 자충수요. 몇 년 전부터 급부상하고 있는 '중국 위협론'이나 '중국 위기론'은 다 그런 것에 근거하고 있는 것이오. 과거로는 동북공정식의 역사 위조, 현재로는 시사군도와 난사군도를 놓고 주변 아시아 국가들과 분쟁을 서슴지 않고 있기 때문이오. 그들은 동북공정뿐만 아니라 칭기즈칸까지도 '위대한 중국인'이라고 역사를 날조해 세계적 웃음거리가 되고 있소. 엄연한 역사 사실이지만, 원나라는 몽골족이, 청나라는 만주족이 중국을 점령해 건설한 '식민정권'이지 중국 역사가 아니오. 다시 말해 중국은 원나라와 청나라에 365년 동안 식민지 지배를 당했다 그것이오. 청나라 옹정황제는 '짐은 중국인이 아니다. 짐은 외국의 군주로서 중국을 다스리는 것이다'는 글을 분명히 남기고 있소. 그리고 신해혁명을 일으켜 중화민국을 건설한 쑨원(손문)은 '대청제국은 이민족이 통치했던 나라이며, 중국에게 이것은 '왕조 교체'가 아닌 '망국'이었다'고 분명히 밝히고 있소. 얼마 지나지 않은 가까운 역사도 그렇게 날조하고 조작해 대는데 먼 고구려사를 위조해 대는 건 너무 쉽게 하는 짓 아니겠소. 세계적인 역사학자 토인비는 고구려를 '한국 토착의 3국 가운데 하나'라고 했고, 미국의 동아시아 전문학자 페어뱅크와 라이샤워도 그들의 공동저서에서 고구려를 '한국에서 발달한 최초의 순수한 원주민 국가'라고 정의했소. 그리고 영국의 일간지 《타임스》는 '중국이 고구려를 자기 역사라고 주장하는 것은 독일이 영국 아서 왕의 카멜롯 성을 난데없이 자기들 영토라고 주장하는 것과 같다'고 야유했소. 이런 사태는 경제력이 좀 강해지자 바로 정치 야망을 드러내는 중국 지도부의 오만과 경박을 동시에 보여주는 좋은 구경거리요. 그들의 그 성급함에 대한 대가는 세계적인 불신과 고립뿐이오. 그들은 그들의 정치 선배 덩샤오핑의 자질에 영 미치지 못하오. 덩샤오핑은 생전에 중요한 말을 많이 남겼는데, '100년 동안 강대국 미국을 넘보지 말라'고 했소. 그게 어디 꼭 미국만이겠소. '세계를 향해 겸손하라' 하는 뜻이기도 하지. 그런데 후배들이 못 알아듣는 것이오. 동북공정은 크게 걱정할 것은 없으되, 눈 똑바로 뜨고 주시해야 할 사항이오."

전대광의 말은 엘리베이터를 내리고, 길을 한참 걷고, 음식점에 이를 때까지 계속되었다. 그의 머릿속에는 수백 가지의 녹음 테이프가 저장되어 있는 것 같다고 강정규는 속으로 혀를 내둘렀다.

"부장님, 그런데 중국이 정말 미국을 제치고 G1이 될까요?"

음식을 시키고 강정규가 물었다.

"될 거요, 틀림없이."

강한 어조와 함께 전대광은 고개까지 끄덕였다.

"그게 언제쯤일까요?"

"경제전문기관이나 경제학자들이 나서서 제각기 예측을 해대느라고 분주한데, 내가 가장 믿는 건 미국 쪽 견해요. 왜냐하면 그들이 중국이 G1 되는 걸 가장 원치 않기 때문이오. 그런데 미국의 입김이 가장 센 IMF에서 2016년으로 점쳤고, 또 다른 연구소에서는 2020년쯤이라고 했소. 그럼 그 둘 더하기 나누기 2를 하면 언제요?"

"그럼 얼마 안 남았는데, 그게 정말 그렇게 될까요? 미국도 멍하니 손 놓고 있지는 않을 텐데."

"여러 가지 요인들이 작용하고 있지만, 가장 확실 분명한 것이 하나 있소. 인구!"

"인구요?"

"실례합니다. 음식 나오기 시작합니다."

종업원이 음식 그릇들을 옮겨놓기 시작했다.

"그렇소. 미국을 압도하는 인구. 110년 동안 세계 1위를 차지해 왔던 미국의 제조업이 중국에 무너진 건 중국의 제조업 노동자 1억의 힘 때문이었소. 미국발 세계금융위기와 함께 그 사실을 뒤늦게 깨달은 미국이 중국에 나와 있던 자국의 제조업체들을 특혜를 줘가며 불러들이기 시작했소. 그런다고 미국의 제조업이 살아나겠소? 중국처럼 값싼 노동력이 없는데. 미국의 노동자 임금은 중국의 5배, 이미 국제경쟁력을 상실해 버려 이윤을 낼 도리가 없는 것이오. 국내 일자리 해결이나 좀 할 수 있을까. 그런데 또 한 가지 무서운 사실이 있소. 일자리 부족을 해결하기 위해서 오바마 대통령이 스티브 잡스를 만찬에 초대했소. 오바마는, 전량을 외국에서 생산하고 있는 애플의 아이폰을 미국에서 생산해 일자리를 늘릴 수 없겠느냐고 얘기를 꺼냈소. 잡스는 한마디로 'NO'라고 했소. 왜냐하면 경쟁이 치열한 세계적 상황에서 디자인이 갑자기 바뀌는 경우 중국에서는 자정에라도 수천 명을 불러내 일을 시킬 수 있지만 미국에서는 한 사람도 불러낼 수 없기 때문이라고 했소. 이런 노동환경의 차이가 바로 미국이 어찌해볼 수 없는 중국의 힘이오. 알겠소?"

"예, 확실히 알겠습니다."

"그리고 미국이 도저히 이길 도리가 없는 또 하나의 문제가 있소. 중국은 값싼 노동력이 앞으로도 2억, 3억 계속 대기하고 있소."

"그게 무슨 말씀이신지……."

"지금 현재 농촌 인구는 6억 5천만 정도요. 중국 정부는 농촌 인구의 도시화를 계속 추진하고 있고, 농업의 기계화와 함께 농촌 인구가 2~3억 정도 도시로 이동해 제조업 노동자가 되는 것이오. 이런 중국의 가공할 만한 파워를 50~60년 전에 예견한 인물이 있었소."

"그게 누군가요?"

"마오쩌둥!"

"그가 뭐랬는데요?"

"인구는 국력이다. 이게 그의 3대 명언 중에 세 번째 것이오."

"참 놀랄 만한 혜안이군요."

"그 정도 되니까 중국 대륙을 호령한 게 아니겠소. 그런데 말이오, 중국을 이길 도리가 없는 미국의 고민을 해결할 방법이 딱 한 가지가 있소."

"그게……?"

"미국에서 살고 싶은 갈망으로 국경을 몰래 넘다가 체포되고 총 맞아 죽는 남미사람들이 끊이지 않고 있소. 그들을 한

2억쯤 정식 이민으로 받아들여 제조업에 투입하는 거요. 그러나 백인들은 머지않아 그 히스패닉에게 미국을 넘겨주게 될지 모를 위험을 감수해야 하오. 허나 그렇게 되더라도 그게 꼭 나쁜 일만은 아닐 것이오. 원래 주인인 인디오의 후예들에게 넘겨주는 거니까. 그건 역사의 순리일 수 있소."

전대광의 입가에 어리는 묘한 웃음을 보며 강정규는 어떤 싸아한 통쾌함을 느끼고 있었다.

"그럼, 중국이 G1이 되면 우리나라는 어떻게 해야 합니까?"

"지금 우리나라의 국가별 수출 현황을 기억하고 있소?"

전대광의 어조는 '…… 어디 말해 보시오'였다.

"예, 대충 알고 있습니다. 중국 25퍼센트, 미국 10.7퍼센트, EU 11.5퍼센트, 일본 6.1퍼센트 정도씩입니다."

"허, 대충이 아니라 소수점 이하까지 정확해서 좋소. 지금도 이런데 앞으로는 30퍼센트 이상이 될 것이오. 그런 상황에 맞춰 경제만이 아니라 정치적 측면에서도 기민하게 대응해야 하는데, 모르겠소, 우리나라 정치인들……."

전대광이 세게 혀를 찼다.

"그런데 또 한 가지 걱정거리가 있습니다. 중국이 G2 위치에서도 주변국들을 무시하는 행위를 저지르고, 힘자랑을 하고 그러는데 G1이 되면 어떻게 할 것인가 자꾸 신경이 쓰입니다. 최근에는 우리나라 이어도까지 자기네들 거라는 식의 발언을 하잖았습니까."

"맞소. 그래서 세계 여러 나라들이 중국에 시선을 집중시키고 있소. 지금 중국 정치인들은 어쩔 수 없이 세계 무대에 올라서 있소. 그들이 어떤 연기를 펼치며 어떤 연극을 만들어갈지, 그게 21세기의 최대 관심사가 될 것이오. 그들도 고민이 많겠지만, 그들이 가야 할 가장 현명한 길은 이미 제시되어 있소. 작년엔가 중국의 최고령 문필가, 106세의 저우유광은 중국의 미래에 대해서 글을 썼소. 그분은 한마디로 '지구촌 시대가 된 지금, 중국은 '세계의 중심'이 아니라 '세계의 일원'이 돼야 한다'고 갈파했소. 그러나 정치인들이 얼마나 그 말을 귀담아들을지 알 수가 없소. IMF의 예견이 맞게 되면 오바마는 유일 초강대국 미국의 마지막 대통령이 될 거요. 우리는 그걸 구경하며 중국이 어느 길로 가는지 지켜볼 수밖에 없소." 전대광은 국물을 떠먹고 숟가락을 놓으며, "후배한테 밥 잘못 얻어먹으면 얹히는 법인데, 이별의 뜻으로 받아들이겠소. 잘 먹었소" 하며 냅킨으로 입술을 훔쳤다.

"이별이라니……."

강정규가 당황스런 기색을 드러냈다.

"내가 최종적으로 정리할 일들이 바빠 이게 아마 마지막 자리가 될 것 같소."

"마지막……."

강정규가 고개를 떨구었다.


　베이징 공항은 춘절 연휴답게 붐비고 있었다. 중국의 춘절은 가장 중국다운 명절이었다. 그 연휴기간이 자그마치 15일이니 세계 신기록일 것이다. 어떻게 15일씩이나 놀아버릴 수 있는가. 이 이해하기 어려운 궁금증에 대한 중국식의 응답이 없는 것이 아니다. 저 동북쪽 끝머리 하얼빈 사람이 서북쪽 신장위구르 어디에 근무하게 되면, 고속철이 없던 시절에 춘절을 맞아 1년에 겨우 한 번 집에 가게 되는데, 가는 데 1주일, 돌아오는 데 1주일이 걸려 15일 연휴라고 해봤자 그 사람은 집에서 고작 하루밖에 쉴 수가 없을 것이라는 얘기다. 그럼 고속철 시대가 도래했으니 15일을 5일쯤으로 줄일 법도 하지 않는가. 이윤 창출을 위해서 휴일 많은 것을 제일 싫어하는 기업인들이 들고일어날 만도 한 일이었다. 경제발전과 함께 그들은 정치인들 못지않게 사회 발언권이 강력해졌으니까. 그러나 그들은 일언반구도 없었다. 휴일을 줄이는 것보다 그 15일 동안의 매출 신장이 어마어마했던 것이다.
　공항의 그 인파 속에 리옌링과 송재형도 섞여 있었다.
　"또 사람멀미 나?"
　리옌링이 신경 쓰이는 듯 물었다.
　"아니야, 명절 기분 나서 좋잖아."

송재형이 유쾌하게 웃었다.

"지금 기차역은 정말 숨이 막히게 복잡할 거야. 제철 만난 암표장사들까지 득실득실할 테니까. 병원 진찰권 암표까지 있는 세상에서 비행기 암표가 없는 건 얼마나 다행인지 몰라. 비행기표도 신분증 확인이 없었다면 진작에 암표장사가 등장했을 텐데."

"참, 진찰권 암표가 있는 걸 보고 난 중국에 백기 들었어. 하여튼 황당무계하기가 상상을 초월하는 나라야."

"왜, 하루 종일 땡볕 속을 돌아다니며 페트병 주워 10~20위안 버느니 아침 일찍 서너 시간 기다려 특진표 받아가지고 50위안 받으면 훨씬 더 낫잖아."

"그래, 그것도 기발한 생존 아이디어야. 하긴 뭐 태아 판다고 인터넷에 사진까지 올리는 나라니까. 그런 사람 공안이 체포 안 하나?"

"우리 재형 씨 언제나 중국에 적응할런지 몰라. 공안이 아무리 빨리 추적해 봤자 그런 사람들은 이미 거래 끝내고 인터넷 폐쇄해 버린 뒤걸."

"하이고, 이 위대한 나의 처가 나라 중국이여, 해도 너무 하십니다."

송재형이 제 이마를 쳤고, 리옌링이 쿡쿡거렸다.

그들이 이런 한담을 나누는 동안 개찰 순서가 다가왔다.

"난 얼마 전에 신문을 보고 놀랐어. 중국 항공 산업도 싱가포르 항공과 독일 루프트한자를 제치고 세계 1등을 했더라니까."

송재형이 안전벨트를 매며 말했다.

"그거 별로 놀랄 일 아니야. 더 놀랄 일이 카지노 산업이 미국 라스베이거스를 앞질렀다는 것 아니겠어."

리옌링이 씁쓰레하게 웃었다.

"중국은 참 세계 1등 하는 것도 많아. 얼마 전에는 국제기구에 특허 출원이 1위고, 하이얼이 전자제품 판매 1위라고 보도되더니, 어느 미국 신문에는 군중 시위 한 해 20만 건, 자살자 매해 25만 명으로 세계 1위라고 했더군. 좋은 것 나쁜 것이 뒤죽박죽되어 정신이 하나도 없어."

"재형 씨는 중국사 전공자다워. 그런 것들을 다 기억하고 있으니. 나는 그렇게 급변해 가는 나라를 바라보면서 연구를 제대로 해나갈 수 있을지 걱정이 되기도 해. 재형 씨가 정신없어 하는 것 충분히 이해가 돼."

리옌링이 고개를 끄덕였다.

"두 분 무엇을 드시겠습니까."

스튜어디스가 상냥하게 웃었다.

그들은 커피를 시켰다.

"옌링, 나 한 가지 의문이 있는데 말야, 화교들이 세계 170여국에 7천여만이 퍼져 있고, 그들이 보유한 재산이 약 4조 달러 정도 된다는데, 그들의 경제력이 앞으로 올 중국의 G1시대에 어떤 영향을 미치게 될까?"

"글쎄, 그건 경제학과 역사학이 겹치는 중대한 문제가 되겠네. 지금으로선 짐작이 잘 안 되는 어려운 문제야. 그런 박사학위 논문감 같은 문제 그만 생각하고 이젠 우리 문제를 생각하자구. 재형 씨, 재형 씨가 자꾸 무거운 사회문제를 꺼내는 건 우리 아버지 만나는 것에 신경 쓰고 긴장하고 있다는 증건데, 전혀 그럴 것 없어. 평소대로, 당당하게 남자답게만 해. 우리 아빠 와일드한 편이지만 복잡하지 않고, 기분파이기도 해. 다 된 밥에 뜸 들이는 거라고만 생각하면 돼. 재형 씨가 힘들어하면 내가 더 힘드니까."

리옌링이 콧소리를 하며 송재형의 팔짱을 끼었다.

그들은 공항 대합실을 나와 택시를 탔다. 리옌링은 아버지의 차를 나오지 못하게 했다. 그 잘난 롤스로이스가 송재형의 기분을 조금이라도 언짢게 하거나 기죽게 하는 것이 싫었던 것이다.

"우리 아빠 개혁개방 덕에 부자 된 행운아야. 그 별명 있잖아. '개혁개방의 황태자.' 그들이 대개 그렇듯이 아빠도 과시욕구가 좀 심한 게 탈이야. 그런 촌스러운 짓 좀 하지 말라고 사정해도 아무 효과가 없어. 그런 아빠를 보고 재형 씨가 어떻

게 생각할지 난 너무 걱정 돼. 재형 씨, 나한테 있는 딱 하나
의 결점이 뭔지 알아? 그 촌스런 아빠. 나 어떡하면 좋지?"

리엔링은 섹시한 눈흘김을 하며 아양을 떨었다.

"그동안 옌링이 말 안 했지만 부자인 것은 대충 눈치로 알
고 있었어. 아빠의 과시욕구도 별 문제 아니야. 정치가가 권력
자랑하고 싶어 하고, 사업가가 돈 자랑하고 싶어 하는 건 인
간의 본능이잖아. 그냥 이해하는 쪽으로 바라보면 돼. 나한텐
옌링이 중요하지 아버지가 중요한 게 아니니까."

송재형은 리엔링의 보드라운 손을 어루만지며 의젓하게 말
했다.

"어머나, 어머나, 이 도량 넓고 이해심 많은 사나이. 멋져, 역
시 멋져, 재형 씨."

리엔링은 애정이 실린 어조에 맞추어 손바닥으로 송재형의
가슴팍을 쓸어댔다. 왜냐하면 사람도 살지 않는 집을 보여주
어야 하는 걱정스러움이 일단 해결되었기 때문이었다.

"집에 다 왔어. 절대 긴장하지 마, 재형 씨. 나만 생각해."

리엔링은 택시에서 내리며 송재형의 손을 꼭 잡았다. 송재
형은 말없이 고개를 끄덕이며 그녀의 손을 꽉 마주 잡았다.

송재형은 대문으로 들어서며 벌써 기가 질리고 있었다. 그
렇게 호화롭고 으리으리한 개인집을 본 일이 없었다. 리엔링이
이렇게 부잣집 딸이었다니……, 송재형은 거부감도 아니고, 거

리감도 아니고, 순간적으로 이상야릇하게 복잡한 감정에 휘말리며 약한 현기증 같은 것을 느꼈다. 그는 비로소 주저하듯 했던 리엔링의 말뜻을 알아들었다. '기죽지 마. 리엔링만 생각해.' 그는 자신에게 회초리질을 하며 정신을 가다듬었다.

"엄마, 저희들 왔어요오."

리엔링이 현관으로 들어서며 일부러 목청을 드높이고 있었다.

"어서 오너라 옌링. 어머나, 옌링 애인이구나. 사진보다 훨씬 더 미남이고, 키도 훤칠하게 크고, 우리 옌링이 반할 만하구나."

리엔링 어머니의 유쾌한 목소리가 크게 울렸고, 그 뒤에 리엔링의 아버지가 천천히 걸어나오고 있었다.

"안녕하십니까, 처음 뵙겠습니다. 송재형이라고 합니다."

송재형은 큰 키를 반으로 접었다.

리완싱은 뒷짐을 지고 서서, '녀석, 생김은 번듯하네' 하고 생각하면서도, '속국놈이 건방지게 내 딸을……' 하며 감정이 꼬이고 있었다.

"저리 가서 앉아요. 배우 해도 될 만큼 잘생겼네. 어서 가요."

리엔링의 어머니가 싱글거리며 안내했다. 리완싱은 말 한마디 없이 소파로 가 앉았다.

"소파에 앉기 전에 정식으로 한국식 큰절을 올리겠습니다. 두 분 절 받으시지요."

손을 모아잡은 송재형이 호화롭고 넓은 카펫 위에 똑바로
서서 말했다.

"뭐라고? 한국식 큰절? 중국식도 큰절이 최고 예의 표시야.
좋아!"

리완싱이 큰소리로 말하며 카펫으로 내려앉았다. 리옌링은
재빨리 아버지 옆에다 어머니를 앉혔다.

송재형은 외삼촌이 거두었던 큰절의 효과를 생각하며 미래
의 장인 장모 앞에 무릎을 꿇고 허리를 깊이 숙였다.

"아, 예의범절을 제대로 가르친 집안이군."

큰절을 받고 난 리완싱이 그지없이 흡족한 얼굴로 몸을 일
으켰다.

송재형과 눈길이 마주치자 리옌링이 소리 없는 박수를 마
구 쳐댔다.

"재형 씨, 엄마 아빠한테 선물 있댔잖아."

리옌링이 소파에 앉으며 눈짓했다.

송재형은 여행가방에서 빨간 상자 두 개를 꺼냈다. 그것을
리옌링의 아버지 어머니 앞에 하나씩 놓았다.

"빨리 풀어보세요."

리옌링이 독촉했다.

리옌링의 어머니가 상자를 먼저 열었다.

"어머나, 이게 뭐냐!" 그녀가 화들짝 반색을 했고, "어허, 이

거 묘하다!" 리완싱도 뒤따라 얼굴이 환해졌다.

"어머나, 이거 정말 기막힌 선물이네."

리옌링도 상자를 들여다보며 놀랐다.

새빨간 내의 윗도리 왼쪽 가슴에는 각기 호랑이가 황금색 실로 수놓아져 있었고, 그 아래에는 중국사람들이 제일 좋아하는 두 글자 '壽'와 '福'이 새겨져 있었다.

"두 분이 쉰둘 동갑 호랑이띠라고? 그럼 남자는 으르렁거리고 있는 모양으로, 여자는 얌전한 모양으로 하는 게 좋겠지."

이남근의 작은아버지 결정이었다.

"여보, 사윗감 만점이에요. 당신은 어때요?"

리옌링의 어머니가 내의를 가슴에 싸 안으며 남편을 쳐다보았다.

"당신 맘이 내 맘이지 뭐."

리완싱은 내의를 쓰다듬으며 흐뭇하게 웃었다.

〈끝〉

* 208쪽, 「곽병찬 칼럼」, 2012년 2월 22일자 부분 인용. 《한겨레》

1943년   전남 승주군 선암사에서 아버지 조종현과 어머니 박성순
        사이의 4남 4녀 중 넷째(아들로는 차남)로 태어남. 아버지는
        일제시대 종교의 황국화 정책에 의해 만들어진 시범적인 대
        처승이었음.

1948년   '여순반란사건'을 순천에서 겪음.

1949년   순천 남국민학교 입학.

1950년   충남 논산에서 6·25를 맞음.

1953년   작은아버지들이 살고 있던 벌교로 이사. 최초의 자작 문집
        을 만들었고, 글짓기에서 전교 1등상을 받음.

1956년   광주 서중학교 입학.

1958년   아버지가 서울 보성고등학교로 전근.

1959년   서울로 이사. 광주 서중학교 제34회 졸업. 보성고등학교 입학.

1962년   보성고등학교 제52회 졸업. 동국대학교 국문학과 입학.

1966년   대학 졸업과 동시에 육군 사병 입대.

1967년   시인 김초혜와 결혼.

1969년   육군 병장 제대.

1970년   《현대문학》 6월호에 「누명」이 첫회 추천됨. 12월호에 「선생님
        기행」으로 추천 완료. 동구여상에서 교직 근무 시작.

1971년   중편 「20년을 비가 내리는 땅」《현대문학》, 단편 「빙판」《신동
        아》, 「어떤 전설」《현대문학》 발표. 「선생님 기행」이 일본어로
        번역됨.

1972년　중편 「청산댁」《현대문학》, 단편 「이런 식이더이다」《월간문
　　　　학》 발표. 부부 작품집 『어떤 전설』(범우사) 출간. 중경고등학
　　　　교로 전근. 아들 도현을 낳음.

1973년　중편 「비탈진 음지」《현대문학》, 단편 「거부 반응」《현대문학》,
　　　　「타이거 메이저」《일본 한양》, 「상실기」를 「상실의 풍경」으로 개
　　　　제《월간문학》에 발표. 10월 유신으로 교직을 떠나게 됨.《월간
　　　　문학》 편집일을 시작. 「청산댁」이 일본에서 간행된 『한국전후대
　　　　표작선집』에 번역 수록.

1974년　중편 「황토」 작품집 『황토』에 수록. 단편 「술 거절하는 사회」
　　　　《월간문학》, 「빙하기」《현대문학》, 「동맥」《월간문학》 발표. 작
　　　　품집 『황토』(현대문학사) 출간.

1975년　단편 「인형극」《현대문학》, 「이방 지대」《문학사상》, 「전염병」
　　　　을 「살풀이굿」으로 개제《신동아》에 발표. 「발아설」을 「삶의
　　　　홈집」으로 개제《월간문학》에 발표. 「황토」가 영화화됨. 월
　　　　간문학사 그만둠.

1976년　단편 「허깨비춤」《현대문학》, 「방황하는 얼굴」《한국문학》,
　　　　「검은 뿌리」《소설문예》, 「비틀거리는 혼」《월간문학》 발표. 장
　　　　편 『대장경』을 민족문학 대계의 일환으로 집필 완성. 월간
　　　　문예지《소설문예》 인수, 10월호부터 발간.

1977년　중편 「진화론」《현대문학》, 「비둘기」《소설문예》, 단편 「한, 그
　　　　그늘의 자리」《문학사상》, 「신문을 사절함」《소설문예》, 「어떤
　　　　솔거의 죽음」《창작과비평》, 「변신의 굴레」《신동아》, 「우리들의
　　　　흔적」《소설문예》 발표. 작품집 『20년을 비가 내리는 땅』(범우
　　　　사) 출간. 10월호를 끝으로《소설문예》의 경영권을 넘김.

1978년　중편 「미운 오리 새끼」《소설문예》, 단편 「마술의 손」《현대문

학》, 「외면하는 벽」《주간조선》, 「살 만한 세상」《월간중앙》 발
표. 작품집『한, 그 그늘의 자리』(태창문화사) 출간. 도서출판
민예사 설립.

1979년    단편 「두 개의 얼굴」《문예중앙》, 「사약」《주간조선》, 「장님 외
줄타기」《정경문화》 발표. 중편 「청산댁」이 KBS〈TV문학관〉
에 극화 방영.

1980년    단편 「모래탑」《현대문학》, 「자연 공부」《주간조선》 발표. 도서
출판 민예사의 경영권을 넘기고 주간의 일을 봄. 장편『대장
경』(민예사) 출간. 문고본『허망한 세상 이야기』(삼중당) 출간.

1981년    중편 「유형의 땅」《현대문학》, 「길이 다른 강」《월간조선》, 「사
랑의 벼랑」《여성동아》, 단편 「껍질의 삶」《한국문학》 발표. 중
편 「청산댁」이 프랑스어로 번역 출간.

1982년    중편 「인간 연습」《한국문학》, 「인간의 문」《현대문학》, 「인간의
계단」《소설문학》, 「인간의 탑」《현대문학》, 단편 「회색의 땅」《문
학사상》, 「그림자 접목」《소설문학》 발표. 작품집『유형의 땅』
(문예출판사) 출간. 중편 「인간의 문」으로 대한민국문학상 수
상. 중편 「유형의 땅」으로 현대문학상 수상. 중편 「유형의 땅」이
MBC TV 6·25 특집극으로 방영.

1983년    중편 「박토의 혼」《한국문학》, 단편 「움직이는 고향」《소설문
학》 발표. 대하소설『태백산맥』을 원고지 1만 5천 매 예정으
로《현대문학》 9월호부터 연재 시작. 연작 장편『불놀이』(문예
출판사) 출간.『불놀이』가 MBC TV 6·25 특집극으로 방영.

1984년    중편 「운명의 빛」을 「길」로 개제《한국문학》에 발표. 단편 「메
아리 메아리」《소설문학》 발표. 장편『불놀이』 영어로 번역.
중편 「박토의 혼」 독일어로 번역. 작품 「메아리 메아리」로 소

설문학작품상 수상. 도서출판 민예사에서 《한국문학》을 인수하고, 주간을 맡아 12월호부터 발간.

1985년　중편 「시간의 그늘」《한국문학》 발표. 대하소설 『태백산맥』 연재 집필을 위해 매달 안양의 라자로마을에 10여 일씩 칩거.

1986년　『태백산맥』 제1부 4천 8백 매 완결(《현대문학》 9월호). 제1부를 3권의 단행본으로 출간(한길사).

1987년　『태백산맥』 제2부를 《한국문학》 1월호부터 연재 시작하여 12월호까지 3천 2백 매 완결. 제2부를 2권의 단행본으로 출간.

1988년　『태백산맥』 제3부를 《한국문학》 3월호부터 연재 시작하여 12월호까지 3천 2백 매 완결. 제3부를 2권의 단행본으로 출간. 작품집 『어머니의 넋』(한국문학사) 출간. 신문사 문학 담당 기자와 문학평론가 39인이 뽑은 '80년대 최고의 작품' 1위 『태백산맥』(《문예중앙》, 1988년 여름호). 성옥문화상 수상.

1989년　『태백산맥』 제4부를 《한국문학》 1월호부터 연재 시작하여 11월호까지 4천 5백 매 완결. 제4부를 3권의 단행본으로 출간(전 10권 완간). 『태백산맥』 완결을 고대하며 투병하시던 아버지의 별세를 소설을 쓰다가 전화로 연락받음. 소설의 완결까지 연재 1회분 반을 남겨놓은 상태에서 아버지의 장례를 치름. 문학평론가 48인이 뽑은 '80년대 최대의 문제작' 1위 『태백산맥』(『80년대 대표소설선』, 1989년, 현암사). 80년대의 '금단'을 깬 대표 소설 『태백산맥』(《한겨레신문》, 1989. 12. 28).

1990년　새 대하소설 『아리랑』의 집필을 위해 중국 만주, 동남아 일대, 미국 하와이, 일본, 러시아 연해주 등지를 취재 여행. 12월 11일부터 《한국일보》에 2만 매로 예정된 『아리랑』 연재를 시작. 출판인 34인이 뽑은 '이 한 권의 책' 1위 『태백산맥』(《경향신문》, 1990. 8. 11). 현역 작가와 평론가 50인이 뽑은 '한국의 최고 소설'『태백산맥』(《시사저널》, 1990. 11. 22). 동국문학상 수상.

1991년 　『아리랑』 연재 계속. 작품 『태백산맥』으로 단재문학상 수상. 『태백산맥』으로 유주현문학상 수여가 결정되었지만 수상을 거부함. 이를 계기로 그 상이 폐지되었음.『태백산맥』 연구서 『문학과 역사와 인간』(한길사) 출간. 전국 대학생 1,650명이 뽑은 '가장 감명 깊은 책' 1위『태백산맥』, '대학생 필독 도서' 1위『태백산맥』(《중앙일보》, 1991. 11. 26).

1992년 　『아리랑』 연재 계속. 대검찰청에서 『태백산맥』이 국가보안법상의 이적 표현물과 적에 대한 고무 찬양에 저촉되는지를 내사한 결과 작가에 대한 의법 조치나 책의 판금을 문제 삼지 않기로 했다고 발표. '학생이나 노동자들이 읽으면 불온 서적 소지·탐독으로 의법 조치할 것이며, 일반 독자들이 교양으로 읽는 경우에는 무관하다'는 내용의 대검 발표는 모든 언론들의 비판과 조롱거리가 됨. 대검의 그런 공식적 태도는『태백산맥』1부가 단행본으로 발간되면서부터 작가에게 몇 년 동안에 걸쳐 줄기차게 가해져 온 모든 수사 기관들의 음성적 압력과 억압 그리고 협박이 대표적으로 표출된 것에 지나지 않음. 일본의 출판사 집영사와『태백산맥』전 10권 완역 출판 계약 체결, 일본에서 대하소설을 완역 계약한 것은 최초. 한국의 지성 49인이 뽑은 '미래를 위한 오늘의 고전 60선'에 『태백산맥』선정(《출판저널》, 1992. 2. 20). 서울리서치 조사 독자 500명이 뽑은 '가장 기억에 남는 작품' 1위『태백산맥』 (《조선일보》, 1992. 8. 25).

1993년   『아리랑』 연재 계속. 외아들 도현이 육군 사병 입대. 중편 「유
형의 땅」이 영어로 번역되어 현대한국소설집(제목 『유형의
땅』, 샤프 출판사) 출간.

1994년   6월 『아리랑』 제1부 「아, 한반도」를 3권의 단행본으로 출간
(도서출판 해냄). 8월 제2부 「민족혼」을 3권의 단행본으로 출
간. 10월 제3부 「어둠의 산하」 중 일부가 제7권으로 출간. 12월
제8권 출간. 신문 연재로는 원고량을 다 소화할 수가 없어서
《한국일보》 연재를 중단하고 후반부 집필에 전념. 4월에 8개
의 반공 우익 단체들이 작품 『태백산맥』과 작가를, 역사를
왜곡하여 국가보안법을 위반한 불온 서적 및 사상 불온자로
몰아 검찰에 고발함. 거기에다 이승만의 양자에 의해 이승만
의 명예훼손죄 고발도 첨가됨. 6월에 치안본부 대공수사실
(속칭 남영동)에서 수사를 받았고, 그 후 몇 개월에 걸쳐 출
두 요구와 거부를 반복하는 동안에 『아리랑』 집필에 치명적
인 피해를 받음. 『태백산맥』 영화화(태흥영화사), 영화 개봉
을 앞두고 작가를 고발했던 반공 우익 단체들이 영화를 상
영하면 극장과 영화사를 폭파하고 불 지르겠다고 공공연한
공갈 협박을 자행하여 대대적인 사회의 물의를 일으킴. 전국
애장가 720명이 뽑은 '가장 아끼는 책' 1위 『태백산맥』(《한겨
레신문》, 1994. 10. 5).

1995년   2월 『아리랑』 제3부 「어둠의 산하」 중 일부인 제9권 출간. 5월
제4부 「동트는 광야」 중 일부인 제10권 출간. 7월 25일 총 2만
매의 『아리랑』 집필 완료, 4년 8개월 만의 결실. 7월 제11권 출
간. 8월 해방 50주년을 맞이하며 제12권 출간(전 12권). 『태백
산맥』을 출판사를 옮겨서 출간(도서출판 해냄). 「조정래 특집」

《작가세계》 가을호). 서울대학교 신입생 218명이 뽑은 '가장 감명 깊게 읽은 책' 1위 『태백산맥』, '가장 읽고 싶은 책' 1위 『태백산맥』(《한겨레신문》, 1995. 3. 15). '우리 사회에 가장 영향력이 큰 책' 《시사저널》 조사 2위 『태백산맥』, 3위 『아리랑』(《시사저널》, 1995. 10. 26). 20대 남녀 독자 294명이 뽑은 '가장 읽고 싶은 책' 1위 『아리랑』(《도서신문》, 1995. 12. 30). 《한겨레21》의 독자들이 뽑은 '1995년의 좋은 인물'에 선정(《한겨레21》, 1995. 12. 28). 사회 각 분야 전문가 47인이 뽑은 '올해의 좋은 책' 1위 『아리랑』(《출판문화》, 1995, 송년 특집호). 1천만 명 서명을 목표로 하는 '태백산맥·아리랑 작가 조정래 노벨문학상 추천 서명인 발대식'이 1995년 11월 28일 종로 탑골공원에서 시민 단체 자발로 이루어짐(《중앙일보》, 1995. 11. 30).

1996년 단일 주제 비평서인 『태백산맥』 연구서 『태백산맥 다시 읽기』 권영민 집필로 출간(도서출판 해냄). 『아리랑』 연구서 『아리랑 연구』 조남현 외 11인의 집필로 출간(도서출판 해냄). 세 번째 대하소설을 위해 독일, 프랑스, 미국 등 취재 여행. 중편 「유형의 땅」 이탈리아어로 번역. 프랑스 아르마땅 출판사와 『아리랑』 전 12권 완역 출판 계약 체결. 일본에서 『태백산맥』 완역과 마찬가지로 프랑스에서 한국의 대하소설을 완역 계약한 것은 최초의 일. 미혼 직장 여성 502명이 뽑은 '친구에게 가장 권하고 싶은 책' 1위 『태백산맥』, 3위 『아리랑』, '가장 감명 깊게 읽게 책' 1위 『태백산맥』, 4위 『아리랑』(《동아일보》 《조선일보》, 1996. 1. 18). 전국 20세 이상 독자 1천 200명이 뽑은 '가장 기억에 남는 소설' 1위 『태백산맥』(《동아일보》, 1996. 4. 29). '우리 사회에 가장 영향력이 큰 책' 《시사저널》 조사 1위

『태백산맥』, 5위『아리랑』(《시사저널》, 1996. 10. 24).

1997년 새 대하소설을 위해 베트남, 사우디아라비아 등 취재 여행. '『태백산맥』 100쇄 출간 기념연'을 3월 6일 프라자호텔에서 개최(도서출판 해냄 주최), 증정본 겸 기념본으로『태백산맥』양장본 100질을 제작. 대하소설로 100쇄 발간은 최초의 일이며, 450만 부 돌파는 한국 소설사 100년 동안의 최고 부수라고 각 언론이 보도. 3월부터 동국대학교 첫 번째 만해석좌교수가 됨. 장편『불놀이』영역판(전경자 교수 번역)이 미국 코넬대학교 출판부에서 출간. 프랑스 유네스코에서『불놀이』번역 시작. 각 대학 수석 합격자 40명이 뽑은 '후배들에게 가장 권하고 싶은 소설' 1위『태백산맥』, 5위『아리랑』(《중앙일보》, 1997. 2. 25). 전국 국문과 대학생 150명이 뽑은 '가장 좋은 소설' 1위『태백산맥』, 4위『아리랑』(《조선일보》, 1997. 5. 15). 서울대학생 1천 명이 뽑은 '가장 감명 깊게 읽은 소설' 1위『태백산맥』, 4위『아리랑』(《조선일보》, 1997. 7. 23). 1997년 서울 6개 대학 도서관의 문학 작품 대출 1위『태백산맥』(《동아일보》, 1997. 12. 28). 전남 보성군청에서 추진하던 '태백산맥 문학공원' 사업이 자유총연맹과 안기부의 개입·방해로 전면 좌초(《시사저널》, 1997. 9. 18).

1998년 『아리랑』프랑스어판 제1부 3권이 4월 말에 출간(아르마땅 출판사). 문예진흥원 번역 지원으로 작품집『유형의 땅』프랑스어로 번역 시작. 세 번째 대하소설『한강』을《한겨레신문》창간 10주년을 기념하여 5월 15일부터 연재 시작.『태백산맥』사건은 이때까지도 미해결인 채 국가보안법 위반 혐의자로 검찰에 걸려 있었음. 20·30대 사무직 남·여 600명이 뽑은 '지금까지 살아

오면서 가장 기억에 남는 책'(전 세계의 작품을 대상) 한국출판 연구소 조사 남자 국내 1위 『태백산맥』, 여자 국내 1위 『태백산 맥』(《동아일보》, 1998. 4. 21). 서울대학 도서관 대출 1위 『아리 랑』(《조선일보》, 1998. 7. 23). 제1회 노신(魯迅)문학상 수상.

1999년   《한국일보》 조사, 문인 100명이 뽑은 지난 100년 동안의 소 설 중에서 '21세기에 남을 10대 작품'에 『태백산맥』 선정(《한 국일보》, 1999. 1. 5). 《출판저널》 특별 기획, 각 분야 지식인 100인이 선정한 '21세기에도 빛날 20세기 책들(국내 모든 저 작물 대상)' 36종에 『태백산맥』 선정됨(《출판저널》 1999년 신 년 특집 증면호). 《한겨레21》 창간 5돌 특집, 전국 인문·사회 계열 교수 129명이 뽑은 '20세기 한국의 지성 150인'에 선정 됨(《한겨레21》, 1999. 3. 25). MBC TV 〈성공시대〉 70분 특집방 영 '소설가 조정래'. 『조정래문학전집』 전 9권(도서출판 해냄) 출간. 『태백산맥』 일어판 1·2권(집영사) 출간. 장편 『불놀이』 프랑스 유네스코에서 프랑스어판(아르마땅 출판사) 출간. 소 설집 『유형의 땅』이 문예진흥원 선정으로 프랑스어판(아르마 땅 출판사) 출간. 출판인 50인이 뽑은 20세기 최고 작가 2위 (《세계일보》, 1999. 12. 18). 《중앙일보》 선정 '20세기 명저 국 내 20선(국내 모든 분야 망라)'에 『태백산맥』 선정됨(《중앙일 보》, 1999. 12. 23). 《중앙일보》 선정 '20세기 한국의 베스트 셀러'에 『태백산맥』 『아리랑』이 동시에 선정. 30개 중에서 한 작가의 두 작품이 동시에 선정된 것은 유일함(《중앙일보》, 1999. 12. 23).

2000년   『태백산맥』 일어판 10권 완간(집영사). 9월 29일, 『아리랑』의 발원지인 전북 김제시에서 시민의 이름으로 '조정래 대하소설 아리랑 문학비'를 벽골제 광장에 세우고, 제1호 명예시민증 수여. 그날 10시 29분에 첫 손자 재면(在勉)이가 태어나 희한한 겹경사를 이룸.

2001년 「어떤 솔거의 죽음」이 그림을 곁들인 청소년 도서로 출간(다림출판사). 광주시 문화예술상 수상. 자랑스러운 보성(普成)인 상 수상. 11월 『한강』 제1부 「격랑시대」를 3권의 단행본으로 출간(도서출판 해냄). 12월 제2부 「유형시대」를 3권의 단행본으로 출간.

2002년 1월 3일 총 1만 5천 매의 『한강』 집필 완료. 3년 8개월 만의 결실. 1월 『한강』 제3부 「불신시대」의 일부를 2권의 단행본으로 출간. 2월 「불신시대」의 나머지를 2권의 단행본으로 출간. 『한강』 전 10권 완간. 1월 17일 작품 집필 때문에 6개월 동안 미루어왔던 탈장 수술 받음. 12월 등단 33년 만에 첫 번째 산문집 『누구나 홀로 선 나무』 출간(문학동네).

2003년 중편 「안개의 열쇠」《실천문학》, 단편 「수수께끼의 길」《문학사상》 발표. 2월 'Yes24 회원 선정 2002년의 책'에서 『한강』이 남자 1위, 여자 2위. 3월 만해대상 수상. 4월 제1회 동리문학상 수상. 5월 프랑스 아르마땅 출판사에서 『아리랑』 전 12권 완역 출간. 유럽 지역에서 한국의 대하소설이 완간된 것은 최초의 일. 5월 16일 전북 김제시에서 건립한 '조정래 아리랑 문학관' 개관식 개최. 생존 작가의 문학관이 세워진 것은 처음 있는 일. 둘째 손자 재서(在緒) 태어남.

2004년 4월 30일 프랑스의 시인이며 극작가인 테르지앙(Terzian)이 『아리랑』을 희곡화하여, 『분노의 나날』로 출간(아르마땅 출판사). 7월 1일 희곡집 『분노의 나날』을 『분노의 세월』로 시인

성귀수 씨가 번역 출간(도서출판 해냄). 8월 20일 『태백산맥』 프랑스어판 제1권 출간(아르마땅 출판사). 9월 1일 중편 「유형의 땅」이 독어판으로 출간(독일 페페르코른 출판사). 12월 15일 만화 『태백산맥』 1권이 박산하 씨 그림으로 출간(더북컴퍼니 출판사). 12월 20일 『태백산맥』 일어판 문고본 계약(일본 집영사).

2005년　단편 「미로 더듬기」《현대문학》. 1월 1일 《문화일보》 2005년 신년 특집으로 〈광복 60돌 '한국을 빛낸 30인'〉에 선정. 5월 26일 순천시에서 '조정래 길'을 지정하고 표지석 개막식 개최(낙안 구기-승주 죽림 사이). 4월 1일 서울지방검찰청에서 『태백산맥』 고소 고발 사건에 대해 만 11년 만에 무혐의 결정 내림. 5월 20일 MBC TV에서 〈조정래〉 3부작 제작(『태백산맥』 고소 고발 사건의 발단과 수사 경과, 무혐의 결정이 내려지기까지의 전 과정). 6월 23일 인터넷 서점 Yes24와 포털 사이트 네이버가 진행한 '네티즌 추천 한국 대표 작가-노벨문학상 후보를 추천해 주세요'에서 네티즌 6만 명이 참여해 조정래를 1위로 선정. 또, '한국인에게 큰 감동을 준 작품'으로 『태백산맥』을 1위로 선정. 8월 10일 장편 『불놀이』 독어판 이기향 씨 번역으로 출간(페페르코른 출판사). 8월 15일 『태백산맥』 프랑스어판 3권 출간. 8월 13~21일 인천시립극단에서 광복 60주년 기념 특별 공연으로 연극 〈아리랑〉을 인천종합문화예술회관에서 공연. 10월 5일 MBC TV와 『태백산맥』 드라마 계약.

2006년　장편 『인간 연습』 분재 1회 《실천문학》. 3월 15일 『태백산맥』 프랑스어판 4권 출간. 4월 10일 〈한국소설 베스트〉 시리즈로 『유형의 땅』 포켓북 출간(일송포켓북). 4월 15일 「미로 더듬기」로 현대불교문학상 수상. 6월 28일 장편『인간 연습』출간(실천문학사). 장편『오 하느님』연재 1회《문학동네》, 10월 15일『태백산맥』프랑스어판 5권 출간.

2007년    1월 5일 한국 문학 대표작 선집 27『황토』출간(문학사상사). 1월 29일『아리랑』100쇄 돌파 기념연 개최(도서출판 해냄). 3월 26일 장편『오 하느님』단행본 출간(문학동네). 4월 20일『태백산맥』프랑스어판 6권 출간. 8월 10일 조정래 소설집『어떤 전설』출간(책세상). 10월 25일 '큰 작가 조정래의 인물 이야기(위인전 시리즈)' 첫 다섯 권(신채호, 안중근, 한용운, 김구, 박태준) 출간(문학동네). 11월 30일『태백산맥』프랑스어판 7, 8, 9권 출간. 12월 27일『태백산맥』프랑스어판 전 10권 완간.

2008년    4월 7일 KYN과『아리랑』TV 드라마 계약. 4월 10일『교과서 한국문학』시리즈 조정래편 5권 출간(휴이넘 출판사). 5월 1일『죽기 전에 꼭 읽어야 할 책 1001』에『태백산맥』이 선정됨. 서기 850년경에 씌어진『아라비안나이트(천일야화)』에서부터 최근에 이르기까지 1,200여 년 동안 발표된 전 세계의 소설을 대상으로 평론가·학자·작가·언론인 등으로 구성된 국제적인 전문가 집단이 참여하여 1,001편을 가려 뽑은 책으로 우리나라 작품으로는『태백산맥』과『토지』가 뽑혀 수록됨(영국 카셀 출판사, 번역서 마로니에북스). 11월 20일 '큰 작가 조정래의 인물 이야기' 제6권『세종대왕』, 제7권『이순신』출간(문학동네). 11월 21일 '조정래 태백산맥 문학관' 개관식(전남 보성군 벌교읍 회정리『태백산맥』이 시작되는 지점). 12월 11일 '자랑스러운 동국인상' 수상. 12월 23일 '사회 각 분야 가장 존경받는 인물' 문학 분야 1위로 선정됨(《시사저널》제1,000호 기념 특대호 특집).

2009년    3월 2일 『태백산맥』 200쇄 돌파 기념연 개최(도서출판 해냄).
대하소설로 200쇄 돌파는 최초. 9월 30일 자전 에세이 『황홀
한 글감옥』 출간(시사IN북). 10월 26일 2007년 출간한 장편소
설 『오 하느님』을 『사람의 탈』로 제목을 바꿔 개정 출간. 11월
18일 장애문화예술인들을 위한 'Art 멘토 100인 위원회 1호'
위원으로 위촉됨(한국장애인문화진흥회).

2010년    장편소설 『허수아비춤』을 계간지 《문학의 문학》 여름호에
600매 분재함과 동시에, 인터넷서점 인터파크에도 2개월간
60회로 연재한 후 10월 1일 단행본으로 출간(도서출판 문학
의문학). 11월 10일 장편 『불놀이』, 12월 1일 장편 『대장경』
개정판 출간(도서출판 해냄). 12월 2일 경남 창원에서 '고려
대장경 팔각 불사 1,000년 기념'으로 장편 『대장경』을 오페라
로 공연(경남음악협회). 12월 22일 장편 『허수아비춤』이 독자
들이 뽑은 '2010 최고의 책'으로 시상식 거행(인터파크 도서).
12월 26일 장편 『허수아비춤』이 '2010 네티즌 선정 올해의
책'이 됨(Yes24).

2011년    4월 대하소설 『태백산맥』 『아리랑』 『한강』 전자책 출시, 이와 동
시에 장편소설 및 중단편소설집도 개정 출간과 동시에 전자책
출시 결정. 6월 3~4일 예술의전당에서 '고려대장경 팔각 불사
1000년 기념' 오페라 〈대장경〉 공연(경남음악협회). 4월 25일 초
기 단편 모음집 『상실의 풍경』 개정판 출간, 5월 30일 중편 「황
토」와 7월 25일 중편 「비탈진 음지」를 장편으로 전면 개작해
단행본 『황토』 『비탈진 음지』로 출간, 10월 10일 『어떤 솔거의
죽음』 개정판 출간(이상 모두 도서출판 해냄).

2012년    2월 유비유필름과 『태백산맥』 드라마판권 계약. 4월 영국 놀

리지펜 출판사와 『태백산맥』의 영어·러시아어 번역출간 계약. 4월 30일 『외면하는 벽』 개정판 출간(도서출판 해냄). 7월 중편 「유형의 땅」이 전경자의 영어번역으로 영한대역 『유형의 땅』으로 출간(도서출판 아시아). 9월 30일 『유형의 땅』 개정판 출간(도서출판 해냄), 11월에는 《출판저널》이 뽑은 '이달의 책'으로 선정됨. 10월 5일 『사람의 탈』 영어판 출간(Merwin Asia). 『금서의 재탄생』(장동석 저, 북바이북)과 『금서, 시대를 읽다』(백승종 저, 산처럼)에서 금서로서의 『태백산맥』을 집중 조명함.

2013년    2월 23일 참여연대로부터 공로패 받음. 2월 25일 단편집 『그림자 접목』 개정판 출간(도서출판 해냄). 3월 대하소설 『아리랑』의 뮤지컬 제작을 위해 신시컴퍼니(대표 박명성)와 판권 계약 체결. 3월 25일부터 인터넷 포털 사이트 네이버에 『정글만리』 일일연재를 시작, 7월 10일 108회를 끝으로 연재 종료와 동시에 7월 12일 단행본 전 3권으로 출간(도서출판 해냄). 10월 7일 『정글만리』 중국어판 출판계약 체결. 『정글만리』에 대해; 10월 7일 문화계 인사 60인이 선정한 '2013 출판 부문 1위.' 10월 24일 《중앙일보》·교보문고가 공동 선정한 '2013년 올해의 좋은 책 10.' 11월 26일 제23회 한국가톨릭 매스컴상 수상(출판부문). 12월 9일 출간 5개월 만에 100만 부 돌파 최단 기록. 12월 11일 한국예술평론가협의회 선정 제33회 '올해의 최우수 예술가상' 수상(문학부문). 12월 14일 《동아일보》가 선정한 '2013 올해의 책.' 12월 20일 Yes24 네티즌 선정 '2013년 올해의 책' 1위. 12월 21일 《조선일보》가 선정한 '2013년 올해의 책.' 12월 26일 인터파크도서 '제8회 인터파크 독자 선정 2013 골든북 어워즈'에서 골든북 1위, 골든북 작가부문 1위. 12월 30일 알라딘 독자 선정 '2013년 올해의 책' 1위.

2014년    1월 8일 《매일경제》·교보문고 공동 선정 '2014년을 여는 책 50'. 1월 10일 국립중앙도서관 통계, '2013년 도서관에서 가장 많이 이용한 도서' 1위. 3월 6일 뮤지컬 〈태백산맥〉 개막, 3월 8일까지 공연(순천시립예술단). 3월 15일 『정글만리』 100쇄 돌파(『태백산맥』 2번, 『아리랑』 1번에 이어 네 번째 100쇄 돌파가 됨). 6월 12일 벌교읍 부용산 아래, 복원된 보성여관(소설 속의 남도여관)으로 이어진 '태백산맥길' 첫머리에 조성된 '태백산맥 문학공원 기념조형물 제막식'이 열림. 높이 3미터, 길이 23미터의 조형물에는 작가의 약력, 『태백산맥』에 대한 평가, 『태백산맥』의 줄거리, 그리고 작가의 흉상이 조각되어 있다. 그런데 그 조각은 모두를 놀라게 할 만큼 특이하고도 독창적이다. 조각가인 서울대학교 이용덕 교수는 세계 최초의 기법인 '역상(逆像) 조각'으로 그 창조성을 감동적으로 보여주고 있다. 9월 20일 제1회 심훈문학대상 수상. 12월 15일 인터뷰집 『조정래의 시선』 출간(도서출판 해냄).

2015년    6월 15일 『아리랑 청소년판』 출간(조호상 엮음, 백남원 그림, 도서출판 해냄). 7월 16일 뮤지컬 〈아리랑〉 개막, 9월 5일까지 공연(신시컴퍼니). 8월 5일 장편소설 『허수아비춤』 개정판과 함께, 문학 인생 45년을 담은 『조정래 사진 여행: 길』 출간(도서출판 해냄). 10월 3일 제2회 이승휴문화상 문학상 수상.

2016년    7월 12일 장편소설 『풀꽃도 꽃이다』(전 2권) 출간(도서출판 해냄). 10월 4일 『정글만리』를 영어로 옮긴 『The Human Jungle』이

브루스 풀턴 교수와 윤주찬 씨의 번역으로 미국 현지에서 출간 (Chin Music Press Inc). 11월 8일 『태백산맥 출간 30주년 기념본』 (전 10권) 및 『태백산맥 청소년판』(전 10권) 출간(조호상 엮음, 김재홍 그림, 도서출판 해냄).

2017년   7월 25일~9월 3일 뮤지컬 〈아리랑〉 공연(신시컴퍼니). 11월 21일 은관문화훈장 수훈. 11월 30일 시조시인 조종현, 소설가 조정래, 시인 김초혜의 문학적 성과를 기념하고 그 정신을 이어 나가고자 전라남도 고흥군에 설립된 '조종현 조정래 김초혜 가족문학관' 개관.

2018년   2월 9일 〈2018 평창 동계올림픽대회〉 성화 봉송(오대산 월정사 천년의 숲길). 4월 20일 맏손자 조재면과 함께 집필한 『할아버지와 손자의 대화』 출간(도서출판 해냄).

2019년   장편소설 『천년의 질문』을 네이버 오디오클립에 오디오북 형태로 30회 연재한 후 6월 11일 단행본 전 3권으로 출간(도서출판 해냄). 11월 2일 조정래 작가의 문학적 성취를 기리고 국내 문학을 대표하는 중견 작가의 작품 활동을 지원하기 위해 제정된 '조정래문학상' 제1회 개최(전남 보성군 벌교읍민회). 11월 11일 '서점인이 뽑은 올해의 작가'로 선정됨(한국서점조합연합회). 12월 12일 『천년의 질문』이 '2019년 올해의 책'으로 선정됨(Yes24).

2020년   3월 1일 서울 종로구 배화여고에서 열린 〈3·1절 101주년 기념식〉에서 묵념사 집필·낭독. 6월 25일 강원도 철원군 백마고지 전적지에서 6·25전쟁 70주년 기념 '한반도 종전기원문' 집필·낭독, 이 기원문은 김정은 북한 국무위원장, 도널드 트럼프 미국 대통령, 안토니우 구테흐스 유엔 사무총장 등에게 전

달됨. 7월 2~4일 뮤지컬 〈아리랑〉 공연(전주시립예술단). 8월 1일 등단 50주년을 기념하며 자전 에세이 『황홀한 글감옥』 개정판 출간(도서출판 시사IN북). 10월 15일 대하소설 『태백산맥』 『아리랑』, 11월 30일 『한강』의 등단 50주년 개정판 출간(도서출판 해냄). 『한강』 100쇄 돌파(『태백산맥』 2번, 『아리랑』 1번, 『정글만리』 1번에 이어 다섯 번째 100쇄 돌파가 됨). 10월 15일 반세기 문학 인생 및 남녀노소 독자들의 질문 100여 개에 대한 작가의 답을 담은 산문집 『홀로 쓰고, 함께 살다』 출간(도서출판 해냄).

2021년    4월 30일 장편소설 『인간 연습』 개정판 출간(도서출판 해냄). KBS와 한국문학평론가협회가 공동으로 진행한 연중기획 〈우리 시대의 소설〉에 『태백산맥』 선정 및 방영됨(제26화).

2022년    6월 18일 경남 창원에서 콘서트 오페라 〈대장경〉 공연(창원문화재단). 『천년의 질문』 경기도 공공도서관 60대 이상 대출 1위 도서 선정.

2023년    4월 영국 펭귄-랜덤하우스가 '펭귄 클래식' 시리즈 최초로 출간한 한국문학 번역 선집 *The Penguin Book of Korean Short Stories*에 「유형의 땅」 번역 수록. 브루스 풀턴 교수가 편집하고 권영민 교수가 서문을 씀. 윌라 오디오북 대작 라인업으로 조정래 대하소설 3부작과 『정글만리』를 독점 공개하기로 함. 7월 24일 『태백산맥』을 시작으로 10월 『아리랑』, 12월 『한강』 공개. 10월 28~29일 태백산맥문학관 개관 15주년 기념행사로 북토크와 문학기행 등 진행.

2024년    4월 22일부터 윌라 오디오북 대작 라인업에 『정글만리』 독점 공개.

조정래 장편소설

# 정글만리 ❸

제1판 1쇄 / 2013년 7월 15일
제1판 112쇄 / 2024년 6월 30일

저자 / 조정래
발행인 / 송영석
발행처 / (株)해냄출판사

등록번호 / 제10-229호
등록일자 / 1988년 5월 11일(설립일자 | 1983년 6월 24일)

04042 서울시 마포구 잔다리로 30 해냄빌딩 5·6층
대표전화 / 326-1600  팩스 / 326-1624
홈페이지 / www.hainaim.com

ISBN 978-89-6574-404-7
ISBN 978-89-6574-401-6(세트)

파본은 본사나 구입하신 서점에서 교환하여 드립니다.